江风烈

王 芸 著

中国青年出版社

（京）新登字083号

图书在版编目（CIP）数据

江风烈/王芸著. —北京：中国青年出版社，2013.11

ISBN 978-7-5153-2013-7

Ⅰ.①江...　Ⅱ.①王...　Ⅲ.①长篇小说−中国−当代　Ⅳ.①I247.5

中国版本图书馆CIP数据核字（2013）第259890号

责任编辑	孙文明
出版发行	中国青年出版社
社址	北京东四十二条21号　邮政编码：100708
网址	www.cyp.com.cn
门市部	010−57350370
编辑部	010−57350402
印刷	三河市君旺印装厂
经销	新华书店
规格	787×1092　1/32
印张	13
字数	250千字
版次	2013年11月北京第1版
印次	2013年11月河北第1次印刷
定价	30.00元

上　部

第一章

那一天

空气里弥漫着一股铮铮的气息。仿佛是硫黄、铁锈、焦油、干木被烤煳,雨砸在满布灰尘的草丛里,经年的沼气急速蒸发,水星子泼溅在烧红的铁板上,种种气味混合在一起。它们填塞在苏北放的鼻腔里,像两根长驱直入的木棍,直戳戳地将两团腥咸顶到他的鼻腔深处,并逐渐下行到他的喉头,粘腻在那儿,浓得化不开,咽不下。

一只蜻蜓不停地在眼前飞动,忽上忽下,忽飞忽歇。苏北放看得清它翅膀上纤细的纹路,仿佛吹弹可破。他很想变成它,哪怕用细细的腿刮擦一下香瓜的表皮,粘点香瓜的气息也好。那气息可真是诱人,紧紧地缠住他不放。明知道它动不得,抓不住,偏在空气中袅绕个不停,撩拨得人喉头阵阵发紧。腥咸味更浓,更硬了。

头顶上烈日高照,身体却滚过一阵阵冷战,苏北放知道自己在打摆子，烧得不轻。从前天傍晚开始急行军，部队日奔夜赶，走了两百多里路，遇沟过沟，逢水蹚水，衣服湿了干，干了湿，裆里火烧火燎地疼。耳朵后面的筋也一跳一跳地疼，渐渐蔓延到整个头部、身体，嘴唇裂开了道道血口子，到后来，苏北放也不清楚哪里在疼了。他张大嘴巴呼气，紧紧盯住鲜东来背包上那个圆圆的洞口。

洞口边缘是深色的，被灼烫的子弹给烤焦了。鲜东来说那是背包替他挨的一粒子弹留下的，救了他一条命。去年冬天一次急行军，冷不防从路边芦苇荡里射来一串冷枪，后来鲜东来才发现有一枪打在背包上。幸亏中间夹了几本书，子弹没能穿透过去，嵌在了背包里，那位置离他的心脏不到三厘米。从那以后他再不肯换背包，也不肯拿针线补一补，他甚至让弹头继续留在了被子里。他说每用手摸一摸那个硬邦邦的弹头时，不知怎的，心里就特别踏实，睡得就特别沉。

苏北放让那个洞口保持在眼前不到二十厘米的地方晃动。他不能掉队。连长知道他在发烧，让他和几个伤兵原地休整一下再追赶部队。他不肯。部队一路南下，打下一个地方就马上奔向下一个地方，他可千万不能在这节骨眼儿上掉队。一次原地休息时，鲜东来闷声不响地解下了苏北放背上的米袋、铁锹，背到自己肩上。看着这个东北汉子硬朗的侧影映在一片血色夕阳上，苏北放说不出一个字来。

从十五岁参军，他和鲜东来就一直在一起。辽沈战役、平津战役，还有无数大大小小的战役，他们都在一起。鲜东来比他大五岁,个子比他高出不少,身板也比他结实,感觉上就像是他的哥哥。第一次打战时,他还是半大孩子,以为自己天不怕地不怕,可真握住枪杆,那手就抖得像筛糠一样,怎么也稳不住。他用两手使劲掰枪栓,子弹"嗖嗖"地在他脑袋边飞也没觉察。还是鲜东来发现了他,扑过来将他的脑袋按下去,帮他弄好了枪栓。一路打过来,已经不知道鲜东来救过他几次了。他们约好,等解放了全中国就一起回东北去,回到那个一年有三季看得到冰雪的山坳坳里去,种一片地,娶妻生子,比邻而居……

苏北放将头埋在手臂里,深吸两口气,草尖摩挲着他的脸、脖子、手。这时,旁边要是有一洼水就好了。水壶昨晚就空了。大堤上到处看得到水洼,偏偏苏北放卧伏的地方没有。闻得到香瓜的香气却摘不到,他扯下一片草叶,放进嘴里轻轻吸吮。

碉堡那边安静好一阵了。透过婆娑的草叶,苏北放可以看见碉堡的枪洞口略低于堤面。要攻到碉堡下,需跑下长长的堤坡。堤坡上除了一坡杂草,连棵灌木都没有,一览无余,正好处在敌人碉堡的火力范围内。有战士刚一冒头,碉堡里马上射出一梭子弹,压得大家没法动弹。迟迟没有进攻的消息,苏北放感觉头越来越重。

"噗——"忽然,草丛里溅起一声闷响,像鸟扑腾着翅膀落下来。随即,"哒哒—哒哒"一阵亢奋的枪声。枪声刚停,又是"噗——"一声,苏北放循声望去,只见一个圆滚滚的东西从右侧的堤坡上飞过来,在空中划过一道抛物线,落在了草丛里,马上招引来一阵"哒哒—哒哒"。

"噗—噗—噗—噗——"声音时密时疏,时续时歇,勾得碉堡里的机枪一阵忙乱。听起来,碉堡里起码有两挺机枪。

"什么东西?"苏北放与鲜东来对望一下,冲空中撇撇嘴,小声问。鲜东来摇摇头。"噗——"一个圆滚滚的东西落在苏北放左前方的草丛里,离他约有一米远的距离,看起来像是用黄色草纸包裹的。与鲜东来再对望一下,苏北放匍匐着身子朝那个东西挪了挪。"哒哒——哒哒"子弹在地面上击起一小股尘土。鲜东来急得直朝他摆手,动作不敢做大,手臂含在胸前急急地摆动。

苏北放克制不住心里的好奇,继续匍匐着挪动身体,一伸手,将那圆滚滚的东西抓在了手上。热乎乎的,软乎乎的,苏北放猜到了是什么,打开来,果然是馒头。从昨天中午到这时候,肚子里只装进了一壶水和半块压缩饼干。苏北放侧过身子,将手里的馒头亮给鲜东来看。他不急着吃,将馒头重新包好,揣进怀里,又向右前方匍匐挪动,不远处还有一个馒头包躺在那儿。

就在苏北放伸手要抓住馒头包的时候,一颗子弹落在离他不到半米远的地方,泥土飞溅。他只觉眼睛一痛,下意识地闭紧了。再睁开来,鲜东来爬到了他身边,责备一句:"冒失!"苏北放拿手指指紧闭的右眼。鲜东来凑近看看,压低声音:"没出血,肯定是土迷了眼睛。"

两人同时往后缓慢地挪动身体。幸好这时馒头飞向了大堤另一处,敌人的机枪也跟着转了向。两人伏在地上,大口嚼馒头,真香。"噗—噗——"和"哒哒—哒哒"交织在一起,苏北放咧嘴一笑:"敢情好,早饭有音乐伴奏。"

远处不知谁在唱二人转：

送情郎送到大堤东啊，

正赶上老天爷刮起了子弹风啊，

刮风不如下点小雨好啊，

下小雨那个能让我的郎解解那个暑呀啊。

送情郎送到大堤东啊，

从篮中我掏出两个大馒头啊，

这一个与我的郎饱饱肚，

这一个与我的郎啊增点力气好杀敌啊。

小妹妹送情郎呀啊，

送到大堤东啊，

一抬头我就看见了一个大碉堡呀啊，

我有心与我的郎抛馒头两个呀啊，

想起来昨晚的急行军吃不了这干东西呀啊。

小妹我……

歌声高亢，压过了枪声。一听就是炊事班刘大头的声音，甩着诙谐劲儿。苏北放和鲜东来边往嘴里喂馒头，边无声地笑了。苏北放真想扯开嗓子唱和两句，嗓子眼里那个痒，到底忍住了。这可不是由着性子耍的时候。

歌声渐行渐远，大堤上重新安静下来。一个馒头下肚，头似乎没那么疼了，日头愈发地猛烈，苏北放身上渐渐回过暖来。他稍抬起头，四下里望望，绿草丛里依稀看得见点点白。连月奔波，大家的帽子经风吹日晒的，都泛了白。怎么还没进攻的消息？苏北放心里干着急。

"小白帽子，你们有本事就冲，才算英雄，不冲的是狗熊！"碉堡里传出一阵叫嚷。

大堤上久久没有人应声。敌人还在叫嚣。苏北放冲碉堡一撇嘴，压低声音："小样儿！"鲜东来皱紧眉头："这一战不好打。""怕啥子，他们是鸭子死到临头了——嘴壳子硬。"鲜东来摇摇头："你看这地形，听说现在正是长江的汛期，上面说了不能用炮，怕大堤决口，所以要硬攻。"

"难怪迟迟没有进攻消息。是不是要把敌人拖疲了，再打？"苏北放扭头看看，江面浩荡，依稀望得见对岸的堤面，几棵瘦树。

"不会等到晚上吧？"

"怕是不会，这两天急行军，就是和敌人抢时间呢，说大军要在长江沿岸的几个城市同时抢渡。"两人正说话间，从西北方向忽然传来密集的枪声。

草丛里冒出一声："你们快投降吧，不要再给蒋介石卖命了！"

话音没落，碉堡里马上射出一串子弹。大堤西侧有了动静，苏北放和鲜东来不约而同望过去，是传令兵。

消息传过来："今天一定要攻下沙石，确保百万大军顺利过江!"又等了一刻,旁边的战士传递过来口讯:"连长和指导员命令,准备进攻! 一排攻打碉堡,二排和三排掩护。"

鲜东来匍匐挪回自己的位置,苏北放将枪端正架好。随着一声清脆的枪响,草丛里接连跃起一个个身影。苏北放瞄准碉堡的枪洞扣响了扳机。"哒哒—哒哒—哒哒—哒哒"碉堡里的机枪开始疯狂扫射。一左一右又出现了两个火力点,是暗堡,呈犄角之势分布在碉堡两侧,百米来宽的堤面都暴露在敌人的火力网中。冲上去的战士们还没跑出二十来米远,就纷纷倒地。

苏北放手中的枪管灼烫,可是无济于事。大堤重新安静下来。殷红的血色如刺目的花朵盛放在绿茵茵的堤坡上。一顶顶白帽子如小小的白花散落其间。一排的战士都倒在了堤坡上。

昨天还凑着一个壶嘴喝水的战友,此刻就躺倒在堤坡上,身体正在汩汩地淌血。心被怒火和疼痛填满,可是无能为力,苏北方眼睁睁地望着红的、白的花朵在绿色堤面上无情绽放,咬紧腮帮。他将头深深地埋进臂弯,抹去了眼泪。

时间仿佛布满针尖的齿轮,一下一下碾过心尖。苏北放焦急地望向连长、指导员所在的方位,两人面色凝重,正跪在大堤的外坡上比画着。半天没有动静的鲜东来忽然将枪搁在原地,身子匍匐向后。苏北放拿眼睛询问他,他顾不上回答,挪动到堤边顺势往下一滚,滚到了连长和指导员身边。东来肯定有主意了,苏北放想。只见三人比画了一阵,鲜东来回到了原来的位置,拿上枪。

"打吗?"苏北放轻声问。鲜东来的腮帮上鼓起一道青筋,点点头。"怎么打？"鲜东来微抬起枪尖，冲东北方向点一点。苏北放取下帽子，将头抬起一点。距离右边的暗堡约五十米处，有两栋吊脚楼式的房子，看起来比碉堡略矮，但明显比暗堡地势高，确实是个不错的进攻点。可怎么绕过去？

鲜东来握住枪，向堤边挪动。苏北放明白了，冲他一摆手："我和你一起去。"鲜东来侧头看看他，一双眼睛里泛着红丝，没有言声，转头继续往堤边挪动。苏北放揣上枪，想跟上他。鲜东来回过头来，不容商量的口吻："听指挥。"

鲜东来带着七八个战士在大堤外坡蹲成一圈，每人头上用草编了个头箍。连长对他们嘱咐几句，几个战士就猫下腰沿堤坡往东面去了。约五分钟后，连长发出向碉堡和暗堡射击的命令，众枪齐发，大堤上顿时枪声炸响成一片。

不一会儿，东北角也传来枪声。苏北放编了个草箍戴在头上，他乍着胆子往那边眺望，只见右边的暗堡改变了射击方向，向那两栋房子扫射。依稀，苏北放看到有战友进入了房子，里边响起了回应的枪声。从房子里扔出几个手榴弹，可惜都落在离暗堡还有十来米的地方。很快，几个战士从房子里跑了出来，有两个显然受了伤。苏北放一惊，难道出了什么意外？

"嗖——"一声，一粒子弹擦着苏北放的耳边飞了过去。他又是一惊，忙伏下身子。他没有继续射击，而是匍匐着往后挪移，滚下堤坡。

苏北放正要猫腰往东边去，身后传来低沉的一声"干什么你！"，回过头，见是指导员。指导员板着脸，严厉地看看他，见他不言声,缓和了表情,压低声音:"跟我来。"说着,指导员猫腰小跑起来,苏北放赶紧提枪跟上。

鲜东来和几个战士趴伏在大堤的外坡上,有人受了伤正在包扎。苏北放跑到鲜东来身边,见他衣服上好几处血迹,问:"有没受伤?"鲜东来一摆手:"我没事。"

"怎么回事?"指导员问鲜东来。

"那房子不行,用芦苇泥巴做的,挡不住子弹。"

"哦?"指导员匍匐移动到一个土坡后面。苏北放也紧跟过去,只见几个战士倒在房前的空地上,鲜血染红了水洼,红汪汪的一片。暗堡里还在不停地往这边射击。苏北放不禁在心里骂一句:"他奶奶的!"

指导员招手唤过鲜东来:"你告诉连长,这边还要增援几个战士。房子侧后方有个木材堆,我们先移动到那边,然后再想办法。大堤那边不能停,一定要将敌人的注意力吸引过去。"鲜东来想说什么,指导员不等他开口,一挥手:"快去。再拿两个炸药包过来。"

鲜东来猫着身子跑远了。苏北放望着他的背影,背胛处的军装都湿透了。他很想问问鲜东来刚才想说什么,却一直没有找到机会。谁知这成了他心头一个再等不到谜底的谜。

解放红

枪声由强渐弱,大堤上重新静寂下来。蜻蜓仿佛都被惊飞了,只有亮得晃眼的阳光铺洒在大堤上。满目血色斑斓,战友躺倒在不远处的血泊中,身体正慢慢冰凉,可是无法援手。指导员命令大家原地待命,这时冲出去只会徒增伤亡。

连长和通讯员、二排排长、三排排长、鲜东来几个人猫腰过来了。"怎么办? 伤亡太大! "指导员点点头,拿起一根树枝。众人蹲伏下来,指导员用石块摆出碉堡和两个暗堡的位置,用两根枯树枝摆出木柴堆的位置:"你们从大堤方向向敌人射击,将他们的火力吸引过去,尤其是右侧的这个暗堡,争取将它的火力点封锁住。我带三个战士,人多了怕暴露目标,从房子背后绕到木柴堆那儿。木柴堆离暗堡大概有三十米的距离,如果能抢得先机,我们争取将这个暗堡解决掉,先打断敌人的左翼,再攻主堡。"

连长沉吟一刻:"我去,你留下来指挥。"

"你是作战指挥员,我去。甭争了,时间紧,你先指挥发起进攻,我这里择机行动。"指导员用手指一点鲜东来和两个战士,"你、你、你,跟我来。"

苏北放猫腰蹲在人群外围,这时赶紧一挺身:"我! 我! "指导员瞟他一眼:"你正打摆子吧,赶紧回你的点。我们走! "

苏北放委屈地看看连长。连长一脸严峻:"各就各位! "众人排成一长溜向西而去,苏北放落在最尾。跑了两步,他忽然一转身,朝相反的方向跑去。

"臭小子,还有没有组织纪律性! 你以为这是玩过家家吗? "指导员的声音硬得像块钢板。鲜东来将苏北放扯到身后:"指导员,适当的时候他可以掩护我们。"这时,大堤那边响起了枪声,又一轮进攻开始了。

指导员让苏北放找个合适的射击点,对准暗堡的枪洞口。他和三个战士各揣一个炸药包,猫腰往东绕过去,匍匐穿过堤面。四个人消失在苏北放的视线中。

苏北放不敢抬头张望。指导员特别交代了,不能引起敌人的注意,合适的时候才能开枪。他两手握枪,一动不动地瞄准暗堡的枪洞口,那里正不断喷吐出火舌。大堤那边,我军的机枪、步枪也"哒哒哒哒"响得激烈,手榴弹纷纷甩向母子三堡。一颗手榴弹在右侧暗堡前炸开,里面的机枪哑了声,可是很快又喷出了火舌。

苏北放不敢开枪,手心沁出一汪汗来。不知鲜东来他们移动到哪了,木柴堆被挡在两栋房子的后面,苏北放看不到那里的情况。正着急,忽然暗堡里的机枪调转了方向,冲着东边"哒哒哒哒"扫射起来,苏北放一惊,赶紧扣响扳机。

"噗—噗—噗——"一串子弹落在他前面的堤坡上,泥屑飞溅。苏北放不敢眨眼,瞄准暗堡枪洞口连续射击,他瞥见从房子那一侧冲出一个穿绿军装的身影,像是鲜东来,猫腰夹着个炸药包往暗堡冲。苏北放振作精神,朝着枪洞口的方向一阵猛射。

那个身影跑到离暗堡还有十来米的地方,忽然晃一晃,向前趔趄两步,仆倒在了草地上。"东来!"一声呐喊被苏北放硬生生憋在嗓子眼里,憋得两眼生疼,两耳轰鸣。随着枪声的剧烈震动,苏北放半挺起身子,"啊——!"一声呐喊冲口而出,与枪声交混在一起。

暗堡里的火力点没有被吸引过来，依然对准东边喷吐着火舌。苏北放挺起身子，冲着不断喷出火舌的枪洞口射击。他看见又一个战士冲向暗堡，在离鲜东来还有两米的地方倒下了。

又一个，是指导员！他先匍匐前进了一段，在离暗堡还有二十来米时，奋起挺身，携着炸药包向前冲去。在越过鲜东来没多远的地方，他也倒下了。

泪水模糊了苏北放的双眼，这时候他真希望自己能有三头六臂，打得这帮鬼子抬不起头来。枪声如织，指导员和三个战士静静地趴伏在暗堡前的草地上，血色漫漶开来，染红了附近的水洼。

暗堡里的枪口转向了这边，子弹在堤面上咬出一个个洞坑。苏北放矮下身来，思量着是追随鲜东来提起炸药包，还是先向连长汇报这边的战况。想起指导员出发前的嘱咐，他抹干净眼泪，提起枪，猫腰顺堤坡往西而去。

连长下令停止射击，大堤复归寂静。这里不复有晨间的井然景象，堤面像被粗暴翻耕过的土地，泥团嶙峋凸起。三个排的一百五十多名战士已牺牲过半。连长将此处"一母二子堡"久攻不下的情况向上级做了汇报。一支烟的工夫，传令兵送来消息："调整作战方案，调九二口径迫击炮前来支援。"

不多久，几名战士抬着炮和炮弹沿外堤匆匆而来。

炮弹填进炮筒，只见火光一闪。"喔——"炸弹将碉堡前的草地炸出了一个大坑。炮手将准星调整一下。火光一闪，"喔——"第二炮正中碉堡！一股浓烟腾起，碉堡被炸开了一个大豁口。

冲锋号响起,战士们潮水般冲向碉堡和两侧的暗堡。

苏北放在冲锋号吹响的前一刻就跃起了身,他几个大步跨过堤面,飞跑下堤坡,朝暗堡冲去。暗堡里的敌人溃不成军,举着白旗从里面钻出来。苏北放没有停步,他几步跳过暗堡前的砖头堆,跑向鲜东来。

血水染红了鲜东来身下的大片草叶。苏北放蹲下身,小心翼翼地触摸他的鼻息,泪水瞬间呛出了眼眶。他的眼睛成了两汪泉眼。他伸过衣袖轻轻擦拭鲜东来的脸,那张脸渐渐从血水中清晰地浮现出来。看到那熟悉的眉眼,那硬朗的轮廓,苏北放的泪水奔流得更加汹涌。他一声接一声呼唤:"东来!东来!"鲜东来一动不动地躺在他怀里。

不知过了多久,有人在轻轻触碰他的肩膀。苏北放回过头,透过泪水,依稀看见一个短发女孩模糊不清的脸。她轻声说:"交给我吧。"

苏北放没有听明白,怔怔地看着她。女孩蹲下身来,伸过手。苏北放下意识地抱紧鲜东来。"我们是救护队的,会尽快把你的战友送到战地医院,等打完仗你再去看他吧。"女孩从他手中接过鲜东来。

苏北放茫然地抬起头,环视四周,堤坡已经一片宁静,只有几个身影在救治和搬运伤员。他醒过来,战友们已经冲进了市区。女孩递给他一条白毛巾,指一指大堤北面的一条土路:"大部队往中山路方向去了。"

"他叫鲜东来,交给你了。"苏北放提起枪,将沾了泪水和血水的毛巾别在腰间，往中山路方向跑去。

中山路上出人意料地平静，街头巷尾还散落着敌人垒起的工事，一些大型建筑物的门窗被改造成了枪巢射孔。到处是穿军装的战友，似乎这里本来就属于他们。偶尔，有百姓从一扇门窗里探出头来，很快又消失不见了。苏北放看见有战士坐在路边的台阶上包扎伤口，不再鲜艳的血色似乎已不足以让人联想到仅仅十来分钟前，离此不到两百米的地方发生过的那场激烈枪战，一百多个倒在堤坡上的战士。

苏北放往前走去，在半西式半中式的两排楼房间寻找自己连的战友。他不断与红旗相遇。那熟悉的旗帜挥动在战士的手中，鲜艳夺目，迎风招展，而这旗帜与刚刚充斥他视线的那一种颜色多么相似。泪水还在止不住地朝外奔流。苏北放不去擦拭，由着它们奔流。看起来，他是一个多么奇怪的人，在这刚刚被夺取的街道，在这迎接胜利的时刻。

连里的战士散坐在"天宝金行"门前休整。苏北放走过去，找一个角落将自己的身体安放下来。他需要一个安静的空间，来稀释自己的情绪，止住泪水。

"你的手臂在流血！"一个战士惊呼。苏北放这才发现衣袖洇湿了一大片，是血水。掀开来，手臂被子弹擦去了一大块皮，还在往外渗血。疼痛这才被苏北放的身体感知到。

班长让一个战士送苏北放到战地医院去包扎。战地医院设在当地的一个大寺庙里。走进去，苏北放没有直奔治疗点，他在受伤战士中间四处寻找鲜东来。他找遍了凡是可以看到伤员的地方,没有,都没有! 恐惧渐渐笼罩了他。他在大殿、佛堂里来回穿梭,目光焦急地搜索,忽地,他身子一软,蹲在地上像个孩子般抱头恸哭起来。

一个护士从他面前经过, 他腾地站起身来, 一伸手拽住了她。护士吓得尖叫一声。苏北放冲着她比画道:"我要找鲜东来,鲜、东、来! 5连的战士,比我高这么多,高鼻梁、大眼睛,是一个短头发的女孩送他来的,她说了会送他来的。你告诉我,她把他送到哪里去了! "末一句,他几乎在吼了。

护士茫然地摇头。苏北放刚攒足的一股劲刷地泄掉了,他蹲下身子又"哇哇"地痛哭起来。哭声惊动了不少伤员和医护人员。一个医生挤进人群:"这位同志,你不要在这里哭了,不是所有的伤员都送到这里了,可能你的战友只是轻伤……"

"轻伤? 不会是轻伤,你不知道,他的、他的胸前都被血染透了。他是去炸暗堡的,抱着炸药包,跑了十多米远……"苏北放抬起一张泪水模糊的脸,连连摇头,哽咽得再说不出话来。

"我知道他在哪,我带你去见他。"一个轻柔的声音在身后响起。苏北放猛地回过头,透过朦胧的泪光,看见依稀是那个短发女孩。他一下站起身来,紧紧抓住女孩的手臂,"你,是你,是不是? "衣袖上的血水迅速染红了女孩的衣裳。

子弹头

一颗子弹头,椭圆形,是从一把手枪里射出的。苏北放将它从鲜东来的背包深处掏挖出来，它在他的手掌中心反射着微光，冰冷的温度，喑哑的色泽。

那把手枪是一个国民党营长的，他在战败逃亡的路途上，与急行军的我营相遇，他扣响手枪扳机，其中一颗子弹径直奔向鲜东来的背包，在棉絮、书、塑料皮壳层层阻挡之后，停留在了离背包另一侧咫尺的地方。可是这一次，鲜东来没有那么幸运，五颗子弹击穿了他的身体，那尖头的子弹以巨大的力量将他的脏腑震碎，并携带着大块的皮肉、脂肪、骨渣冲出他的身体，留下了几处触目惊心的伤口。

短发女孩说，在被抬下战场时，鲜东来已经停止了呼吸，他们只能按照规定将他送到了战地医院旁边的一个房间。这房间是寺庙的一个偏厦，在五尊罗汉像前的地面上，整齐地摆放着几十具战士的尸体。每个战士身上盖着白布单，只露出脸来。

阴冷潮湿，空气中布满尘埃的气息。苏北放的身体一直在发抖，他仿佛在瞬间失去了感觉，觉得每一具尸体都像是鲜东来，可走近看时每一具都不是。不知何时，短发女孩牵住了他的手。她拉着他走到房间深处："你的战友。"

苏北放的身子抖得不听使唤，双膝一软，跪在了鲜东来面前。是鲜东来没错！他仿佛睡着了，只是眼睛还微微睁开来，脸已经被清洗干净了，还是苏北放熟悉的那个模样。苏北放伸出颤抖的双手，将他的双眼轻轻合拢，可手一松开，那双眼睛又微微张开了，仿佛淘气地看着他。奇怪的，泪水不知在何时自行止住了。身体在经历锐痛之后，也渐渐感觉不到疼痛了。苏北放一动不动地看着鲜东来,仿佛下一刻他就会猛地坐起身来,哈哈大笑着说"没吓着你吧"。

"同志,你不要太伤心了。"苏北放这才发现短发女孩一直站在他身后,没有离开。女孩的脸正好映衬着窗外射进来的一抹夕阳,迷离不清。她的声音也仿佛在光线里飘浮……

走出房间的苏北放,太阳光刺得眼睛失明了一刻,再睁开来,他半仰起头,让夕阳没有阻碍地泼洒在脸上,闭上眼睛,眼帘上出现了两片柔和的暖红。他在心里轻声说:"东来,你放心!总有一天,我会带你回去的。"

短发女孩给苏北放清洗了伤口,包扎起来。自始至终,两人都没有说话。苏北放的眼前一直晃动着鲜东来的脸,那张仿佛睡着了的脸。

回到"天宝金行",苏北放和战友们一样席地而卧,可他辗转反侧,怎么也睡不沉。我要去陪陪鲜东来!这念头一冒出来,就像疯狂生长的杂草。苏北放再躺不住了,悄悄起身跑去了战地医院。

大雄宝殿里烛火摇曳,不时有人进出,偏厦却是漆黑一团。苏北放推开门,月光在地面上划出一道清冷的影子,空气中弥漫着一股清冷的气息。他走进去,摸索到鲜东来身边,将他头上的白布揭开来。此刻的鲜东来显得更加安详。呆呆地看了一刻,苏北放靠住旁边的木柱坐下来,伸过一只手来握住了鲜东来的一只手。那只手冷冰冰的。

苏北放轻轻地搓揉着那只手。以前,总是鲜东来给他暖手暖脚。冬天被子单薄，他们就将两床被子叠在一起，一头睡一个。鲜东来总是将他的脚揣在自己胸前，帮他暖。想到这儿，两行热泪滚出了苏北放的眼眶。他握住鲜东来的手，絮絮地说起来，心里似乎有无尽的话要对这个兄弟说。说着说着，他不觉沉沉地睡着了。

待再睁开眼睛，晨曦已经从木窗棂外透进来，苏北放赶紧起身，将白布重新端正地覆盖在鲜东来的脸上，冲着他庄重地敬一个军礼，转身跑出了偏厦。

赶到"天宝金行"门口时，连长正派人四处找他。"你昨晚跑哪去了？"连长一脸严厉。苏北放双腿一并，冲连长敬个礼："报告连长，昨晚我去陪鲜东来了。"连长一愣，表情缓和下来，沉吟一下："鲜东来同志的遗物，你清理一下吧。"

鲜东来的遗物里，除了那枚弹头，还有一封没写完的信。信没有抬头，也没有落款，一角被血水洇透，久之成了暗褐色。苏北放一直将这封信揣在胸口，在他辗转湖南、四川战场，在他藏身朝鲜战场的深山密林中时，他常常拿出这封信来读给自己听，直到可以一字不漏地背下来。这封信或许写给鲜东来的家人，或许写给一个他钟情的少女，或许写给他惦念的一个朋友，或许写给他再回不去的故乡，但苏北放宁愿相信这封信是写给他的。

我也不知道为什么忽然提起笔，给你写下这些话。马上，一场战斗就要打响了。在你看到这封信时，你我或许已天地两隔，再也无法相见。只有在这样的时候,我似乎才有勇气写下这些文字,希望被你读到。又或者,这封信永远只属于我,在你不知道的岁月里,在你不知道的这些时间里,我在行军的间隙、战斗的间隙,还有无法入睡的时候,写下这些想对你说的话。可是提起笔,我才发现自己是多么笨拙,竟不知该对你说些什么才好。19岁的我扛起枪,离开家,那时我心里充满了豪情,为了普天下人的幸福,我必须如此。国难时刻,匹夫有责!而在私心里,我更多的是为了你,为了你的未来。我不知道有一天,我们真的取得了最后的胜利,我的愿望能否实现。到了那一天,你的愿望又是什么呢?我可不可以知道,可不可以了解,可不可以在这封信永远不会抵达你的时刻,有勇气说出我一直想说的话?若有那么一天,我们的愿望可以重合。请记住,那是我在今天所盼望的。

苏北放不知道鲜东来是在什么时候写下了这些话。他们一起憧憬过战斗胜利的那一天,一起憧憬过回到东北那个深山沟的生活,常常说得兴奋不已,仿佛那已是近在眼前的事实。可是没想到,胜利真的很近了,鲜东来却永远地留在了这座濒临长江的陌生城市,和三百多名战士一起,与这里的水土深深而久长地融为了一体。

战士们列队向一排排刚隆起的新墓默哀致敬,冲着天空一起鸣枪。苏北放再一次对鲜东来说:"放心,我会带你回家的。"

几年后,苏北放果然践行誓约回到古城。此后,年年清明他都会来到墓前与鲜东来作伴。但要等到很多年后,他才真正实现自己的诺言——带鲜东来回家。那是一次惊动不小的迁墓仪式，为古城众多媒体所关注。一个名叫关心的记者还跟随苏北放一起回到东北，见证了鲜东来"回家"的全过程。

下午命令传来，部队在傍晚渡江，奔赴湖南。整理背包时苏北放忽然想起什么，飞也似的跑到战地医院，他在寺庙的老红色殿堂间飞奔着，穿过大片夕阳落下的暖黄色光带和暗影，终于找到短发女孩。还未开口，苏北放就涨红了脸，磕磕巴巴地吐出一串话来："可不可以，蜡梅花开的时候，送一枝蜡梅给我的战友，他喜欢。"

短发女孩马上明白过来，点点头："鲜—东—来，是吧？"一缕风吹动着女孩的短发。苏北放点点头，转身飞也似的跑了。出了寺庙，他才想起来自己连对方的名字都没问。

渡船载着一船船战士越过宽阔的江面。从东南方向吹来的风，拂拂着苏北放还略显稚气的脸庞，他的胸口揣着两样东西——子弹头、一封信，它们应和着他心脏的节拍，一同向南而去。

青树坪

古城解放的第二天，老百姓仿佛才反应过来。这些年，来来去去的军队让他们闹不清楚谁来了谁又走了，他们习惯了以冷漠面对。这一次来的军队似乎和往年的不一样，他们静悄悄地露宿在街头，没有一个敲门入户要米要盐，打扰住家。

当地的地下党将传单塞进门缝里,举着喇叭走街穿巷地叫:"这是解放军,来解放咱们的,往后咱们能过上好日子了!"老百姓在门窗背后观望了一阵,才纷纷走出家门,递上茶水、馒头、自己做的衣服缝的鞋。苏北放换了一身新军装。

一身新装的苏北放,平生第一次跨过了长江。他望见江南是一马平川的平原,与他家乡的景象截然不同。

部队继续南进。敌军的主力部队桂系精锐第三兵团驻扎在永丰、界岭一带。苏北放所在部队从常德取道沅陵,攻取芷江后再深入到湘鄂交界处的山区,追击敌军。

虽然几个月来连续奔波,苏北放的个子还是比刚到部队时窜高了不少,嘴唇上毛茸茸的胡子也越来越深浓。他坐在阳光下擦拭新枪。这枪是古城一战从敌军手里缴来的,正宗的美式轻机枪。

进入湖南境内,又是连续几日的急行军,部队一直沿盘山小路蛇形前进,山崖陡峭,路面坎坷。苏北放脚上的鞋是一个大娘硬塞给他的,厚实底,很舒服,不大不小正合脚。团里不少战士还穿着开了天窗或掉了底子的鞋,在布满石头疙瘩的山路上走不久脚下的老茧就磨出了血泡,一层未好又添一层,走一步便落下一个血印子。有人给起了个雅名"串红"。那几日大家见了面就问"'串红'了吗"。营以上的干部将骡马都让给了伤病员,和战士一起走路。逢到特别陡的山坡,骡马的尾巴上还会拽上一个人。战越打越顺了,有时候还没动真格呢,敌人就望风而逃了,脚底下像抹了猪油。

山里阴晴不定,刚刚还是艳阳天,转眼成了老爷脸,黄豆大的雨点直往下砸。山洪裹挟着泥沙,沿深深的沟壑奔涌下来,"轰隆轰隆"声填满了山谷,似在耳边鸣响。部队原地停歇一刻,继续往前。一直走到天黑透了,部队才在一个山村停下来,没进村打扰百姓,借着星光月色架起了几堆篝火。炊事班赶紧挖灶安锅。战士们团团围坐在篝火边,烘烤被雨淋得透湿的衣服和被子。白生生的虱子似乎也贪恋篝火的温暖,从被子深处、衣服褶皱里懒洋洋爬出来。班里最小的战士"小泥鳅"凑近篝火找虱子,嘴里念念叨叨:"打死你这'革命虫',打死你这'革命虫'……"手指掐出一长串"噼啪"声。

苏北放靠着一棵树坐下,将肿得像一对馒馒似的脚从布鞋里解放出来。饭菜的香味渐渐浮上来,暄暖了夜间山里清冽的空气。星星铺了满天,密密地挨在一起,可真叫多啊,近得仿佛伸手就可摘到。苏北放借着火光读鲜东来的信,信上的话他已经可以背下来,看见那些字迹他就仿佛听见了鲜东来在对他说话。

饭刚熟,命令传来:"马上出发,146师遭到敌军伏击被困,火速赶往界岭。"大家顾不得许多,抓上几个土豆或一把米饭,往帽子里一兜,边大步赶路边大口往嘴里填。

不断有命令传来:"加速前进!"接近界岭,听得见"隆隆"的炮声了,不时有火光擦亮天空,映出起伏的山影轮廓。部队迅速分出一股人占领了两侧山头的制高点,大部队继续向前,准备接应146师。空中不时有敌机轰鸣掠过,在不远处的山林间投下一枚枚炮弹。山坡上到处是火光。

　　越往前走,空气里的硫黄味、树木燃烧的烈息就越发浓烈。不时有炸弹掉落在四周,战士们不得不贴紧山崖崖壁,呈一条线向前奔进。终于,在一个山坳处与敌军接上了火。

　　这里是冲出敌军包围圈的必经之地,夺取这里才能确保146师突围成功。一时间,双方的炮弹在空中如梭交织,枪炮声震耳欲聋。苏北放爬上一块山石,架起机枪,冲着敌军阵地一阵猛扫。几位战士从山坡上绕到敌人的左侧,"哐——"一束手榴弹在敌人窝里炸开了花,大大小小的碎片飞上天空,又次第落下。一个硬邦邦的东西砸在苏北放的肩膀上,他一看,是一截被炸得血肉模糊的手臂。

　　部队继续往前,落在身前身后的炸弹更加密集,似乎敌人发现了这边的动向。陆续地,有战友从前方战场撤下来,个个烟尘满面,相互搀扶着,不少人受了伤。两侧山坡已成了焦土,几乎棵棵树身都跃动着火苗,有的倒伏在地上,发出"噼噼啪啪"的燃烧声。

　　一个高个战士一瘸一拐地,满面是血,衣服碎得像漏风的布帘。苏北放奔过去扶住他。大高个的身体顿时软塌下来,苏北放拼力撑住,手不知摸在哪里,只觉咕隆隆有什么东西涌流出来,低头一看,是血。他将高个战士半靠在一棵树下,撕开他的衣服,肚子上斜卧着一条二十厘米来长的刀痕,一截红红白白的肠子从伤口处掉落出来。

　　苏北放轻轻地将肠子从伤口处塞进去,高个战士疼得浑身打一个哆嗦。苏北放撕下一截衣襟,将他的腹部紧紧捆扎住。"兄弟,忍住疼!"苏北放一咬牙,将大高个战士背在了背上。

"让我下来。"大高个声音微弱。

"没事。"苏北放怕他睡过去,不停地和他说话,"伤亡大吗?"

"我们团只剩三个人了。"

"肉搏了?"

"敌军冲上来二十多次,都被我们打下去了。"

"兄弟,好样的。你再坚持一会儿,马上就到了……"

四十多年后,苏北放向记者关心讲述了这一幕,这是他这一生经历的最惨烈的战斗之一。因为当时他所在的部队处在战场外围,无法窥见中心战场惨烈之一斑,但那场战斗不仅给他留下了深刻的印象,还让一块弹片戳进他的身体,留下一处每到阴天就会隐隐作痛的伤疤。那天,将受伤的高个战士送到救护队员手里后,身上的负重刚一消失,苏北放就晕倒在地,半天爬不起来。还是医护人员发现他受了伤,一块炮弹碎片不知何时扎入他的右侧大腿,他的血和高个战士的血搅混在一起,已经将整条裤腿染透了。好在只是伤到一根较粗的静脉。"你有可能因为流血过多牺牲在半路上,你知道吗?"听到护士的话,苏北放已经没有力气后怕或是庆幸了。解放后,苏北放专门寻找过关于青树坪一战的资料,发现很少有文字讲述这一战役。而这一战,无疑是四野渡江之后最惨重的一次失利。从现有资料看,关于青树坪之战,至少有大相径庭的两个版本。无论哪一个版本,都可看出是当年我49军146师的冒进带来了惨重的伤亡。至于哪个版本更为真实,又或者哪个版本有着更可信赖的细节,如今只能见仁见智了。

版本一

早在1948年底,中央军委就酝酿东北野战军入关后的战略目标,在12月12日致淮海战役总前委的《对今后作战方针的意见》一电中就指出:"东野于明年(1949年)一二月完成平津战役,三四月休整,五月沿平汉路南下,六七月进行江汉战役,八月渡江,第一步经营湖北南部、湖南全省及江西一部,第二步夺取两广。"1949年1月18日中共中央政治局会议确定东野担负歼击武汉及湘鄂赣三省国军之任务。后随着战争形势的发展,中央军委又于5月将四野(东北野战军于1949年2月改称第四野战军)1949年度作战任务扩大为进军并经营中南地区豫湘鄂赣粤桂六省。

49军军长钟伟向其上级——第13兵团提出了向永丰、界岭、宝庆追击的作战方案。第13兵团司令程子华不敢怠慢,一面研究一面上报。钟伟见没有回音,认为兵团已经默认同意,便照此执行。林彪接到此方案,又见敌主力桂系精锐第三兵团行进至永丰、界岭,正在49军追击线路上,便令程子华通知49军切实查清情况不得盲目前进。当这一命令传到49军时,49军的先头师146师已经过了永丰,到达青树坪。

青树坪,又称青水平,位于湖南双峰县境西部,自古为驿站要塞,是湘中通往湘南的必经之地。8月15日,146师先头营因连日急行军,且官兵多是北方人,对于在南方之地溽暑之时的行军实在是水土不服。营长见官兵都相当疲惫又无敌情,所以没有派出有力部队控制制高点。部队从山谷大路通过,结果在青树坪遭到居高临下的伏击。自渡江以来,这支虎贲之师还没打过一次像样的仗,从上到下早就憋足了劲。师长王奎先立即下令攻击,全师摆开阵势向前猛攻,激战至次日天明,毫无进展。146师以为逮到了"大鱼",拼死咬住,等待军主力赶来。

经过一天激战,白崇禧判明了战场态势,觉得有把握吃掉这个孤军深入的师,于是急调附近桂系头号王牌第7军的171师、172师两翼迂回,决心一举歼灭146师。16日,国军对146师的围歼开始了。

在4架飞机和20余门大口径火炮支援下,国军发起一轮又一轮冲锋。即使在这样的阵势面前,146师还没意识到问题的严重性,师干部还沉浸在逮住"大鱼"的兴奋中。而在后方,四野13兵团49军已经对146师的险恶处境洞若观火,林彪亲自下令146师撤出战斗,退至永丰,145师接应其后撤,另以41军、45军各派一个师向永丰靠拢策应。这一命令经兵团、军电台一遍遍向146师呼叫,可146师的电台此时偏偏出了故障,无法联络。49军几乎是每隔半小时呼叫一次,仍没有146师的任何消息。

在此情况下,146师已经在青树坪附近的几个山头上,与敌第7军、第46军展开了两天的血战,每一个山头都要经过反复的拉锯。直到此时,146师还不知道对手是桂系最精锐的三个师。战至下午,146师终因力量单薄,渐显不支,于是收缩防线,将全师集中到相邻几个山头,形成环形防御。

16日晚,不善夜战的国军没有发动大规模的攻势,只是严密警戒,再不断辅以袭扰性的炮击。双方在紧张对峙中度过了一夜。

17日天一亮,国军的攻势就开始了。半小时内,阵地上至少落下两千发炮弹,而且相当数量是重炮。凭着炮弹呼啸的声音和弹着点,富有作战经验的老兵可判断出这些炮弹来自于好几个炮兵阵地,而且这些炮兵阵地距离都不远。一种不祥的预感逐渐涌上心头。

中午前,电台终于修好,146师总算接到军的命令,这才明白了自己的危险处境。师部领导商量一下,决定遵照军部命令撤回永丰。此时师长王奎先已冷静下来,他知道现在敌军上有飞机下有重炮,大白天突围等于是自找死路,果断决定无论如何都要坚持到天黑,天黑后再撤。

国军见苦战两天还未能解决战斗,知道时间再拖下去,夜长梦多,于是全力组织攻击,不断发起整营整团的集团冲锋。战况立时惨烈起来。146师拼死苦战,顶住了国军37次冲击。越近黄昏,战斗越激烈,师长王奎先下了死命令,师干部下团,团干部下营,营干部下连,连干部下排,排长下班,全师战至最后一个人誓与阵地共存亡!王奎先亲临最关键的塔子山高地。这一高地是146师防线的最突出部,一旦失守就有全线崩溃的危险,双方都明白这一点,因此争夺殊为激烈。

高地几经易手,438团一营几乎在这个高地上拼光了。血战整整持续了十多个小时，146师终于顶下来，坚持到了天黑。午夜时分，146师在145师接应下，撕开一个缺口突围而出，撤至永丰安全地带。

此战，其惨烈程度为四野渡江以来之最。146师阵亡877人，伤2000余人，可谓元气大伤。前来接应的145师也有470人的伤亡。（据《中国人民解放军全国解放战争史》第五卷P343）

战后49军军长钟伟检讨说："对桂系主力的战斗力估计不足，认为白崇禧没什么了不起，犯了麻痹轻敌的错误。"13兵团在战役总结中写道："146师在青树坪遭敌袭击进攻，仓皇应战而吃亏，挫折了自己的士气，增长了敌人的气焰。"

版本二

15日早，桂军第46军由707团派出一个营对永丰发起攻击。中午12点，49军以146师437团并配属一个山炮连进行反击，并追赶，437团为前卫，接着是146师直，接后是436团。下午4点赶至青树坪东北面的单家井，遭到707团大规模的阻拦，49军以为是咬住了大批的敌军，后属的145师、147师全部急速赶来。707团见共军主力全部围了出来，已达到了勾引之目的，立刻退到青坪西南的界岭以北的既设阵地上。晚上7点，49军145师进到界岭以北和华国塘之间，和守在这里的桂军相持。同时，146师进入青树坪，147师进入龙溪。至此，49军三个主力师全部进入了第三兵团的伏击圈内。他们一边高唱着歌，一边埋锅造饭，不进行搜索，但这时死神已笼罩着他们……

8点,桂军张瑞生的171师513团从各个山沟快速地插到青树坪后面,以猛烈的炮火开始攻击,立即切断49军的退路。

在界岭以北阵地上的第三兵团主力,一听到青树坪后面枪声炮声大作,其重炮团和各军师的大小炮火也齐发,一群群一簇簇的炮弹向各个目标飞去,狂风暴雨般落在49军的阵地上,尤其是机枪和炮兵阵地上。顿时,满山遍野的碎石弹片夹杂着被炸坏的枪支、肌体冲上半空,又如洒花般落下来。浓密的硝烟满山滚动,带着新鲜的血腥气。树木燃烧得像一支支火把。

炮火刚过,第三兵团直属队、各军师的特务营、警卫连、步兵团就发起了冲锋。各部迂回穿插,将49军各部分割包围,然后各个围剿。战到16日凌晨2点,49军全部被分割,各师、团、营的联络全部中断,只能各自为战了。

17日8点,敌军发出总攻命令,30架战斗机分6批次,每批次5架,从衡阳起飞,5分钟一次对包围圈内的个个山头进行狂轰滥炸。炸弹一响过,就是步兵冲锋,青树坪周围十数公里的范围内喊杀声震耳:"缴枪不杀! 缴枪不杀! "

一些幸存下来的解放军战士后来讲道:"我们在东北打过国民党的王牌新1军和新6军,还没有见过这样勇猛的国民党兵。起先听到到处都喊起缴枪不杀的声音,还以为是增援部队来了,但一听口音不对,全是南方口音。一看,满山遍野是穿黄军服的,才知道国民党兵也会喊缴枪不杀! "

17日下午3时,桂军全线突破,6时开始打扫战场。

18日，主管军事的常务副主席周恩来接到四野发来的战报，他的双眼不禁流下了眼泪："我部第49军在追赶叛军的途中，于15日在衡宝间的青树坪地区遭到桂系主力的伏击，全军伤亡被俘失踪13000余人，2个师师长阵亡，一个重伤。现该军已全部脱离战场，退至永丰一线整补……"

腹地战

常德城内一派热闹景象，四野和二野在此会师。部队经过重新整编，说不同口音的战士多起来。此时，离新中国成立还有几天的时间，对此尚一无所知的战士们正在为新的战斗任务做准备。

因为大腿上的弹片，苏北放不得不留在常德疗伤。他拄着拐杖，站在路口依依不舍地送别部队和战友。临别前，他紧紧拽着"小泥鳅"的手不放。班长吼一声："伙计，别婆婆妈妈的，赶紧养好伤来追俺们！"

德宝战役打响时，苏北放天天架着单拐在临时战地医院里走来走去，他坐不住、躺不安、睡不稳，逢有伤兵被送来就凑到跟前打探消息。性格活泼的他，没多久就成了医院上下都知晓的开心果。有战友受不了换药的疼痛，他就会嚷一句："开心果，来段二人转吧。"苏北放马上乐呵呵地亮开嗓子，受伤的大腿没法活动，他就使劲挥动双臂，把大伙儿逗得呵呵直乐。一个多月后，苏北放可以四处走动了，他磨着医生要出院。医生拒绝了两次，最后耐不住他死缠活缠地请求，给开了出院证明。就这样，苏北放拖着一条还不太利索的腿上了路。

因为没能跟上自己的部队，他被临时编进同属13兵团的47军139师，奔赴干城、五峰、大庸一带追击白崇禧残部。敌军在那里布下了五个军的兵力，试图阻挡解放军进入大西南。

腿上新伤刚愈，于是苏北放骑上了一匹骒马。骒马是一排长让给他的，骒马屁股上放着枪支弹药和背包。一排长光着头赤着脚，裤脚卷得老高，背上还背着个大铁锅，帮炊事班背的。这个满脸络腮胡子的湖南汉子走得格外带劲，时不时停下来拿衣裳扇扇风，顺便鼓励一下后面的战士。不一会儿，他又甩开大步追上来了。

一排长虽然个子不大高，可那双大脚丫子足足比苏北放的长出大半个来，他说是小时候挑担子太重压矮了个子。"他奶奶的，你分明还是个娃嘛！"一排长第一次看见苏北放时，大声嚷一句，嚷得苏北放恨不能有个地洞钻进去。不过一排长没把他拒之门外，还把自己的坐骑让给了他，这足以让苏北放对他既怕又敬。

原以为南方都是小桥流水，没想到也有这连绵不绝的险峻群山，苏北放走在这大山深处好几天了，仿佛永远难走到头似的。部队和敌军在抢速度。

黎明时分，溪口镇出现在前方的晨曦中。镇里驻守的敌人还在呼呼大睡。没费一枪一弹，这个被敌将张绍勋称为大庸"保险柜"的"锁扣"，就被轻易打开了。守镇的敌军残兵向大庸方向奔逃而去。

从溪口到大庸,八十里山路,部队歇也没歇就出发了,继续追。直追到晌午,还没看见敌人的影子,有人戏谑道:"这黄帽子溜得还蛮快啊!"军装湿透了,紧黏在身上。苏北放听到肚子发出"咕咕"的声音,早晨匆忙填进肚子里的那点东西,早消化光了。身后忽然传来一阵"快板书":

当里个当,当里个当——
伙计们,加油赶!谁饿谁就盛米饭;
大米饭,白又香,吃饱打仗有力量。
当里个当,当里个当……

苏北放扭头一看,乐了。炊事班班长来了,背着一口大铁锅,边跑边唱着快板书。也不知炊事班怎么生的火做的饭,他们可真是久炼成钢,神通广大。苏北放盛了一大碗米饭。不一会,前后的战士们就人手一碗,嘴上忙着脚下没停。班长背着个空锅,乐呵呵地往回返了,嚷一嗓子:"伙计们,饱了啵——"有人直着嗓子答:"饱咧——"在大山间激起一串回音。

太阳沉落到远处的山坳背后,余光还映在半天,艳红如血。苏北放将头埋下来赶路。"轰!——轰!"从西北方向传来几声炮响,看来兄弟部队已经和敌人干上了。部队加快了前进速度,小跑起来。

一团乌云正好盖在大庸城的顶上。一队敌军试图向桑植方向突围，刚一出城就被等候在这儿的炮兵拦截住了，只得像乌龟样将头缩回了城。战士们埋伏在城外，包围圈一点点缩小。

入夜，只听得到零星的枪声了。一排长将战士们召集在一起，传达团参谋长命令："趁敌人混乱之际化装进城，打它个脏腑开花，配合大部队围歼敌人。"

苏北放在一堆缴获的国民党军衣里，挑了件身量小的穿在身上。大家彼此看看，不禁笑作一团，相互将帽子扯歪，衣服拉斜，这样就活像一群衣裳不整的残兵败将了。一行人出发，沿南门靠近河边的一条小街进城。小街上的店铺都大门紧闭，满街都是乱糟糟的景象，流窜的敌兵东一群西一群。众人混进人流，趁乱转到县城的主街。

路灯幽暗，主街上不见一个人影。不知敌人的军部究竟在哪儿，大家顺屋檐慢慢往前摸。忽然，前面传来脚步声，五个人影出现在一条小巷入口处。一排长做个手势，示意大家隐蔽，又冲紧跟其后的苏北放和几个战士勾一下小指头。几个人会意，握紧了枪。

等五个人走到跟前，一排长"咔"一声拉开了冲锋枪栓，低声喝问："站住！"苏北放和几个战士冲过去，将那些人围在中心。

"我们是解放军，不许出声！"一排长低声喝问，"谁是带队的？"

一个颤抖的声音响起来："我。"是一个细高个。

"什么职务？"

"我，我是军部的副官。"

"你们准备去哪？"

"到小街上联络兄弟。"

"他奶奶的，大庸城已经被我们团团包围了，你们还联络兄弟，想找死吗？"

"这……这是没得办法。谁想死？"

"不想死就将功赎罪，带我们去军部！"苏北放拿枪抵住那个副官的后腰，其他几人也被分头控制住。副官略一迟疑，点了点头。

一行人跟着他绕过几条小巷，走了十来分钟，到了一个广场。

副官指着对面一扇大门："这里是一所中学，军部就在这儿。"门前悬一对红灯笼，灯光幽暗，似无人把守。

一排长皱起眉头："这是军部？"

"是是是，长官。"副官头猛点。

一排长略一思索，冲副官命令道："带我们进去！"副官一脸难色，苏北放将枪头一顶，副官犹豫一下，朝那扇大门处迈步走去。

"干什么的？"众人还没走近，门口的哨兵从暗处晃出来，提枪喝问。苏北放将枪口暗暗往前一顶。

"我是，我是……"敌副官磕磕巴巴地回答。苏北放心里一急，手上不觉又重了一分。副官这才答道："我是军部副官，刚带了几个兄弟过来。"

敌哨兵放下了枪。众人走向大门，经过哨兵身边时，一个战士猛地跨前一步,将哨兵的枪给缴了。束手就擒的哨兵乖乖地举起手来,主动交代:"两边厢房住的警卫营,机枪架在院子里,人都在里面睡觉。"

院子里静悄悄的,依稀听得到不远处的零星枪声。一排长将俘虏集中交给两人看管,命令一班战士收缴了敌人的机枪,盯住两边厢房。炮兵架好土炮对准军部院子,里面一有动静就开火。随后,一排长带领其他战士摸向第二道院门。

院内有一座大房子,里面灯火通明。窗纸上人影晃来晃去,屋内传来嘈杂的声音。屋门前,站着几个没精打采的敌兵。

一排长指挥战士分两路将这座房子包围,他带着苏北放等四五个战士几步蹿到屋门前。敌卫兵伸枪拦住:"干什么的?"

一排长大声说:"我是解放军的代表,来找你们军长谈判。"身后几个战士纷纷将枪对准了几个敌兵。敌兵都愣在了当地。少顷,一个人走到一排长跟前:"谈判可以,但是你的枪得留下。"院里静了一刻,一排长从容而答:"好。为表诚意,我将枪留下。"说着,他将手枪交到那人手上,冲苏北放一使眼色,大步走进了屋内。

苏北放一颗心跳得"嘭嘭"直响,仿佛蹿到了嗓子眼那儿。他攥紧枪口,一对耳朵舒张开来,警惕地倾听着屋内的动静。

"谁是军长?"屋内传出响亮的一声。过了半天,才传来冷冰冰、慢悠悠的一声:"你是干什么的?"

"我是解放军代表!"

屋内传出一串"嘎嘎"的笑声,仿佛被人从嗓子眼里一点点挤出来。"你来干什么？"

"命令你们缴枪投降！"

"哈哈，笑话，命令我黑山豹缴枪投降？吃了豹子胆你！"屋内响起"砰"的一声，苏北放浑身一震，端枪准备冲进去，被敌兵的几杆枪逼在了原地。

"哈哈，我还有几千人呢。你以为我黑山豹会乖乖投降吗？"屋里的声音再次响起，不无傲慢。听见这声音，苏北放松了口气，一排长应该没事。

果然，很快响起了一排长的声音，语声洪亮："你们的军部已经被我们包围了！"

"屁话！你以为我会相信吗？你们不可能来得这么快。"

"来慢了还见得着军长吗？"一排长语调轻松。

"就是包围了，我们也能打出去！"

"已经晚了。"一排长的声音提高一个八度，"二班长，把枪架上！"

只听周围"噼里啪啦"一阵响，窗沿下忽然多出数条身影，一支支乌黑的枪管从窗口对准了屋内。

苏北放身前的几个敌兵顿时张皇四顾，不知所措了。

"缴枪吧！"屋内又传出洪亮的一声。

苏北放与身旁的战士对视一下，大家一起上前将几个敌兵按住。他几步冲进屋里，只见一个黑胖子仰靠在一把太师椅上，满面沮丧。一个瘦高个弯腰对他说："军座，算了吧！事到如今……"说着，瘦高个摘下枪，搁在了桌上。

"啪——"屋角忽然传来一声枪响。苏北放扭头一看,一个敌军官开枪自杀了,身体还在地上抽搐,一线血痕蛇一样从他身下蜿蜒而出。

黑胖子看一眼躺在地上的那个人,迟迟没有反应。一排长示意,苏北放走上前去,轻轻松松将黑胖子腰间的手枪缴了。

渡江记

江水浊黄湍急,像一个性急的汉子向东奔去。这是苏北放第二次渡过长江,只不过这一次是由南向北。岸边和一千多米宽的江面上,看不到一艘船。镇上的百姓告诉他们,渡口的所有船只都被敌军拖到了北岸。站在岸边,依稀看得见对岸山头上敌人临时搭建的防御工事。

连夜急行军,部队终于赶到了镇渡口,却被河水拦住了去路,到处看不到渡江的船。团长发了愁,师部已经追来两道电话询问准备情况,下了死命令,天亮前必须渡江。

战士们隐蔽在树林里休息。不远处,团长和参谋长在江边来回踱步,商量对策。一排长接到命令:"派几个战士和侦察连一起,借着夜色掩护,去镇附近的村庄搜寻船只。事不宜迟,马上行动!"

大家兵分两路,苏北放跟着一排长向东走了二十来分钟,前方隐约有间小屋。走近一看,屋旁亮闪闪的像是个小水塘。有水塘没准就有船。几人加快脚步直奔塘边。果然,一只木船静静地泊在塘边。一排长几步跑下岸,解下船绳,虽然只是巴掌大的小渔船,可不漏不破。他吩咐苏北放几个将船抬到长江边,马上划回渡口,他带着其他战士继续往前搜寻。临离开水塘,一排长掏出钱来,用石头压在了一旁的木桩上。

船抬到江边,苏北放才发现船上没有桨。他让战友看住船,独自折返回来,敲响了小屋的门。屋内久久没人应答。难道是间空屋?苏北放想起他们刚发现水塘时,似乎还看见小屋里有光亮,这时屋里却是漆黑一团。他绕着屋子走了一圈,没发现可以替代桨的东西,又转到门前敲了几下,伏在门上小声叫:"老乡,我们是解放军,想渡江追击国民党的军队。"

冷不丁地,腰里被杵上了一个冷冰冰的东西。苏北放一惊,浑身窜出密密一层冷汗。他咬紧腮帮,等对方发话,可对方迟迟没有动静。"排长!"苏北放大叫一声,迅疾转身一把抓住了顶在腰上的东西,原来是一根木棍。

再一看,月光下站着个渔民模样的老头,苏北放心里放松下来。"老乡,船都被敌军划到对岸去了,我们想借你家的船……"

"你们是哪旮旯的?"

"老乡,我们是人民解放军,来解放老百姓的……"

"吱呀"一声,门打开了,一个满面皱纹的老婆婆探出头来,大声问:"你们借船搞啥子?"

"我们要渡江去追国民党的军队,解放重庆!"苏北放见老头侧过耳朵似乎听得吃力,提高音量,"你的船,我们借用一下,这是钱。"老头将苏北放的手推搡回来,连连摇头。

苏北放提高声音俯下身子,冲着他耳朵大声说:"大爷,我们想借你的船渡江去打国民党的军队。"话音未落,身后伸过来一对木桨,桨拿在老婆婆的手里:"拿去吧,拿去吧。他耳朵背。"

苏北放大喜过望,接过桨,冲两位老人鞠一个躬,将钱放在门槛上,跑了。

四人坐上渔船。苏北放是东北人,没划过船,两个湖南籍的战士配合着划了起来。可不知怎么,船在原地直打转转。另一个战士接过桨,划拉了两下,船终于平稳地往前进了。

天蒙蒙亮时,其他寻找船只的战士陆续返回来,都搜寻无果,只找到了这么一条"宝贝船"。相对于准备渡江的大军,一条船只是杯水车薪。

团长和团参谋长一合计,让一排长带上两名战士驾船到北岸继续搜索船只,争取"偷"几只船过来。正好这时,三个熟悉这一带水情的渔民闻讯赶来渡口,自告奋勇送大军过江。

在迫击炮、重机枪的掩护下,小渔船离开岸边向对岸划去。宽展的江面上,风大浪高,渔船颠簸得十分厉害。一个渔民负责划船,一排长匍匐在船头,苏北放和另一名战士匍匐在船后部,他不太习惯,只觉得头一阵发晕。

对面山上射来的炮弹不断落在渔船周围,炸起数米高的水花。机枪子弹擦着船沿,呼啸而过。皮肤黝黑的渔民小小个子,镇定而敏捷地划动双桨。离岸还有五十米时,身后的枪炮声更加猛烈了,敌人的机枪手被压得抬不起头来。渔船迅捷地向岸边奔去,一排长蓦地站起身来,端着冲锋枪冲岸上一阵猛扫,一下撂倒了几个敌人,剩下的几人慌忙躲到岩石后面。趁敌人还没架好机枪,一排长一个箭步跨上岸,又是一阵猛扫。苏北放和另一名战士紧随其后。敌人慌忙往远处跑去。渔民挥刀砍断一只大船的缆绳。四人跳上船迅速往回划。

正在这时,岸上涌来了一群老百姓,他们大声叫着:"解放军同志,敌人跑光了,我们接你们过江……"不一会儿,北岸的四五十只大船像挣脱大网束缚的鱼,齐头并进划向南岸。

大军顺利渡过长江,逼近山城重庆。

离重庆不远,部队再次停下来,等兄弟部队包抄到位。战士们擦枪的擦枪,清理弹药的清理弹药,做着迎接一场硬战的准备。下午忽然传来消息,重庆敌军开始逃跑了。迟迟不见进攻的命令传来,苏北放和战士心里痒痒的。一直等到次日下午4时许,重庆城内忽然传来连续不断的枪声。众人马上起身观看,仔细一听,这枪声不像是战斗打响了,之中还夹杂着阵阵锣鼓声。奇了怪了!

没多久,命令传来:"登岸进城。"

登岸的长长台阶上,国民党地方军约有两百多人排成两列,朝天鸣枪欢迎解放军进城。山城重庆和平解放了!

水连珠

重庆解放后,苏北放又随部队返回湘西,一年多时间,在深山密林里追剿土匪,几次涉险,几次脱险。好在战争的残酷性已经比解放战争年代减轻了许多。他以为和平已经到来,永远到来了,从广播里、报纸上,他了解到新中国百业待兴,人民安家乐业,祖国山河一派欣欣向荣的景象。

各地都在抓基础建设,热火朝天地兴修水利工程——挖水渠、建水库、筑大坝,数万群众同心协力日夜奋战的情景比比皆是。他还从报纸上看到,被誉为"新中国第一个治理长江的水利工程"的荆江分洪工程就要兴建了,这一伟大的分洪工程坐落在与沙石隔江而望的江南。看到"沙石"两字,他感到格外亲切,好兄弟鲜东来就留在那里。

1951年春天如期而至,苏北放再一次渡过长江。他随部队一路向北,以一种比徒步行军更为迅捷的方式——乘坐闷罐火车,回溯了他以往的参战历程——由江南而华南,由华南而华北,由华北而东北。在自己的家乡,他没作停留,便直接越过国境线,进入了林莽幽深的朝鲜北端。

一晃眼,苏北放的个子已经超过了一排长,脸庞也脱尽了青涩气,俨然一个正值青春年少的帅小伙了。他思谋着再过两年,等土匪都消灭干净了,就转业回到家乡,经过古城时带上鲜东来。他一直记得自己在东来墓前的承诺。可让他没想到的是,又一场战争在和平的气氛中突然来临了。

出发前,战士们按照命令将身上所有带中国军队标志的东西全部去掉,比如搪瓷脸盆上"某某部队"的番号,衣服上"某某被服厂"的标记,就连配发的白毛巾都要将"将革命进行到底"几个红字剪掉。这一命令,让这次出征带上了神秘莫测的意味。闷罐车厢里越来越冷,战士们在心里暗暗揣测,渐渐地明白了此行的使命。很多人在越过鸭绿江的时候,无声地流下了眼泪,不是出于害怕,而是和自己的祖国诀别。

苏北放和其他战士一样,将写有姓名、职务、通信地址的白布缝在了棉衣内。不过,他还多逢了一条,上面写着鲜东来的名字、老家所在地、牺牲时的部队编号及埋葬地。

过了鸭绿江,一路急行军。上级下达了"不主动惹事"的戒律,其中一条纪律是"不随意开枪"。此行的目的地还在保密中。终于,部队在一个小山村停下来,开始了第一次练兵——打靶。

苏北放脚穿军毯改制的棉鞋,戴着厚厚的风雪帽,手拿一把步马枪,满脸兴奋地走上靶场。这是苏联支援的新枪,战士们叫它"水连珠"。这把枪早被苏北放反反复复擦得锃亮,可还没用过。他要在打靶场上大显身手。

第一枪打出去,"轰"的一下,耳朵失聪了半天,苏北放有点发懵。这枪和他原来使过的枪手感不一样,枪的后坐力特别大。第二枪出手,他的心情越发糟了,这枪使着可真是不顺手。

打靶的结果出来——光秃秃的三个零蛋,苏北放差一点原地蹦起来。说起来他也是久经战场的"老兵"了,虽然平时打靶练得不多,但成绩也至于这么丢人。他不服气,跑到军械员跟前:"这枪是不是有问题?"

军械员摇头:"我们测试过,没问题。"苏北放不依,扯着军械员非要理论清楚。一排长被人叫来,喝止住苏北放,让战士将他拉回营房。一路上,苏北放嘴里还在嘀咕个不停:"这枪肯定有问题，一排长，我要换枪！"走到无人处，一排长紧绷着的脸再绷不住了，咧开大嘴冲苏北放一笑："小子羞死吧你，人笨怪刀钝！"

一排长罚苏北放去炊事班帮厨一天。帮厨倒没什么，关键是这三个"大鸭蛋"一直堵在苏北放的胸口那儿，堵得他摘菜坐不住，炒菜站不稳，干啥事都像丢了魂。这次打靶后，苏北放中了邪一样，老是端着自个的枪傻傻地发呆，一呆就是一两个小时。有人从旁边过，听见他嘴里叨咕个不停。"枪是用来打美国佬的，你莫被这枪弄魔怔啰。"有战友打趣他。他一梗脖子："俺就不信这个邪！这枪还能邪乎到天上去？"

果真像军械员说的，这枪没问题，那就是他苏北放有问题？苏北放把着枪仔仔细细地琢磨，还真让他琢磨出了点门道。原来这"水连珠"的枪膛短，导致后坐力增大，子弹出膛时稍有偏差，子弹到达200米以外的目标时就会差出一米来远。琢磨透了这一点，苏北放不吵不闹了，也不再自个儿叨咕个不停了，他换了姿势，没事的时候就握起枪，把远近不同的各种物体当成靶子来练。枪膛里没有子弹，他就端枪定在那儿，一定就是几个钟头。

他端着枪练习击发，在扣动扳机的瞬间，努力保持手臂、身体纹丝不动，就像自己被冰冻住了一样。为了锻炼臂力，苏北放将破床单撕成两片，里面装上沙土，两头捆扎起来制成两个"土沙袋"，绑在两臂上。一排长打趣他："小子，还真像个东北汉子啊。快点练成'神枪手'，上战场！"

除了练射击，战士们还要学简单的朝鲜语。"你拿木尔（冷水）洗脸啊"，"那不冰掉鼻子啊，俺拿格里木尔（开水）洗脸"……

这些绕口的朝鲜语可是难为了大伙的舌头，听着彼此古里古怪的发音，营房里常常像炸了锅一样。

一天夜里，上面突然下达了急行军的命令。大家早等着这一刻了。部队整装出发，沿一条山崖下的小路徒步前进。走了约三四个小时，空气中火药、焦烟、尸体的气味浓起来。苏北放的心像即将松开缰绳的野马兴奋地刨着蹄子。队伍往前，一直走到天蒙蒙亮，开始有飞机在空中盘旋了，不时地一颗两颗炸弹落在不远处的山路上。部队加快了前进速度，战士们几乎小跑起来。

在一个路口，团长命令停下来，火速修筑野战工事。工事还没修好，一队美国巡逻兵就进入了视线。战士们在简易工事上架起机枪，一阵狂扫，没有防备的美国兵全部被击毙。部队迅速上山，分散进入阵地。这里早修筑好了坑道、射击台，对面不远就是敌军的阵地。

一排长摸到坑道里，叮嘱道："不要使用望远镜，所有能反光的东西全部要摆在坑道里，不然就有可能引来一通狂轰滥炸。"苏北方从掩体后面悄悄探出头。嗬——，对面阵地上是美国兵，中间大概只隔了五十来米远，连对方的眼珠子是黄是绿都看得一清二楚。

这一夜还算平静，美军似乎没料到中国志愿军来得这么快。苏北放负责站岗。天可真冷呵，一张嘴就呵出一团团白色雾气。不一会儿，衣服上结了一层霜，寒意还在加重。直站到天亮，苏北放觉得自己藏在风雪帽里的脸快冻僵了，他轻轻地跺一跺脚，身体一歪撞在硬邦邦的东西上。回头一看，这才发现身边的掩体很奇怪。凑近前,呀,表层覆盖的冰雪下面竟然全是美国兵的尸体!严寒,已经把这些尸体冻得像砖头一样坚硬了。睡意一下消褪大半。他抱紧枪,再不敢靠在掩体上。

太阳终于从云层后面钻出来,苏北放被换下了岗。他先在掩体里眯了一会儿,可是睡不着,那些被冰雪模糊的美国兵的脸直在眼前晃。他出来,窝在坑道里晒太阳。阳光薄薄的,轻轻的,似乎在空气中飘动。他将手伸进怀里掏摸了半天,终于摸出了那粒子弹头。弹头温热,手感光滑。他用手指夹住举向太阳,阳光将子弹头和指尖镀了金,晃得眼花。冷不丁地,"噗——"一声,有什么东西砸在一旁的土坡上,击起一串碎土。苏北放一个激灵,赶紧握枪匍匐在坑道里。

又是"噗——"一声。"奶奶的!"一排长从右侧坑道骂骂咧咧地猫腰摸过来,"你拿的啥玩意晃啊晃的,不告诉你任何反光的东西都不能拿出来显摆吗!"苏北放不及回答,身前身后又是一串"噗噗"声。一排长一把将他的头按下去,自己猫在掩体边往对方阵地观看。"他奶奶的!"

枪声渐渐密起来,美军显然发现了这边阵地上的志愿军,开始发动进攻。先是零枪碎弹,接着是坦克炮弹、重炮炮弹,蜂群一样扑过来。刚刚还平静的阵地,眨眼工夫就被炸成了马蜂窝。战士们躲在掩体里,几十架美军战斗机"嗡嗡嗡"地飞来,从空中吐出一串串炸弹,洒下倾盆大雨一般的汽油。汽油一遇火星,"嘭"一声剧烈燃烧起来。阵地成了一片火海。

在重型坦克的配合下,一拨又一拨美国步兵向阵地冲过来。

战士们再顾不得许多,纷纷钻出掩体还击。一排长下命令:"一定要死守阵地。"美军一次次发起进攻,一次次被打退。战士们越战越勇,枪膛热得烫手。苏北放脸上黑乎乎一片,只剩下一双黑白分明的眼睛是亮的……

不知不觉,黄昏降临了,远近山峦被一层柔美的夕阳笼罩了。枪弹还在暮色中交织,渐渐化成了一道道飞梭往来的光痕。

夜一点点深下去,美军飞机、坦克不敢出动了,攻势渐渐弱下来。终于,双方都寂了声。疲惫不堪的战士们松弛下来,除几个哨兵圆睁着眼睛四处观察,其他人三个五个地挤靠在一起,打起了盹。这一天似乎特别漫长,又特别短暂。

前晚值了一夜班,苏北放很快睡着了。他梦见了鲜东来,趴在他身边,不停地给他递手榴弹。他拧开盖,一个一个往外扔,扔得欢天喜地。忽然,肩膀被人猛烈地摇晃了几下,苏北放惊醒,挣扎着挺起身。原来是一排长。

"别做梦了,跟我来!"苏北放钻出掩体,发现尖兵班的战士已经集合在一起了。一排长压低声音交代几句,一行人鱼贯而出,悄悄捣向左前方的美军阵地。

一排长说他白天已经观察好了,这里的美军不多,正好偷袭。白天酣战了一天,他们想必也乏了,肯定想不到我们有这么一招。

月光将阵地映得斑驳一片。猫腰走出没多远,隐隐约约看见美军阵地上横七竖八地散落着三十来个睡袋。一排长做个劈砍的手势,战士们蹑手蹑脚分散开来。苏北放走到一个睡袋前,举起刺刀正要往下戳,猛地发现露在睡袋外的脑袋黑乎乎一团,衬着皑皑白雪十分怪异。

"我的妈呀!"心里一惊,苏北放转头就跑。跑出几步,听见了身后的脚步声,有几个战士前后脚跟着跑回来了。大家跑到安全地带,停下来,你看看我,我看看你,半天没言声。好一会儿,有个战士小心翼翼问:"你们看到了吗? 一个个脑袋,都、都黑乎乎的!"

大家不约而同地舒一口气。"看到了,吓得我!""怎么那么黑啊,一个个的……""是不是鬼啊!"

"咋回事? 跑啥跑,白天没吓破胆,夜里敌人还没动呢就吓得……他奶奶的!"一排长踮着脚尖跑过来,气咻咻地。

一个小战士拿手往美军阵地指一指:"有鬼!"

"什么鬼不鬼的,真是鬼咱也不怕! 我看啊,多半是美国鬼子怕我们偷袭,故意涂黑了脸。怕什么怕,跟我走!"一排长大手一挥,大家又壮起胆子跟着他往回走。

眨眼工夫,睡袋里的美国士兵都做了"刀下鬼"。回来的路上,小战士不停嘴地叨咕:"真是怪了,这美国兵怎么黑不溜秋的,像块炭。"他说他想弄明白是咋回事,拿手蹭一蹭美军的脸,手上干干净净的。他又沾了点雪水,往那美军的脸抹,手上还是干干净净的。回到阵地,大家七嘴八舌把这事一说。有人告诉他们,这些是黑人,皮肤本来就是黑乎乎的。

"有那么黑? 像黑炭,像烧了八百年的锅底?"小战士还不信。

"那他们的血是什么颜色啊? 刚才心慌,都没仔细看。"这个问题,就没人能回答了。

上级命令:"严守阵地!"大家打退了美军一次又一次进攻,很多战士没有弹药了,就扔石头,和美军拼刺刀。打到第四天,迟迟不见补给送上来,战士们只好挖野菜充饥,渴了嚼草根、化雪水,或拿牙膏润唇。有战士饿极了,将路边马粪里泡胀的黄豆扒出来,拿雪水洗洗,塞进了嘴。

见美军的坦克太嚣张,一排长命令工兵趁夜在公路两侧的山缝里塞上几百公斤烈性炸药。等美军的坦克趾高气昂地开来了,起爆,一气炸掉了美军2辆坦克,炸伤了2辆。阵地上好一阵欢呼。

打到第五天,眼看弹药快用光了,总共还剩下十多个手榴弹,一排长下令了:"他奶奶的!一定要想办法撑住!子弹节省点用,瞄准了再打,争取一枪解决一个……"

为了提高射击精度和反应速度,一排长在阵地一左一右搭建了两个射击暗点,都设在坑道内,连通外面的战壕,再在战壕上架上木头,盖上土,然后向敌方开设一个观察孔,负责歼灭两侧进攻的敌军。他又从战士中挑选出四个狙击手,两人一组,分别守住两侧的射击点,再各配一个观察员。他将敌军阵地进行了分块编号,并一一测好距离。一旦目标出现,观察员通过电话报出目标所在的区域号码。射手迅速反应,进行点射。

射击准确率飞升的苏北放有幸被选为狙击手,他和一个老战士负责右侧的射击点,轮流射击。逢到战事紧张的时候,两人一起射击。中午,美军发起了又一轮进攻。两侧的射击点十分有效，几乎都是一枪撂倒一个敌人。可子弹还是在迅速减少，手榴弹也只剩下了四个。

一排长忍不住在战壕里跺脚骂娘了。他来来回回踱着步，正骂着，忽然有战士看见一个人挑着两个箱子上来了。一排长闻言，立马飞奔过去，一把将来人抱在怀里："他奶奶的，你真是俺们的大救星！"

一串子弹擦着他们的身体飞过去。一排长赶忙拖着那人扑倒在地，少顷翻身坐起来："他奶奶的，高兴得忘了形，差点脑袋就搬家了。哈哈！"

附记一：生死诀

"雄赳赳，气昂昂，跨过鸭绿江……"没经历过朝鲜战争的一代代人是通过《英雄儿女》、《上甘岭》、《谁是最可爱的人》知道这场战争，知道黄继光的，比如晚报记者关心。多年后，苏北放不得不花费口舌向他讲述这场战争的背景，覆盖掉革命歌曲和课本灌输到他脑海中的印象。

首先，这场战争中国志愿军的装备和联合国军队简直没法比。苏北放当时拿的那支步马枪，也就是战士们常说的"水连珠"，世界通用名叫M1944式莫辛—纳甘。这种枪其实擅长打巷战，是苏联设计师为适应巷战需要，改造了苏联红军原来使用的一种步枪，剪短了枪管，将折叠刺刀安装在步枪的侧面。它可以两用，又特别耐寒，但改款留下了致命的弱点：枪管短，子弹的散布面比较大，如果不经过刻苦训练，根本打不好。在抗美援朝的战场上，哪个战士能拥有一把"水连珠"就是相当神气的事了。

还有一种使用较为普遍的枪，战士们取名"大八粒"，实际上是美国的M1步枪，学名"加兰德"，一次可以装八发子弹。在朝鲜战场上，M1步枪是美国兵的标志性武器。志愿军中只有排长以上级别的才有资格使用这种缴获的武器。为了不影响士气，"大八粒"上的美军标志都被磨掉了。

解放初，我国百业待兴，还没有自己的兵工厂，也就谈不上制式武器。为了和实力强大的美国在朝鲜战场上进行较量，当时从全国范围内调拨了大量从抗日战争和解放战争中缴获的日军和国民党装备，苏联又支援了一些武器，这样志愿军手里的枪简直是五花八门。数十年后，有兵器专家统计，抗美援朝期间，我军的火炮和枪械竟然产自世界上24个国家的98家兵工厂，品种和型号达110种。

这是一场典型的敌强我弱之战。阵地上，随着战事的深入，一个连只剩下几个人，或是三个排并为两个排，再并为一个排，最后并为两个班。美军的飞机、坦克、重炮轮番出动，将阵地炸为焦土，有的阵地在几天内被削去一两米的高度。其艰巨、惨烈程度可想而知。

就是在这样的情况下，在北纬38度的朝鲜战场，在绵延200多公里的战线上，当时活跃着成千上万个志愿军狙击手。中国志愿军以狙击战术对付拥有精良武器的美军，展开了一场世界战争史上前所未有的、带某种战略色彩的大规模狙杀运动。军事史上，还给这一行动起了个极富中国特色的名字："冷枪冷炮杀敌运动"。

苏北放说："联合国军的兵们怎是给咱们打傻了啊。他们在阵地上只要一露头，不是吃上一颗不知从哪儿飞来的子弹，就是一颗怪叫着落下来的炮弹。"朝鲜战场多山，这让狙击手很难准确估算提前量，必须考虑到山地坡度、对手高度、目标运动方向和速度等因素，在瞬间确定瞄准点，果断射击。要达到枪人合一，百发百中，需要无数次经验的积累，无数次的人与枪的磨合。到后来，苏北放不仅摸熟了手中这把"水连珠"，还摸索出了一套"作战经验"：敌人正在洗澡的，脱下一条裤腿再打；拉屎的，蹲下来再打；坐汽车的，瞄准停车点，第一个人刚起身时连续打……

这种战略战术，实有其迫不得已的原因：一是敌强我弱，一是和谈需要。1951年7月，中朝美方代表在开城来凤庄开始谈判，10月迁到开城东面15公里处位于三八线的板门店继续谈判。苏北放也随部队转驻开城，保卫谈判。之后，部队两度换防回到国内短期修整，又两度入朝。因为对方没有诚意，一直打打谈谈，谈谈打打。谈判过程中，志愿军不能示弱，只有以在战场上的不屈服赢得谈判桌上的平等对话。直到1953年，双方才最终达成了停战协议。

对于这场战争，美国在此后的几十年间一直保持沉默，直到2000年才公布在朝鲜死亡的美军姓名。他们终于承认："我们是在一个错误地点、错误的时间、和错误的对象，打了一场错误的战争。"

　　战场是无情的,苏北放在朝鲜战场上数度遇险,与死亡只有咫尺之距,却都安然无恙,竟然连一个伤疤都没留下。一次,敌人的子弹击穿了他的棉大衣、棉衣、绒衣,把里面的浅色秋衣都打得焦黄了,可他连皮都没破一丁点。还有一回,炮弹弹片削掉了苏北放的半个棉帽子,可他连根头发丝都没掉。另一次的经历更为惊险。遇上敌机空袭,苏北放和几个战士躲进一个掩体里,外面的碎石被爆炸的气浪冲进来,像冰雹一样四处横飞。随着炸弹连续炸响,脚下的土地颤抖不停。苏北放心想,这回是真完了。身边很多人都受了伤,偏偏他躲过劫难,一点皮都没蹭破。

　　最激烈的一战,阵地几成焦土,苏北放冒着枪林弹雨将一排长背下战场。一排长断了一条腿。苏北放浑身血水模糊,一检查,仅仅是几处皮外伤。苏北放觉得,冥冥之中,一定是鲜东来在天上佑护着他。

　　在回国的火车上,苏北放突然发现,和他一起担任狙击手的那个老战士总是眯着一只眼睛,另一只眼睛却瞪得炯炯有神,仿佛正端着枪瞄准。"哈哈,你成了'大小眼',战争后遗症! "

　　老战士一乐:"你别笑,照照镜子,你也一样! "

　　这个表情,自苏北放从朝鲜战场上归来后,再没变过。

第二章

长辫子

柳真如将长辫子在头顶上绕了两圈，紧紧盘好，辫梢细细塞进发丛，用发夹将辫子周边固定住，戴上一顶草帽，用手压实了，在下巴处将帽绳系一个结，再脱下布鞋、袜子，换上一双草鞋，裤腿高高卷起来。

孙琴在外面早等得不耐烦了，伸直脖子大叫两声。柳真如赶忙应着"来了，来了"，飞跑出广播室。迎面一阵风猛灌过来，将帽檐掀起成了一片帆，好在辫子卡得紧，柳真如一只手按住帽子，一只手插进孙琴的胳臂，紧紧挽住她。

"早叫你将辫子剪了，你瞧瞧，多麻烦。这要是打起仗来……"孙琴瞧瞧帽子，撇撇嘴。她的头发齐耳根，头上啥也没戴，干净利落。

"这不没打仗嘛。舍不得呢，蓄了两年多了。"柳真如不好意思地笑。

"哼,资产阶级小姐作风!"

"哪里是!"柳真如娇嗔一声,却没话反驳,手上用了劲,拖拽着孙琴往前跑。

"资产阶级小姐,你慢点行不行?"

"你还叫资产阶级小姐!我们比比看,看谁先跑到工地。谁落后谁就是资产阶级小姐。"话没说完,柳真如甩开孙琴的胳臂,拔腿就跑。

两人奔跑在新修好的大堤上,衣服被风吹得鼓胀开来,像一蓝一白两朵被风吹动的花。从大堤上往下望,浩大的工地上涌动着一望无际的人海。人们一个个肩挑背扛,或是推着独轮小车,或是挥动铁锹锄头,还有无数碎石在上下飞舞,恍如"海洋"里腾起的一朵朵浪花。

第一次看到这场面时,柳真如惊呆了。她从没见过这么多人,也从没见过如此热气腾腾的景象。这些忽然间在她家乡土地上冒出来的人们,彻底改变了这块土地的气息。以前这里是一片荒滩,萧索寡色。素有"九曲十八弯"之称的荆江河段,是长江有名的"地上河",因为湾口密集,泥沙淤滞河底,逐年抬高河床,两岸的大堤也逐年升高,以至于现在两岸的地面比河床矮了七八米,成了名副其实的"悬河",也成了悬在北岸江汉平原、南岸两湖平原头顶上的一把镇锣剑。

每年汛期,大堤上日夜不休地奔走着巡堤人,紧张的气息如回旋的江风盘缠在人们心头。两岸人如临大敌,江水在数月间急遽膨大的身躯,将河床填塞得胀实欲裂。万一哪处江堤不堪重负,溃口决堤,急泄的江水就会在平原上肆意奔窜,泛滥成灾。

柳真如亲身经历过1945年夏秋之交的大洪水。北自太平口,南至藕池口,一夜间成为一片汪洋。邻居孙家接连失去三口人。八月初五大儿子被洪水卷走,九月初一男主人驾船回家搜寻食物,不想船翻人亡,几天后二女儿也因病而去。孙家八十多岁的老奶奶坐在大堤上迎风悲泣,一头花发如芦花飘飞。风将"呜呜——"的哀号声吹送到浩荡的水面上,张挂在凄零的树枝间,又被野鸦衔走。那哭声深深印刻在柳真如的耳膜上。

柳真如小学毕业那年,她奶奶独自拿了主意,将她送到了沙石的养父养母家。说起来,柳家在江南算不得大户,可靠着祖辈的勤勉节俭,到柳真如爷爷那一代已积得了四十余亩田地,还有一幢体面的宅子。读过几年私塾的爷爷,在村里颇有声望,可他还是习惯事必躬亲,六十高龄了还每天下地操持。爷爷生有两子一女。女儿还在襁褓中就夭折了,二儿子被抓了壮丁,从此再没音讯。大儿子一直待在他身边,帮他打理田地房屋,像一个本分的农民那样娶妻生子。柳真如生下来没多久,她妈妈就得疫病走了。

民国政府时期,因了爷爷的声望,柳真如的父亲被推上了保长一席。爷爷点头应诺,不过是想儿子谋得一官半职,或能荫蔽这个家,惠泽村里乡亲。可上任才两个来月,县府就形同虚设了,大儿子又重新埋首在自家田地里。没想到,这两个月的虚职却成了他一生难以解脱的重负。

爷爷一生精明,有远见。解放后,他主动拿出三分之一的田地给了柳旺父亲。工作组下到江南时，柳家幸运地被划为了中农。正值年富力强，柳真如父亲当上了农会的治安委员。像别的村子一样，江南开展起了如火如荼的土改运动，揪出三个地主分子，其中一户是爷爷多年的朋友——柳忠全。爷爷本来拜托儿子，在柳忠全一家定性的问题上帮着说说话。柳真如的父亲素来本分讷言，正值风口浪尖上哪有底气开口，眼睁睁看着柳忠全被列入了黑名单。

三个地主被关在不同的地方。那几日，村里响彻几个人的惨叫声。柳真如的父亲恰好分在柳忠全那一组，他亲眼目睹了老人被讯问鞭打的过程。他不忍心抽打老人，又不敢站在一旁袖手，竹条高高举起来，轻轻落下去，可老人打皱的脊背上还是添加了一层压一层的鞭痕。

那夜，几个农会干部打累了，留下柳真如父亲一人看守。老人躺在地上，已经几天粒米未进，他央求柳真如的父亲给他一点吃的，什么都行。柳真如的父亲将自己的馒头掰了一半给他。看老人艰难下咽的样子，他出门给老人找碗水喝。不想，就是这短短的几分钟，早已等不及的老人挣扎着爬起来，一头栽进了门前的水塘。

老人的失踪，让柳真如的父亲有口难辩。农会的干部找遍了村子也没找见老人，气急败坏地将柳真如的父亲捆了起来。第二天傍晚，老人的尸体浮出了塘面。及时出现、但再不肯开言的老人没能挽救柳真如父亲的命运，有人揭发他曾当过伪保长，是国民党的残渣余孽，心怀叵测地混进了农会，而爷爷送给柳旺父亲的田地,也被视为蓄意消灭罪证、收买群众。柳家向着深渊滑去。

爷爷病倒了,一辈子没什么大病大灾的他,躺下就再没能起来。奶奶含泪合上了他的双眼。爷爷被村人草草埋葬时,柳真如的父亲还在伏案写检查。柳旺父亲将消息悄悄带给他,他紧紧咬住嘴唇,不敢让眼泪泛出眼眶。从那间屋子里走出来时,原本讷言的他变得更加沉默,高高大大的身架佝偻下去了。一顶无形的帽子压得他再也直不起身来。

奶奶担心柳真如受到牵连,硬着心肠将她送过了江。养父养母只有一个女儿叫李子露,心疼地说:"柳伢儿来得好,这下露珠有了伴。"养父养母将柳真如当亲闺女一样待,姐妹俩亲热得同睡一张床,同盖一床被。

柳真如一直想改变自己在老师同学心中的印象。解放后,一次偶然的机会她才知道她爸当过伪保长,虽然前后算起来总共当了不到两个月时间,而且她爸那时是借着这虚名暗中维护家人、村人。遇到上面逼着催粮催钱的时候,村里有实在交不出钱粮的人家,她爸也不去为难,而是自己悄悄拿出钱粮垫上。好在那时柳家家境还宽裕,这些勉强都应付了过来。被风吹走的那些旧事,现在谁还说得清楚寅卯?不管是虚名还是实职,这当过伪保长的人在村里自然说不起话,抬不起头,连带着家人也仿佛矮人几分。家里原本比别人家多出的几亩田,也成了令人羞耻的物证。

这次学校组织文宣队到荆江分洪工程的大工地,柳真如马上报了名。一听说要修分洪工程了,柳真如马上回想起了几年前的一幕,回想起了孙家老奶奶的哀嚎。虽然肩扛不了多少,手提不了多少,可她和同学们可以为工程出一点力。一个多月来,她和一帮同学把工地当成了家, 大家三班倒, 白天黑夜地播宣传稿、表扬稿、打油诗、革命歌曲,让广播日夜不息音。不当班的时候,他们就跑到工地上去采写先进人物和事迹,回来编成各种形式的文艺节目,如活报剧、对口唱、快板书、顺口溜……大喇叭响彻工地的角角落落。累了,他们就歪在临时工棚里打个盹,起来再接着干。一次,柳真如手拿话筒喊话时,突然听到话筒落地的"吮当"声,浑身一激灵,这才知道自己刚刚"睡"着了。人还真能站着睡觉,而且那几秒钟的感觉十分美妙。

柳真如最不情愿的就是别人说她"资产阶级小姐作风",她觉得自己骨子里已经朴实得不能再朴实, 思想也端正得不能再端正了。临到学校确定文宣队队员名单时,有人说柳真如不行,她爸当过伪保长,那么伟大的荆江分洪工程关系到两岸人民长远的幸福,万一她到工地上去搞破坏……一番话说得柳真如眼泪直往外蹦。老师及时拦住了话头:"她爸是她爸,她是她。她在学校的表现大家都看到了,我可以为她打包票,没问题。"

到了这里,柳真如跑工地跑得最勤,稿子写得最多,播稿的声音是女生中最脆亮的。别的,她都可以做到和大家一样,唯独那根长辫子。她怎么也不肯剪成像孙琴那样利索的短发。这样一来,每回下工地,她总是准备的程序比别人多两步,花费的时间比别人多几分钟。

柳真如几次摸着这辫子,想剪,恁下不去手。这条辫子蓄了两年多,辫起来饱饱满满的,一股一股像即将收割的麦穗。为了这条辫子,她甘愿被孙琴多埋怨两句。

两人一路跑到黄天湖新堤工地,只见一队战士正站在齐腰深的淤泥里,用木盆、铁桶、簸箕、旱船清运淤泥。这里的淤泥最浅处漫过了小腿肚,最深处有四米,泥里深深浅浅满是蚌壳、菱角,一不小心脚上就被扎一下。战士们要将这湖中的四万余立方米淤泥清除干净,再垫上六万立方米新土,筑起堤坝,将黄天湖拦腰斩断。

这里是整个工地最艰难的地段,出了个全工地知名的"张大力士"。开工第一天,他嫌挑土的筐太小,要求换成大筐,填得满满实实的一筐土,四百来斤重,吸一口气,"嘿"一声就上了肩,大步如飞。有时箩筐破了,他就用褥单背淤泥、挑土方,一天只睡三四个小时。广播里几乎天天播表扬他的稿子。可人到底不是铁打的,一日三餐只吃粗米饭、咸菜、白菜、萝卜,"张大力士"终于累倒了。柳真如略带伤感写了一首赞美"张大力士"的诗,被带队老师给枪毙掉了,说这样的诗不利于鼓舞大家的斗志。一个人的倒下,对工地热火朝天的氛围没有丝毫的影响,各工区都在你追我赶,力争早日完工。

广播里每天播放着节奏明快昂扬的顺口溜:

太阳一出放光芒,民工同志喜洋洋。

担起扁担和土筐,上工地好像上战场。

哪怕精神已疲劳,一夜休息又气昂。

整好队伍向前进,分洪定打胜利战。

想过去,国民党,做的事情黑心肠。

每年粮食不能少,他从来不肯修堤防。

穷人辛苦无日夜,只盼年终有点粮。

谁知一到五六月,荆江洪水又高涨。

当时的政府他不管,穷人想修无力量。

眼看堤破洪水流,万亩良田付汪洋。

千万希望变成水,老少生活无指望。

共产党,像太阳,照耀大地四方亮。

毛主席,是爹娘,领导穷人求解放。

分了田地和房屋,建设工作也加紧忙。

治了淮河治荆江,过去的土岸改了样。

从此生活不发愁,子孙幸福日月长。

好好好,妙妙妙。

今天三组、四组来得早,

接着一组、十组也到了。

同志们,热情高,挑起大担连忙跑,

争当模范真荣耀。

明天还要继续努力,全大队第一要得到,

希望别组不落后。

争取任务早完成,功效大提高。

　　"张大力士"倒下后,这里又出了一位模范人物。柳真如和孙琴站在淤泥里,拿出笔记本将他的事迹一一记录下来。一只田螺不知何时划伤了柳真如的脚心,往回走的路上她才发现,每走一步脚底就钻心地疼。她没告诉孙琴,怕她说自己"资产阶级小姐作风"。孙琴跑在前面,忽然拿手往前一指,兴奋地大叫:"打硪!打硪!"

　　一块一百来公斤重的四方硪石正在空中上下翻飞,硪石四角拴着粗粗的麻绳,八个战士分立四方,双手紧紧攥住麻绳的另一端,身体有节奏地同时后仰,用力一拉。硪石瞬间飞向空中,接着重重落下,闷哑的一声,松软的泥土上砸出了一个大坑。

　　"哟哟嗬,战士们啰;哟哟嗬,修大堤啰;哟哟嗬,加油干啰;哟哟嗬,快干完啰;哟哟嗬,挡洪水啰;哟哟嗬,保家园啰……"

　　一人领唱众人和。伴着雄浑有力的打硪歌,硪石激情地飞上飞下,一下一下深情地触碰大地,又昂扬地飞向天空……

　　站在大堤上的两人,不知不觉看呆了。

大洪水

　　年年汛期应时而来,处于长江岸边的沙石便在年年的六月严阵以待,如临大敌。

　　"哐哐哐——堵管涌啦!哐哐哐——堵管涌啦!"窗外响起急促的锣声,间夹着嘈杂的人声。正讲勾股定理的数学老师停下来,坐在靠北边窗子旁的几个学生抽长身子,歪过脖颈,往楼下瞧。数学老师拿教鞭"啪啪"敲两下讲台:"看什么? 没啥稀奇的,专心上课。"

柳真如望向窗外,天还在落雨。今年的梅雨季似乎特别长,淅淅沥沥下了好几天,好不容易见了晴,还没等大家舒舒服服喘口气,老天又开始淅淅沥沥。空气重得仿佛伸出手稍一用力,就可拧出水来。

听养妈说,今年的汛期难熬,养爸已经上堤去了。市里调集了几万人日里夜里在堤上巡逻,吃住都在大堤边。学校离江边近,隔不多久就听到一阵锣声,不是哪口井冒黄水了,就是哪个地方发现有鼠洞往外渗水。听见的人但凡手里闲着的,就赶紧拿上东西往锣声方向奔。这防汛可不是小事。

似乎每隔几十个年头,长江就会任性地闹腾一番,让人不敢忽视它的存在。不过,要不是老天爷给它助威,它咋闹腾得起来。今年不只长江中下游梅雨徘徊不去,上游也连番暴雨。上泄下顶的,江水眼见着一天天往上蹿,码头长长的登船台阶已经看不见几级了,站在堤坡上一伸脚,就泡在凉冰冰的江水里了。柳真如拿脚试过,到底是从雪山上奔下来的水,那个刺骨寒。

江水涨得太猛了,学校也抽调一部分男老师上了堤,下午学校基本停课。柳真如回养妈家收拾一下东西,准备回趟江南。养妈不放心:"你这时回去干嘛? 看今年这水涨得可不一般,你养爸说可能要开闸。"

"那我更要回去了。奶奶还在家里呢,爸肯定上堤去了。"柳真如往布包包里揣了几件衣服,又塞了几本书,匆匆跑去码头。

江水已经将登船台阶整个淹没了,黄汤汤的江面。过渡的人都在议论这闸怕是要开了,有人说中央已经派人来查看过北闸南闸,沙石临时组织了近千名精壮启闸工人到北闸集合训练去了,分洪区里抢筑了二十多个安全区……

柳真如沿大堤往家走。堤上到处是沙包、窝棚和守堤的人,五步一岗、十步一哨。下了堤没走几步,听见"噼啪"的甩鞭声和吆喝声,一群黄牛慢吞吞地从远处走来,二三十头的样子。有几头牛停下来啃吃路边的野草,不肯走。赶牛人大声吆喝着,往牛背上甩出一鞭,惊飞了路边树上的几只小鸟。

家里没人。柳真如放下包,找到地里。奶奶和邻居黄大妈各披一块塑料布,正在割稻子。奶奶耳背,柳真如大声问:"奶奶,这稻子还没熟吧?"

黄大妈听见了,直起身来:"乡里来了通知,要赶在下一拨洪峰来之前将稻子割了。"

"真要开闸?"

"看这情形,怕是真要开闸。"

柳真如挽起裤腿,下地埋头割起来。三人直忙到掌灯时分,手摊在眼前已看不清五指了,这才作罢。地里能抢一点是一点,若真是开了闸,又得过一段紧巴日子了。柳真如邀黄大妈一同到家里吃晚饭,她不肯,说家里还有孙子等着,中午留了饭。村里的男人基本都上堤去了。

刚吃完饭,几个村干部上门来,通知说连夜收拾一下,明天一早搬去安全区。"要开闸吗?"柳真如问。村干部不接话,只叮嘱明早一定要搬,村里安排了几辆拖拉机和牛车,轮流帮各家搬东西,东西尽量精简,拣要紧的带上。

一行人走了,奶奶坐在椅子上半天没动静。电灯一忽明一忽暗的。柳真如倚在门框上往西望。北闸一带灯火通亮,像一长排规整的珠子,映亮了半边天空。

这一夜基本没睡,奶奶摸摸索索地收拾东西,这也舍不得那也舍不得,一样样拿在手里琢磨半天。柳真如看东西太多,那边奶奶拣进去,她这边再悄悄拿出来。到天亮,还是收拾出了两个圆鼓鼓的大包袱。爸一点消息没有,柳真如瞅着一点点亮起来的天色暗暗发愁。凭她们奶孙俩怎么搬得动这些东西,家里还有两只鸡,两只鸭,一头猪。奶奶说活物都得带上,它们都是一条命。

天还没醒透,村里就有了动静。

不断有人、车从门前经过,车轮碾过泥路辚辚作响。柳真如熬了点稀饭,想再等等看,也许爸听到消息会赶回来。奶奶颠着小脚站在门槛上,不时地和人答一两句话。柳真如望着腾跃的炉火,红融融的一团,倾听门外的声音。这声音由细渐渐粗壮,像无数麻绳搅缠在一起,缠成杂乱无章的一团,直将耳朵填满了。她盛了稀饭、两片萝卜干端给奶奶。奶奶碗捧在手里,半天没动筷子,眼睛茫然地望向远处。

“柳伢儿,地里的稻还没割干净呢。”

“奶,没事,政府肯定会补贴的。”

“可惜了的。好好地长了这一季。”

“这开闸可是为了保江汉平原,保武汉三镇。老师说了,这是舍小家保大家,是咱们的光荣。"柳真如说着,回头环视一下家,不知怎么眼睛一酸,差点掉下泪来。她不想奶奶看见,进屋又搜寻了一遍,将抽屉深处一张母亲的炭笔画像找出来,放进了随身的布包里。

她对妈妈基本没什么印象了,小时候每次她吵着要妈妈,奶奶就会把这张画像拿出来,指着画像对她说:"这是你妈妈,她现在住在天上,那个大大的月亮里面。你不要哭,不要吵,妈妈可在月亮里看着你呢,妈妈说我家柳伢儿怎么不乖啦,她乖的话我就早一点来看她……"每次她都在奶奶的呢喃声中,鼻息渐重,沉沉地睡了过去。

外面传来一阵"突突突"的响声,似在门前熄了火,接着奶奶的声音响起来:"柳伢儿。"柳真如走出来一看,是住在村东头的柳旺。"村长说让我帮你家搬。"柳旺刚开口,脸就红成了一颗石榴,身子骨还是一副细伢样。柳真如不忍心看他的脸越来越红,领他进屋将两个大包袱搬上车,又将鸡鸭一一安顿好,将奶奶扶上车坐稳。柳旺让她上车,她不肯。"还有一头大母猪。你先把奶奶送过去,我赶着猪随后就来。"

柳真如进屋给爸留了张字条,又将屋子细细搜了一遍,这才锁上门。她在这里生活了十多年,不知道还能不能重新回来。在门前的桔树下伫立一刻,柳真如才牵上母猪顺着人流往大路走去。

赶到安全区,已过了晌午,柳旺将奶奶安顿在一个简易帐篷里,又去忙了。柳真如给一只猪腿上拴了根绳,另一头系在一棵树上。

远处响起了枪声,近处也传来一阵紧似一阵的锣鼓声。猪吓得嗷嗷直叫,绕着树呆头呆脑地转磨。柳真如想去找爸爸,被安全区门口拿枪的民兵拦住了。他们说,接到命令,从现在开始只能进不能出了。门外不断有人往里涌,拖家带口,挑担背筐,牵羊赶猪,熙熙攘攘。柳真如只好作罢,就是这时可以出去找,又谈何容易。

奶奶早早躺下了,可睡不踏实。柳真如拿了把蒲扇轻轻给奶奶扇风。空气似乎格外黏稠,不时有零星的声响传过来。柳真如也躺下眯了一会儿,忽然被一阵骚乱声惊醒,起来一看,北闸方向的天空一片璀红。"信号灯——!信号灯——!"有孩子在叫。大人孩子都站起身来。

脚下的大地倏地一震,伴随一声巨响。大家静立无声,似有喑哑的"隆隆"之声从地下传导而来,大地在微微地颤抖。良久,有爬上树的人大叫:"来了来了,水来了!"喊声立即招引了几人攀上树枝,更多的人涌向围堤。

有人拿着喇叭喊话:"大家分散分散,不要拥挤在围堤上,以免……"大家自觉地散立开来。柳真如翘首望去,模模糊糊看见有一波黄线从远处飞快地迫近,近了才看清是水。浊黄的水翻涌着,携带着低沉的咆哮声冲荡而来……

救灾鱼

江汉平原水泽密布,河湖中时不时腾跃出鳞光闪闪的各种鱼类。奇怪的是，柳真如却不爱吃鱼。她在1954年的夏天吃了太多的鱼，以至于将下半辈子的鱼都给吃完了，吃够了。

古城人吃鱼有种特精细的吃法，将鱼剔鳞后取下鱼肉，连同小刺一起剁碎，加上肥肉末、生粉、鸡蛋拌匀，火上蒸熟。白白嫩嫩的一方，切了片，或做汤，或加了木耳、肉丸、鹌鹑蛋清炒，入口嫩滑，有鱼香而不腥，有肉香而不腻，是让很多外地人过口难忘的一道佳肴。这鱼糕做得嫩还是老，粗还是细，松还是紧，有赖于鱼和肉质，更有赖于做者的手上功夫，包括取肉剁肉、调配比例和蒸煮的火候。

那年夏天，古城家里餐餐见鱼，蒸的、煎的、煮的、炸的、烧的……奶奶尽量变着花样来消化那似乎永远吃不完的鱼。这些不同种类的鱼，有一个共同的名称——救灾鱼。

为了抵抗百年难遇的大洪水，荆江分洪工程接连三次启用。前两次是北闸开启，从54孔闸门中汹涌而出的洪水，随着向南倾斜的地势向前翻滚、咆哮。早已空无一人的分洪区被滔滔江水淹成汪洋，只剩二十一个安全区和一座海拔略高的山头，像一座座孤岛，浮现在汪洋中。几天后，北闸、南闸一起开启，早已接近饱和的分洪区像一处消化通道，一边接纳上游下泄的江水，一边向洞庭湖吐泻多余的江水。三次开闸，将本来要压向荆江大堤和洞庭湖的六十亿立方米的水，全部转嫁到分洪区的二十一个安全区身上。

柳真如和奶奶在安全区度过了难眠的十多个日夜。她们亲眼目睹洪流卷过自己的村子，一座座茅草房、土墙屋轰然倒塌，一棵棵林木被倾折，一座座木桥被急泄的水流崩断。一群群鸟雀被惊起，乌色的鸦群在江面盘旋，发出让人心惊的"哇哇哇"叫声。蛇、鼠、野兔、狗獾、黄鼠狼、青蛙、癞蛤蟆都被洪流从洞穴里驱赶出来，惊惶地随波漂流。水面上不时漂过鼓胀着肚子的动物尸体。水蛇四处游窜，只要有小渔划子出现在江面上，水蛇便蜂拥着往船板上爬，怎么也轰赶不走。安全区的围堤经受着猛烈洪水的冲击，不时出现鼓水翻沙的险情，安全区内渍水成片，已经无处取土抢修。指挥部紧急运来布匹，大家一起动手赶制出布袋，装上稻谷和大米堵住漏洞……

几处河堤和长江干堤连续被炸开，洪水分泄入荆江及其支河，熬过汛期，已经被浸泡得皮松肉软的家园这才显露出来。

整个分洪区都覆盖了一层一尺多厚的淤泥。每一处细节都被改写得面目全非。人们不得不在这看似陌生的土地上重建记忆，重建家园。他们将模糊不清的道路整理出来，将倾倒的房屋重新翻修，将白菜、萝卜、早南瓜栽进地里。救济款分到了家家户户，大批杂粮和生活物资被从各地运来……

作为政府的一项硬性规定，那年夏天凡是江南分洪区灾民捕的鱼，各级机关干部都要尽力购买。作为来自民众的一种无言感激，从江南灾区送来的鱼，沙石和古城的老百姓也自发地购买。

鱼统治了那个夏天人们的餐桌，吃腻味了也得吃，吃恶心了还得吃。

站在北闸闸门顶上，迎面是一万无际的田野。1954年伴随轰隆隆开启的闸门声，如野马般奔腾而出的江水冲卷过大地上的一切物什，发出震耳欲聋般的轰响，弥漫而起的水雾模糊了闸门上明亮的灯光，天地间仿佛暗沉下来……而在不远处某个高台上站立着柳真如，她的眼睛和内心也仿佛经受着洪水的冲荡，有一些东西被冲走，一些东西沉留下来。就像这片土地，因为承受而改变，也因为承受而拥有了别于其他地方的品质。

江南这片土地习惯了以年为周期，随着长江每年如期而至的阵痛而阵痛。时刻等待着奉献，等待着牺牲，等待着摧毁与重建。自从那个夏天，北闸的54孔闸门紧紧闭合后就再未开启过。经过时光的耐心锈蚀，很多地方渐渐显出了深红色的锈迹。四十多年后，修建三峡大坝的消息传来，在柳真如心里激起的感受复杂难名。那时，江南已经成为了一座繁华的县城。长江汛期还是一年年如期而至，但开闸仿佛成了一个"锈死"的词。北闸成了一处供古城人闲暇时踏青春游的好去处。她的女儿二二曾跟着朝阳棉纺厂的青年职工们去那里过团组织生活。三三曾和同学一起骑车到沙石码头，坐轮渡过江再骑上一个来小时到北闸春游。一一也去过，那是她和刘敏君谈恋爱的时候，她坐在他的车后座上。

三峡大坝的修建，将北闸更深一步推进了历史的帷幕。这是否意味着一种结束，意味着这片土地未来图景的改变，意味着很多生活在这地方上的人内心图景的改变，意味着更多的稳定、存储、希望，更多的可能和更广阔的未来？这只有留待历史去回答。

古城墙

墓前有一枝蜡梅，似乎刚摘下没多久，不少花苞还含着。苏北放在墓前静立片刻，蹲下身来，将碑身上的几个字擦拭一遍——鲜东来烈士之墓。

这里建成了一座陵园，园内矗起一座高耸的纪念碑。转眼，六年过去了。当年苏北放来去匆匆，只在沙石停留了两天两夜，这次来问了半天路才找到这个地方。

过长江渡口时，苏北放看到的与当年随部队渡江时的萧条景象已截然不同，听渡船上的人说，这里刚建起了荆江分洪工程，去年夏天还开闸三次，挽救了大武汉，挽救了江汉平原。

沙石也大变样了。苏北放第一次好好地看了看这个城市。

他听一排长说，与沙石相邻有一座古城，保存有一圈完好的古城墙，是三国时兵家争夺之地，关羽曾在此驻守过。当年，苏北放和战友攻打沙石时，一排长他们正在攻打古城。听说他要回沙石看望牺牲的战友，一排长特别嘱咐他："一定要去看看古城墙，那可是南方不可多得的完璧。"

一排长没能从朝鲜战场上走下来，他的一条腿被炮弹炸断，是苏北放将他背下了战场。因为治疗不及时，伤腿截肢到了大腿根部。部队回国后不久，一排长就带着两枚军功章复员回了老家。相比之下，苏北放幸运得多，毫发未伤的他不仅立了三等功，还被部队保送到中国人民解放军通讯学院读书。这次他请了探亲假,没有回东北老家,那里已没什么亲人了。临来沙石前,他特地给一排长打了电话:"排长,我准备去看看古城墙。"

"好啊小子,替我绕着城墙好好耍一圈。上次没时间,要不我一定好好耍上一圈啰。"一排长的声音还是那么爽亮。

"排长,你过得怎样?"

"他奶奶的,挺好!我现在天天编草席呢,编得贼快,两天可以编一床。村里好多人没我编得快呢。"一排长在电话那头笑呵呵的。

苏北放一阵心酸。他想起了一排长当年在战场上的样子。那次战役打到最后,他们排还剩七个人。眼看美军又冲上来了,一排长脱光膀子,满身涂上泥巴,提杆机枪就跳出了战壕。他像只豹子跃动在山石间,眨眼工夫就将几个美国兵给撂倒了。就在他挺身甩出一捆手榴弹时,一颗炸弹落在离他不远的地方。火光一闪,泥土飞溅。

待硝烟散尽,苏北放紧紧盯着一排长倒下去的地方,迟迟不见有人站起来。他几步冲出战壕,边跑边射击。等他跑到一排长跟前,只见一排长浑身是血,一条小腿从膝盖处已不翼而飞。"你挺住!"苏北放红了眼,拿起一排长的机枪,冲着敌群一阵猛扫。眼泪伴着枪声汹涌而下。

一排长用手拖着身子爬到他身边,用血肉模糊的手递给他一捆手榴弹。他拧开盖子,全力甩向冲上来的美兵。那天,幸亏增援部队及时赶到。在他们的掩护下,苏北放将一排长背下了阵地。他听见一排长微弱的声音响在耳边:"小子,别哭!"

苏北放一口气走了两个小时,从烈士陵园走到了城墙根下。这是他第一次看到这么巍峨的城墙。在大庸县城,也有用石头垒起的城墙,可是没有这么高,这么坚固,这么布满沧桑的气息。

一排长告诉他,这古城墙是用糯米封浆的,有着保存完好的东门城楼和极有特色的瓮城。他本来很想上去走走看看的,可惜部队只停留了两天,还忙着清理城内的残匪。"我去看了,回来说给你听。"苏北放在电话里向一排长承诺。

"小子,将来有大出息了,别忘了我这个老排长!"离开部队时,一排长一手拄着拐杖,拍拍他的肩。他一把将一排长紧紧抱住,眼泪无声地流淌。"男儿有泪不轻弹。他奶奶的,小子好好干!"一排长拿手轻轻抹去他的眼泪,声音竟是从未有过的温柔。这个在战场上从没流过泪的汉子,眼圈红了。他拿手重重拍一拍苏北放的肩,转身,头也不回地走到车边。有战士要拉他,他不肯,将拐杖送上车,双手一撑车沿,硬生生将自己的身体提上了车。车开动的一刻,他回过头来,冲苏北放露出了一个让他终生难忘的笑容。

苏北放走在青砖城墙上。一排长仿佛走在他身边。他们一同在看,看砖石上岁月灼痕的斑驳,看城廓深入骨髓的刚性,看城垛炮台隐隐按捺着的激情,看墙幔间还没散尽的刀光与剑影。一同在听,听岁月深处的金戈铁马之音,听护城河生死相随的无韵之声,听历朝历代城闱倾折又修复的悲怆之吟,听尚未消隐的枪炮之声……

恰值夏初,有圆白的无名花瓣纷纷扬扬从伸向城头的树枝上飘落，落了一地的苍茫。

苏北放还去了长江岸边的堤坡。当年战友们抛洒热血的地方，如今已是满坡青绿，草色葱茏。敌人的暗堡早已拆去，堤上新建起了一座纪念碑，上面刻着为解放沙石献出了生命的烈士们的名字。他在上面找到了鲜东来。

转过身，正值汛期的长江，仿佛还是几年前的模样。江面浩荡平展。有风从南方徐徐而来，吹拂着苏北放的面颊，将一个念头吹进了他的心里。

居委会

柳真如的养爸是有手艺的人。他会做鱼糕，会灌香肠，会蒸八宝饭，会做豆瓣酱，会打嫩豆腐，会摊手工米饭，都是从祖爷爷辈传下来的工序配料方法。柳真如特别爱吃他做的手工米粉。养爸的名声随着这些吃食的香气，飘过长江，飘到了沙石。经常有人专门坐渡船来江南买他做的这些吃食，不是一斤两斤地买，是一大袋一大袋地往回提，也有餐馆长期订购。一来二去，养爸的手艺精了，腰包鼓了，心也大了。

解放前，养父养母一家从江南搬到了沙石的软脚坡附近，开了一家"李计食品店"。养爸是技术指导，也是老板；养妈是老板娘，也是会计。食品店开了没几年，就做成了气候，像沙石四季均分的时序平稳向前，可惜碰上兵荒马乱年月，始终没能大发。解放后公私合营，店子被并进了"好公道"食业总店，恍如一把大剪刀"咔嚓"一下,"李计食品店"从街头消失了。养爸也不再是一个当家人。他腰上挂起了一大串"叮当"作响的钥匙。这些钥匙大大小小,对应着粮食总店仓库林林总总、大大小小的门。他成了一名仓库保管员。

这一大串钥匙和那些门结合在一起,让养爸在1954年的防汛抗洪中表现十分突出。那个炎热和惶恐蔓延的夏天,养爸与一大帮素不相识的人驻守在荆江大堤上,他们分别来自沙石的各条战线各个岗位,不断上蹿的江水让他们临时结合成了一体。养爸每次回家,来去匆匆,临走都会带上一布袋养妈炒熟的黄豆。一粒粒酥脆的黄豆填进夜晚枯寂的守堤时光,以粮食的清香缓解了疲劳和忧惧,也迅速地弥合了彼此间的距离。

汛期平安过去,养爸被众人推选为防汛抗洪的"先进人物",胸前佩戴一朵绸质的大红花,上台领到了一本奖证、一个奖章。于是,那串钥匙很快精简成了五把,养爸转岗负责起总店的销售,成了一个不大的官。

站在台上、满脸喜色的养爸,不知道数年后他将为那一袋袋黄豆付出血泪的代价。那些黄豆从时光深处浮现而出,化成了一粒粒子弹,将他的精神和肉体戳戮得面目全非。不过,在那些黄豆重新出现之前,养爸还有一段上坡路要走。

俗话说,机会总是留给有准备的人。可是有时候,机会却会主动来到没有准备的人面前。一个晚风薄凉的傍晚,养爸匆匆吃过饭,走出家门,一路小跑下了软脚坡,出巷子口往右拐向临江中学。走进会场时,里面已经坐满了人,台下是200多位选民,有认识的有不认识的,养爸和几个人打个招呼坐下来。会议在众人参差不齐的国歌声中,正式开始。

在发下来的选票上,养爸看到自己的名字列在候选人名单中。他愣了一下,盯着那几个字仔细看了几遍,越看越不像自己的名字,心内疑惑蔓生,又不好意思询问左右。他越过那个徘徊在似与不似之间的名字,匆匆画了几个钩。周围的场景忽然像了梦境,养爸的耳朵里被乱糟糟的声音填满。他似乎在笑,在与人说话,却又像抽身出来站在高处,看见人群中一个面部僵硬、表情古怪的男人坐在那里。十几分钟后,谜底揭晓,有人念出他的名字,接着是"220票"。话音未落,养爸的腰间挨了重重的一下,有人扑过来搂住了他的肩膀,一张脸凑近他,吐出一股大蒜与辣椒、咸肉混合的气息。

养爸下意识地闭上眼睛,同时屏住了呼吸。待他重新睁开眼睛,身子已经被几双手推拥着站了起来。满屋子的黑脑袋,淡乳色的烟雾飘浮在这片黑色之上。人群让出一条道来,养爸被一只只手推拥着走上前去。毫无准备的养爸,就这样当上了居委会副主任,同时兼任临江区第二消费合作社副经理。

那是个没有脱离食品的岗位,和食品总店相比,又是那么的干瘪和尴尬。居委会的日常经费,来自于消费合作社卖米的提留,每卖出150斤米可以得到4.5斤手续费。刚接手时,第二消费合作社的全部资产只有二三十袋粮食、一杆秤和一个撮斗。尴尬在于,上有千条线,下面一针穿。各政府机关、企事业单位布置下来的任务,最终都要穿过居委会这个芝麻大的针眼,养爸头上很快戴上了众多的帽子——公债推销大队副大队长、水灾募捐委员会副主任、抗美援朝宣传委员会副主任、拥军优属委员会副主任……帽子光鲜，可越是光鲜便越难保鲜。帽子一顶顶落在头上，渐渐叠加成了重负。

柳真如还记得，有段时间难见养爸的人影子。每天她早起去学校时，养爸已经出了门，晚上她躺进了被窝，养爸还没进门。她看见养妈坐在家里替养爸发愁。居委会分到的公债任务是4万份，养爸跑遍了朋友熟人，又和主任搭档跑遍了辖区里地主、资本家出身的人家，一个唱红脸一个唱白脸，为了推销公债。天天跑得两腿酸疼，整夜睡不着觉。这还不够，他还瞒着养妈将家里的藏酒和首饰卖了，偷偷买了公债。养妈气得吃不下饭，和养爸使性子。养爸一梗脖子，振振有词："这酒和首饰都是资产阶级的东西，要那么多干嘛？买公债是为国家出力……"养妈拿手堵住耳朵，不听。

终于在家里的饭桌上能见到养爸了，公债全部推销完毕。养爸边呷酒边滔滔不绝，三句话不离本行。哪个被管制的"阶级敌人"最近出了门，需要严密监视动向。哪户人家新来了个陌生人，一问是从新疆过来的，难怪长得高眉骨挺鼻子凹眼睛，和这地方的人就是不一样。这些话，仿佛下酒菜一样让养爸咂摸得滋滋有味。养妈装没听见，李子露也装没听见，柳真如不好意思不搭话，一个劲地"嗯"、"哦"、"这样啊"……

养爸的这段上坡路走得并不长。很快，在对养爸定性的问题上起了波澜，有人认为他是"资本家"，有人说他不过是卖鱼糕的,顶多算个小商贩。争论的结果是,养爸稀里糊涂地被摘下了众多的帽子,头上独独留下一顶——资本家。

他被送回了食品总店,不过腰里的钥匙没了,也不用四处去跑销售了。他被下放到罐头车间,负责给一瓶瓶刚封盖的罐头贴上崭新的标签。

这一顶帽子戴上后,似乎比任何一顶帽子都难摘掉。在接踵而来的一次次运动中,养爸因为它而无法在茫茫人丛中躲藏自己,被轻易地揪出来,为它挨揍、跪砖渣、坐飞机、挂牌子、写自查书……这顶帽子仿佛长进了养爸的发丛里、骨血中,压得他再难伸直脖颈,抬起头来。

后来的一天,回到江南的养爸被勒令顶着一个纸做的帽子,站在县中学的大门前,木然呆立在无数目光中。那顶帽子在养爸的脸上投下一道倾斜的阴影,怪异、沉重。远远站在人群之外的柳真如双眼含泪,垂下了头,不忍抬头再看。

那是柳真如一生见过的三顶最可怕的帽子之一。还有一顶属于她的父亲,也是无形无影,却压弯了他的脊骨。再有一顶,属于她未来的丈夫。

鲢鱼糕

苏北放背着行李站在汴河街头,用一只半眯着、一只圆瞪着的眼睛,先往南看了看,那里吹来的风带着江水的气息,有些腥有些甜也有些冷硬。他又往西看了看,那里通向古城墙。然后,他脚尖向右一转,大步往东而去。他要去报到的学校在江南,但他想先去看看鲜东来。

不是蜡梅,墓碑前放着一枝迎春花,明艳而富有生机的亮黄,不知是谁送来的。苏北放在墓碑前蹲下身来,轻声说:"东来,你还好吧?"

他点上一支烟放在碑上,烟雾袅袅升起。他给自己也点上一支。打仗的时候,他曾见鲜东来抽过别人的叶子烟,很享受的样子,可那时候他们没烟可抽。在解放军通讯学院读书时他才学会了抽烟,但抽得不多。

苏北放抽着烟,和鲜东来絮絮地说了一会话,告诉他自己转业到了地方,马上就要成为江南一所中学的物理老师,是他主动申请到这儿来的。不知怎的,自从在古城城墙上走过一遭,他就经常梦见自己走在城墙上,有时是一个人,有时是和老排长,有时是和鲜东来,有时是三个人在一起,有说有笑的。他还梦见过一个背影,似乎不是他熟悉的人中的任何一个,留着长长的麻花辫。他不知道她是谁,在梦里她从没回过头来。难道是他很早就离开人世的妈妈?正是这些反复出现的梦境,让他回到了这里。

从烈士陵园出来,苏北放坐上了开往江南的公交车。对于江南,他没有什么概念,可在招生名录中一看到这个名字,马上做出了选择。车经过北京路,上来不少乘客,车厢拥挤起来,苏北放将自己的位子让给了一个老人。

车摇摇晃晃开上了通向大堤的坡路,忽然一个急刹,苏北放身子往前一冲,瞥见了正伸进一个布包的手。那手黝黑粗糙,与素花布包很不相配。苏北放目光一旋，发现了这只手的主人，一个目光四处顾盼、强作镇定的男人，头上戴一顶鸭舌帽。

原来是一辆板车刚刚横在了堤坡上。车重新启动，苏北放先稳住身子，伸出手来紧紧抓住了那只黑手。那只黑手在他的手中暗暗挣扎。包的主人觉察了，惊叫一声："干什么你！"乘客的目光全部聚焦过来，离得远的人不知道发生了什么事，踮起脚尖来看。车厢里一阵骚动。

戴鸭舌帽的男人垂下头，手还在拼命挣扎。苏北放不动声色，一只手钳得越发紧了。男人目光带了狠，咬牙吐出几个字来："你他妈少管闲事！"说完，他仰脖大叫一声："停车！"

"不要停，有小偷！"包的主人大叫。苏北放始终未发一言，只是死死抓住男人的手。"噌——"，男人手里多了一把弹簧刀，刀面白亮。

苏北放早有防备，另一只手迅速攥住了男人的手腕处。一用力，男人疼得眉眼歪斜，刀落在车厢地板上，"哐当"一声。人群下意识地往周边闪躲。司机终于听到身后的动静，将车停了下来。

几个乘客用一根布绳将小偷的双手捆起来，又和苏北放一起将小偷送到临江区居委会。布包的主人一直跟着。居委会的副主任似乎和她很熟，马上通知了派出所。等事情处理完，布包的主人拽住苏北放的手再不肯放，非让他到家里吃饭。

柳真如走进养父养母家，迎面看见客厅里坐着个陌生人，细长个子，一身洗得近乎发白的军色衣裤，看着像军装，可是没有肩章、领章。不知是养父养母家来的哪门亲戚，柳真如匆忙打个招呼,放下书包进了厨房。

苏北放看到柳真如的第一眼,愣了。这女孩梳一根长长的麻花辫。那辫子油黑饱满,像鼓胀的麦穗,衬着尚未发育丰盈的腰肢,被风吹动似的轻轻摆动。这一幕和梦中的背影,惊人的相似。苏北放的愣怔,柳真如感觉到了,一瞬间红了脸。她进了厨房才知道,原来是个抓小偷的英雄。

虽然没深接触,可养妈感觉苏北放人不错,在居委会听说他是个刚转业的军人,安排在江南县城中学当老师,心里顿时冒出个念头,想把苏北放介绍给自己的女儿李子露。刚好家里有养爸头天做的新鲜鱼糕、鱼丸、千张扣肉,养妈又弄了几个新鲜菜,没一会就摆了满满一桌。养爸和李子露也前后脚回来了,几个人围桌坐下。

苏北放有些拘谨。桌上多了个客,李子露和柳真如也没平时那么自在。倒是养妈忙前忙后,她特地给苏北放用大碗盛饭,不停地给他夹菜,没一会儿碗就堆得冒了尖。苏北放似乎特别喜欢吃鱼糕,养妈索性将一盘鱼糕的大半都夹进了他碗里。李子露暗暗朝柳真如使下眼色,又附在她耳边:"妈今天怎么这么反常啊?"柳真如抿嘴笑。

刚才一进厨房,养妈就悄声问柳真如:"你看这小伙子怎么样?配你姐合适不?"

柳真如有点懵了:"是姐新交的男朋友吗?"

"哪里,刚才在汽车上有人偷我的包,是这个小伙子帮我抓住了小偷。他还是个抗美援朝的英雄呢,立过三等功……我寻思着,这小伙子人品不错,长得也端正,你姐不还没男朋友嘛。"

苏北放开始还吃得猛,待冒尖的一碗饭菜浅下去大半,他吞咽的速度明显慢下来,到后来,简直是硬着头皮往嘴里塞填了。养妈似乎还没发现,还在一个劲地往他碗里夹菜。柳真如看苏北放吃得实在难受,悄悄扯一下养爸的衣袖。养爸会过意,忙冲养妈叫停:"你做的菜再好吃,也没这么推销的。你总得问问人家欢不欢喜吃,吃不吃得下那么多……"养妈这才停住手:"吃不下就算了,别撑着。"柳真如看见苏北放表情尴尬,没有搁碗,而是硬着头皮将碗里的最后一粒饭拨进了嘴。

饭后,苏北放不肯坐,说要赶到学校去报到。临走,养妈非让苏北放记下养爸单位的电话,又让他将要去的学校地址写在一张纸上,叮嘱他常到家里来玩。她又让李子露送苏北放到江边渡口,苏北放推说不用,他知道渡口在哪。养妈哪里肯松手,非让李子露送一程。李子露想拉上柳真如,养妈悄悄扯一下柳真如的衣襟。柳真如明白了,忙推说明天中午得早点到学校,班主任说有事情要和班委商量。

晚饭桌上,养妈又将公交车上的经过细说了一遍,将苏北放的形象渲染得无比高大、英勇。回到房间,李子露冲柳真如直感叹:"妈不是被那小偷刺激得太厉害吧,今天怎么成了个话痨,很不正常啊。"柳真如心里明白,却不好点破。

几天后的中午,苏北放正在宿舍休息,传达室的大妈高声叫:"苏老师,有人找。"打开门,是布包的主人。她提了满满一袋子东西,进了屋不由分说地一样一样拿出来,鱼糕、鱼丸、扣肉、炸胡椒、豆瓣酱、腌萝卜、炸鱼干……"大妈,我吃不了这些,自己没有开伙,这里的老师都在食堂吃。"苏北放看着满桌东西,不知怎样才好。养妈得意地一笑,变魔术般拿出一个小号酒精炉、一个小铁锅,外带一瓶子酒精。

"我都想到了。喏,全配齐了。"

"大妈,您太客气了,这怎么好意思。"

"客气什么,你比我女儿大两岁,我们也是江南人,以后啊,你就是我的半个儿子。"本地人都说女婿是自家的半个儿。养妈悄悄递出话去,苏北放却没会过意来。

那顿午饭,他只对柳真如的长麻花辫和鱼糕印象深刻,再就是撑得够呛的肚子。这位大妈真是太热情了,以致于过江南的一路上,他心里都在嘀咕,难道这里的人家都是这般热情好客?

养妈坐下来,没有要走的意思。"您好福气啊,两个女儿。"苏北放没话找话,本来还想说"都很漂亮",话到嘴边局促了,脸上露出不好意思的表情。养妈看那表情,心里一乐,干脆将家里的情况竹筒倒豆子般细说起来,末了强调:"那天送你到渡口的是我的女儿,在朝阳纱厂工作。另一个是我的养女,不过也等于是我的女儿,现在还在读高中。她母亲去世早,我们两家是世交。"

"我好像在哪里见过您的养女。"

"是吗?"养妈有些吃惊,"你不是说昨天是到这里的第一天?我这养女至今没出过远门呢。"

苏北放想解释,话到嘴边又觉得难以解释,咧嘴一笑。养妈心里更乐了,觉得这小伙子越看越合眼。

灿金的阳光波漾在粼粼江面上,晃得眼底、心里一片明亮。养妈靠在回沙石的渡船栏杆上,兀自乐得合不拢嘴。这老天送上门来的好小伙,不是缘分是什么?

从那天起,苏北放爱上了吃鱼。在东北老家,苏北放吃的多是腌制的干鱼。当他来到有"鱼米之乡"之称的江汉平原,马上爱上了这种水养鲜物。这是一个地方的水土对一个外乡人的渗透与改变。除了鱼,他还特别喜欢这里的一种特色食物——鱼糕。鱼糕的鲜嫩口感,和与柳真如初见那天的记忆交混在一起,给那一天的记忆增加了味觉的因素,使之更加难忘。

七封信

7月15日那天,苏北放起了个大早。他在田野里摘了一大捧野花,坐渡船过江去看鲜东来。

刚来时,苏北放不太适应这里的生活,先是水土不服,闹了满身的红疙瘩,接着重感冒。那位热心的大妈听说后拿了药来,又隔三岔五给他送来猪肚汤、萝卜藕汤、红枣银耳汤、猪蹄黄豆汤,弄得学校里的单身汉都翘首盼着她来。每次送来那么多东西,苏北放一个人吃不完,都拿出来分给了同事。学校里传开了,说苏北放有个十分心疼他的丈母娘。奇怪的是,倒没几个人见过他的女朋友。苏北放解释说不是丈母娘,只是刚来那天碰巧遇上的一个大妈。可谁肯信这话。

李子露来过学校一次,被她妈妈哄骗来的。她妈妈熬好排骨汤,称自己前天做清洁时不小心闪了腰,让她帮忙送一趟。李子露有些不情愿,觉得妈对那位英雄太过热情了。她不是没意会到妈含在心里的那层意思,可她已经有了男朋友,是初中时的同班同学,现在自行车厂工作。这男友只读到初中毕业,家里成分也不好,所以李子露一直没敢往家里带。

第一次,她老老实实地将汤送到了县城中学。苏北放正在上课,她没等几分钟就将汤搁在门房,赶回沙石和男友约会去了。路上等轮渡耽搁了一阵子,男友早等得不耐烦。第二次,她干脆直接将汤带到约会地点,让男友给喝进肚子了。再一次,她妈妈煮的鱼糕肉丸汤,偏她的男友不爱吃这一口,汤又不好倒掉,李子露便将满满一保温盒汤塞到柳真如怀里,让她去送。

柳真如不肯,又拗不过,只好接了。到学校时,苏北放重感冒正躺在宿舍里休息,柳真如进屋放下汤本想走,看见苏北放烧得满面赤红,桌上的水杯里连口水都没有,东西摊得到处都是,脚就迈不动了。想想若是养妈来,看见这情形肯定不会袖手的。她去食堂打来一暖瓶水,又用井水冰了毛巾,放在苏北放额头上给他降温,桌上地上一一收拾干净了,又舀一碗汤喂苏北放喝下。苏北放起初有些不好意思,看柳真如一脸坦然,也渐渐放松下来。

那以后,柳真如还来过两次,都是瞒了养妈帮李子露送东西来。苏北放病已经好透,她放下东西就匆匆走了。苏北放总是想送她到渡口,她不让。苏北放不说什么,掉后两步相跟着,一路看她的粗麻花辫在身后左一甩右一甩的,辫梢像一尾翘尾巴的鱼。

　　两个学期忙下来,苏北放已经完全融入了校园生活,也适应了这里的水土。学校物理老师奇缺,他一个人带高一和高二6个班的课,忙而充实。每天中午或晚饭后,他会和学生、老师打会儿篮球,有时也去江堤边散步,吹吹江风。他喜欢吹江风,似乎什么繁杂的头绪,让江风一吹就梳理透彻了,心里有什么郁结难言的情绪,让江风一吹也都清澈了。

　　给柳真如写信的念头,是在一天傍晚被渐凉的夜风吹送来的。白天下过一场暴雨,泥土的气息似乎被狂暴的雨点惊动、翻搅,充盈在雨后初晴的空气中。尚未黑透的天空隐约可见一带彩霞,苏北放坐在一棵树冠如盖的梧桐树下,望着湍流不息的江水,无端地想起了过往的时光,那些在枪炮声中逝去的青春岁月,想起了鲜东来、一排长,想起了缠绕他的梦境,那梦境中摇曳的麻花瓣,和那个从没回转身来的背影……

　　是否流水与时光的惊人相似,会唤醒人们心中无力阻挡的忧伤?如云如雾的伤感情绪将静坐树下的苏北放兜头淹没,也让一个念头浮上了他的心头。

　　那晚灯下,苏北放提笔疾书。这么多年一直板结在心里的话语,被细小的笔尖轻轻一戳,方知在坚硬的冰层之下是一汪活水,它们一直渴望流动,渴望畅快地淌泻。他一口气写了满满七页纸。对一个人没有理由的亲切感和信任感,充满他的心头。他不知道这属于怎样一种感情,他甚至不去想自己为什么要写这封信。他写到深夜才搁笔,踏着夜色走出校园,走了一里多路来到县城邮政所,将信投进了邮箱。

回学校的路上,他才感觉到自己此举的突兀。那个女孩收到信会怎么想? 有一刻,他甚至想转过身,砸开那个邮筒,将信取出来。另一个声音却告诉他,没什么的,他说的这一切那个女孩都懂。

没有回信,一直没有。他接连寄出了几封信,诉说自己当兵的经历,更早的童年往事,说起自己的家乡,那个被冰雪装扮的深山环抱的小村,说起他死去的战友,他与这片土地的缘分,说起他现在的生活,身边那些可爱的孩子,他的忧欢悲喜。他似乎看着那个女孩的眼睛,在对她诉说,没有羞怯,没有障碍,没有隔膜。

在收到第七封信时,柳真如忽然明白了他是谁,这个叫苏北放的年轻老师。几年时光,不仅改变了一个人外在的容貌、身形,也改变了一个人内在的气质、风度。当年那个满脸稚气、哭得双手冰凉的半大孩子,已经蜕变成一个看起来外在与内在都十分强健的青年,难怪她一直没能认出来。

可是她没有回信,不,确切说是写了回信,却没投进邮箱。一封封信的字里行间,涌动着澎湃的激情,这激情冲刷着她小小的心脏,让她内里慌乱、手足冰凉,冷静下来却又感到渗透心扉的丝丝甜意。可是,可是她不知道怎么写回信。他为什么冒失地寄了信来,是认出她了吗? 还是,还是喜欢她……想到这里,她不禁一阵耳热心跳。是不是自己太过敏感了?他只是普通的友谊或者感激而已。她该以怎样的语气回信,淡然、热情还是礼貌客气,似乎都不是最恰切的方式。她字斟句酌,这信写得可真是艰难。好不容易,落好了款,再看一遍还是觉得不妥,她一用力将信撕掉了。有时,也写成了一封两封,端正地放在抽屉深处,却迟迟没有拿出来投进邮箱。

她怀揣着这个巨大的秘密，走在去往学校的路上，两侧的风景似乎有了不同。一棵棵香樟树的叶子被风微微吹动，光斑在叶面上跳跃、闪烁，映亮了她的眼睛、脸庞和内心的秘密。她走在回家的路上，目光不由自主地往江南眺望，此时那个人在做什么，正在教室里手执教鞭，还是在篮球场上挥汗如雨？还是坐在江边吹风，或者正埋头给她写信？

她在心里给他写了回信，写了一封又一封，有时长，有时短，有时不过几个字。她将这些"信"寄放进了风里，不知他能不能顺利收到。

坐渡船过长江时，苏北放往柳真如养父养母家的方向眺望了半天，那个地方隐藏在大堤后面。从那顿午饭后，他再没去过那里，可他已经在想象中去过无数次了。船靠江北，他克制住往西的念头，径直往烈士陵园方向走去。他手上的一大捧鲜花，吸引了一路的目光。那些他叫不出名来的野花，蓬勃鲜亮的一大捧，花瓣上还带着露珠。

走进墓园，他远远地看见了一个背影。那长长的辫子，让苏北放心里一震。一瞬间，他的心跳急遽加快，似要窜出喉咙口来。

黑材料

在烈士陵园看到那个背影的一刻，苏北放忽然紧张得手心里冒出了一层细汗。他停下来，站在那里，迟迟没有往前迈步。他等待着。背影终于转过身来。苏北放的一颗心像鸽子腾空而起，是她！

一瞬间，记忆与现实实现了对接，严丝合缝。是她没错，只不过清汤挂面似的短发长成了油黑的麻花辫。柳真如微笑着，看着他，似乎并不意外。那一刻才是两个人真正意义上的重逢，彼此相认。

两人在水塘边坐下来。柳真如告诉苏北放，每到节假她都会带一束花来这里。在她看来，花草是世间最忠贞、也最具灵性之物，暗蕴生机，温情静立，没有比她们更好的陪伴了。

苏北放百感交集，一时间说不出一个字来，只定定地看着柳真如的侧影。似乎想说的话早已淌泻在了信里，又似乎还有很多的话梗堵在心里。在写信的那一刻，他似乎就望见了这一幕，只是自己没有意识到。此刻，他心里回旋着一个声音："牵住她的手，一辈子不要放开。"可他的手，端正地静默在身体两侧。

两人在湖边坐了一个下午，双双沉默着，心里却是越来越宁静。湖面漂浮着几叶浮萍，几只鸟儿在树间时飞时歇。陵园静穆。一阵风吹来，掀动头顶上的树叶，筛落下一地明明灭灭的光斑。光斑抖动着，闪烁着，仿佛无数时光的金粒从天空坠落，在与地面接触的一瞬间，迅速融入地髓，化作无形。一个苍老的声音伴着二胡声响起，时而铿锵，时而婉转，时而低回，时而悠长，抑扬顿挫间，带来无尽的苍茫感。

傍晚，苏北放将柳真如送到软脚坡下。柳真如坚持不让他再送，他便折身走向了轮渡码头。这以后，柳真如有很长一段时间没收到苏北放的来信,她不免诧异,又觉释然。也许,这是最好的吧,于他,于她。可是,心不受控制,切盼着信来。常常,看着书写着字,人就入定般陷入了惆怅。

苏北放比任何时候都渴望写信,可一铺开纸、一提起笔,心就怯了。怯了心,笔底自然淌不出流畅的文字。他将大把大把时间消磨在篮球场上,腾挪跳跃,让汗水在身上凶猛地流淌,似乎只有这样,他才能暂时忘掉那个背影,忘掉写信的渴望和内心的犹疑。他安慰自己,放假了她不方便收信。可他不知道为什么她一直没有回信,他多么渴望收到一封她的回信,哪怕只有几个字也好。写信,还是不写?这对于苏北放成了一个问题。这问题拉长了这个无比溽热的暑假。

那个热情的大妈也有很长时间没在学校出现了。有老师开始忙着给苏北放介绍对象,他总是未等对方将话说完,就急忙地摆手。县城也有人家主动找上门来,想撮合他和自家闺女,他总是礼貌地回绝:"我还不考虑这事。"人们摸不清这个东北小伙的心思,想他大概还没从失恋的阴影里走出来。

县城的气氛忽然紧张起来。县委宣传部下达通知说,上面来了精神,要在"中等学校和小学的教职员中开展整风和反右派斗争"。为了整风、教学两不误,县城的所有教师在周日集中到大会堂听报告。

会上,宣传部的负责人表情严肃地将冗长的报告念了一遍,要求各区学校在周一、三、五的晚上安排教师集中学习,畅所欲言,热烈讨论,要帮助党整风,一整官僚主义,二整主观主义,三整宗派主义……电线杆上的高音喇叭热闹起来，里面整天传出高分贝快频率的声音："百花齐放，百家争鸣，惩前毖后，治病救人……广开言路，畅所欲言……知无不言，言无不尽，言者无罪，闻者足戒……有则改之，无则加勉……"尾音一律上扬，似乎带着阳光般的色泽。学校的黑板报分成红榜和黑榜两大块，红榜上表扬大鸣大放的积极分子，黑榜上则点名批评少鸣少放和不鸣不放的人。

鸣放风迅速遍及各县乡镇的学校。从三大主义到中苏关系，从粮食政策到工农差别，从城乡差异到干群关系，鸣放积极分子争相发言，个个情绪激昂，手舞足蹈，唾沫横飞，与高音喇叭的声音遥相呼应，彼此唱和。学校忽然像了大戏院，到处是抑扬顿挫的腔调，到处可见大字报在风中翻飞。走廊的墙壁上，一轮大字报刚贴上去，糨糊未干又贴上了新的一轮大字报，报告体、诗词体、对联、警句、连环画、诗配画……花样翻新，层出不穷，有的还配有漂亮的美术体标题和手绘图画。

苏北放无心于此，他的心被一股灼烫的热力炙烤着。只是迫于在黑榜上被数次点名的压力，他才勉强写了两张大字报，张贴在不显眼的角落里。这两张大字报没有引起太多注意。对于那种骤然爆发的热情，他似乎有天生的抗拒。也许是他出生在东北，那里少有高温天气，四季寒冷。

还没等耳朵和眼睛适应这种喧闹，一夜之间，大字报消失了踪影。又一个动员大会在县委宣传部的大会堂召开了。时隔三个月，从同一个麦克风里传出的声音，转了方向，号召全社会动员起来，向对党猖獗进攻的反党反社会主义的"右派"分子做坚决斗争。

仿佛又一阵狂风暴雨席卷了江南县城。先前高音喇叭里那些像阳光一样灿烂的词语，转而被"大肆污蔑、恶毒攻击、别有用心、荒谬绝伦、悬崖勒马、回头是岸"之类的词语取代。会场上第一批被划为"右派"的，多是大鸣大放时的积极分子。此时他们木立在台上，成了新一轮慷慨激昂语箭的"活靶子"。

先是释放，兴奋而畅快地释放，然后收缩，让人惊恐地收缩。骤热骤寒，很多人无法适应，言行变得莫名怪诞。每天早餐后，学校的老师都被集中到操场上，分组列队。负责反右工作的干部做一番义正词严的训话后，就开始点名宣布最新被划为"右派"的名单。点到一个名字，其他的积极分子马上将那人从队伍中推出去，胸前的工作牌摘除。阳光立刻撤离这人的脸，洒下大片让人压抑的阴影。没有被点到名的人，暗中舒一口气，可是这口气很快梗堵在了胸口处。即使今天的名单里没有你，也许明天公布的名单里就会有你。惶恐像春草在每个人的身体里蔓生。

一个微雨的清晨，苏北放被点了名，不是"右派"，是需要反省者。他和同样被点名的几个老师一起，被拉到学校食堂接受一场"竹篙满堂打"的批判。几个同事轮番走上前来揭露他们平时的错误言行，狠批他们不端正的思想。似乎这几个批判者早作了准备，除了笼而统之的批判外，还针对每个人的问题进行了有理有据的剥洋葱似的批判。苏北放是人群中个头最高的一个，即使垂下头也显得比众人高出一截，更何况他梗着脖子并不肯将头深深地埋下去。这让他招致了最多的批判。

正在发言的是个数学老师，一口浓重的方言，平舌音、卷舌音不分，an、ang不分，凡有en的音一律发成浑浊不清的"翁"。那些复杂的几何题，他经常讲着讲着自己就糊涂了，只得从头推算。学生直嚷嚷他上的课听不懂，不得已，苏北放曾向他转达过两次学生的意见。他在学校里一直被人瞧不起，据说才读过初中一年级，不知怎么却进了这所县里的头块牌中学。私下里学生都叫他"单歪"，因为他的一只眼睛斜视，和人说话时一只眼睛使命地瞪着你，另一只眼睛却像望着你身后某个地方，总让人疑心后面站着另外一个人。平素他沉默寡言，瘦瘦小小的身影总顺着墙根往前走，现在终于有了机会站上台，便表现得格外踊跃，仿佛眨眼工夫换了个人。他揭发说："当所有老师都满腔热情地全身心投入到整风运动时，苏北放不但毫不积极无动于衷，还每天坐在江边目光忧郁地吹风，不知是何居心。是不是在暗地里酝酿某种阴谋诡计？"

苏北放觉得脑子有点懵，莫名其妙地，他就站在这里成了被批判者。一定有什么地方弄错了。他竭力挺直身子，不让自己显出一点沮丧委顿的表情。听着听着，一丝讥笑挂上了他的嘴角。他轻蔑地瞥一眼正慷慨激昂、唾沫直飞的"单歪"，垂下目光，让它们钉子一样扎进脚下的地板。他让神思游离出现场，不让"单歪"的慷慨陈词飞进耳朵。柳真如的样子开始在眼前晃动……

风潮很快淡弱下去，学校重新恢复了平静。只是这平静中有了不同以往的某种况味。原本坦然相对的目光，现在多了曲折弯转。彼此勾肩搭背、凑在一起闲聊的景象，消失不见了。人人像穿起了一层无形的铠甲，回避彼此。苏北放显得更加孤单了。他这个异乡人，如今又多了一重反省者的身份，尽管不像"右派"那么板上钉钉，也被打上了历史不洁者的标签，人人疏远以避之。

苏北放越发地想念柳真如，重新握起笔来给她写信。这些信让冥寂的暗夜有了声音，多了熹微的光亮。可这些信，苏北放一封也没有寄出去，由着它们饱含深情躺在抽屉里。如果柳真如不愿被惊动，他便不可以再伸出触碰的手指去惊扰她。

第三章

自行车

养爸送给养妈的第一份礼物是一块表，那种不同于老式怀表的机械表。银亮的表链，闪闪发光的表盘，十二个简洁的罗马数字，细长而参差不齐的三根表针。收到礼物的第一天，养妈就戴在了手腕上。这块表让纱厂的很多女工眼睛里流露出艳羡之色。表一直走得非常准，直到养爸戴上那顶再也难以摘掉的帽子，它作为贪污腐败的罪证之一，突然被人提及，养妈来不及将表取下来，表就被人从手腕上强剥下来，用砖块、石头砸得稀烂了。

红色砖渣布满破碎的表体，仿佛干涸的血迹。表停止了忠诚的报时。养妈用颤抖的手将破烂不堪的表捧起来，转眼，它又被人抢夺过去，扔进了门前流动的小河。养妈生出过趁夜去河里打捞的念头，这念头将养爸吓得不轻。最终养妈没有去打捞，不是怕在河中淹死，也不是不敢，而是怕给养爸招致更大的祸端。

李子露收到的定情礼物是一辆自行车。那时候，如果谁拥有一辆永动牌自行车，可是很风光的一件事情。这辆自行车是她的秘密男友裘勇，像鸟衔泥一样，今天从厂里拿个螺丝，明天从厂里拿根铁条，后天拿个永动的标牌……自行车的零碎部位藏匿在他的工具包、洗澡的换洗衣服底下、废物垃圾袋中，被偷偷地带出了工厂。终于有一天，它们全部妥帖地集合在一起，变成了一辆车轮飞旋、铃铛脆响的自行车。可以想见，这辆自行车给李子露带来的惊喜。她成了朝阳棉纺厂极少数骑自行车上班的女工之一。

可这辆让她的行动速度猛增的自行车，也加大了数年后她与一颗子弹相遇的可能性。如果那天她走路去上班，如果她晚到两分钟，甚至只需要两秒钟，又或者她头部的高度没有因为这辆自行车而垫高，那么，那颗子弹就不可能不偏不倚地夺去她的生命。但，世间没有如果。

苏北放送给柳真如的第一份礼物，是一支笔，派克钢笔。这还是他用读大学时得的第一笔奖学金买的，却一直不舍得用。这支笔算得他们的定情物。柳真如也没舍得用，一直搁在抽屉深处。因为有养爸的遭遇垫底，柳真如在敏感到风声有异的时候，就未雨绸缪地用好几层布、塑料纸将这支笔和一些珍贵的资料、照片包裹起来，埋在了老屋后院的一棵树下。很多年后翻挖出来，打开笔帽，笔尖还锃亮如新。

柳真如真正接受苏北放，是在李子露骑上那辆自行车以后。她一直记得养妈在厨房里和她说的那番话，还有养妈脸上无限期待的表情。直到李子露克制不住内心的激动，将这辆自行车的来历和秘密男友的事和盘托出，柳真如方才如释重负。养父养母一家于她的恩情不是三言两语可以道尽的，她无法做出伤害他们的事情。她问李子露："你真的很喜欢他吗？会嫁给他吗？"

李子露眨着眼睛，头一阵猛点："当然。"

"可是，你为什么不和爸妈说，他们会同意吗？"这句话在李子露脸上投下了一抹阴影。她收起笑容，蹲下身来细细擦拭她的新自行车。她将钢圈擦得可以清晰地照出她的影子了，用力一旋，车轮飞速转动起来，转成了一个发出连绵的"嘶嘶"响声的银盘。她在这"嘶嘶"声里悠悠地说："再等等吧。"

李子露告诉爸妈，车是她用积攒下的工资买的，也不是新车，是一位工友转给她的二手车，价格比新车便宜很多。养父养母没有在意，只是养妈对于她一点不上心和苏北放的事，感到十分失望，已经在饭桌上明里暗里念叨了好多次。每次柳真如都如坐针毡，匆匆扒完碗里的饭就下了桌。

柳真如远远地看见过李子露的那个神秘男友。那天晚上她出门去买东西，回来时看见一个人骑着车正往软脚坡上奋力蹬踏。坡很陡，男人踩踏得十分吃力。终于骑到坡顶的路灯下，男人停住车。剪影倏地分成了两个，原来车前杠上坐了个人。那个人从车上跳下来，匆忙在男人脸上啄一下，接过自行车，三步一回头地和男人挥手告别。柳真如正诧异呢，突然发现那不是别人，是姐姐李子露。

男人在路灯下伫立一刻，拐向了另一条小巷。柳真如故意磨蹭了一会儿才往前走。她没有将这事告诉养妈,该说的时候李子露自然会和他们说。她对苏北放不再像以前那样心存芥蒂,实际上,尽管在心里她一再告诉自己,这是养妈为李子露看上的对象,可她还是会经常不由自主地想起苏北放,仿佛那影像已经不知不觉刻在了她的脑海里,拿橡皮擦也无法擦掉。她不明白李子露为什么一直瞒着养父养母,她想李子露一定在寻找最合适的时机。

那年春节,李子露在没有任何预告的情况下,与神秘男友双双走进了养父养母家。两个人紧紧地牵着手。养爸还算镇定,不动声色地让座,语气平静地让养妈倒杯茶来。养妈就没有那么沉着了,她似乎没有听见养爸的话,木着一张脸坐在凳子上,自始至终没有说一句有温度的话。待男友走后,养妈爆发了,流着泪责问李子露这是怎么回事。

李子露一定预料到了这一幕,她平静地讲述了与裘勇长达六年的秘密恋情。原来,他们从初中毕业时就开始了基于友谊的交往,由淡渐浓,再到炙热得难以分离。养妈涕泪漫漶。"为什么到现在才告诉我和你爸爸?你把我们当什么了?"

"我怕你们不同意。"李子露的声音蓦地小了下去。

"不同意?既然知道我们会不同意,为什么还和他交往?"养妈的语调尖利得近乎失控。养爸相对之下显得冷静许多:"他做什么工作?家庭出身怎样?父母在做什么?"

李子露沉默半晌才开口,她的声音越来越小:"他在自行车厂的装配车间,他爸爸原来在沙石开布庄,就是中山路上很有名的那家裘记绸布庄……"

话音未落，养爸打断她："那个我知道。"他调头转向养妈，"就是那个被肃反回老家的裘老板。"养妈没说什么，眼泪流得更欢畅了。

屋子里静默下来。"你知不知道，找这样的人家会带来什么后果？"养爸声音不大。

李子露也落泪了："他爸爸是他爸爸，他是他，他人不错的，你们了解以后就知道了。他对我很好，比任何人都好……"

"不行！这样的人家就是不行，我们要对你的下半辈子负责。"养爸声音依然不大，语气却陡然坚硬了许多。

"爸，妈，我求求你们，我会自己承担后果的。我离不开他，真的离不开他……"李子露苦苦哀求。养爸也不肯松口。

养妈不许李子露再骑车，让养爸每天带着她去上班，看着她一直走进棉纺厂大门才离开。没到下班时间，养爸就早早地等在了厂门口，像领一只小羊那样将李子露领回家。柳真如有两次放学晚，遇到那个叫裘勇的男人在软脚坡坡顶路灯下徘徊。看见她，他马上拐上了另一条巷子。

李子露帮裘勇辩解说，他爸爸本来的成分是中农，在清查敌伪档案时，查出他曾在解放初集体参加了国民党。清查小组找到他爸爸责问时，他爸爸感到莫名其妙，他从未参加过什么党派，除了会算账基本上算是个文盲，怎么可能参加国民党？最后经过反复调查，才查清楚原来是他老家的一个伪保长在登记参加国民党人员时，为了凑上面下达的数字任务，把他的名字给报了上去。没想到,写个名字容易,被诬陷的人要找回清白却是难上加难。不管裘勇的爸爸如何申辩,还是被清理回了老家。裘勇也被这层阴影笼罩,至今在自行车厂还是个不受重用的小轻工。

带着这份承接自父辈的冤情,裘勇无处申诉,也无法摆脱,久之,只好玩世不恭,可他对李子露的感情是真挚的,李子露也对他爱得深切。尽管预感到父母会反对这门婚事,他们还是在迟疑良久之后选择了勇敢地面对,希望两人的深情能打动父母。没想到,面对的结果是一方失去了自由,两人连见面都不行了。

一天夜里,柳真如听见李子露在哭。她将头埋在被子里,被子像一座小山丘缓缓地起伏。柳真如不知道该怎么办才好,静静地躺在被子里,听着。忽然,小山丘有了动静,李子露掀开被子钻进了她的被窝,拿手紧紧攥住了她。"好妹妹,帮姐姐一个忙。"

李子露一开口,柳真如就明白了,她下意识地摇头。李子露将她的手攥得更紧了,指甲嵌进了她的肉里。"求求你,只是帮我送个信。"她将一张叠得小小的信纸塞进了柳真如的手里。"他一定快疯掉了,好妹妹,你一定要帮帮我。"

黑暗里,柳真如看不清李子露的脸,但能感觉到她的呼吸湿漉漉的,带着让人不忍拒绝的气息。她没有将信纸再推回去。

信纸用胶水封住了口。柳真如克制住了好奇,没有将信打开来。每天放学时,她都在软脚坡坡顶那儿等上一会儿,两天后她才遇见那个叫裘勇的男人。这是她第一次近距离地看清这个男人,可她是那样惊慌,似乎比对方还惊慌,她只匆匆看见男人布满两腮的浓密胡须和一双布满血丝的深凹的眼睛。

他们约了要私奔,但是没有成功。不是因为柳真如的告密,而是养妈时刻不曾松懈的警惕,阻挡了这对恋人的脚步。在李子露收拾好行李,准备趁夜跳窗出去的时候,双脚刚一落地,就发现面前站着一个满面疲色的女人。养妈没有大叫大嚷,只是用无言的目光注视着她,将她逼回了房间。接下来的几天,养妈给李子露向厂里请了假,几乎一步不离地守着她。家里买菜的事都由养爸临时接手了。养妈是过来人,她觉得这时候拼的就是一口气,谁坚持得长谁就会取得最后的胜利。

突然的一天,门外传来一个男人的声音,是裘勇。不管白天、黑夜,他都肆无忌惮地叫喊着李子露的名字:"让我见见子露、让我见见她。"这声音简直像一把把利箭戳着养妈的心,她恨不能生出无数只手去捂住邻居们的耳朵。

随着夜幕的降临,越来越深重,那叫声变得近乎嚎叫了,叫得躺在被子里的柳真如心仿佛在往外汩汩地淌血。

李子露像一朵失去水分的花,迅速憔悴下去。她沉默着,像没有了声息似的躺在床上,一动也不动。柳真如睡在客厅沙发上,养妈已经接替她睡到了李子露对面的那张床上。母女俩一言不发地对峙着。一天夜里,柳真如再次被巷子里传来的嚎叫声惊醒,这声音一遍遍回响在冰冷的夜晚,像一柄细小的刀"嗖嗖"地从窗沿门缝里飞来。

突然,一声突兀的尖叫响起,吓了柳真如一跳。她下意识地翻身爬起,怔忡片刻,才意识到这声音发自屋内。它不同于几天来听惯的嚎叫声,细削、尖峭,仿佛一根长驱直入的钢针。柳真如身子不受控制地颤抖起来，是子露！

这么长时间没有出声的李子露，突然间发出了一声无比漫长的尖叫。尖叫声向着高处一径窜去，凄厉，决绝，似乎要将嗓子撕裂开来。

忽然地，在某一高处，叫声戛然折断。接着，屋内响起了沉闷的厮打声，养爸和柳真如奔进去，只见李子露披散着头发与养妈扭缠在一起。她拼了命似的要往外冲，被养爸紧紧拦住了。她闷声不响地挣扎，奔突，拼命往外挣着身子，活像一只惊恐的小兽。忽然地，她绷得紧紧的身子瘫软下来，直软在地板上，像一团稀松得再也支撑不起的泥。头发披覆在她的脸上，参差浓黑的一团，颤抖着，颤抖着，发丛下传出"呵呵呵呵"的笑声，这声音由弱变强，渐渐成了狂笑。

李子露抬起脸来，闭着眼睛，张大嘴巴，在乱发的背后肆无忌惮地笑着，狂笑着。养妈在这一刻才彻底崩溃了，她靠坐在床上，拿手捂住脸，发出了凄楚的哭声。"你让我怎么办啊？露啊，求求你了……"

两股哭声交混在一起，胀满了本就拥挤的屋子。

奇怪地，门外的叫声突然销声匿迹了。而且，从那以后再没出现过。那个叫裘勇的男人仿佛从这世上消失了。柳真如曾在软脚坡坡顶刻意等过几次，也没见那人出现。李子露又在床上躺了两天，粒米不进，可是忽然的一天，她用嘶哑的声音对养妈说："粥，我想喝粥。"

柳真如不知道是什么让李子露重新有了进食的欲望，是否她想重新拥有力气走出家门,只有这样才能和裘勇相见。又或者她想通了,不再执著?总之,李子露似乎恢复了正常,身体渐渐复原,又可以骑车上班了。可她再没能见到裘勇。

子宫血

因为家事的牵绊,有段日子养爸对居委会的工作没太上心,反而侥幸逃脱了紧跟着大鸣大放而来的清算。可是居委会主任,与养爸搭档多年的老朋友,被第一批划为了"右派"。兔死狐悲,养爸在暗自庆幸的同时,不免有些感伤。

事后他才听说,大鸣大放期间集中学习的种种记录材料,和大字报等文字漫画材料都被收集到整风"反右"办公室,整理后分别装进了鸣放者的档案袋。所谓"一字入公门,九牛拖不出"。这些材料伴随主人经历了此后的一系列运动,有的成了致命的证据。

居委会新来了一个主任,养爸与他本不熟,又惮于周边的批右风,两人平时上班很少交言。居委会一下子成了死水一潭,上班如同煎熬。养爸借口血压高,三天两头在家病休,好在李子露似乎恢复了正常。到这时,养爸愈发庆幸自己和养妈的坚决果断,如果李子露真和裘勇结合在一起,还不知会给他家带来多大的灾难。

柳真如的学校陷入了一片混乱。一天早上她走进学校,看见传达室边围满了人,走近一看,墙上贴着一条标语——行动起来,跟官僚主义做斗争!以这条标语为波心,涟漪逐渐震荡开来,漫及了整个校园。

第二天,校长办公室门边贴出了第一张大字报,矛头直指校长。这之后,校园内的大字报就多得一发不可收拾了,几个"高产"的大字报作者成了校园里的风云人物。班上的团支部委员们也格外忙碌起来,他们行动诡秘,经常在自习和课外活动时间离开教室,不知去干嘛了,有时一整天都不再出现。柳真如听到传言,每天夜里,学校专门组织几个团干部打着手电筒抄录同学们贴出的大字报,汇总编印成材料放进各人的档案。这传言与养爸得到的消息不谋而合。养爸告诫柳真如:"千万不要掺和进去,不要做出头鸟。"

看学校里乱得很,柳真如听从养爸的建议,借口奶奶生病,回老家待了些日子。当她重新走进养妈家时,乍一看到李子露,不禁愣住了。

房间里很暗,窗帘掩着,只在中间留了一道窄缝。李子露半躺在被子里,一张脸仰靠在竖起的枕头上,看起来像一层薄薄的毛玻璃纸,头发散乱而无生气地铺洒在枕头上。她记得自己回老家时,李子露已恢复了生气,脸颊上又有了两抹红晕。这是怎么啦?

柳真如特别喜欢看李子露笑。每当李子露大笑的时候,会微仰起脖子,露出一口雪白的牙齿。随着身体的震颤,脸上渐渐漫上一层仿佛毛茸茸的红晕。

她走近床边,李子露眼睛紧闭着,脸色青白,眼睛下面卧着两片月牙似的黑晕。柳真如是接到学校通知来拿资料的,顺便看看养父养母,没想到姐姐李子露病成了这副模样。

柳真如将养妈拉到门外, 压低声音问:"姐还是为了那个人吗?"养妈欲言又止,连连摇头,无声地叹出一口长气。

原来,李子露回到厂里上了一个月班,看起来一切都恢复了正常。养妈心安了没两天,李子露突然告诉她:"好事有三个月没来。"李子露说这话时表情异常平静,甚至显得冷酷,似乎在告诉她自行车掉了一个螺帽,或是自己崴了脚。养妈被一口气噎住,半天说不出一个字来。顿了一刻,她表情怯怯地问:"什么?"伴随着这声问,惊慌才像蔓草一样迅疾无声地攀上了她的嘴角眉梢,乃至额头,在那里堆蹙起三道深深的横川字纹。

李子露脸上掠过一道奇怪的笑纹, 这笑纹像一根无形的鞭子抽痛了养妈的心。她疑惑而又带点侥幸地察看李子露的脸色,希望能从中看出自己想要的答案。

养妈疑心李子露只是以这样的方式来报复她和养爸的干预,一切只是个玩笑罢了。可李子露漠然的表情让养妈磨灭了心内那丝侥幸,她小心翼翼地问:"最后一次来是什么时候,有多少天了?"

李子露紧咬住嘴唇,迟迟不肯作答。"死丫头,你说呀! 你不说,妈怎么帮你?"李子露的嘴唇渗出了血。养妈更加慌了,语气软下来:"没事的,没事的,你好好和妈说,妈会想办法……"

养妈将李子露带到古城郊外的一家医院,谎称儿子在外地,带了媳妇来检查。结果出来,养妈对着化验单木然半晌,那上面清清楚楚写着"妊娠初期"。李子露低着头跟养妈走出医院大门，不停地瞟眼看养妈的表情。走着走着，养妈忽然发现身边没了人，回头一看，李子露蹲在一棵树下，将头埋伏在膝盖上，嘤嘤在哭。

养妈走过去，叹口气，语气恨恨的："哭，现在哭有什么用！"良久，她弯下腰去，拿手摸摸李子露的头，软了语气："别把身子哭坏了，日子还长着呢。"说完，她一用力，搀起李子露。两人的影子紧紧倚靠在一起。

养妈连夜缝制了一条一尺宽的布腰带，让李子露紧紧地捆在肚子上，使劲地原地蹦跳。李子露直跳得满头大汗，头发披散，可肚子里的孩子纹丝不动，下身没有任何动静。

过两天，养妈不知从哪里弄来几副中药，煎了让李子露喝。药汤黑乎乎的，散发着冲鼻的气味。李子露捧在手里，望了汤汁半天，一憋气一口灌进去。药汤下肚没多久，她就哇哇地吐起来。吐完黑色的药汁吐暗黄色的胆汁，直吐得恨不能将整个肠胃都给倒出来。

养妈站在一旁，不停地拿手拍抚李子露的后背，满脸疼惜，心却坚硬。旁边炉子上的煨锅里"咕咕"地吐着热气，刺鼻的气味弥漫在屋子里，直插鼻腔、喉管，仿佛一只粗暴的手指搅动着李子露的五脏六腑。

待李子露回到床上，身体刚刚平静下来，养妈又将一碗药汤端到了她面前。李子露满脸委屈地看看养妈，两泡眼泪在眼眶里打转转。养妈表情冷峻，看着药汤，不着一言。李子露深吸一口气,一仰脖,闭着眼睛将一碗药汤灌下去。

半夜,李子露开始肚子疼,一阵紧似一阵。不多久,下身有湿漉漉的东西流出来,一看,是血。睡在旁边的养妈没有半点惊慌,从枕头下翻出刚做的加宽的月经带,在布带中央缠上厚厚的三层草纸,让李子露在身上系好,又在她身下垫了块厚棉布垫,端来一碗热乎乎的药汤让她喝下去。

这一切养妈做得有条不紊,不急不慌。身体的疼痛让李子露添了信心,她一鼓作气将药汤喝下去,乖乖地按照养妈的嘱咐,躺下来休息。血量渐渐多起来,床边的木盆里堆满了带血的草纸。

养妈煮了红糖荷包蛋,熬了鸡汤,一样一样让李子露喝下肚。李子露看着她忙进忙出,心里翻涌着愧疚,怯怯地说:"妈,对不起。"

养妈不看她,将木盆里的草纸归到一起,拿报纸包了一层又一层。这些日子她丢垃圾都要走上几条街,趁没人注意时丢在路边的垃圾堆上。她怕邻居们看见。

"你呀,当初听妈一句话,哪里吃这么多苦。这是一个负责任的男人该做的事吗?他知不知道,这是在毁你咧!"

"妈,都是我不好……"李子露声音哽咽,流下两行泪来。

"别哭!哭是最没用的法子。"养妈递过来一方手帕,放柔了声音,"月子里哭,伤眼睛。女人要懂得爱自己。乖,过去了就好了。"

养妈原本指望不声不响地帮李子露度过这一关。可李子露的血流了半个月，一直不见干净，脸色越来越苍白憔悴。养妈着了慌。她给李子露头上包裹一条厚实的围巾，翻出箱底的一件厚棉袄给她套上，让养爸推着自行车，她在一旁扶着，送李子露去医院。起先养爸不知道这事，还以为李子露感冒了，养妈着了慌才将实情向养爸和盘托出。

养爸的脸色像风云汇聚的暴雨天，正待发作，养妈满脸苦涩地哀求他："老头子，千万别发脾气！事已至此，怪她也不能解决问题。再说了，她正在月子里，被你一骂大哭一场，伤了身体落下病根的话……"养爸只得将一口气生生地吞进肚子里，憋得心口锐疼。

三人不敢就近，走了三四里路找了家不太景气的医院。医生一检查："你们这不是瞎搞嘛！"养爸怒目看养妈，养妈给医生赔笑："都是我糊涂，您快给她治治！花多少钱都可以……"

"这不是钱的问题，有你这么待媳妇的吗，这不是把她往死里整……"李子露看妈妈难受的表情，心里不过意，忙拦住医生的话头："医生，这事不怪我妈，怪我。我这是怎么了，血怎么一直止不住？"

"你这是不完全流产，要清宫，如果再晚来些日子，怕是你的子宫都保不住了！"

李子露的子宫最终没能保住。他们找到的那家医院医生脾气臭不说，技术也臭，李子露清宫手术后回到家，当天晚上大出血。养妈养爸又连夜将她送去医院，按医生的法子挺了两天。眼看着李子露的精气神越来越弱，腹痛得厉害，高烧一直不退，养妈急得坐立不安,不顾医生的反对,硬是让养爸找来辆板车,将李子露捂得严严实实转到了沙石人民医院。

人是缓了过来,可医生说子宫发炎,加上手术损伤,又延误了最佳治疗时间,整个子宫必须拿掉。

养妈当即傻了,眼泪涌泉一样往下淌。养爸冷着脸在手术同意书上签了字。两人没敢和李子露说真话,拜托了护士医生,只告诉她是个简单的治疗手术。

李子露从麻醉中醒过来,看见养妈坐在床边黯然落泪,忽然"呵呵"笑起来,伸出一只手摸摸养妈的脸,没头没脑地说:"妈,没事,这样更好,一了百了!"养妈再忍不住,"哇"一声伏在床边大哭起来。

柳真如看养妈脸色憔悴得厉害,让人带了信给奶奶,自己又在养父养母家住下来,帮着照料李子露。没多久,学校也恢复了正常上课,柳真如埋头准备起考试。

果然,养爸的话得到了印证,一度风靡校园的大字报"高产"作者有几个考上了大学,却很快被清退回来,理由是在档案里发现了"黑材料"。

柳真如也未能幸免。她和孙琴一起考上了财校,可是她被学校清退回来,理由是她父亲曾做过伪保长。接到通知的那一刻,柳真如强忍住泪水,收拾东西默默离开。她将孙琴拦在了校门口,头也不回地一口气走出很远。拐过一个路口,在看不见校门的地方,柳真如忽然停住了脚。力气似乎耗尽了,包袱垂落在脚边的地上,她身子软软地滑落下去,滑到了她的脚跟上。

她静默地一动不动蹲坐了半天，重新拎起包，迈开大步向前走去。她知道有些事情无法申辩，如同她无法为自己选择父亲。她替父亲感到委屈。父亲不是十恶不赦之人，他心慈而拙朴，口不善言，仅仅因为几个月迫不得已的经历，必须戴着一顶沉重的帽子直到终老。

也是在这一刻，她才深切地感受到了裘勇的无奈和委屈，李子露撕心裂肺的疼痛。阻挡他们的，是一种多么邪恶的东西，无形无迹而又法力无边，将无辜的不幸者一网打尽。

在养爸的多方努力下，柳真如几经波折来到江南一所镇小学，做了一名代课老师。

海绵铁

苏北放渡江去过陵园几次，都没能遇见柳真如。又到放暑假的时候了，校园寂静下来，时光也变得冗长。学校安排老师到乡村去帮农，他马上报了名。

全国掀起了一股"大跃进"的热潮，江南也不例外。一亩亩田里，秧苗插得越来越密，简直密不透缝了。苏北放曾在部队上做过农活，他不理解，这么插法秧苗哪有生长的空间。他的疑问马上被村人一挥手给打断了。"这是最新研究出来的插秧法，据说可以在原来亩产的基础上翻两番。"苏北放还想争辩，村人笑得无比憨厚，"你落伍啦，现在河南已经种出了亩产万斤，我们也不能落后啊！"人们干得热火朝天。

各乡各镇用泥巴石头垒起了土炼钢炉，每个村子抽调出三分之一的壮劳力，按军事编制，人人佩带一块"钢铁战士"胸章，集中在一起安营扎寨，响应党中央的号召大炼钢铁。各家各户都将家里与铁有关的东西抱了出来，铁锅、铁锹、铁把手、铁钉、铁盆、铁桶、铁皮，还有的将家里的铝锅、铜盆也拿了出来，一股脑地扔进了土炼钢炉。山上的树被砍光了，堆填在炉下化为了一堆堆灰烬。

金属烧融的腥臭味充斥在空气中。苏北放没有全情投入到这股热潮中，他的脑子很清醒。他站在亢奋的人群之外，看着人们怀着高烧般的热情将一样样东西"叮叮乓乓"地扔进炉子，搬来一棵棵大树，树干被粗暴地截断，塞进粗糙的炉底。在与火星相触的一瞬间，炉底腾起一股烈焰。很快，这蹿升的火焰就暗寂下来了，可火星仿佛溅进了一双双眼睛，烧红了人们的目光。

与众人高度的热情不相匹配，炼钢炉里炼出来的不是人们所期望的坚硬钢铁，而是一堆堆海绵铁，软趴趴的，用手都可以掰得变形，根本没法用。苏北放看看那堆表面凸凹不平、满布气泡的海绵铁，再回头看看还在往炼钢炉里扔废铜烂铁的人们，再忍不住了，一股硬绰绰的气流直冲他的脑门，他张开嘴大嚷："不要再炼了！这样炼出来的根本就是一堆废物！"

他的声音被淹没在一片喧嚣声中。火热的场面不受干扰地继续着。火光映红了一张张满是油汗的脸。

苏北放看不下去了，他读的书告诉他，如此炼钢铁根本就是无稽之谈。仿佛有块石头梗堵在胸口那儿，他拼命想将它咳出来。他找到村支书,劝说他们停止大炼钢铁的无谓举动。村支书点点头,忙自己的去了。一个平时走得近的老师,好意提醒他:"少开口吧,上次的教训你还记得吧。"苏北放闷了半天,还是坐不安稳,他觉得不能不向上级领导反映村里的这个情况。这么搞下去,毁了满山林木不说,弄出来的根本就是一堆废渣。

他找到镇长,告诉镇长如此大炼钢铁是不科学的。镇长很客气,冲他笑一笑:"苏老师啊,全国上下都在这么炼。毛主席都点头同意了的,你能说这法子不科学?"

苏北放还是不能安心,他找到县长,告诉县长这样子炼钢铁是浪费资源,不如投入资金办个正正规规的钢铁厂。县长一脸严峻,满面忧患:"时间不等人啊。苏北放同志,你要认清形势。你知道明年咱们国家的计划钢产量是多少?"不等苏北放回答,他伸出一个指头,冲着苏北放用力地摇了摇,浑浊的眼睛瞪得大大的,"一千万吨!"

走出县政府,苏北放意外地在大街上碰到了养妈。养妈似乎没以前那么精神了,苏北放迟疑一下,还是走上去拍了下养妈的肩膀。养妈回头一看是他,满脸欣喜,转瞬又暗寂了表情。她想起了李子露,想起了在公交车上的那个上午,往事历历在目,却好像是很久以前的事了。

养妈告诉苏北放,他们已经搬回了县城。柳真如没能如愿读财校,到一所镇中学当了代课老师。她只字未提李子露,而是絮絮地讲起了养爸受审查的事。

几个月前的一天深夜,家里突然来了几个人,声称是查户口的。养妈正要开言,被养爸用眼神制止住了。他已经在家病休了好一阵子,此时不愿提及自己在居委会工作的身份,只想赶快将此事应付过去。几个人询问了家庭成员情况,又查看了证件,细细询问了柳真如为什么不待在江南自己家里。养妈解释这是在老家认的干女儿,现在在沙石上高中,长期借宿在他们家。

来人在几间屋子逡巡了一遍,没发现什么异常,正待出门,一个人突然叫起来:"收音机!"那人折返身拿起放在五斗柜上的收音机,"你们家还有收音机,每天听吗?"

几个人返回了屋内。养爸小心翼翼地点点头:"听,每天听听新闻,了解中央的指示。"那人斜睨养爸一眼,打开收音机,里面传出"嘶嘶"的杂音。他扭动旋钮,突然出现了一个绵绵软软、拿腔拿调的声音:"……蒋总统勉励军民庄重自强,处变不惊……"

在场的人骤然色变。大家都听出来,这是台湾电台——敌台!查户口的几人一下子来了精神。"好哇!你收听敌台!""这是什么,你不要狡辩!""胆子也太大了,偷偷摸摸在家里收听……"

养爸两手舞得像钟摆:"没有,没有!我根本没听短波!只听中波!"

"中波?"那人将旋钮扭到中波段,只有"嘶嘶"的声音,"中波这儿什么台都没有!""刚才有,刚才有,现在太晚了,节目已经结束了……"养爸赶紧申明。

来人不信,将养爸围在中间,你一言我一语地说开了。"公安局有仪器,你刚才听了什么绝对可以查清楚。你不要狡辩!""现在说出来还算是你坦白,坦白了认识到自己的错误了,就是坏事变好事，要不然……""不说实话，到时候查出来，可是要加重惩罚！""我们现在是留条路让你走……"

养爸还算镇定，一口咬定："我没听短波，根本不知道这里还有个敌台，我一直听的是省广播电台。你们不信，等天亮了再来听听中波到底是哪个台？"

双方争执了好一阵子。来人见养爸怎么也不肯承认，凑在一起低声商量了一会儿，领头的那个发了话："那好，我们天亮再来检查！"几个人将收音机旋钮贴上封条，这才鱼贯而出。

这一晚，大家都没睡踏实。李子露被一个接一个噩梦惊醒。天还没亮，屋外就传来了"砰砰砰"的敲门声，是前晚来的那几个人。他们进来拆开封条，旋到中波段，果然那儿有了声音，是湖北电台。养父养母这才松了一口气。

这场惊吓虽然平安渡过，余波却波及很远。它仿佛一次预警。从那以后，养爸自觉地把收音机短波段的旋钮用胶布给封上了，愈发地小心谨慎。可万般谨慎小心的养爸，还是没能脱出那笼罩而来的无形之网。

没多久，病休在家的养爸接到通知，让他带几件换洗衣服到居委会去写反省材料。养爸心想自己一直抽身在各种运动之外，多数时间待在家修身养性，不知还有什么需要反省的。养妈满面忧虑，跟在他身后连连叮嘱："不要和人硬扛，不要太过认真，含糊一点，对付一下就可以了，早点回家。"养爸故作轻松地笑一笑，冲她点点头。

到了单位，养爸才知道在他病休的这些日子，有人收集了一

系列关于他的个人历史材料，从他在江南做生意开始，到他开
"李记食品店"，看守食品总店的仓库，带着喷香的黄豆上堤守
夜，再到他当上居委会副主任，期间的种种"劣迹"都被整理记录
在册，材料足有半尺厚。

养爸看着厚厚的一叠材料，心里顿生滑稽之感，不知自己还
有这么多"历史"值得挖掘整理。可是看着看着，养爸的汗下来
了，汗水逐渐模糊了养爸的视线，到后来，他浑身大汗淋漓。

真是欲加之罪，何患无辞。养爸这才真正懂得了此话的含
义。他想到的、没想到的，留意的、没留意到的，仿佛都被人亲眼
目睹一般记录得十分详尽，某些场景、某些细节、某些对话都一
一在册。养爸由衷地佩服收集材料者，不知道这么厚一叠材料花
费了他们多少时间和心血。他们竟是比他还事无巨细地回溯了
他的"历史"。他硬着头皮看完这叠材料，仿佛重新认识了自己。

材料放在面前，带着清白无辜的表情与养爸久久对视。养爸
内心一片凄惶，他感到无从说起，也无法说起。材料的措辞言之
凿凿，板上钉钉，已不容他再作辩驳。他唯一能做的恐怕就是以
这些材料为蓝本，继续深挖自己思想深处腐烂的根子。提起笔，
养爸才知道这是件十分艰难的事情，要显得自己反省深刻，他就
要比这些材料更加不留情面地给自己脸上抹黑。毕竟是有脸面
的人，自己给自己抹黑，可不是件容易的事。

"什么时候反省到位了，什么时候回家！"十多个反省者被集
中在一个停工小厂的食堂里，大家彼此不说话，各自伏案写自己
的材料，晚上就在地上打个简单的地铺睡觉。养爸绞尽脑汁，可

怜只有小学文化程度的他，努力深挖，东拼西凑，也写不出多少东西来。眼见得有几人交上厚厚一摞材料，被允许回了家，他心里那个焦急。

一天夜里，养爸躺在地铺上辗转难眠，一晃离家已经半个月了，也不知家里情况怎样，李子露有没有再折腾？身边走了不少老面孔，又增加了一些新面孔，而他递交了几次反省材料都没能过关，他写得近乎绝望了。想着想着，心脏一阵锐痛，痛得他差一点晕厥。不待疼痛好转，呼吸也急促起来，几近窒息。

睡在他左侧的是个五十多岁的老人，感觉到他的异常，忙叫门口的看守快过来看看。众人将养爸送到就近的医院。医生说是心肌梗塞，再耽误一下可能就没命了。

养爸从来不知道自己的心脏有毛病，这次一检查才知有根血管天生畸形。这根畸形的血管隐藏在他的身体里，发作得不早不晚，在关键时刻拯救了他。他从医院被直接送回了家。养妈一看见他就泪如泉涌，哽咽难语。反而是他，弱声弱气地安慰她："没事，我这不回来了吗？"

养爸经此一劫，再不愿待在沙石这多事之地，生怕有什么麻烦再找上自己。在他的再三催促下，养妈和他一起搬回了江南老家。好在李子露已经康复，回到朝阳棉纺厂正常上班了。

养爸随身带着那台收音机，在他病倒的日子里，是它在枕边忠诚地陪伴他，安慰他。那块胶布一直没取下来，不过胶布已悄悄挪动了位置，在机身上留下一圈明显的印痕，胶渍上布满细小的灰尘。

大饥荒

当了代课老师的柳真如,迅速消瘦下来。奶奶说:"柳伢儿,剪了辫子吧。这么长的辫子吃营养呢。"柳真如不肯。她记得苏北放说过喜欢她的长辫子。

公社食堂的幸福时光,仿佛昙花一现。很快,暄软的大馒头就不能敞开肚皮吃了,全村人每人每顿只能分到一个馒头。这馒头越来越小,一直小到一枚鸡蛋那么大,成了"袖珍馒头"。再后来,馒头消失了踪影,米饭也被稀饭取代了。稀饭倒是可以随意喝,但越来越稀,逐渐稀成了可以照见人影的清汤。汤面上漂着几片煮蔫成了褐色的榆树叶,勺子伸到底,也舀不起几颗米来。村里有壮汉每顿喝十来碗稀饭,肚子迅速隆起,像衣服下顶了口大锅,只几泡尿的工夫,就又瘪了下去。

村人慢慢觉出不能再依靠公社大食堂了,开始四处寻谋吃的东西。干红薯秧、玉米秆、麦秸碾成面粉,用来蒸成麻刺刺的团子。到野地里挖野菜,下水掏芦苇根,有时洗洗煮在饭里,有时拿开水焯一下下饭吃,有时用水煮后挤去涩水,再晒干储存作为充饥的主食,有时加点盐在锅里炒一下,那已经是很奢侈了。

起先,人们将目光沉落在地面上,还没有人打树皮的主意。当第一人将目光抬起来,转向了树皮,情况马上变得不可收拾了。"大跃进"时期,本就砍伐了很多树,现在尚存的一些树木,也由远而近仿佛遭遇了蝗灾一般,很快只剩下光秃秃的树身了。

草木的生长速度，远远落后于众人的期待，渐渐地，身体的饥饿感凝聚在了人们的目光中，让一道道目光似长出了无数棘刺。若是几个人同时在野地里搜寻，一旦有谁发现一片遗漏的叶子尚存在树枝上，或是一株野菜隐匿在石缝不显眼处，除非他异常小心地不为人觉察地摘下来，悄悄放进自己的提篮里，否则马上会有几只手同时扑过来争抢。饥饿让人们将谦让互爱的美德遗忘在了脑后，每个人家中都有几张面黄肌瘦的脸，都有几张无物可填满的嘴。

到处粮食不足，严重不足。在缺少肉蛋的情况下，拿大豆补充营养成了人人皆知的常识。城里的老师每人每月有粮食定量，还有额外的三斤大豆供应。下面县市学校的老师就没这么幸福了，每月实打实的那点粮食定量，有些困难月份其中一部分还换成了面粉、大麦粉、玉米粉、高粱粉组合而成的"三合粉"。

苏北放所在的学校，有不少在沙石有亲戚的老师，都投奔了去，想求得一线生路。可是他们很快就回来了，沙石的情况也好不了多少，家家户户都在缩紧裤腰带度日。据说，沙石的粮票在黑市上卖到两元一斤，一块桃酥或绿豆糕之类卖到一元多，还有一种副食品叫"伊拉克蜜枣"，用密封袋装的一小袋卖到三元，一般人根本吃不起。

校长将学校院墙边的一块地平整出来，号召大家种红薯。他说红薯产量高，生长快，是最好的粮食替代品。"不信咱这鱼米之乡，还能让人饿肚子。"种红薯需要育秧苗。寒潮来了，地面铺了厚厚一层雪，怕冻坏秧苗，校长带着大家搭了塑料窝棚，堆起"火炕"给红薯秧苗防寒。幸亏校长的英明决策，那年的红薯长势喜人。

到了快起蔸时节，这一大片红薯被附近的村民盯上了。隔三岔五，院墙边的红薯地里就出现了几个脚印，几根红薯秧被扯断在地上。地面上现出几个已空洞无物的土坑。校长无奈，将学校老师集中起来，两人一班排了个值班表，每晚守在墙根下，一见有人探头就吆喝一声，这才保住了这片红薯。到丰收的时候，学校的每位老师都分了不小的一麻袋。

度过了冬荒、春荒，夏荒怎么办？校长又翻了半天书，号召大家种南瓜。院墙下的红薯秧苗扯去，全种上了南瓜。这里的土地真是棒，种什么旺什么。那年的南瓜又是个大丰收。大家抱着一个个肥硕的大南瓜回家，戏称为"保命瓜"。

为解决饥饿问题已殚精竭虑的校长，有一天欣喜地向大家宣布："我国有了惊人的科学发明——利用小球藻代替蔬菜肉类，可以解决人的营养所需。有了神奇的小球藻，人们就可以少吃甚至不吃别的食物了。"

大家迅速行动起来，学校四处安置了大大小小的瓦缸、陶钵。由校长统一指导，大家将缸钵装上清水，再按一定比例将菌种、混合尿液等搅拌在里面。

消息迅速传播开来，附近的村民也置办起了大大小小的缸、钵。校长每天极为虔诚地观测水色，要求老师定时搅拌、遮盖、曝光。缸钵内的水渐渐由清澈变成浓绿，浓得像一幅色彩斑斓的油画了。大家将这种经过提炼的神秘的小球藻液，掺进谷糠磨成的粉，做成蒸馍。据说，沙石一家研究单位还制成了珍贵的"小球藻糖浆"，对缓解黄肿病十分有效。得了黄肿病的人，须得由相当级别的领导批条才能有一两瓶"小球藻糖浆"供应。

可是这种"高科技"产品并没能阻止社会上出现越来越多的黄肿病人，每天依然有人不断地死去。一段时间后，校长不再提起小球藻这桩救国救民的"科学实验"了。那些缸、钵闲置在露天，水色浓得像杂绿的墨汁，清冷而忧郁地反映着水色天光，再无人问津。

离此相距十几里路的柳真如，没遇上这么一位肯为大家的肚子操心的校长。她是个代课老师，粮食定量供应只相当于县中学的一个学生——每月十五斤大米。她每月要省下三分之一，带回家去给奶奶、爸爸，和着糠粉、红薯、野菜煮着吃。

没课的时候，她跑去不远的山丘上找野菜，挖笋根，摘蘑菇。每次她让奶奶多吃点，奶奶又会夹回到她碗里。奶奶每天只吃两顿饭了，其中一顿还是稀饭加野菜。"人的喉咙填不满的。我这把年纪了，吃不下那么多了。"奶奶本就清瘦的两腮，愈发地深陷下去，牙齿一颗接一颗松落。她不时地从水缸里舀一碗水，"咕咕咕"地喝下去，拿手抹一抹皱皱的嘴唇，再躺回到床上去。

养妈悄悄送来些豆子和米，让柳真如千万藏好，不要被人发现了，否则会给两家人带来灾难。柳真如看着养妈惊惶的表情，又心疼又感动，她含住眼泪，拼命点点头。她将这点豆米用塑料袋和报纸包好，搁到横梁顶的不显眼处。实在挺不住的时候，她就取出一点来打打牙祭。

村里很多人得了水肿病，看起来胖乎乎的，指头按下去一个深坑，半天不得复原。等水肿消下去，就成了十足的皮包骨头。还有不少人得了肝炎，面黄肌瘦。这一带的树皮野菜都被吃光了，孩子多的人家实在熬不过那几张食欲旺盛的小嘴，趁夜去偷村里留的粮种。村长派了人守夜，开始这些人还兢兢业业，抓了一个又一个偷粮者，到后来，这些人也趁便自己往家拿了，谎称是夜里瞌睡不小心又被人盗了粮。

"大跃进"时期，柳旺的妹妹柳絮被招进了新办的一家工厂。家里欢喜了没多少日子，那家工厂忽然又"下马"了，厂里的工人重新分回农村劳动。柳絮吃不饱，便偷拿公家食堂里的菜，结果被人发现，打得满脸瘀青送回来。那几个年头，这样的事情太多了，慢慢地人们也习以为常了，还给此类行为弄了个专门的名称叫"拿摸"，而不叫"盗窃罪"。

饥荒年代，吃字当头。村里好些户人家分了家，家产没分，只是分开来吃饭，各顾各的肚子。村西头的柳癞子和他女人、女儿分开过了，每天从食堂打了稀饭回来。癞子吃完自己的，眼睛就渴巴巴地盯住女人的碗，央求女人再分给他半碗。女人哪里肯，转过身子护住碗，囫囵地都喂进了女儿的嘴。一天，食堂难得供应馒头，癞子吃完自己的那份，看见女儿手里还有半个，一把抢过来整个塞进了嘴里。女人扑过去抢，柳癞子拿手捂紧嘴，拼命地嚼啊嚼，他两眼暴突出来，腮帮剧烈地上下滑动。女人嘴里发出绝望的"哇哇"声，与他厮打在一起。两人扭作一团。没一会儿女人松了手，歪斜在地上，胸脯一起一收，直喘气。女人眼睁睁看着柳癫子将大半个馒头咽下了喉,眼泪无声地往下淌。受到惊吓的女儿奔进女人怀里,眼神惊恐地望着自己的爸爸。女人拿手拍哄着女儿,嘴里呜呜咽咽:"我苦命的伢啊……"泪水糊了满脸。

村里突然响起"哐—哐—"的锣声,柳真如不知出了什么事,她刚放假回到家。奶奶往门外探一探头:"怕是又有人要挨批了。"柳真如搀着奶奶走出家门,一路上不断遇见从家里出来的村人,大家像几股溪流从不同方向缓缓淌向柳家祠堂前的土戏台。

土戏台原本雕梁画栋,门楣上是木雕的一出出老戏,而今人物的头部都被人给铲没了。整座戏台也很长时间无戏来演,一派荒凉。走近前,只见台侧立着三个人,两个壮小伙中间夹着的一个人低垂着头。柳真如看了半天才认出是谁,心里一惊。奶奶拽紧她的胳臂,眯细眼睛:"柳伢儿,谁啊?"

柳真如压低声音:"柳根叔"。奶奶的眉眼间皱紧了,嘴半张开来。柳根是柳旺的父亲,村里出了名的老实人。不知他这是出了什么事。

台下很快就满满腾腾了,村长和几位村干部走上台。村长满面怒色地讲了一番话。原来,柳根叔负责喂养村里的四头牛,头头养得膘肥体壮,加上他人老实,村长就让他每天给别的饲养员发饲料。柳根叔怕饲养员把饲料带回家偷吃,总是直接将饲料倒进食槽里。可不知为何,这么老实的人也开始将饲料偷偷带回家了,加一点水、面,拍成饼子,在锅里烤熟了吃。因为他做得隐蔽,这事一直没有被人发觉,可他养的五头牛渐渐瘦下去,直瘦成了皮包着的一副骨架,天天歪倒在牛栏里,非得扯住尾巴才能勉强站起来。村长早就生了疑,可惜没有抓住铁证。不想,柳根叔终于忍不住自个儿"现形"了。那天夜里,饿得头晕眼花的柳根叔竟然拿一柄镰刀从牛腿上活生生割下一块肉来。牛疼得"哞哞"直叫唤,他也顾不上了,心急火燎地跑上山,笼起一堆旺火,将那块肉在火里滚了两滚,连着血丝儿囫囵吞进了嘴。等他回到牛栏,迎头撞上村长那张铁青的脸。

"你干嘛去啦?"

柳根叔舌头哆嗦着,怎么也理不出一句顺溜的话来。地上躺着已经没有力气呻唤、浑身直抽搐的老牛,一双湿漉漉的大眼睛似看非看着他。那眼神像鞭子一样抽打着他的心。

"把你嘴巴上的血擦干净!"村长的语气比外面的月光还冷硬。柳根叔身子一缩,蹲在地上拿手蒙住面,"哇哇"呜咽起来……那夜,村长没有惊动别人,只丢下一句话:"你自个儿好好反省反省,明儿个看你怎么向村里人交代"。

台上的柳根叔恨不能将自己的头填埋进胸膛里。村长说完,又有几人上台检举揭发。末了,村长让柳根叔自己交代罪行。柳根叔的头依然沉埋着,半天没吱一声。旁边的壮小伙不耐烦地搡一下他的背。他的身子晃两晃,又重新木木地定在那儿。

"你不肯说是吧,我们有办法让你说!"柳根叔还是没有任何反应。"你不要以为沉默是最好的武器!我们……"

忽然,台下一阵骚动,似有一股潮水从外围渐渐漫向戏台。柳真如踮起脚尖,好半天才看清是柳旺,他被人簇拥着站上了台。站上台的柳旺，脸涨得通红，直红到了脖子根那儿。他手里拿着一根麻绳。

四周闹哄哄的，听不清柳旺说了几句什么。台上的人影忽然交错起来，前后左右的人也纷纷绷直了脚尖。柳真如的脖子不知被谁抻了一把，疼得弯下腰来。等她再抬起头，台上的一伙人已经拥下了台，吵吵嚷嚷地绕着戏台边缘往村口方向走了。

"咋啦？把你柳根叔咋样啦？"奶奶拽住她胳臂的手紧了一成。柳真如伸长脖子也看不清楚那边的状况。只听见旁边人议论纷纷。"真穿了？""穿了，你没听见柳根叔的叫声。""这么吵，哪听得见，是柳旺动的手吗？""不知道，到底是自个的爹，下不了这手吧。"

人们蜂拥着往那伙人涌去，柳真如紧紧扶住奶奶，生怕她被人流冲倒。

后来的情景，柳真如是听村人讲的。有人说："柳根叔的鼻骨被一根麻绳穿过去，不是柳旺动的手，可是他一路在前面牵着，牵着他爹从戏台游到村子最东头，再游到村子最西头，折回来又出了村，在临近两个村子游了一个来回。"也有人说："明明是柳旺穿的鼻骨，这孩子真是没良心，这样的事都做得出来。"马上有人打断他："可不敢这样说。你没听村长说吗，这是大是大非的问题，老子做错了，当儿子的不能纵容，要站稳立场，要爱憎分明，要大义灭亲。"还有人说："柳根叔的鼻子淌了很多血，血呼啦呲的，可他恁是一声没吭，就是给他穿鼻洞时他也没出一声。柳旺也是，不出一声地仰着头往前走。爷俩儿那副情景，看着真让人心酸……"

转折是突然发生的。之前一直未发一言的柳根叔没有任何预兆地，突然猛地将头一仰，莽牛一样一甩脖子，同时双手用力揉开了押着他胳臂的两人，还没等大伙儿反应过来，他双手用力一撕，棉衣扣子纷纷绷裂了，衣服大敞开来露出了胸脯子。众人不约而同寂了声。

那黑黝黝的胸脯上凝固着几团红黄相间的东西，样子有些吓人。有人迟疑片刻之后，醒过神来，凑近前一看，不由倒吸一口气。那胸脯上硬生生挂着两枚毛主席像章，像章四周的血已经结了痂，紫得发了黑。柳根叔睁圆两眼瞪视着人们，包括回过头来看着他的柳旺。没人知道这一刻该怎么办了。村长被人叫了来。柳根叔这才开了口，从嘴里无比清晰地吐出几个字来："毛主席说过，民以食为天。"

游行就此戛然而止。柳根叔是被人抬回家的。本来有人想背，可他胸前的像章有所妨碍，况且无人敢将毛主席压在两个身子中间。人们将麻绳从柳根叔鼻子上取下时，他已昏死过去。说完那句话，他就昏了过去。人们就近取下一副门板，将他往回抬。整个过程，柳旺都木呆呆地愣在那里，像在夕阳下逐渐朽去的木桩子。

"我当时很害怕啊。我不知道是怎么回事，手上就多了一根绳子。我的身体也好像不是我自己的，我被人推着往前走。那么多双眼睛一起看着我，我、我……我真不想那样的，我……"柳旺的声音变成了一条混浊不清的河。柳真如木然地看着他，她不知道该怎样安慰他。柳根叔回到家后再没说过一句话,没喝过一口水,没吃过一粒米。他的眼睛已经睁开来,直直地盯着屋顶。任柳旺妈怎么哭,怎么劝,他都是那个样子。柳旺根本不敢回家,他住在柳真如家里,可夜夜睡不着,央求柳真如去看看他爹。听柳真如说了他爹的情景,更睡不着,一宿一宿地枯坐在床沿。柳真如劝他回去,他拼命地摇头,摇着摇着泪水就疯狂地奔涌而下,直哭得自个儿喘不过气来。

柳根叔没熬过那年冬至,躺在床上熬至灯枯油尽,无声无息地离开了人世。柳旺跪倒在他坟前,涕泪横流。没有一个村人去搀扶他,包括他妈。

苏北放参加全县教师集中学习的大会,散会时突然在人群里看见了柳真如。他愣在那儿,迈不动步了。柳真如的鹅蛋脸瘦出了尖翘的下巴,身量长高了,长辫子更长了,在身后摇摆着,衬托得腰身愈显窈窕。

柳真如也看见了他,冲他展露开微笑,两粒圆圆的酒窝俏丽地嵌在唇角处。苏北放心头一热,恍如隔世。一晃,他们有一年多没见面了。

苏北放穿过人群走过去,两人顺着人流往前走,匆忙交谈了几句。苏北放问清了柳真如学校的地址和她家的住址。柳真如问一句答一句,内心也是百感交集。

"注意身体!"临别,苏北放心疼地叮嘱一句。柳真如点点头。她走出很远,回过头去,看见苏北放还站在原地,望着她的背影。

粮食本

在见到柳真如的第二天，苏北放提着大半袋红薯去了她家。

敲了半天，门才打开。门后站着一位老人，佝偻着腰身，头只起到苏北放的腰间，两腮深深地凹陷下去，一双眼睛四周布满皱纹。苏北放想这一定是柳真如的奶奶了。他自称是柳真如的同事，帮她送红薯来。

奶奶睁着浑浊的眼睛："柳伢儿没出什么事吧？她前天刚回了的。伢儿，难为你了，提这么重的东西，跑这么远的路。"奶奶要留苏北放在家吃饭，苏北放赶紧推辞了。这年头在人家家里吃饭，那是要人家的命根子。

大半袋红薯帮柳真如和她爸爸保住了元气，却没能挽留住奶奶。民间流传一句俗语："三肿三消，锄头铁锹。"意思是一旦有谁"三肿三消"了，就基本上没有救了，亲人可以拿上锄头铁锹去挖坟了。奶奶先是全身水肿，皮肤被撑得像薄薄的水母皮，没过多久，水肿消下去，被撑松的皮肤耷拉在瘦小的骨架上，像微缩的万重山千叠水。经历了"三肿三消"，没呻唤过一声、抱怨过一句的奶奶，在一天夜里平平静静地离开了人世。

那是个大雨如注的清晨，柳真如正在上课。柳旺穿着雨披，湿嗒嗒闯进来，一把拽住她就往外跑。"奶奶走了！"柳真如不能相信自己的耳朵，她怀疑地盯视着柳旺被雨水模糊的脸，大声问："什么，你说什么？"

　　"奶奶走了！"柳旺不得不提高声量。

　　柳真如木立在雨中，柳旺想用雨披遮住狂奔的雨水。柳真如仿佛惊醒过来，一把推开他的手，奔回宿舍推上自行车，向校门外狂奔而去。大雨一线一线结实地砸在柳真如身上，很快将她从外到里浇了个透。

　　车轮一滑，柳真如身子一歪，跌倒在地，泥水顿时糊了满身。她来不及察看，将车扶起又继续狂奔起来。当柳真如湿漉漉地呆立在奶奶床前，脑子里一片空白，似乎大雨已经将那里清洗得无比干净、彻底。

　　奶奶平躺在被子里，那么瘦小，仿佛一个未成年的孩子。而她的脸又是那么安详，平静，仿佛这一辈子加在她身上的苦痛，在这一刻都被死亡荡涤干净了……不知过了多久，柳真如的脑子里开始有了声响，像一列火车由远而近，轰隆声越响越烈，一声声击打着她的额头……火车似乎长得没有尽头。

　　柳旺也赶到了，在一旁无声地帮着柳真如的爸爸准备后事，可他们不知道奶奶给自己备下的最后一套衣裳在哪里，奶奶给自己缝制的被衿鞋袜在哪里，奶奶的妆奁在哪里。柳旺不得不拿手触碰一下呆立在床前的柳真如。这一下仿佛触动了某处按钮，柳真如"哇"一声哭了出来。

　　大雨将光亮阻挡在了屋外。柳真如跪在奶奶床前，颤抖的身子被狰狞的黑暗挤压着，憋闷了多年的哭声从身体中冲决而出，像一只惊惶的小兽在屋子里四处奔动，似乎哪一处都不是它该落脚的地方。妈妈去世时，柳真如不曾这样哭过。爷爷去世时，柳真如不曾这样哭过。爸爸被抓去清查时,柳真如不曾这样哭过。被大洪水冲毁家园时, 柳真如不曾这样哭过。接到退学通知书时,柳真如不曾这样哭过。可是,这个躺在床上再不会睁开眼睛的老人,曾将幼小的她抱在怀里晃动个不停,曾嘴对嘴给她喂过米汤,曾用指尖塞满泥巴的手指给她擦过鼻涕,曾踮着小脚走上几里路去江边守望她回家的路, 曾站在夕阳的余光中望着她的背影拿手擦抹眼眶……现在, 她的身后再不会有那一道痴痴的目光了。这一刻,她感到自己仿佛是被遗弃的孤儿,后背僵冷,再无依靠。

狂暴的大雨冲刷着大地,吞没了柳真如的哭声。

苏北放赶到时, 奶奶正要入土。他帮着钉上了最后一颗钉子。棺材很小,用极普通的木材制成。盖棺的一刻,柳真如伸出手将奶奶的头发理好,衣裳展平,双脚摆端正,心里默念一句:"奶奶,走好!"柳旺在旁边小声提醒她:"不要让眼泪掉进棺材。"

奶奶的死讯一直没有上报,直到三年后户口才注销。那时物资逐渐丰盈,副食品多了,肉类食品也多了,虽然口粮还是定量供应,但不再短缺。家里借奶奶之名多领到的那一份口粮,帮柳真如和爸爸熬过了三年大饥荒。

依靠校长的英明决策,县中学的老师每人积下了一些红薯。苏北放分了一半给柳家,自己常常晚饭只吃半个红薯,早早地就上床歇下了。一天早上,他拖着疲惫的身体走向教室,看见一个男孩蹲在地上,半天没站起身来,走过去问他怎么了。男孩抬起头,一双眼睛里满是绝望和惊慌。好半天,男孩吐出几个字来:

"我,我的粮食本不见了!"

苏北放也呆住了,他明白这事的严重性。中学生每人有一个粮食本,每个月定量供应十五斤大米。从某种意义上来说,这本子就相当于每个人的命根子。男孩前天在家里干了一天的农活,今早返回学校时突然发现衣兜里的粮食本不见了,顿时双腿发软,蹲在地上再站不起身来。

苏北放赶紧帮他请了假,让他沿路回去找。那学生一直走到家都没有找到,家人帮他细细回忆,头晚睡觉前他还检查过,粮食本好好地装在衣兜里,而前晚家里只来过一个亲戚,是他的姨妈。

会不会是姨妈偷走了粮食本?

家人陪那学生赶到粮站。不管是谁偷了粮食本,肯定会到粮站兑现粮食,堵住粮站就堵住了"出口"。工作人员听完他们的哭诉,答应他们如果有人拿着那个粮食本来取粮,就立刻将那人扣下来。几个人在粮站的办公室等了三个小时,外面传来争执声。那学生听到自己的名字,和家人冲出去,一眼看到牵着瘦小侄儿的姨妈。姨妈看见他们,脸上像蓦然涂上了一层白石灰,拿双手捂住脸,猛地背过身去,一下子蹲坐在了地上,嘤嘤地哭起来……

从那天以后,两家人形同陌路,再无往来。后来,那个瘦小的侄儿还是没能逃脱饥荒的重扼,饿死了。

雪花膏

苏北放在学校一角的院墙下见到了柳真如。柳真如的头上围着条暗蓝色的围巾,只露出窄窄的一条脸来,大辫子包隐在围巾里。她坐在几块垒起的砖头上,埋着头,一下一下举起榔头砸在砖块上,红砖四裂开来。砸碎一块,她从面前的砖堆上再拿过一块。"砰砰"声回荡在清寂的校园里,被风吹刮得四处奔跑。深秋了,风吹在脸上,像一把把耐心刮削的小刀。

柳真如将砖渣装进簸箕,弯下腰正准备担起时,苏北放出现在她面前。他一把抢过她手中的扁担,将两簸箕砖渣担到墙边,倒在一大堆砖渣上。

"你怎么来啦?"柳真如扑闪着大眼睛问。头上包裹的围巾,让一双眼睛显得又深又大。睫毛上挑着淡红色的砖灰,脸颊上也是。

"怎么一个人在砸?"

"我反正没事,"柳真如低下头,脸上掠过一丝羞涩,"学校里给每个老师布置了任务,我动作慢,反正这时候没事……"

"要完成多少?"

"二十个立方。"

"我每天放学后来帮你砸。"

"别,别。你怎么来啦?"

"来附近办事,顺便看看你。"苏北放看着柳真如。柳真如的目光垂落下去,来回摩挲手套。手套上的几个指头破了,露出手指头来,指头上布满砖灰。苏北放一阵心疼。

"吃饭了吗?"

"我不饿。来,我帮你砸一点。"苏北放不等柳真如答话,一把抢过榔头，在砖块上坐下来，"这活啊，天生是男人干的。"

"男的女的都一样。"柳真如反驳，声音很轻，迅速被风带走了。她在一旁静静看了一刻，心知这榔头是一时半会抢不过来的，"我端饭来你吃吧。"

"不了，学校食堂给我留了饭。"苏北放手起榔头落，将砖块砸得"砰砰"响。

"留了你晚上再吃，难得来，怎么也得吃一点的。"说完，柳真如跑走了。

不一会，柳真如端来一个大碗，米饭上覆着萝卜丁，萝卜丁上覆着一只荷包蛋，碗和一双筷子递到苏北放的鼻子底下。"先吃吧。"苏北放停住手，抬眼看着她。柳真如看着碗，不看他。

"一起吃吧。"

"不了，我还留了饭。"

"一起吃吧。你先吃，剩下的我吃。"苏北放说完，看见柳真如的脸一下子红透了。她取下了围巾，大辫子梳得一丝不乱，长长地垂落在身后。

苏北放心里一暖："你不吃，我也不吃。"

红已经漫到了柳真如的脖子根，她一扭身子，将碗和筷子放在砖块上："那我也不要你帮我砸砖了。"说着，作势要抢苏北放手中的榔头。辫子垂落下来，扫在苏北放的脸上，痒酥酥的。苏北放一笑："我吃，可以了吧。"故意带了讨求的语气，"砖块也让我砸吧。"

柳真如"扑哧"一下笑开了。她想拿过榔头，被苏北放拦住了。

"陪我说说话吧,我吃饭的时候喜欢有人说说话。"苏北放用筷子将鸡蛋从中掰开,用一根筷子插了半个,递给柳真如。柳真如看着他,不接,拿手往回推。苏北放的手固执地举在空中,也不语。两人无声地僵持半天,柳真如终是接了,举着一只筷子细细地吃,故意吃得慢,看苏北放一只筷子怎么办。苏北放拿着一只筷子,从容地就着碗边扒饭吃。这碗饭竟是格外地香。

夕阳一寸一寸地落下去,天色一分一分地深起来。柳真如随身带了电筒,她经常夜里独自穿了厚棉衣,坐在这里砸砖块。今晚因了苏北放的出现,校园不再显得黑暗幽深空旷。柳真如又寻了一柄榔头来,两人边说话边砸砖块,时光不知不觉就从身边溜了过去。

苏北放走时,门房的大伯已经关灯睡了,柳真如要叫醒他。苏北放不让,伸臂抓住墙头一用力,动作矫健地上了院墙。

"车呢?"

"我明天来拿。"苏北放冲柳真如诙谐地眨一眨眼,消失在了墙后。

柳真如在墙下站了一刻,脸上浮出一丝笑意,良久才转身走向宿舍。

同屋的女孩早睡下了,她没开灯,摸黑打水就着月光洗了脸,细细地梳头发,将头发梳成了月光里的一匹黑缎子,偎在被子里又静静地坐了半天。

第二天上着课,听见"砰砰"的锤击声,柳真如瞟一眼窗外,看见一个人正坐在后院埋头砸砖块。她心忽地一阵猛跳，定睛细看，不是苏北放是谁。课再没法上得镇定，几次将课文念得结结巴巴，惹出孩子的阵阵嬉笑。

下课铃一响，柳真如急慌慌将学生放了，赶去后院。苏北放似乎听到了她的脚步声，抬起头冲她一笑，一脸的坦然。

苏北放自己带了把锤子，比柳真如的榔头大了不只两号。大锤子的效率高出了不只两倍。到吃饭的时候，苏北放已经砸了不小的一堆。柳真如心里不过意，怕他手上起泡，向同事借了大号的手套给他，又给他烧了热水，用自己的搪瓷杯满上，还特意加了点糖。这糖还是养妈偷偷拿给她的，让她补身子。

柳真如要给苏北放去端饭。苏北放拦住她，笑着往口袋里掏摸，从左边口袋里拿出三个用纸包裹的馒头来，从右边口袋里摸出两个鸡蛋和两个小小的红薯来，冲着柳真如一举搪瓷杯："俺自带了干粮咧！"递一个馒头、一个鸡蛋、一个红薯给她，"陪俺边吃边说说话吧。"苏北放的表情和语气，不容柳真如拒绝。

一连三天，苏北放总在傍晚时分赶来，一直干到半夜，二十立方米的任务眼看快完成了。第四天，柳真如等在校门前的小路路口，看见苏北放顶着北风埋头骑车过来，赶忙迎上去："苏老师，今天别砸砖了。"

"怎么？"

"我，我任务都完成了。"

"我算过了还差一点，今天准能干完。"苏北放推着车往校门口走。柳真如一咬牙，拉住了他的衣袖："别……"

"到底怎么啦？"

柳真如垂下头："有人，有人向校长告状了，说我请人帮我砸砖块，是小资产阶级作风。"

"什么？小资产阶级作风？这人是闲得慌吧，我找你们的校长去。"

柳真如慌得赶紧抓住车把，"别……"

"你看看你的手，起了多少泡！你是老师，任务是教孩子学知识，谁说你们必须砸砖块了！"一股气直冲苏北放脑门，"我早想问问你们校长了，为什么自己不砸，偏让你一个弱不禁风的女老师砸，还规定要完成二十立方……"

眼泪在柳真如眼眶里打转，她咬紧嘴唇不再说话，手上却加了力。她没告诉苏北放，因为她爸爸当过伪保长，又有人说她资产阶级小姐作风，每天洗三遍脸，校长才让她砸砖块锻炼自己的。她也没告诉苏北放，因为他帮她砸了三天砖块，有人向校长汇报，说她作风有问题，需要密切关注。这话是学校一个好心的大姐听到后告诉她的。

苏北放怔怔地看了她一刻，抓紧车把的手松了劲。柳真如怕人看见："你赶紧回吧，我不留你吃饭了。"苏北放沉吟一下，掉转车头，骑了两步想起来，将车又推回来，从口袋里掏摸出个东西，塞进柳真如的手里。柳真如以为是馒头或鸡蛋，低头一看，不是，是一瓶雪花膏。再抬起头，苏北放已经骑远了，成了大平原上一点慢慢移动的蓝影子。

柳真如不敢将雪花膏放在桌上，而是塞在床角靠里的被子下面。每天洗完脸，熄了灯，她才将雪花膏拿出来，打开瓶盖，挖出一点洁白的凝脂，慢慢地细细地抹匀在脸上。一股清淡的花香在鼻息间似有若无地氤氲开来。

柳真如觉得自己将雪花膏掩藏得很好，可这似有若无的香气还是被人发现了。一位女教师凑近了，吸一吸鼻子："咦，什么香，这么好闻？"柳真如不知如何回答，羞红了脸。这一幕被学校里一个游手好闲的老师看到了，报告到校长那里。转天学校突然以检查卫生的名义，突击检查教师宿舍，从柳真如的被子底下翻出了雪花膏。

柳真如被叫进校长办公室时，雪花膏安静地躺在办公桌上，正好有一束阳光斜射过来，将玻璃瓶映得晶莹发亮。柳真如有片刻目眩，没能马上认出雪花膏来。可是很快，惶恐骑上了她的心头，一种不祥的预感迅速流遍了全身。

高帽子

半夜，柳真如听见一阵小心翼翼的叩门声。那声音时断时续，像啄木鸟在叼啄树洞。如果不是一阵疾风撞响了木头窗棂，柳真如很难从梦中惊醒，听到这敲门声。

她披衣下床，小心翼翼问："谁？"

"是我，柳伢儿开门。"她听出是养妈。

门刚打开一条细缝，养妈就急慌慌地挤了进来，一把抓住柳真如的手。养妈的手冰凉，似还在打着抖。柳真如赶紧扶稳她：

"出什么事了？"

"你养爸出事了。下午突然来了一拨人将他带走了，说他是什么'黑五类'。我琢磨着不妙，收拾了点东西，想先放在你家……"养妈说着将一个用塑料纸包裹得严严实实的东西塞到柳真如手里，"这几年你爸吓得不轻，好些东西都丢了，就剩这点祖上传下来的东西，我舍不得丢，指望着将来给子露和你添置陪嫁的。"

柳真如已经睡意全消，她拉着养妈一起捂进被子里，细细地问养爸被带走的情况。养妈仿佛一夜间老去了十岁，原本保养得十分细腻的皮肤显得憔悴不堪，密布细褶。她说也不清楚出了什么事。养爸还算镇定，这些年一波接一波的运动，没有哪一次饶过他，本指望回到老家能过几天太平日子，可是祸躲不过，该来的还是会来。

"养爸福大命大，每次运动挺一挺就过来了，这次也不会有事的。"柳真如拉着养妈的手，给她暖。

"唉，我这心啊七上八下的，不知怎么那么慌。"养妈拿手捶着胸口。

两人睡不着，寻思来寻思去想出个主意，趁天没亮在后院树下挖了个深坑，将养妈拿来的东西埋进去，又将家里的东西清了些埋进去，覆上土，上面再压上大缸、簸箕之类的杂物。弄好这些，养妈似乎心安定了许多，急着回去，说怕天亮了再出去被人看见，连累到柳家。

养妈走后，柳真如翻来覆去睡不着，听着隔壁房间传来的父亲的鼾声，一颗心忽然像柳絮在风里飘。她爬起来给奶奶上了炷香，祈求奶奶保佑父亲这次也能平安度过，不要丢下她一个人孤零零在这世间。

养爸失去消息两天后，再出现时头上多了一顶奇怪的帽子。帽子呈圆锥形，长长的尖顶直指天空，用白色硬纸壳扎成，上面用毛笔写了几个字"资本家"、"黑走狗"。柳真如在去学校的路上看到这一幕，赶紧调转车头去养妈家告诉她。养妈一听，非要去县中学门口亲眼看看不可。柳真如劝不住，只好骑车载上她。

一路上，柳真如感觉养妈的手将自己的衣襟拽得紧紧的。两人到了校门口，养妈想走过去，养爸远远地看见了她们，接连眨了几下眼睛。养妈会意地停下了脚步。两人站在街的对面远远地看，校门前并排站了五六个人，都戴着尖尖的高帽子，看起来很滑稽，帽子上写着不同的字。不断有路人停下来，看上一刻，指指点点说上一阵，还有不少是来上学的学生。几个人半垂着头，像几根木桩子静静地竖在那儿。养妈一直紧紧地拽着柳真如的手，放开时，柳真如才发现手心里嵌了三个月牙形的指甲印。

骑车去学校的路上，柳真如突然想起来，苏北放好像在县中学教书，不知他能否打听到一点消息。她又骑车返回去，从侧门绕进学校，一打听，苏北放在办公室。

苏北放看见柳真如，意外得从椅子上一跳而起。柳真如与他眼神一碰，就迅速地隐在了门外。苏北放赶紧快步走出办公室。屋里的几个老师都探过头来看，有很长时间他们没看见苏北放交往女孩了。

苏北放让柳真如放心。他当天就找人打听清楚了。养爸几个人被集中在一间空教室里参加"学习班",天天写反省材料,晚上睡在由课桌拼起来的"床"上。苏北放自己掏钱买了些九皇饼,一部分给看守的人,一部分托那人拿给养爸。养妈又托苏北放悄悄送了床棉被进去。看守的人熟了,向苏北放感叹,养爸太认真,每个人被勒令在自己的高帽子上写字,别人都是粗刺刺地划几笔,只有他将"资本家"、"黑走狗"几个字写得端端正正,规规矩矩,标准端秀的隶书。

学校里传出了风言风语,说苏北放和一个伪保长的女儿在谈恋爱。两人的恋情被视为"红与黑"的结合。社会上正风行两个新名词——"红七类"和"黑五类",一些人成了理所当然的优越者,一些人成了无可辩驳的卑贱者,随时可以被另一群体打倒在地。

校长找苏北放谈话。"北放啊,尽管你有很多思想需要修正,但你还是属于'红七类',是党争取、团结、信任的对象。听说那个女孩的父亲当过伪保长,这可是'黑五类'分子,你可莫要自毁前程啊!"苏北放沉默不语,他不知道该说些什么。校长郑重其事的语调和表情,让他相信校长这番话是出于对他的爱护和保护,可他无法停止对柳真如的情感。他照旧往柳真如家送红薯,去她的学校帮她砸砖块,在她和养爸之间传递消息。他"自毁前程"的行为,很快让他被拨拉到了"有问题"的一类人中间。

一天下午,校长突然叫苏北放骑上车跟他走。苏北放内心一凛。一路上校长不言不语,一脸肃然。两人来到一所荒败的乡村中学，一进校门就听到了一阵吵杂的呼喊口号声。两人一前一后走进学校食堂，喧声越来越大，这里正在开批斗会。

在台下站了一会儿，苏北放弄明白了，原来这所学校的一位年轻老师娶了个伪保长的女儿，被当作"蜕化变节的阶级异己分子"在接受批斗。小伙子头发凌乱，面色灰白，已经被斗得精疲力竭，不成样子了，可他硬是不肯说出划清界限。小伙子看起来文文弱弱的，眉眼间却透出一股不肯屈服的硬气。他的妻子站在台下，被两个女生押着，是一个脸色苍白个子矮小的女人。她双眼红肿，哭着对台上的小伙子哀求："你就答应他们吧，我没事……真的，我没事……"小伙子微微抬起头看一看她，凄然一笑，咬紧嘴唇，还是不肯吐出一个字来。女人转身哀求那些批斗者："我马上和他分手，马上搬出那个家，你们饶过他吧，求求你们了！"没人答应她的哀求，非让小伙子亲口说出"划清界限"几个字不可。校长低声对苏北放说："看到了吧。这好端端的小伙子现在书教不成了，家也回不去了，天天在学校澡堂烧锅炉。你不想和他一样吧？"

那晚回到学校，小伙子憔悴的模样、不肯妥协的眼神，他妻子凄厉的声音，不停地在苏北放脑海里回放。他明白校长的良苦用心，可他不能离开柳真如，虽然他们之间从未有过任何承诺，甚至谈不上开始。

没过两天，校长突然告诉他，那个小伙子自杀了。苏北放乍一听，愣了一下才反应过来。小伙子死得悲惨而决绝。那所学校用的是老式锅炉——一人多高的木围锅，踩几级木梯上去舀水，下面日夜烧糠，锅里面的水总是滚烫滚烫的，不停地翻滚着气泡。一天夜里，那个小伙子将自己洗干净后，给炉子下面加了满满一堆糠，然后将自己投进了锅里。人们发现他时，他浑身是泡，皮肤烫得不成样子了。他的妻子哭得几次昏死过去，没过两天也在家里上吊自杀了。那口锅炉，从那以后就废弃了。

讲完这番话，校长掉头走了，留给苏北放一个僵直的背影。从那以后，校长再没找苏北放谈过话。很快，他自己也被人揪了出来。

风潮愈演愈烈。柳真如的祈祷似乎没有起到任何作用，养爸和柳真如的爸爸因为不光彩的过去，都被划拨成了"黑五类"。她爸爸被拉到公社参加批斗，有时是主斗的对象，有时是陪斗。越来越多的人被划归到"黑五类"的阵营中，人们像害怕瘟疫一样，不敢和"黑五类"的子女接触。柳真如原来在学校还有几个可以说说话的同事朋友，突然间，她们看见她都绕道走了。柳真如也自觉地不去招惹别人，独自穿行在校园里，将头深深地埋下去。

县里成立了革命委员会，第一轮攻势是"清理阶级队伍"，各机关团体、单位都办起了"牛棚"。县中学的气氛紧张起来，老师们接到通知"不许回家"，全力以赴搞"文化大革命"。先是"动员会"、"表决心"，接着大字报卷土重来，纷纷上了墙。学校里晚上有人站岗放哨，白天大家都不得随便上街，连会见亲友也有种种规定，名曰"学习班"。

群众的斗争热情像当年大炼钢铁时一样，迅速被点燃了。那些家庭出身不好、有历史污点的人，自然而然地成了众矢之的，因为斗他们最安全，批斗他们才能显示出自己立场正确、觉悟高、斗争性强。街头有越来越多的孩子穿起了绿军装，只是没有领章和帽徽，腰间扎一根粗皮带，手里握一本红皮书，走起路来昂首挺胸，不可一世的样子。

县中学的一拨学生和不知从哪里冒出来的一伙社会青年，成立了"习坎战斗小分队"，革命小将们从学校里揪出了几个"反动分子"，其中就有校长。

校长被当作重点批斗对象，罪名是"假党员"，有"反党乱军"的嫌疑，是隐藏在革命队伍中的无比阴险的"特嫌"。罪证无数，其中有几条：在国家困难时期散布"大饥荒"的谣言，并带领学校老师擅自走资本主义道路，开"小灶"；打击贫下中农子弟的学习热情，恶意辱骂他们长的是"猪脑袋"；一切以读书为重，忽视了对国家接班人思想品德和政治意识的培养，居心叵测……革命小将们每天逼着校长学毛著，轮番向他宣讲政策，要他知错认罪，不要"装疯卖傻"。

"单歪"成了革命小将们眼里的红人，写声讨材料、定性材料的都是他。只要革命小将们一声令下，他就忙不迭地开始伏案疾书，时不时拿手挠一下脑门，或抬起头来拿那双似看非看的眼睛征询革命小将的意见。好在小将们已经适应了他分裂性的目光，再说没有别的老师像"单歪"这样竭力地配合他们了。他们罗织起罪名来，远没有对学校人事相当了解的"单歪"那么得心应手。于是，但凡学校里被揪出来的老师，都领受了"单歪"挖空心思编排的罪名。这些罪名让"单歪"熬过了许多个漫长的夜晚，熬白了他的不少头发，却他眼睛里焕发出了两星灼热的光芒。这成了学校里人人心知肚明的"秘密"，大家都绕开他走。"单歪"还是那么重的口音，不过和革命小将沟通起来没有障碍。可他说起话来，声音还是那么细弱，仿佛缺乏底气。若迎面遇到哪个被他用纸笔"讨伐"过的老师，他必定是垂下目光，贴紧墙根快速走过去，像一只加速逃窜的老鼠。

校长起初心态还挺放松，觉得几个胡子还没长硬的孩子闹不成什么气候。批斗会上革命小将们说一句，他驳一句，拒不承认那些"强加给他的莫须有的罪名"。他甚至挑衅似的看着革命小将，让他们将那个揭发他的人叫来当面对质。"单歪"闻听此言，身子不由自主地开始瑟瑟发抖，身体一个劲地往桌子底下溜，他费了好大的劲才将自己的身体保持在凳子上。他用似乞求又似不屑（那只斜眼产生的错觉）望着革命小将，直到他们说出"妄想"两字才放松下来。

革命小将的威严岂容挑衅。在一次批斗会上，校长略带讥讽的回答终于惹恼了革命小将，一个他曾经教过的、留了两级的学生，骂骂咧咧地从腰间扯下皮带，拿手指着校长的鼻子："你再不老实，我们就对你不客气了！"

他将皮带一抖，"啪"一声在空中划出一道凌厉的弧线："革命不是吃素的！"校长不知是下意识地，还是有意地将嘴一歪，露出了不屑的表情。这表情仿佛启动了一个早已跃跃欲试的引擎。

皮带在数次虚张声势地划响空气后，终于落在了不肯低头、也不肯认罪的校长身上。第一下击打在校长的腰间，校长咧开嘴,笑了一笑。第二下落在他背上,第三下落在他腿上,一下比一下更用力,一下比一下更响亮。皮带每响一下,苏北放的心就抽搐一下。校长依然在笑,嘴咧开来,露出了紧紧咬住的两排牙齿。

文斗迅速升级成了武斗,并在江南县城蔓延开来。到处听得到群情激昂的呼喊口号声,到处听得到被殴打者凄厉的叫喊声。革命小将们不断创新着批斗的方式:坐飞机、跪砖渣、淋盐水、塞辣椒……一种新方法刚一问世,马上风靡了这里那里的批斗现场。

鹤立在人群中的苏北放,一直沉默着,他的心在一阵接一阵地抽搐。他多么不希望看到血,这颜色让他止不住地心痛,可殷红色的血一而再、再而三地出现在他熟悉的人身上。他很想站出来喝止那些不懂事的孩子,在他看来,那根本就是一群胡闹的孩子。可一丝理智,或者说由过往经验带来的谨慎,让他站在了原地,疼痛感不断被填压进心里,他不能喊,不能在这样的场合畅快地发出声音。发出声音的后果,可想而知。憋闷感让他一次次垂下眼帘,回避看台上的一幕。直到有一天,他终于没能忍住,大步冲上前去。

有人将校长七岁的儿子带到了批斗现场,他被抱在一个革命小将的怀里,目睹了众人对他父亲口诛笔伐、肆意辱骂的过程。然后,有人拿出了鞭子。为了不损伤自己的皮带,战斗小分队的革命小将们特制了一条鞭子,这条鞭子是用麦秸般粗细的钢丝做的,钢丝被细致地编成了麻花形,弹性良好,挥舞起来会在空气中留下一道让人目眩的闪亮轨迹,抽到身体的任何部位都能成功地留下一道清晰的血痕。

可能是抽在身上的印子,因为衣服的遮挡而看不出特别的效果,执鞭的革命小将有两鞭故意抽到了校长的头上。顿时,校长被剃成阴阳头的头顶上落下了两道鲜明的红迹,眉骨处也裂开了,开始不断往下滴血。孩子一直木呆呆地看着,到这时突然拿手蒙住了自己的眼睛,但他没有发出一点声音,只是用手蒙住眼睛,微微掉转了头。

一个革命小将将他的手指掰开来,附在他耳朵边大声说:"勇敢点,孩子!你要认清你爸爸的丑恶嘴脸。"有人递过来一个盆子,是他们事先准备好的盐水。革命小将将孩子放下来,牵着他的手将他领到校长跟前。革命小将示意孩子站到一张木凳上。孩子的脸刚好对准校长鲜血沥沥的头。革命小将附在孩子耳边说了句什么。孩子用手捧起盆子里的水,浇淋在校长的头上。

苏北放看到校长哆嗦了一下,又哆嗦了一下,嘴唇皱缩在一起,可是很快又咧开来,从双唇间挤出了一串模糊不清的声音,似笑声又似哭声。校长的表情,远远看去,看不分明是在哭还是在笑。孩子听话地重复着同样的动作,直到革命小将喊停。

"魏顽固,你儿子这是用盐水让你清醒清醒。他和我们说了,如果你这个爸爸不好好认错,他将不再认你这个爸爸……"革命小将的话音未落,校长爆发出了一阵凄厉的笑声,那笑声像一把锋利的刀刮擦着玻璃,刺耳惊心。整个会场,都仿佛被这笑声淹没了。苏北放不由自主地攥紧了拳头。他竭力克制着体内的冲动。

在校长绵长不绝的笑声中，孩子突然"哇"一声大哭起来。革命小将将他抱起来，举到校长面前，大声地鼓励他："说'反革命'、'叛徒'、'资产阶级走狗'……大声说！"

孩子在空中扭动身体，哭声愈发响亮。苏北放就是在这一刻冲了上去。他一把抱住孩子，低头冲矮他一个头的革命小将说："他是个孩子，不是你们的'武器'！"不知是他沉凝的语调还是严肃的表情，让革命小将在愣怔一刻后主动松开了手。

苏北放抢过孩子，几步跳下台，头也不回地挤出了会场。

蓝手帕

那天下午，苏北放将校长的儿子送回了家。孩子的妈妈等在家里，正坐立不安，她被勒令不能参加批斗会。见苏北放将孩子送回来，她连声道谢，一把将孩子抱在怀里。孩子闭紧双眼还在抽噎。苏北放简单地将经过诉说了一遍，不等他说完，孩子的妈妈变了脸色，急慌慌地抱着孩子往外走："不行，你把他抱回来的吗，没经过他们同意吗？不行，我得把他送回去……"

苏北放一把拽住："嫂子，不能让孩子再受这份罪了。"孩子的妈妈根本听不进他的话，急着往外走："苏老师，你不知道，这会害了他爸爸！"最后一句，几乎在喊了。苏北放看着那张被惊恐攫住的脸，那双布满血丝的眼睛，蓦地松开了手。看着女人抱着孩子跌跌撞撞跑远的背影，苏北放拿手蒙住眼睛，久久地一动不动。他感到无比地疲惫，先前充满他身体的那股力量仿佛在不知觉间全部流泄干净了。

他不知是怎样回到宿舍的。回到宿舍的苏北放心绪难宁,心里生出一个念头——去见柳真如!因为前一阵子"学习班"的限制,他有好些日子没和柳真如、养妈联系了。后来,四处开始花样翻新的批斗会,革命小将们忙着整人、抄家、派斗,学校的"学习班"名存实亡,可他是"有问题"的人,门卫接了指示,不许他随便离开校园半步。

去见柳真如的念头一冒出来,就像疯长的树将他的心撑满了,撑裂了,撑爆炸了。他再坐不住,骑上车,不顾门卫的阻挡冲出了校门。一路上,他飞快地踩踏着车轮,仿佛要将那散发着血腥味的校园远远地抛在身后。

柳真如所在的学校和县中学一样,基本处于停课状态。校园里显得凌乱而荒疏,院墙边的杂草长起有半人高,校园里但凡有墙的地方都贴着大字报。苏北放问了几个人柳真如在哪,那些人看他一眼,都摇摇头走开了。苏北放相信柳真如一定在学校,他刚去了柳家,大门紧锁。路上遇到柳旺,柳旺告诉他柳真如的爸爸在公社集中反省,柳真如一直没见回来。苏北放一间教室挨一间教室找过去,最后在后院的猪圈边看见了柳真如。

柳真如的大辫子不见了,头发用一根皮筋扎成了一把小刷子,戳在脑后。她穿一身肥大的蓝布褂,好像是她父亲的,袖口挽起来,脚上套一双黑色的深筒胶鞋。如果不是那个小刷子,从背影根本看不出这是个女人。苏北放在猪圈前走过去,又走回来,才意识到这个人就是柳真如。

看见苏北放的一刻,柳真如只是木然地瞟了他一眼,就垂下头继续给猪槽添加饲料。苏北放觉得五官笨拙得不听使唤,可他的心在见到柳真如的那一刻,忽然变得十分沉稳安静了。他走过去,默默地伸过手去拿柳真如手上的木勺。柳真如没有松手。两人无声地僵持着。

勺子上粘满黄黄绿绿的东西,散发着冲鼻的气味,苍蝇不时地落在上面。苏北放鼻子一酸,看柳真如一眼。柳真如表情冷漠地盯着栏里的几头猪。猪们簇拥在食槽前,发出酣畅的"吧嗒、吧嗒"声。苏北放一用力,拿过了木勺,将饲料大勺大勺地舀进食槽里。

柳真如看了一刻,转过身依靠在木栏上,微仰起头望着天上的云朵。从一旁看去,长睫毛像一柄小刷子,擦拭着淡蓝的纯净天空。

两人一直没有交言。喂完食,苏北放又给猪们加了水,将猪栏打扫了一遍。柳真如默默地看着他做这一切,要伸手帮他,都被他拦住了。打扫干净,柳真如一声不响往宿舍走,苏北放犹豫一下,跟在后面。

这是苏北放第一次走进柳真如的宿舍。屋子布置得简洁、清爽。柳真如打来一盆水,将自己的毛巾递给他。苏北放洗脸的时候,柳真如脱下了蓝布褂,里面是她素常穿的素花衬衣。她将头发放开来,用梳子梳整齐,对着镜子仔细地将两边的头发别到耳朵后面。

苏北放默默地看着这一切,暗暗舒出一口气来。熟悉的柳真如又在眼前了。

"你还好吧?"两人静静地对坐着,苏北放问,眼里满是疼惜。柳真如点点头,拿手指抚平衣角,淡淡地说:"你不该来。"苏北放不知柳真如如此冷淡,是否在怪他这么长时间不来看她,可是他……

一肚子的话千缠百绕,苏北放不知该说什么才好,良久,吐出来三个字:"想你了。"

苏北放声音忽然哽咽,竟有泪湿之感。柳真如淡淡一笑:"你不该和我这样的人来往。"

"怎样的人?在我心里,你永远都是那个善良、真诚、大方的柳真如。你父亲的事我知道,那没什么,没有一杆子打落一船人的,再说那也是过去的事了……"

柳真如又是淡淡一笑:"我从没觉得我爸爸是坏人,现在也不觉得,包括我自己,也不是他们说的那样。但是,你还是不要再来了,你为革命流过血,你的血是红的,我不能……"

苏北放拦住了她的话头:"我看现在这情形不正常,很快会被纠正的,你放心。至于我,我无牵无挂,没什么好怕的。我想见见你爸。"

柳真如抬起头来,一双大眼睛瞪着他。苏北放直视那双深潭般的眼睛。"我想请求你爸爸,让你嫁给我。"他深吸一口气,快速说道,"这样我才能更好地保护你,爱护你。"

柳真如没有说话,依然平静地注视着他。苏北放能感觉到在那潭水的深处有了变化,泛起了让人不易觉察的涟漪。可是,柳真如迅速垂下眼帘,语气冰冷:"我不同意。"

"你放心,我是深思熟虑后做出的决定。我喜欢你,从在你养妈家见到你的那一刻,我就喜欢上了你。我不怕你说我傻,我忍不住想给你写信,我的眼前总是晃动着你的影子,看到你,我就感到心安,那感觉就像我们已经在一起很多很多年了……"

"我不同意!"柳真如语调冰冷。

苏北放急了:"我们认识也有不少年了,我的为人你应该知道。我的心意不管你清不清楚,今天也坦白给你了。请你仔细考虑,我不会为难你的,但请你一定仔细考虑!"

那天,苏北放说完这番话就离开了柳真如的宿舍。他的心被什么烧灼着,他怕自己再多坐一刻,就会克制不住自己,让眼泪冲出眼眶。还是在鲜东来牺牲那一天,他任泪水奔流过,这么多年过去,他再不曾轻易流过泪。可是现在,他骑车狂奔在狭窄的村路上,风疾速地擦过他的面颊、眼帘。他真想痛快地大哭一场,将内心的叫喊朝着天空,朝着大地,尽情地呐喊出来。可是一路上,他不停地遇到人,有刚刚解散的参加批斗的群众,有三五成群嚷着去抄家的革命小将,有打着红旗游街的队伍……他拼命蹬踏自行车,将眼泪一点一点挤压回自己的胸腔。

苏北放一进校门,未及停稳车,就被一群革命小将们包围住了。他们叉着腰,指着他的鼻子,七嘴八舌地叫嚷一通。

苏北放的心还留在柳真如那儿,他静默地站在人群中,听了一阵才听明白,原来他在校长批斗会上的举动,被革命小将们视为"挑衅和破坏文化大革命",是"彻头彻尾的反动之举",但鉴于他为革命流过血的历史,现在他们只对他提出警告,希望他尽快认识到自己的错误,深刻反省,在下一阶段积极投身到火热的"文化大革命"中,做出自己应有的贡献。在他交出一份让"习坎战斗小分队"满意的检讨之前,他不得从事教学工作。从现在开始,除了专心写检查材料,他的主要任务是每天负责将厕所和用于批斗的学校大食堂打扫干净……

革命小将们嚷嚷一阵后就一哄而散,忙着去做他们的正事了。苏北放将自行车停好,回到宿舍倒在床上。他不在乎革命小将怎么看他,对待他,他在乎的是柳真如,她会不会答应他?

从那天后,苏北放没有了主动去见柳真如的勇气,尽管很想去帮她,一想到她在猪圈忙碌的样子,他就一阵阵止不住地心疼。似乎这个女人受一点点委屈,都与他有关。他有责任帮她挡住所有的风雨,让她幸福。革命小将们派了专人监督他,每天察看他的检查材料,检查他打扫的厕所和会场是否合格。一旦他推上车想踏出校门,马上有人赶来拦住他的车头。

苏北放迅速地消瘦下来,饭在口中无滋无味,人躺在床上翻来覆去睡不着。让他没想到的是,柳真如自己来了。

柳真如到的时候,苏北放正在灯下看书。听到敲门声,他以为是革命小将来查岗,赶忙将书藏起来,将写了一半的检查材料放在桌上。打开门,门外黑暗中站着一个人,苏北放将来人让进来,是个穿绿军装、脑后扎一对刷子辫的女孩,再细一看,却是柳真如。

见柳真如这样一身打扮,苏北放不禁诧异。难道柳真如也参加了战斗队？正待开口问，柳真如先开了口："这身衣服是养妈让我穿的，来看养爸方便。"柳真如说着，晃一晃手中的红皮语录书，笑了。语气和神情竟是比上次柔和了许多。

苏北放也忍不住笑了，柳真如这样子还真像他们学校的革命小将。"你的事，我听养妈说了。"苏北放没有接话，此时此地，他不知说什么才好。

柳真如自己关上门，靠门站了一刻，脸半隐半现在光亮中。"那天，"她沉吟一下，垂下头，脸隐没在阴影中，"你说的话还作数吗？"说完，她抬起头看着苏北放。一双眼睛亮晶晶的。

苏北放点一点头。

"我答应你。"柳真如说完，不好意思地低下了头，久久没有抬起来。

苏北放一直看着她，一抹笑意像芽苗从心里头生出来，长大，长大，在一瞬间长出叶子和繁花，铺满了他的脸。

柳真如用家里现成的布料缝制了两条蓝手帕，一条大，一条小，大的送给了苏北放，小的留给自己。她将手帕叠成方方正正的一块，放进苏北放的衣兜里。每晚，她坐在灯下织毛衣，有时织着织着走了神，手里停下来，脸上露出一抹笑意。

苏北放悄悄将留存的子弹头熔了，打成一枚世间独一无二的铜戒指，戴在柳真如的手指上。两人在一个有风的夜晚，站在江边一棵两人抱的梧桐树下，完成了只属于两个人的婚礼。

没有喜糖，没有新房，没有贺礼。他们没有惊动任何人，只在数月后才悄悄告诉养父养母和柳真如的父亲。柳真如给苏北放套上自己亲手织的毛衣,苏北放将铜戒指戴在她的手上。两人对着绵延不尽的江水,低声起誓:"今生不离不弃,相携相扶走完余生。"

　　他们想以这样的方式,让彼此的生命牵系在一起,让彼此成为生命中最重要的人。

第四章

大游行

在江边完成了只属于两个人的婚礼后，苏北放和柳真如并没有真正生活在一起。柳真如依然在镇小学教书，苏北放在县中学教书。偶尔他骑车去学校看她，没课的时候她也会来这里看他，两人有时约在江边见面，吹着江风，絮絮地说上几个小时的话，再各自分开回校。似乎一切和以前一样，但内心的图景悄然改变，一种神圣而纯净的情愫将两人牢牢地黏合在一起。

一年后，养父养母和柳真如的父亲才得知了他们的事。养妈虽然给李子露和柳真如备下了办嫁妆的钱，可它们深埋在柳真如家的一棵树下，根本不敢动用。养爸还在不定期地参加批斗会，好在革命小将们对他的热情已经降温，他们不断发现窝藏在人民内部的更为重要的"敌人"，罪行都比养爸这个再挖不出什么新鲜东西的"资本家"严重。趁着可以喘口气，过几天安稳日子的工夫，养妈建议将苏北放和柳真如的婚礼办了，也让家里好歹添点喜气。

按理,那时候恋爱都要向组织汇报,更不用说结婚了,可眼下满世界一派混乱,不但不能向组织坦白汇报,还得在村人中谨守秘密。苏北放和柳真如本想免掉世俗意义上的繁琐,一切从简,养妈却执意在家中举办个简单的婚礼仪式。"婚姻是女人第二次投胎,女人自己可不能不重视。"

为了筹备他们的新房和婚礼,养妈费尽了心思。怕引起别人的注意,她和养爸每天天不亮就进了柳家,天黑透了才出门。他们将柳真如和奶奶住的房间收拾出来,用报纸将墙面细细地糊了一遍,又在旧家具的基础上,拆拆补补整出了一套结实又合用的床、柜。换上了亮灯泡,屋里的门上该装饰的都装饰起来,俨然一间干净整洁喜气的新房。

那是没有票券就寸步难行的年代,花花绿绿的购物票券主宰了生活的方方面面。吃饭用粮票,穿衣用布票,买生活用品得用购物券,要结婚成家,没有足够的票哪成?养妈让柳真如一千个放心,这些都由她来操心。她不知从哪里弄来了票券,给他们置办了新的床单和被面,还置了一床蓬松柔软的新棉被,针脚绗得密而妥帖,又买了印着红双喜字的脸盆、搪瓷杯、梳妆镜……

买糖果、鸡蛋、猪肉等副食品,都要凭结婚证背面盖的小图章去指定地点领取,养妈找了原来住在沙石时处的几个朋友,硬是将不可能的事变成了可能,让婚礼的案桌上摆出了齐齐整整的四个盘碟。养妈还给两人各置办了一件婚衣,柳真如的是用她压在箱底的一段花布,苏北放的是专门买的一段布料,在家给两人量了尺码后拿到沙石一个手艺出色的裁缝朋友家去做的。为了感谢那朋友,养妈又花去不少粮票和购物券。

婚礼那晚,养妈和养爸特意换了一身新,在家做了六个菜带到柳家。柳真如的爸爸也穿上了多年不穿的结婚时的衣裳,一家人围坐在一起。上座空出来,摆了两副碗筷。柳真如爸爸边上的位子,也摆了一副碗筷。

养妈不无歉意地说:"没能给你们买张新床。一张床需要二十五张工业卷,棕垫要三十张工业卷,这年月实在难谋到。这床虽然是旧的,不过棕垫你爸给重新绷过了,好在他现在还有一把力气,不知等到子露结婚的时候,我们还操得了这份心不。"一番话说得柳真如眼泪汪汪:"妈,已经够好了。一切都会好起来的!"

就在柳真如和苏北放举行婚礼的第二天,噩耗忽然从沙石传来。

一个天气闷热的夏日,暑气还没来得及升腾,李子露走出了家门。她跨上自行车时,太阳还没有升起,天空阴沉地垮着脸。她匆匆地骑上通向朝阳棉纺厂的北京路,很有些日子她没去工厂了。那场曲折而艰难的流产,让她的身体不仅少了一个器官,还变得异常脆弱,像个时刻渴望被关注的孩子,时不时地就要闹腾一下。加上养父养母回了老家,她一个人留在沙石,三餐都是马虎对付,身体每况愈下。休了一段时间的病假,发生在工厂内外的冲突纷争都在她的视线之外。李子露毫无知觉地骑行在上班路上,向着宿命奔去。

拐上通向朝阳棉纺厂大门的小路,李子露觉得有些奇怪,往日这条路上来来往往都是上班下班的工人，今天却不见一个人影。骑了没一会儿，两道雪亮如刀的光忽然投射过来，一起照亮了她。灯光映得她的眼睛有片刻的失明。那是两盏值守了一夜，因一无所获而暗暗恼怒的探照灯，终于等到猎物。

李子露像羊一样惊怵了，本能地想要躲避这突如其来的锋芒。车龙头猛地摇晃了一下，像要摆脱这灯光，可灯光紧紧咬着她的身影，将她的脸映得苍白而虚幻。

李子露加快了蹬踏的速度，她的身影在白炽的灯影中云一样闪烁，飘忽。就在这时，枪声响了！

一声、两声，很快交织成了混沌的一片。

不知是谁开的第一枪，这成了一个谜。从第一声烈响之后，子弹从两方阵营齐齐射出。一方是守卫朝阳棉纺厂的毛泽东思想朝阳战斗队，一方是来自古城自行车厂的春风斗古城战斗队。手握枪支的队员们，盲目地向外发射着子弹，被一股高烧般的情绪鼓舞着……枪战持续了一个多小时，最终以朝阳棉纺厂两人死亡、三人受伤结束。躺在道路中央的李子露置身弹网中，一直没人敢上前救护。

当一辆卡车载着气势嚣张的春风斗古城战斗队队员，风驰电掣般地沿北京路狂奔而去时，毛泽东思想朝阳战斗队的队员简直气炸了肺。有人主张追击，有人建议先抢救伤员。最后，大家取得一致意见，兵分两路，一路将死者送往殡仪馆，一路将伤者送往医院。

次日一早，毛泽东思想朝阳战斗队在厂内召开紧急扩大会议,群策群力商量接下来的对策。有人跳上桌子,大声说:"此番受挫如果不予以反击,怕气势上就被对方彻底压下去了!"他的声音引来了一片附和声。有人大叫:"游行!"马上有人追问:"怎么游法?""抬尸游行!声讨对方的血债!"这个主意点燃了众人的血气。

说行动就行动。浩浩荡荡五十来号人,一律身着青蓝色工作服,头戴柳条盔,臂上系白毛巾,手执自制长矛、棍、棒、枪,分乘小型带斗货车、自行车、边三轮摩托车、三轮车涌向殡仪馆,"借"出两具尸体开始游行。

众人抬着尸体,高喊着"血债要用血来还"的口号,沿着繁华的北京路走向古城。游行者不停地向旁观的人群讲诉事件过程,他们要讨回公道,讨要同情。不断有战友增援进来,也不断有路人受到感染主动加入进来。经过向阳床单厂时,在厂附近守着据点的红太阳战斗队马上分出一拨人来,充实进游行队伍,以示声援。

队伍高喊口号,从沙石东走到沙石西,再横穿古城,在春风斗古城战斗队所在的老窝古城自行车厂门前停下来。众人齐喊口号,对着紧紧关闭的大门叫阵了一个多小时,可门后不见一丝动静。有人想用武力强行攻入大门,被战斗队的头头制止了。在他的命令下,几个人将门口悬挂的春风斗古城战斗队的牌子取下来,砸得稀烂。还有人朝着破碎的牌子撒了一泡尿。游行队伍这才抬起尸体,掉转方向返回沙石。

这两具被抬着游行的尸体中,有一个是李子露。另一个是一名战斗队的队员。他被一颗子弹击中头部,他的"牺牲"被视作为信仰而战的英雄的壮举。而不曾置身革命涡心的李子露,也壮烈"牺牲"在了战场上,她同样被奉为了"烈士"。两位"烈士"被众人高举着,不时有人向天空鸣枪,以示悲痛和哀悼。

尸体因为被从冰柜里取出来,起初冰得咬手,抬尸体的人不得不频繁更换,并用一条毛巾垫在手上。那天,李子露穿一条灰布裤,一件白衬衣,冰霜融化后,尸体不断往下滴水,后来水渐渐被那天的闷日头吸干了。往回走时,有人皱起眉头说闻到了尸体发出的异样气味。战斗队的头头这才决定,尽快将尸体送回殡仪馆。

养妈听闻这一幕,哭得肝肠寸断,浑身绵软,晕厥在柳真如的怀里。

裘勇在那一天扔下手中的枪,默默离开了战场。在李子露中弹的一刻,他还没认出她来。她比他印象中消瘦和苍白了许多,可那辆自行车,他亲手拼装起来的自行车,那丝毫未变的熟悉模样,在轰然倒地的一刻,让他的心蓦地一惊。天光已亮。血,不像想象的那般殷红,从曾经拥被而卧、用体温温暖过彼此的那个女人身体中,缓慢地流淌出来,那喑哑的色泽刺痛了他的眼睛。

残酷的命运将两人分开,又让他们在两军对垒的战场残酷相见。那一刻,他没法伸出援手。特定的年代,只有离开。

原来,在李子露突然爆发的第二天,裘勇被警察抓了起来。因为盗窃罪,他被判入狱三年。等他重新出来时,对此一无所知、也一直不肯恋爱结婚的李子露,骑着自行车孤独地往返在家和棉纺厂之间,似乎和以前没有两样,可世界变换了模样,变得裘勇有些不敢相认了。

他没有去找李子露。在监狱里数着日子的时候,他就掐断了这个念头。与其说他怕伤害子露,不如说他怕伤害自己。他怕自己重新见到李子露时,面对的已经是一个无比陌生的女人。很快,一无所有的他投入到火热的运动中,成为了春风斗古城战斗队的旗手。

那天,当无数颗子弹齐齐射向对方阵地时,裘勇正握紧一杆枪,枪管灼烫。时光流逝,无人可以证明夺去李子露生命的那颗子弹,是否出自裘勇的枪口,但亲眼看见心爱的人中弹身亡,喷血的伤口任你用目光堵也堵不住——这一经历注定是刻骨铭心的。

他和她,从未想过会以这样的方式重见。裘勇在认出李子露后,内心忽然一片冰寒,他扔下枪掉头离开了战场。他没能预见到这会是最后的告别,他以为李子露身上的伤口不足以夺去她的生命。在听不见枪声的大堤上,他疯狂地奔跑起来,一直跑到江边,将双脚浸入冰冷的江水,冲着滔滔不息的水流,发出了野兽般的嚎声。

一夜头发皆白,裘勇从此萎靡成了一个天天需要靠酒精打发度日的酒鬼。

"8·18事件"余波不小,引发了一场席卷沙石和古城的争抢武器的狂飙。以捍卫革命的名义,第一发火箭弹射中了朝阳棉纺厂的大钟,钝重的一声裂响,火星四溅。硕大的铁钟像凌乱的青春,稀里哗啦,叮叮砰砰,沿着一条漫长的水泥甬道跌撞而下,止息时是一地无法收拾的碎片。再一发火箭弹,射中了棉纺厂仓库,极其干脆利落的一声呼应,一把扯去了狂欢的幕布。淋漓尽致的一场燃烧。什么都不遗漏,白色沦为黑色,厚实化为轻飘。次日的风,每一次恣性都卷起漫天的黑纱,纷纷扬扬,十足优渥的祭品。

五花八门的战斗队设立了各自的广播站,街头到处可以听到配着哀乐的讣告,还有的反复播放大型舞蹈史诗《东方红》中的歌曲《告别》。每天都有枪战发生,尤其是夜晚,为防止枪弹伤人,不少居民家的窗户都用转头砌上了。还有的用纸条在玻璃上糊成"米"字,以防爆炸物震碎玻璃。战场一直绵延到城墙一带,枪弹如蝗,射穿了无数人荒诞的青春记忆。

公开信

火红的底色,盛大的激情之海,森林般挥舞的手臂,声嘶力竭的呼号。每个人都像被裹挟在一股强劲的漩涡中,身不由己地旋转,转得头晕目眩,心迷神恍。大家都处在狂热的情绪中,怀着对伟大领袖的无限敬仰和对革命的崇高热情,没有人敢说一句质疑的话,少有的几个质疑者话还没说完,就被打倒在地了。屈指可数的几个勇敢者,都被关进了监狱,落得割喉或秘密处决的下场。

一贯安详的沙石,也在这股热潮中呈现出如火如荼的沸腾景象,像两腮染上了古怪潮红的肺炎患者。浩大的人群分作两派,以革命的名义向对方宣战,零星的冲突散落在城市的角角落落。那时候,大大小小的武斗简直是太多了,但8月18日那天冲天的火光,此起彼伏的枪弹呼啸声,不被预期的死亡和悲吟,以及由之引发的悲怆而荒唐的游行,都刻印在亲历者的记忆中,再无法轻易抹去。

既然是轰动沙石的事件,就不可能没有文字记载。晚报记者关心在听完苏北放的讲述后,翻找出社里能找到的那一年的《沙石日报》,又到旧书报市场搜罗了一通。工夫不负有心人,在一堆残破的文化大革命时期的旧传单、大字报、油印小报中,还真找到了关于"8·18事件"的鸿爪雪泥。其中有一封《公开信》提到了"8·18事件",虽未深入谈及,但信的字里行间洋溢着那个年代特有的气息。

《公开信》印刷在一份名为《红太阳》的工厂小报上,文字颜色浓淡不一,排列也不甚整齐,在大段大段简体字中间间或出现一两个繁体字,而且,经常有黑体字从段落中跳出来,那是引用的"毛主席语录"——

给红太阳床单厂勤务组的一封公开信

红太阳床单厂勤务组的同志们:

首先,让我们心怀一个"忠"字,祝愿伟大领袖毛主席万寿无疆!万寿无疆!万寿无疆!

你们"给朝阳总勤务组及战斗队员的公开信"发表后,在沙石引起了一些反响。在我们朝阳棉纺厂更是激起了很多议论。因为武装血洗我厂革委会的"4·13事件"被荣幸地列为了这封信的开场白啊！

确实，"4·13事件"应该引起沙石人民的广泛重视，但原因并不是像你们信上所说的……那正好中了阶级敌人破坏我们两厂团结，制造无产阶级革命派队伍之间的分裂的诡计了！可不是吗？就在4月13日事发当晚八点十五分，三卡车全副武装人员杀进我厂武装部，打伤十七人，重伤四人，抢走录音机、蚊帐、大衣等物。很明显，阶级敌人企图造成我厂在调集外单位人员前来声援时两个兄弟组织的自相残杀，并以此挑起更大规模的武斗，使全市大乱。但是，我们识破了敌人的阴谋，没上圈套，没有求援，并劝回了主动前来声援我厂的兄弟单位，制止了事态的扩展，没有做出使亲者痛、仇者快的事情来。

分裂我们，是阶级敌人玩弄的阴谋，阶级敌人妄想由下到上、从小到大、各个击破、逐步瓦解，达到分化我无产阶级革命队伍钢铁般的团结的目的，我们能上当吗？不能！千万不能！"忆往昔峥嵘岁月稠"。在火热的斗争中，毛主席思想朝阳战斗队和红太阳战斗队生死与共，风雨同舟，那用鲜血凝成的战斗友谊是那么真诚和深厚。我们永远不会忘记。去年8月18日，在那暴风骤雨的日子里，我们牺牲了两个亲密的战友。当我们抬着烈士的遗体经过你们的据点，是你们伸出了革命同志温暖的手，给我们以最大的帮助。在那白色恐怖笼罩沙石的日子里，我们始终并肩战斗在一起……

然而令人痛心的是，我们朝阳棉纺厂却出现了玷污鲜红战旗的混蛋,即以陈、姚为首的一伙人,他们根本不是什么革命战士,只是几个地地道道争席位、闹分裂、攻击红色政权的右倾机会主义头头,是他们制造了一次次的停机、断电事件,是他们提出了"三次抗暴"、"武卫文攻"的一个个反动谬论,他们和革命派靠不拢,和厂外几个有名的右倾机会主义头头倒是一拍即合,打得火热。他们对革委会人员像像仇人,对白匪干将却亲如兄弟……

陈、姚在朝阳棉纺厂干的一系列勾当,给年轻的红色政权——革委会,制造了种种困难,大拆其台,给国家造成政治和经济上的损失是不可估量的,全无产阶级革命派都感到很痛心。但是对于他们的问题,我们始终遵照毛主席"在工人阶级内部,没有根本的利益冲突,在无产阶级专政下的工人阶级内部更没有理由一定要分裂成为势不两立的两大派组织"的教导,只要他们迷途知返,悬崖勒马,还是作为人民内部矛盾来处理……

毛主席教导我们:"世界上一切革命斗争,都是为着夺取政权,巩固政权。而反革命的拼死同革命势力斗争,也完全是为着他们的政权。"当前,两个阶级、两条道路、两条路线的激烈斗争正在严酷地进行着,阶级敌人选择朝阳棉纺厂作为焦点绝不是偶然的,因为这个厂有悠久的历史,拥有职工两千余名,解放前敌伪组织近二十种。解放后,虽然杀关管了一些,但是有些不但混过了关,还攒进了各级领导机构,所以文化大革命期间,我厂被称为沙石的"小台湾"也不是没有其根源的。最近以来,厂里阶级斗争也反映得更激烈、更尖锐、更复杂,国民党的残渣余孽开始抬头,而一小撮顽固的走资派跃跃欲试,白匪干将也乘了这股风潮,搞翻案活动,这一切都说明,阶级敌人结成了"神圣同盟"妄图在这第五个回合中颠覆我红色政权,再搞一次夺权,我厂的陈、姚在这场登台表演中扮演的角色,只要不是政治盲人,就一定能得出正确的结论的。

我们坚信,经过了血与火的洗礼的毛主席思想朝阳战斗队与红太阳战斗队,一定能高举起"三忠于"的大旗,紧跟毛主席的战略部署,坚定地团结在毛泽东思想伟大红旗下,共同战斗,牢牢掌握斗争大方向,把"三反一粉碎"的斗争进行到底!在第五个回合中为人民立新功!

顺致

无产阶级文化大革命战斗的敬礼!

毛主席思想朝阳战斗队

1968年春,全国武斗日益严重,打死、打伤的人不计其数。7月27日中央派出"工宣队"进驻各高校,停止武斗。8月26日毛泽东的"最高指示"下达全国:"工人宣传队要在学校中长期留下去,参加学校中全部斗、批、改任务,并且永远领导学校。在农村,则应由工人阶级最可靠的同盟者——贫下中农管理学校。"沙石一度如火如荼的武斗逐渐平息。

干革命

"干革命"成了最流行的词汇,连还没长到桌面高的孩子都知道，屁颠屁颠地跑去茅房解大便，有人打趣他"你急慌慌地干什么去啊"，孩子一昂脖子大声答，"干革命！"惹来一片哄笑。有大孩子欺负小孩子，拿着柳条枝将小孩子赶得满场跑，小孩子气得嘴里直骂娘，质问大孩子干嘛呢，大孩子理直气壮，"干革命！"

"干革命"凌驾于一切之上，比生产、学习、生活都重要，后者统统要为革命让路。学校虽然恢复了上课，但学生大多无心读书。学校半数以上的老师胸前戴着白布条，有幸没戴的也只求明哲保身，平安度日。没有人专心在教学上。失了管束的孩子，将大把大把无聊的时光四处消磨，他们在街头乱窜，到处看批斗会，学着别人打砸抢。有段时间大辩论成风，街上经常能看到慷慨激昂的辩论者被里三层外三层的人群包围着。一些半大孩子钻进人群里，专摘人们胸前的毛主席纪念章，拿回家向别的孩子炫耀。孩子间玩的游戏，也是分成黑、红两派，拿起扫帚、竹棍、铁铲像模像样地展开对攻，且红派的人数永远多于黑派，以保证红派能最终取胜。

"革命无罪造反有理"的口号人人耳熟能详，人人以干革命为己任，高呼为革命不惜赴汤蹈火的口号。相互之间，不能不保持高度警惕，深怕自己一不留神说出什么不妥的话来，被人告密招致祸患。那个时候，身份由红变黑只是一瞬间的事。连朝夕相处的夫妻间也出现了告密者和被告密者。

江村有个古怪机灵的小女孩，想出各种要挟的办法来让她爸妈给她买好吃或好玩的东西，其中一句是"你们不给买我就喊打倒毛主席！"吓得她的爸妈赶紧拿手捂住她的嘴，颤抖着声音惊呼，"小祖宗咧，这话可说不得。想吃什么，我们给你买！"

县中学处于半停课状态，老师有数不清的政治活动要参加，学生经常自习，有的学生自己带本书来看，有的则像松了缰绳的野马趁机跑出去溜达。苏北放教的班上有个学习成绩很好、一贯老实的学生，带了本《唐诗精选》在教室里看，旁边几个学生在玩翻卡片。那些卡片是自制的，一张张上面写有毛主席语录。几个玩卡片的学生将桌子拍得"轰轰"响，其中一个探头看一眼读书的学生，"你看书有嘛用啊？"

"你又不知道我在看什么书，怎么知道没用呢？"看书的学生答得认真。这句话立刻像冷水滴进了油锅，几个玩牌的学生炸了锅。"看这些封资修的东西，是能看出大米还是能看出大炮来啊？""读书越多越反动！你没看见现在批判的反动学术权威，哪个不是大学毕业？"……这下子，看书的学生回答得不是那么理直气壮了，"那也不能整天看政治学习材料吧，那些东西就能看出大米和大炮来吗？"

"你这话可反动了，毛主席著作就是大米、大炮，你连这个都不懂，再看这些'毒草'你迟早要中毒啦！""我哥哥他们马上就要上山下乡了，全国的中学生都要去农村锻炼，全都不读书了，你还读什么？这是毛主席的伟大战略部署，你懂不懂？"……大家都噤了声。

有人找到县中学，向苏北放调查一排长。苏北放这才知道一排长被戴上了"伪军官"的帽子。他不能理解，尽心尽职的校长成了"可疑"分子，现在连曾经为革命出生入死，在朝鲜战场上落下残疾的一排长,也成了"伪军官"。难道这世界真的可以让黑白随意颠倒,真假随意翻置吗?

前来外调的人义正词严,说一排长在参加解放军之前曾参加过国民党的部队,将枪口对准过咱们的同志。他再三提醒苏北放,不要被一排长狡猾的伪装蒙蔽了,要仔细回想当年的细节,看一排长是否有过反党叛国的反动言行或企图。

苏北放与他争执起来,一通反驳,却不能动摇来人的观点,他牛劲上来,拒绝再开口。来人十分气恼,拍着桌子大声指责他这是对党对人民对国家不负责的行为,并将他不肯合作的错误态度通告了校方。

学校里马上出现了批判苏北放立场不坚定的大字报,幸亏工宣队的黄队长出面和来人解释了几句,又让人不露痕迹地将那张大字报用新的大字报给覆盖了,苏北放才未被此事殃及。

那些被打倒在地的"黑帮分子"也暗暗盼望着能重回革命的舞台。学校的原教务处主任被红卫兵揪下台后,不知挨了多少次批斗。一次他出门买菜,路上看见一群人在批斗一个老头,刚好他胸前没戴白布条,就挤进人群看了一阵,直看得心潮澎湃,激情高涨,连自己的身份也忘掉了。围观群众在革命小将的带领下高呼口号时,他也举起了拳头,声音还最为响亮。

他觉得革命小将喊的口号太过单调,突发灵感,将自己挨斗时别人喊的口号换了名字后移植过来,高呼"×××不老老实实低头认罪,我们革命群众绝不答应!""坚决打倒×××!""×××不投降,就叫他灭亡!""×××不老实认罪,我们革命群众绝不答应！"……因为喊得太卖力了，引起一个革命小将的注意，那人几步冲过来"XX，你不老老实实在家反省，跑到这里来充什么数！"众人的目光聚焦过来，原教务处主任赶紧将头一垂，灰着脸飞快地逃出了人群。

以革命的名义！一个无比铿锵的理由。苏北放本来只想在乱象之中明哲保身，不惹麻烦上身。对于一些事情，他心里有着不太明晰的判断，但理智和良心告诉他不要去参与。几次冲动地挺身而出，仗义执言，源于恻隐之情感，内心深处最柔软的那个地方。他不明白，那些批斗者何以有着那么强健坚硬的内心，可以毫无忌惮地将暴行施加在他人，甚至是他们的亲人、长辈、老师、朋友身上。他时常旁观那些批斗者的表情，似乎，那些人从鞭打、焚烧和毁灭的行为中获得了无上的快感。

校长身历了一长串的运动，因为不肯认罪的恶劣态度，导致在每场运动中都没有例外地成为"靶心"，一直不得翻身。据说，校长的罪证材料都是"单歪"整理的。而校长，一直不肯改口认罪。后来，他的一条腿跛了，脸上留下了一道深利的伤疤，横穿过额头眼角脸颊，延伸至鼻端留下一个难以愈合的豁口。他的身体里也埋下了无数暗伤。后来，老婆实在忍受不了，带着孩子也离开了他。每天，他独自捡回些烂菜叶，放进米里，给自己煮上一锅饭，撒一点盐，囫囵吞下。没有人愿意走近他，可他一直默然而倔强地活着。

深冬的一天清晨，北风猛烈地吹了一夜，空荡荡的校园里四处回荡着门窗撞响声，"嘭——哐——嘭——哐啷——"。苏北放当时缩在仓库里临时搭建的床铺上，半梦半醒间，忽然听见门外一阵急促的脚步声。接着，门开了，风像一头豹子直闯进来。他抬起身，是工作组的人。来人冲他一点头，"赶快穿上衣服，跟我来！"起初，他以为是要突击批斗。

那人带着他走到校园另一头，走进一间靠院墙的低矮的偏厦子。天光微明，屋子里光线幽暗，等眼睛适应了屋内的光线，他才看见垂挂在小屋窗棂横条上的一个粗重身影。从窗缝偷袭进来的风，将那个身影吹得微微晃动。逆着光，苏北放看到一张半垂的青紫的脸，半边脑袋呈铁青色，半边脑袋上残留的头发长长地垂挂下来，遮住了一边的眉眼。他猛然间没认出是谁。在旁人的指示下，他上前抱住那个人的腿，几个人一起用力将那人的头从绳套里解脱出来。这时苏北放才看清楚，是校长！

躺在地上的校长，双眼圆睁，仿佛还在怒视着这个不可理喻的世界。苏北放僵硬地木立一刻，猛地别转过头，奔到墙角处，一手撑住墙壁一手掩面，无声地痛哭起来。泪水像不可遏制的河水，冲决了闭锁多年的泪腺。他的身体抖动着，抖动着，忽然发出了一声嘶哑的嚎叫，他的拳头一下又一下击打在墙壁上，直到有人从后面拿手捆住他。

那一刻，他是多么后悔，因为怕惹麻烦，他没能在校长独自承受苦难的时候，鼓足勇气走近他。哪怕和校长说上一句话，一个字，他都不会像现在这么愧疚。苏北放觉得校长是有真骨气、真血性的人，从心底里佩服他。可这个硬汉子，怎么就迫不及待地将自己用一根布条吊挂在了窗棂上。对于这样决绝的方式，苏北放惋惜悲恸，更有深深的敬意。人非圣贤，无法预测前路。他想，校长是以结束自己生命的方式摈弃了与黑暗同污的可能，从头至尾选择了忠于自己的内心。

从那以后，苏北放变得愈发沉默了。

新生命

县中学驻进了工宣队。队长姓黄，从晶体管厂派来的。工宣队进校后第一次开全校大会时，他穿一身洗得泛白的绿军上衣、蓝布裤，上衣口袋里插一支钢笔。后来有人发现，那只是一截笔帽。他颇有特色的是头发，梳得一丝不乱，只可惜中央地带岌岌可危，近乎寸草不生，不得不将周边头发蓄长以支援中央，几缕头发从右侧虚虚地包抄到左侧，随着黄队长中气十足的语声不时地悠悠颤动，让人担心它们在下一刻就会掉落下来，耷拉在右侧的脑袋上。那将是一幅多么尴尬的画面！可它们始终乖乖地待在他的头顶上。

会上，黄队长讲道："上层建筑就是阁楼，工人阶级登上上层建筑舞台就是要把阁楼顶上的资产阶级老爷们都轰下去，占领制高点，领略那里的无限风光。"台下一片静寂。不知谁鼓了一下掌，仿佛提醒了人们，掌声由稀渐稠响成了一片。

学校新组成了"毛泽东思想学习班"。每周三下午是铁打不动的政治学习时间，任何人不得缺席，内容是由专人朗读最近的报纸和中央文件，大家一起分析研究阶级斗争路线，揭发身边的阶级斗争新动向,最后由领导总结前一周的工作,安排后一周的工作,等等。开始几次还需要强调纪律,时间长了,大家养成了习惯,根本不用通知,一到点儿,就见女人们拿着毛线活,男人手捧一杯茶一份报纸,前前后后地进了会场。

黄队长从人群里一眼就看见了苏北放,一打听原来他是个军人,还参加过抗美援朝,"难怪看起来那么挺拔,一身正气呢,我们就需要这样的人!"苏北放的异常沉默,也被黄队长视为一大优点:他在这里是无亲无故的外乡人,人们很少和他扯闲嗑,这简直是进工宣队的绝佳人选。很快,苏北放被"团结"进了工宣队。

工宣队的工作总结起来就是斗、批、改,它凌驾于学校一切机构之上,这决定了它的权威性。既然权威,参与的人就要有高度的组织纪律性,不该对外传的得守口如瓶。工宣队进校后,很快抑制了武斗的泛滥之势,学校的气氛不再那么血腥,但被打成"黑帮分子"的人依然不断递增。凡是牛鬼蛇神,都被要求在胸前缝一块白布,上面写好各人的罪名,资本家、右派、死不改悔的走资派、叛国投敌分子、蜕化变质分子、修正主义应声虫、阶级异己分子、反动权威、特嫌……学校一大半老师戴上了白布条。

大字报是革命群众表达"心声"的最好工具,也是工宣队开展工作的重要武器,内容有领导讲话、标语口号、观点表态、小道消息、揭露黑幕、批判反动。似乎反动的东西越批越多,但凡可以贴东西的地方,已经里三层外三层贴满了大字报。学校的墙面不够用了,黄队长不得不让人用竹席扎成两块三米长、一米宽的宣传栏,专门供革命群众张贴大字报,畅所欲言。

苏北放在工宣队的主要工作是负责书写大字报和文字材料。不是撰写,是书写。虽然读的是工科,苏北放一手毛笔字却是顶呱呱。说起来,也不过在军校练过一阵子,后来分到学校每日无事时又练过一阵子,运动开始后,他怕人家说闲话抓他的把柄,将纸笔墨砚都收了起来。不想,现在黄队长一声令下,这些东西又派上了用场。

苏北放以前贴过的大字报,掰着手指头都可以数清楚。他一直不热衷这个,现在书写大字报却成了他的日常工作。每天,苏北放按黄队长的指示,与几个负责撰文的队员一起,绞尽脑汁地赶制出各种大字报和材料。一般是撰文者口述或是将草稿写在纸上,由他来誊写。有时是针对中央的文件呼口号、表决心,有时是针对学校的阶级新动向敲警钟、树靶子,有时是针对某张立场不正确的大字报进行批判和回击……说心里话,苏北放并不喜欢这工作,可不接受"团结",就有可能被划拨到革命阵营的对立面。他与柳真如结婚的事儿才在学校公开,这时稍有不妥,殃及的不只是他一个人,还有柳真如和她肚子里的孩子。

柳真如的肚子眼见得越来越大,算日子才六个月,可看着像要临盆的样子。村里人都说,准保是个大胖小子,看这肚子挺的那个威风!

柳真如的学校形势还很乱,基本处于停课状态,苏北放不放心,怕她被拉去参加莫名其妙的批斗,伤到腹中胎儿,帮她请了病假在家休息。柳真如平时糊些纸盒、信封,将毛主席语录绣在手帕、毛巾、桌布、枕套、被单上,托人卖了赚些零用钱。这些东西卖得很好。为了新家和即将出生的孩子,苏北放不能不耐着性子应付工宣队的工作。

冬天凛凛冽冽地来了。苏北放将自己的军大衣翻出来,剪短下摆,挽起袖口,让柳真如裹在棉衣外面保暖。军裤也换了松紧绳带,剪短裤筒,套在她身上。柳真如捧着自己的大肚子,又喜又忧:"这孩子可真够皮的,怎么在肚子里整天闹腾个不停,好像没个累的时候。"

"皮才好,说明这小子有劲。"苏北放将头伏在柳真如的肚子上听,冷不防耳朵上挨了绵绵软软的一下。他笑呵呵地拿手抚摸那像山峦一样浑实饱满的肚子,似有波涛在里面暗涌,一会儿这里凸起一块,迅速消隐下去,一会儿那里又凸起了一团。柳真如笑嗔:"你怎么知道是小子? 没准是个野丫头呢!""野丫头也好,我一样喜欢!"苏北放拿手在她的肚子上细细摩挲,肚子里的孩子似乎感应到,动得更欢了。

"养妈说,看这肚子大的,没准是个双胞胎。""那更好啊,有儿有女!""做梦吧你⋯⋯"柳真如娇嗔一声。

下午,工宣队突然接到通知,晚上八点集中收听中央台的重要新闻广播。黄队长让苏北放赶紧写几张通知贴到学校各处:晚上在操场开大会,全校老师不得请假!

苏北放本来想抽空回家看看柳真如,贴完通知又被黄队长揪住,一口气誊写了好几个材料。黄队长说这次如此兴师动众,肯定是非常重要的指示精神,得先赶写出几条标语,到时趁热打铁张贴出来。眼看着窗外的天色一寸寸暗下去,苏北放心里那个着急。从昨天半夜开始,柳真如就感到肚子隐隐作痛,他想送她去医院,她说还不急,问过村里的老人,等肚子疼得一阵紧似一阵了再去医院也不迟。

七点半,老师们裹着厚厚的冬衣到了操场,操场上的风比校园哪个地方的都大,冷风直往衣领、袖口、裤腿里钻,一张嘴肚子里就灌进了一团寒气。大家在黑暗中密密挨挨地站在一堆儿取暖。广播里传出播音员洪亮的声音,朗诵到社论中伟大领袖的最新最高指示:"历史的经验值得注意,一个路线,一种观点,要经常讲,反复讲。只给少数人讲不行,要使广大人民群众都知道……"不知是谁带头,人群里发出了一波接一波的欢呼声。没等新闻播完,黄队长跳上花台,站在高处大手一挥:"走!上街去!"

众人一窝蜂朝校门外涌去。县城大街上已经是人山人海,此起彼伏的口号声和锣鼓声灌满两耳。老师们汇入缓慢向前挪动的人潮,齐声高呼:"热烈欢呼伟大领袖最高指示发表!""拥护伟大领袖的英明决策!"

走出没多远,队伍卡在了一个十字路口。人流还在从四面八方涌来,将这里堵成了一个死结。众人前胸贴后背,腿抵腿拥挤在一起,群情激昂地高举起拳头,仰着脖子,嘴里喷吐出一团团白气。嵌在人群中的苏北放心里暗暗着急,不知柳真如情况怎样了。

此时,柳真如正坐在大队卫生院里,同一阵紧似一阵的腹痛较劲。和大街上的拥挤闹腾相比,卫生院里显得异常冷清。一股寒风顺着棉布帘的对缝处漏进来，在走廊里一路游窜。只有一个护士留守值班，其他的医生护士都去听最高指示了。柳真如疼得冷汗直往外冒，腰脊处似要断裂开来，护士看她这副模样，急得手足无措。她跑去会场，一看大家都上街游行去了。再到街上一看，人山人海的，挤进去了半天都挤不出来，只好急慌慌地跑回来，围着柳真如打转转。

柳真如下午在家疼痛加剧，且阵痛渐密，站不是坐不是，心怦怦跳，盼着苏北放早点回来。疼的时候，她拿块毛巾塞在嘴里，用手抓住被单使劲捏揉。盼得天黑透了，还没盼回人影来，门外却响起了广播声，接着是山呼海啸般的欢呼声，柳真如心知没法再等了，肯定是赶上什么重要指示发表，学校里有事。

她收拾了两三件换洗衣裳和给孩子置办好的全套衣裳，摸黑出了门。没敢走大道，怕遇上游行的人群挤不动，她走田埂绕出了村。可出村没多远，路就被堵住了，柳真如在人堆里挤了一阵，兴奋像蛇一样在人群里窜动，她不得不将包裹搁在肚子上，两手向前环护住肚子，半个小时没走出一百米远。眼看卫生院的房子就在不远了，可怎么也走不动。她捧着肚子，急得汗珠直往下滚。

肚子再一次剧烈地疼痛起来，牵扯得下肢一阵酸软，柳真如不禁拽住了身边一个女人的衣服。女人扭过头来，发现了柳真如的异常："哎，你不是要生了吧？"柳真如点点头。"老天，怎么偏偏赶上这么个时候。"女人抬起头前后望望，忽然扯直嗓门叫起来："哎，这里有个产妇要临盆了，大家让让，让让，让她过去啊……"

她的声音被巨大的嚣声吞没了。

"老天爷,这可怎么办?"女人嘀咕一声,忽然奋力往前挤去,很快消失在人群后面,柳真如勉力挺住身体,不让自己被众人挤倒。人群里突然冒出一个声音,像是从一只喇叭里传出来的:"大家静一静,静一静。紧急情况!紧急情况!"嚣声顿时降低了几分。"兄弟姐妹们,毛主席告诉我们:生的伟大,死的光荣。现在在我们的队伍中有一个产妇,马上就要临盆了,请大家让出一条生的通道给她。"

柳真如傻愣愣地站在那儿,一时没反应过来,只觉得眼前的人潮一阵骚动,喇叭声近了。人群分开来是那个女人,她一只手把住喇叭,一只手伸过来紧紧拽住了真如的手:"谢谢大家,请让开一条生的通道。毛主席教导我们:生的伟大,死的光荣……"四周的人主动让开道来,前面的还合力拦住了后面拥挤的人流,柳真如说着"谢谢谢谢",一手抱紧肚子,一手攥紧女人的手,两个中年男人主动跟上来,一个在前面开路,一个在后面维持秩序。

女人一直将柳真如拉进卫生院,将她交到护士手上,才松开手。柳真如这才看清,是一个脸色黑红的女人,嘴唇上一圈淡色的绒毛。女人抹一把头上的汗,咧开嘴笑了:"奶奶啊,终于把你平安送到了。"柳真如想说几句感谢的话,女人一摆手:"啥也别说了,快让医生给你看看。"说完,转身出了大门,汇入了密密麻麻的人流。

"麻烦帮我叫一下医生。""医生,医生去……"护士显得有点懵头懵脑的,拿手点一点外面。柳真如没想到,卫生院里居然连一个医生也没有,只有眼前这个看起来还稚气未脱的黄毛丫头。她一下软在椅子上起不了身了。

护士将打针的床收拾好,将柳真如扶到床上,让她侧身躺着。又一阵锐疼开始了,柳真如浑身一紧,忍不住叫出了声,下面似有湿漉漉的东西流出来。护士一看:"呀,羊水破了!"

柳真如一听更慌了。护士在床边转过来转过去,似乎比她还着慌:"哎呀,流了这么多水,这可怎么办啊?呜呜……你怎么偏偏这个时候生啊……呜呜……"柳真如欠起身子,拽住急得团团转的护士:"丫头别哭,快帮我想想办法。"

护士猛地一拍脑袋:"对了,我给县医院打个电话,让他们派车来接。"话没说完,一溜烟地出了门。没一会儿,她满脸沮丧地回来了。"那边说现在马路上水泄不通的,车哪里过得来。哎呀,你怎么偏偏选这么个时候啊,你爱人呢,怎么不来陪你呀。哎呀,真是急死人了!"

正说话间,门外传来杂沓的脚步声,柳真如听见护士一声尖叫:"莫医生,你可回来了,快快,这病人要生了!"

莫医生一检查:"看你这样子,肚子里的孩子怕不止一个。我们这里不行,得送县医院。""来得及吗医生,不会生在路上吧?"柳真如额上满是汗,头发湿贴在脸上。

"没事,你这才开一指呢。是头胎吧?没那么快。""那,怎么去啊?我,我走不动了。"柳真如委屈得差点哭出来。"别急别急,你爱人呢,是不是游行去了。真是的,你都这样子了还跑去游什么行,关系几条人命的大事呢!"

"医生，他不知道我这样了，有没有什么办法快点送我去医院，外面好多人……"柳真如挣扎着要下床，身体一动，下面就涌出一股水来。医生将她一把按住："再等一等，街上估计快散得差不多了。院子里有辆板车。小胡，你去叫下守门的老张头，帮着送下这个病人。"

几个人手忙脚乱地将柳真如抬上板车。老张头拉着板车，莫医生跟在后面，穿过街上已经稀落的人流将她送到了县医院。把她安全交到妇产科医生手上，莫医生才离开。

三胞胎

前面一叠声的尖叫，有人跌倒了，后面的人还在往前涌，越来越多的人拥叠在一起。黄队长怕挤出事，一挥手让学校的老师们打道回府。往回走的人流与继续往前涌的人流，纠结在一起。苏北放很想折回家，被黄队长叫住了，说赶紧回学校将标语、横幅和大字报贴出来。苏北放一肚子的气不好发作，心想这大半夜的有谁来看啊。可黄队长严肃认真的表情，让他没办法说不。

夜里的气温破了零度，呵气成霜。苏北放和几个人拿着手电筒，拎着大字报，手冻得生疼。有人提议，这时候熬糨糊太耽误时间，不如往墙上泼水，再贴上纸，只需将几个角粘一下，等水一冻住那纸就掉不下来了。这办法得到了几个人的一致赞同，大家都盼着能早点完事回家。两个人负责往墙上泼水，其他人忙着贴大字报，不一会儿就忙利索了。

第二天一早,师生进校一看,嚯!一面晶莹剔透的水晶大字报墙,在冬日薄阳的照射下闪闪发光。黄队长满意地在墙根下歪着脖子走了好几个来回。

可惜,这一幕苏北放没能看到。他半夜赶回家,家里黑灯瞎火的,心里不禁"咯噔"一下,每次他回家晚,柳真如总会留一盏灯。进家门找了一圈没见柳真如,苏北放赶紧往县医院赶,到那儿才知道柳真如已经进了手术室。

值班室里有两个医生,听说他是刚进手术室那个大肚子的爱人,年纪大的女医生板起脸来:"你知不知道你媳妇有多危险?她怀的可是双胞胎呢,羊水都破好一阵了,你还跑去游什么行喊什么口号,万一大人孩子打了丢手,你喊口号喊破天都没用……"说完,出去了。

"什么?双胞胎!"苏北放不知自己该喜还是该忧,口袋里正好带了包烟,忙给旁边的男医生递上一只,打火机在手里摁了四五下,手指不听使唤,半天没打着火。医生接过去,自己点了,又给他点上:"你好福气呢,一口气当了俩孩子的爹!"

女医生又进来,脸板得更紧了:"到走廊上抽去!这里哪是抽烟的地方。"苏北放赶紧将烟掐灭了,男医生走出了值班室。

"医生,我这媳妇、孩子都没事吧?""刚刚我是吓你的。没事,看你媳妇挺坚强的,疼成那样,愣是没吭一声。对了,你补一下手续。本来没家属签字不能上手术台的,我们怕再拖下去,孩子在肚子里缺氧……你也是,游一游就可以了嘛,还拖到这么晚,再晚一点,孩子都跑出娘肚子了……"

女医生的一番唠叨让苏北放渐渐平静下来。他不时地踱到手术室门口看看，手术还没完，又走回来和女医生聊两句。正聊着，听见走廊里有人喊："柳真如的家属在不在？"苏北放赶忙大步冲出去："在在在！"

两个护士抱着三个襁褓走过来，脸上笑嘻嘻的："你爱人还怕你没赶来呢！恭喜恭喜，三胞胎呢。""医生说我们这里十来年没生过三胞胎了，你好福气啊，一下子有了三千金！"

"三胞胎？三千金！"苏北放嘴巴张开来，木木地定了一刻。他低头看看分别抱在两个护士怀里的孩子，三张粉嘟嘟的小脸半隐在襁褓中。他看看这个，再看看那个，看着看着，视线模糊了。他有些不好意思地抬手抹一把眼睛，伸手想抱，不知抱哪个才好，只好干搓着两手，傻乎乎地看着护士。

"孩子早产，得留在观察室观察两天，你爱人在缝线，快出来了。"两个护士转过身，快走到手术室门口时，一个孩子突然发出了"哇哇"的哭声。苏北放浑身一震，这是他的孩子，虽然不知是哪一个，可他听到了她的哭声，那么响亮，那么清脆。接着，另两个孩子仿佛响应似的，也"哇哇"哭起来，像一曲美妙的三重唱，消失在了手术室的大门后面。

他傻愣愣地走回医生办公室，坐在椅子上一个劲地呵呵呵直乐。女医生在一旁唠唠叨叨，那些话都像风影子从他耳朵边滑了过去。爱唠叨的女医生姓肖，后来成了苏家走动密切的朋友，即使在苏北放被隔离审查，她自己也因言获罪的时候，只要苏家三姐妹有什么病痛，她总是随叫随到。苏北放一直对她心怀感恩,也心怀愧疚,因为肖医生被审查的原因之一就是她那晚唠叨给苏北放的"游行有什么重要的"一番话,被人报告给了革委会,从此她失去了坐诊看病的资格,成了医院洗衣房的洗衣工。可喜欢她的病人还是偷偷地找她看病,拿着她开的方子再去抓药。

苏家姐妹也很喜欢这位爱唠叨的肖奶奶。一次看见肖奶奶站在批斗会场的台上,三姐妹冲上去一人抱住她的一只腿,另一个跑去拦住台上正讲得带劲的批判者,将一场批判会搅了场。幸亏三个丫头人小,又长得可爱,轰动了会场,却没给自己带来什么大麻烦。

听到医生说可能是双胞胎的时候,柳真如心想,衣服只准备了一套,这可怎么办,给谁穿好呢? 手术是局麻,她听得见医生的对话。哎,真是两个,两个丫头,不不,还有一个,天呀,是三胞胎……

她的心一下松了劲,三胞胎,三个女孩,多么神奇! 她们居然一起在她肚子里孕育了八个月。想来,这些日子她们一定是紧紧抱拥在一起吧……护士抱着孩子说出去给她们的爸爸看看,她还担心苏北放没赶到,听到他在外面说话,她才彻底放松下来,一股强烈的倦意漫卷而上,将她兜头淹没了。

三胞胎的消息轰动了全县。黄队长特意帮苏北放向学校要了一间宿舍,虽然屋子不大,可苏北放不用每天跑那么远的路,一心牵挂两头了,一抬腿就可以回家帮柳真如照顾孩子,而且买东西、看病都比住在村里方便。不仅如此,黄队长还代表工宣队给三个孩子送了个红包,里面装了五十元钱和二十斤粮票。黄队长出面,又将柳真如的关系转到了县中学,本来是挂在食堂,考虑到她要照顾孩子,给她批了长假,平时开会、政治学习、特殊活动,只有她一个是特批可以不去参加的。这下子,苏北放对工宣队的工作不能不尽心了。

三个孩子长得一模一样,也没什么明显的痣可以区分。在外人看来,简直就是一个模子里磕出来的。柳真如每天和三个孩子厮磨在一起,很快就将她们辨清楚了。那个最爱将拳头塞进嘴里吮吸的是苏三三,她还喜欢无缘无故地冲着空气,忽然咧开嘴兀自笑起来,一副娇憨憨的样子。喜欢将两手举起来在空中舞动的是苏二二,她的哭声也最响亮,还是三姐妹中最先学会抬头的。苏一一喜欢眨眼睛,将她举到眼前,眼对着眼看上一阵子,她就会突然地将眼睛眨巴一下,再一下,再一下,那样子可人得很。

虽然干革命高于一切,三胞胎的消息还是在县城迅速传播开来。这似乎成了革命之外最吸引人的一件事。时不时地有人跑来学校,专门来看三姐妹。一些人还买了奶粉、米糊、鸡蛋、娃娃衫送来。三个丫头都漂亮得像洋娃娃,个个看了都喜欢得不得了,啧啧称奇。

苏北放乐得走路都像在跑,带出一股生猛的风。到家,抱起女儿一个个逗,逗得女儿一个个咯咯疯笑才住手,苏北放的眼睛也笑眯成了一条缝。他还分不太清楚谁是谁,反正娃娃不会说话,叫一一、二二、三三,她们都是一副乖乖的受听的模样。有时,苏北放将三个娃娃一字排开,靠坐在被子上,给她们唱歌、讲故事,最先打花的多半是苏二二,头歪到左边啃啃拳头,或是一跟头栽到一一身上,舔她身上的纽扣。

有时候一家人出门去买东西,苏北放一只手抱一个,柳真如在后面抱一个,一旦有谁发现,马上引起路人围观。苏北放请人打了个榎椅子,别人家都是一个洞下面一个座,他们家是特制的,三个洞下面三个座,可以一字排开,也可以将两侧合拢来,形成个三角形。三个孩子坐在里面,相互当对方的玩具,省了大人照看。

因为是早产,三姐妹打小身体不是太好,总是一咳嗽都咳嗽,一发烧都发烧,一拉肚子都拉肚子。有时,柳真如正庆幸着这回只一个孩子病了,仔仔细细地将另外两个隔离开来,可另外两个还是不争气地相继出现了症状。家里的经济条件不允许他们经常跑医院,苏北放就请了肖医生来家里看,拿了她开的药方去买药,有时肖医生听了症状,直接从家里拿了药来,也不肯要他们的钱。

养妈来看过两次,从李子露出事后,她就再没缓过劲来,原本挺硬朗的身体像被抽去了精气神,变得软沓沓的再经不得风雨。头发半白了,她也没心情打理,茅草一样蓬乱地飘飞在头上,柳真如看了一阵心酸。养妈现在多半时间住在沙石,她说不能把李子露孤零零地丢在那儿。李子露作为"烈士",由朝阳棉纺厂出钱,和武斗中牺牲的另外一人葬在一处。本来,厂里答应养妈家可以有一人顶替李子露的工作,养妈有心让柳真如过去,赶巧她怀了孩子,这事就搁下了。李子露每月的工资由养妈领着,有了这份钱,养妈养爸的日子过得不磕巴,可心头落下的病根没法治。柳真如让养妈多来玩,养妈笑了笑,点点头,眼底的那份凄寒牢牢地蹲伏在那儿,任三姐妹多么欢实的生气都驱赶不走。

这是苏家最幸福的一段时光。转折发生在一个不经意的瞬间,仿佛生活忽然拐了个弯,眼前的景象就大变了。

反动标

学校厕所的门板上出现了一条反动标语:"蒋介石万岁"。这还了得! 工宣队马上在全校范围内展开彻查, 每个学生比对笔迹,最后经过再三确认,原来是一个姓孟的学生。

工宣队将他叫出教室,还没走到办公室,他就两腿筛糠似的走不动了,蹲在地上拿手蒙住脸"哇哇"大哭起来。他爸爸本是贫农出身,算得根正苗红,闻讯跑来学校,指着他鼻子破口大骂:"你个乌龟王八蛋,写那玩意儿干嘛? 你手痒是不是,你知道蒋介石是哪个啊,还让他万岁,他能万岁吗? 谁能活一万岁呀? "孟某身子抖得更厉害了,哭得鼻头通红。

他爸极其夸张的一通叫骂,并不能减缓孟某的罪行。工宣队勒令孟某写出深刻的检查。孟某哭得哪还握得住笔,好不容易才止住哭,工宣队让他爸送床被褥来,铺在一间空荡荡的教室里,让他写出来合格的检查才能回家。孟某憋了两天,交出了一份检查书:

"我当时本来想写毛主席万岁的,可是一想毛主席万岁写在厕所里不合适,毛主席那么伟大,那么光芒万丈,怎么能在厕所里万岁呢？写蒋介石在厕所里万岁应该没问题。唉，写蒋介石遗臭万年就好了，千不该万不该，只怪我脑袋一时糊涂，犯下了这么一个无法挽回的大错特错……毛主席说知错能改就是好同志……"

这份检查书在工宣队队员手中传阅，很多人看了想笑，又不敢笑，憋得脸上的肌肉一抽一抽的。当检查书重新回到黄队长手上，他拿手一抹额头上长长的几缕头发，极其严肃地扫视办公室一圈："这是个十分严重的事件，说明我们现在的工作做得很不到位，还有很多阴暗的潜流在表面下汹涌，随时都可能破土而出，我们一定要抓住这个典型，趁势而上，纠出他背后的'黑手'……"一番话说得众人赶紧将笑意咽下了喉咙，脸上佩戴起严峻的表情。

拷问开始了，工宣队分出三组人来，轮番讯问孟某，让他交代出幕后的"黑手"。两天下来，孟某就面如死灰了，哭着喊"我要回家，我要回家"，尿撒在裤裆里，屎也拉在裤裆里。工宣队叫了他妈妈来收拾，他妈妈一边给他擦身子，一边哭得眼泪汪汪。负责讯问的人将情况汇报给黄队长，黄队长一拍桌子："这是装疯卖傻，耍弄花招。不行，继续审！"

苏北放看不下去了，这学生读高一时他曾教过，是个爱耍点小聪明的孩子，但本质不坏，他不想这孩子毁在这件事上。他站起身来："黄队长，我看这孩子也是一念糊涂，要说他有多大的阴谋，或是多么恶毒的动机，也未必，不过是孩子淘气的本性作怪……"

黄队长盯着手里的报纸没说话,也没什么表示。苏北放等了一刻不见他回答,转身出了办公室。

第二天,苏北放一进办公室就感觉气氛不对劲,大家的眼神仿佛都在回避他,他叫别人一起做什么事,别人都是一副躲之唯恐不及的样子。他心里生出一丝不祥的预感。

当天下午,学校里出现了一张大字报,指名道姓说苏北放是隐藏在革命队伍中的阶级异己分子,是披着羊皮的狼,一直借工宣队的伪装从事着反党反社会主义的勾当……

苏北放恐怕是学校最后一个看到这张大字报的人,柳真如是倒数第二个。还是学校打扫卫生的李妈,看到她在门前洗衣服,悄声告诉她的。她衣服来不及提回家,湿着两手跑到那张大字报前,上面的一个个字像一颗颗石头狠狠地砸在她头上,她不知道自己是怎么看完的,又是怎么走回家的,脑子里一片空白。

三姐妹坐在榎椅子里咿咿呀呀,她呆坐在床头半晌没动。听见学校的放学铃声,她才清醒过来,赶忙淘米做饭。吃饭的时候,她一直没提这事,看苏北放一副没事人的样子,不知他是否看见了那张大字报,还是像她一样强作镇定。

这一夜,三姐妹异常地乖,柳真如却辗转过来辗转过去睡不着,她听见苏北放均匀的鼻息声,想他恐怕是没有看到。告不告诉他?对苏北放来说,在这世上没有比她更亲的人,与其等别人来告诉他,不如由她来告诉他。她在心里拿定主意,不管将要到来的是多么大的风雨,她都要挺住,不能倒下。她一定要稳稳地站着,成为他和孩子的倚靠。

第一张批判苏北放的大字报贴出来的第二天，苏北放走向办公室的一路上，接二连三与自己的名字相遇。它们被用粗硕的毛笔写在纸上，有的上面还覆盖着大大的"×"。苏北放努力使自己的脚步不乱，昂着头走进办公室。

他发现自己办公桌上的东西都换了。昨天还放在那里的笔墨纸砚和一大堆凌乱的材料不见了，上面只简单地放着一个笔筒一个文件夹一部电话机。桌前坐着"单歪"，他正在伏案疾书。一度随着革命小将退出舞台，"单歪"也退回成了一道灰不溜秋的影子，在学校里几乎没人愿意提起他，有人是因为恨，有人是因为不屑，有人是因为根本没看到他。忽然间，他再一次浮出了水面，以众人熟悉的姿态端坐在了苏北放的办公桌前。这姿态本身就有着不言而喻的意味。

苏北放勉强镇定一下，走出办公室，坐在门前的桂花树下，等着有人来和他谈话。在工宣队大半年的时间，他对这一套流程太熟悉了。开始他的心里一阵阵翻江倒海，渐渐地就平静下来。果然，不一会儿工宣队的副队长过来，要他到学校一间废弃不用的仓库去写检查，反思自己近段时间的不良思想动向，深挖思想根源，进行深刻的自我反省。苏北放未发一言，拿起归置在角落里的自己的一堆东西，走向仓库。

傍晚，一包衣服被人送进来。衣服里面放着一张照片，是三个女儿百日那天照的一张全家福。这一夜，苏北放失眠了。一抹月光从几扇窗口透进来，规整地排列在地铺对面。他拿出那张全家福，看了又看。

第二天，针对柳真如的大字报也出现了，提到她当过伪保长的父亲和走资派养爸，提到她在原来学校的种种表现。但是没有人来找她麻烦，也没有人和她谈话。这些大字报与之前苏北放写的，从措辞风格到关注重点都有所不同，似乎更加严谨、狂热，也更加严厉、咄咄逼人。柳真如没有慌乱，如常地照顾着三个女儿，甚至显得比素常更镇定，更细致。只是从小屋里传出的笑声稀少了。真的像养妈说的，该来的终究会来。

红缨枪

学校发工资的日子过去两天了。柳真如找去学校财务科，科长说苏北放的工资政策还没出来，恐怕得问问黄队长。柳真如找到了黄队长的办公室，黄队长一见她十分热情："柳老师，你真是难得啊？"柳真如浅笑一下："我想问问北放的工资……"

"哦，是这样，因为他现在停课审查，按规定不能全额发放，至于扣除多少……"黄队长沉吟一下，拿手一抹快掉下来的几缕头发，"这个好说嘛，不过苏北放的反省态度不怎么好啊，他的材料都避开了实质性的问题，谈得很肤浅，很潦草啊……"

柳真如打断黄队长的话："黄队长，北放是个实在人，平时不过没什么言语罢了，要说他有什么不良居心，暗地里有什么阴谋，还真是没有，我是最了解他的人……"

黄队长满脸和气地挪坐到柳真如身边，冲她俯过头来，不想一长缕头发掉了下来，黄队长赶紧将它仔细地抹回到头顶上。趁这工夫,柳真如悄悄将身子挪开了。

"柳老师啊,虽然你父亲历史上有污点,但我看得出来,你是很朴实端正的一个人,在苏北放的问题上你一定要把持住,不要感情用事,你要多向我们靠拢,要争取进步。"黄队长再次将身子挪近柳真如,柳真如身上一阵发麻,赶紧站起身来:"谢谢黄队长,北放的事还请您多关照。"

"好说好说,工资的事我们商量一下,看发多少合适。你过两天再来问问吧。"

没等柳真如去问,一天夜里,黄队长主动上门来了。柳真如打开门看见是他,吃了一惊。黄队长"呵呵呵"干笑两声,将头往屋子里探了探,也不说话。柳真如等了一刻,只好将他让进屋,倒了一杯水。她不知道黄队长这时上门来干什么,是不是苏北放那儿出了什么事?

黄队长咳嗽两声:"呵呵,刚在学校里加班,才忙完,突然想起来,苏北放的工资还在我的口袋里……"柳真如听到这里,表情松弛下来:"真是让您费心了,还亲自送过来,我准备……"

黄队长从口袋里掏出一个信封,握在手里,怔怔地看了看床上三个熟睡的孩子,调头望着柳真如:"你一个女人带三个孩子不容易,有什么困难尽管和我们说,有什么要求也尽管和我们提。在我们看来,你和苏北放是不同的人,我们会区别对待……"

柳真如深吸一口气:"黄队长,我还是那句话,北放真没什么坏心思,他既没有反党反社会反人民的想法,也没有在暗中进行什么阴谋,他的思想很端正……""我知道我知道,学校不是正在调查嘛，一切都会水落石出的，你要相信党相信政府，不会冤枉一个好人，也不会放过一个坏人。"说这话时，黄队长一直盯着她。柳真如垂下眼帘，不知为什么，黄队长那双眼角耷拉下来的眼睛里面，有让她不寒而栗的东西。

柳真如不再说话，黄队长有一搭没一搭地说了两句，她只是淡淡地应一两个字。好不容易，黄队长站起了身，他将手里的信封递过来，柳真如伸手去接，不想黄队长伸出另一只手握住了她的手。柳真如抽了两下，没抽动。

黄队长头伸过来凑近她的脸，柳真如闻到了一股酸腐的冲鼻气味，下意识地身体后仰屏住了呼吸，身上顿时起了一层鸡皮疙瘩。黄队长显得语重心长地再次叮嘱："有什么困难尽管和我们说，有什么要求尽管和我们提。没关系的……"柳真如再顾不得面子，冷下脸来，语气硬邦邦的："我没什么困难，也没什么要求，时间不早了，您待在这不方便，请回吧！"

黄队长尴尬地"哼哼"两声，松开了手。他的脚刚跨出屋门，柳真如立刻将门带上了，拨紧暗栓。想想，还不放心，又在门后紧紧抵上了一把靠背椅。这晚柳真如辗转反侧睡不着，爬起来用肥皂洗了三次手，还觉得那手上油腻腻、脏乎乎的。

从那以后，柳真如一到夜里早早地就将门锁上了。黄队长又在夜里来过两次，柳真如都借口睡了或是身体不舒服，没有开门。

忽然的一天，她接到学校的通知，通知是"单歪"送来的。他那双眼睛让柳真如十分不适应，仿佛那目光本身就是不祥的告示。通知上写明,苏北放的工资由扣去三分之一变为扣去三分之二,仅剩的三分之一为子女的抚养费。因为柳真如没有上班,工资暂时停发。鉴于革命形势的需要,学校的几处房子要马上用作革命之需,她们一家必须在三日内搬离。

柳真如静默半晌,没有去找任何人申辩,略作收拾,骑车从村里叫来柳旺,用板车分三次将屋里的东西全部搬到了乡下。最后一车,是她和三个孩子。

临出学校门时,柳真如朝苏北放被关着的仓库方向望了望,心里默念一声,头也不回地上了车。柳真如坐在堆放着被褥和脸盆的板车车尾,胸前抱着两个,背上背着一个,听着锅碗瓢盆"哐哐当当"的撞响声,和怀里、背上孩子的"咿呀"声,摇摇晃晃地回到了乡下老屋。

老屋潮湿阴暗,桌面上一层灰,屋顶墙角张挂着蜘蛛网。她爸爸被派到十多里外的山脚下去修路了,有好些日子没回家来。柳真如将三个孩子放进榵椅子,让她们自己玩,她挽起袖子,将老屋里里外外收拾了一遍。

想起自己以前在学校独自砸砖边砸边抹泪的日子,柳真如自己都奇怪,怎么一下子变得这么坚强了。是不是三个女儿的出生,让她完成了一次生理和精神上的跨越,从一个女孩变成为一个母亲。记忆中缺少母亲的疼爱,她愈发地要给予三个女儿力所能及的爱。

苏北放的问题越批越多,每天都有人跳出来检举揭发,一些连苏北放自己都不记得的言行,被人告发并记录在册。而这些材料，都是"单歪"一手整理的。以前曾庇护过他、百般关照过他的黄队长，突然间变得冷若冰霜，铁面无情，而他的态度又愈发激起了人们检举揭发苏北放的热情。一时间，全校斗争的焦点都集中在了苏北放身上。

开始家人还有每周探望一次的权利，也被取消了。幸好，过了没多久，黄队长突然被调回了厂里，学校工宣队换了新的队长。私下里有传言说，黄队长是被一个女教师写匿名信告发的，信上说黄队长在女教师宿舍里奸污了她。这事冒出来没多久，又接连出现了好几封匿名信，都是告发黄队长猥亵女性的。黄队长走后，学校的气氛像突然松了绑。

没多久，学校开了个宽严大会，说是最大限度地孤立一小撮阶级敌人，以前抓进去是严厉打击敌人，现在放出去是团结大多数。台上的苏北放显得十分平静，没有像身边一些人那样痛哭流涕地感谢党的挽救，党的宽大。从被关进仓库那一天起，他就一直坚持自己没有对不起党，也不存在什么阴谋和不良企图，在内心里他也不觉得自己有什么错误需要悔改。

柳真如在台下看着他，他瘦了，两边的颧骨下面凹陷进去，被剃光的头上新生出了短短的发茬，一根根挺立着。偶尔的一瞬间，她看见苏北放抬起目光在人群里找寻她。她挺直身子，希望他看见她，希望他安心。

"单歪"再一次从台上回到了台下，坐在会场靠墙的角落里，头似紧缩在瘦瘦的肩胛之间，头发花白了。大会的最后，新来的工宣队队长宣布，被关起来的老师可以暂时回家，不过要在家里老老实实地继续反省。人群一阵骚动。柳真如情不自禁站起身来。她逆着人流迎过去，一直走到苏北放身边。苏北放伸出手来，紧紧抓住了她的手。

两人一路沉默着，双手紧扣在一起。两只相别了大半年的手无声地感受着彼此。

在家待了半年多，苏北放下放到了五七干校。家里又只剩下母女四人了。柳真如默默承受着，没有找任何人去哭诉，只在心里祈祷苏北放能坚强地撑下去。她相信，终有一天会还苏北放清白，一家人会团聚在一起。

三个女儿不知忧愁地长大。柳真如的眼睛里堆满了忧虑，米缸眼看要见底了，年关近了还没有给女儿置办新衣裳的钱，听柳旺说她爸爸在工地上气管炎犯了，整天咳嗽不止，村里时不时拉她去参加批斗活动，她的心不得不时刻悬着，生怕哪一次自己成了"主角"……可是眼前有再多的难，一旦面对了三个女儿，她马上让笑意绽开在脸上。

苏北放剩下的那点工资无法喂饱三张小嘴，柳真如不得不起早贪黑。她一度将毛主席语录绣在手帕、毛巾、桌布、枕套、被单上拿出去卖，可苏北放出事后，有人揭发说这是将伟大领袖的话用来揩鼻涕、擦汗、垫碗筷、睡在身子下面亵渎，居心险恶，是对毛主席的大不敬。苏北放一口将责任揽在自己身上，可柳真如再不敢绣这些东西了，她只能日里夜里地糊纸盒，希望能多赚点钱。

炉子上熬着糨糊，冒出一嘟噜一嘟噜的热气。每到这时候，苏二二总是扭过头大声叫:"妈妈,我要吃糊糊。"苏一一奶声奶气地:"那是妈妈糊纸盒的,不能吃!"

"我吃一点点不行吗?""不行!"苏三三插进来,"妈妈说糊了纸盒,过年就给我们买糖吃。"柳真如一旁听着,"扑哧"一下笑出来:"二二想吃没味道的糨糊糊,还是想吃甜滋滋的糖啊?"

"糖!"三个丫头齐声答。"那好,等下妈妈熬好了糨糊,一一、二二、三三帮妈妈糊纸盒好吗?到过年的时候,妈妈买奶糖给你们吃好不好?""好!"三个丫头声音脆脆地答。

三姐妹和村里的孩子玩游戏,玩得最多的是官兵抓强盗。她们三姐妹回回都被划到强盗那一边,她们据理力争:"我们的爸爸当过解放军,我们要当'官兵'抓'强盗'!"村长的孙子二宝不依:"你们的爸爸是牛鬼蛇神,你们是狗崽子,只能当'强盗'!不玩的话,拉倒!"三个丫头为了不失去游戏的机会,只好当"强盗"。

在三姐妹的百般央求下,柳真如用竹棍、绸布给她们扎了三杆红缨枪。她们威风凛凛地举着这三杆红缨枪,将"官兵"们追击得四处逃窜,个个"英勇就义"。"官兵"们不依,要求重来,又将她们这边的几个"强盗"团结过去,冀望能赢回局面,可在三姐妹无比英勇的追击下,众多的"官兵"依然力不能敌,败下阵去。

没人一起玩的时候,三姐妹拿着比自己还高的红缨枪,排着队在屋子里进行操练。"齐步走,一二一,向后转,立定,敬礼!"柳真如从不阻拦她们,她忙着糊信封、纸盒,不时扭过头表情严肃地叮嘱一句:"小声点!"三个丫头乖乖地冲柳真如点头,认真乖巧的样子让柳真如忍不住笑起来。

旧军帽

小年夜那天，养妈从沙石过来，提来一篮子年货，有腊肉、扣肉、鱼糕、丸子和九皇饼、桃酥、雪皂、芝麻糖，有些是三姐妹见都没见过的。三个人围着篮子叽叽喳喳研究了半天。柳真如怕她们弄坏东西，也想和养妈说说话，母女俩好久没在一起唠嗑了，便让她们一人拿上一块芝麻糖出去玩。

两人没说上一会儿话，三三哭着冲进来："妈，二宝要抢我们的芝麻糖，二二和他打起来了！"柳真如和养妈赶紧跑出去，村长媳妇已经先到了，将二宝护在怀里，二宝抽吸着鼻子在哭。

"哪里养的野狗，平白无故地张嘴咬人，这不是疯狗是什么！""你才是疯猫！"苏二二将腰一挺，双眼圆睁。柳真如赶紧拦在她面前："孩子不懂事，有没有伤到二宝？"

村长媳妇扯过二宝的手："你看看，你看看，咧么深的两个牙印。要说，平时他爷爷也够照顾你们家了，按理你家男人是那什么牛鬼蛇神，你们一家难得有清净日子过的，幸亏他爷爷心善，可怜你们母女四个，可没想到农夫救了条负心蛇，牛鬼蛇神的家里哪养得出好种来……"

柳真如一看，果真在虎口那儿有两处渗着血丝的咬痕。她正要开口，养妈抢先一步，将一大块腊肉塞进了村长媳妇怀里，又将一大袋芝麻糖塞进了二宝怀里："大过年的，伤了你家孩子，真是不好意思,要不要带孩子到医院去看看?"女人看看手里的东西,语气缓和下来:"算了,回家抹点药。"冲柳真如一仰头:"你们家老二啊,真得好好管教管教!"

苏二二一挺胸脯又想冲出去,被柳真如一把拦住了。几个人回到家,柳真如冷冷地冲苏二二:"把手伸出来!"苏二二一愣,她从没见柳真如这么严厉的样子。苏一一和苏三三也傻傻地看着她。

"伸出来!"苏二二迟疑地伸出了手,抬起眼睛怯怯地看着柳真如。柳真如一巴掌摔下去,苏二二的手立刻红了。

"给我记住了,下次再不许这样,不然的话,姐姐妹妹可以出去玩,你老老实实待在家里!"柳真如还要打,被养妈拦住了。眼泪在五岁的苏二二眼睛里打转,却始终没有掉下来。她两眼盯视着地面,一动不动站在那儿。养妈拉她,她一摆身子。一一叫她,她一摆身子。二二叫她,她一摆身子。

柳真如打来水,让苏一一、苏三三洗了手脸,叫一声"二二",苏二二不作声,还一动不动地站在那儿。柳真如不再理她,打开一盒九皇饼,拿给一一和三三一人一个。两个丫头拿在手里,却都不吃,紧挨着坐在床边,拿眼睛瞅瞅苏二二,又瞅瞅柳真如。

养妈瞧瞧三个孩子:"你那一下打得够狠的,也不问问孩子是为什么,兴许……""妈,我不能再给北放雪上加霜了,孩子挨这一下是让她们长记性。"养妈叹口气:"要不,我把三个孩子接到沙石去带吧,现在那边倒清净,也没人三天两头找你养爸麻烦了。"

"妈,说不定哪天北放就回来了,我不想他回家的时候看不到孩子。再说,她们很乖的,只不过偶尔和村里的孩子闹一下,孩子间的事,一阵风就过去了。村里对我们还算不错的。"

"那,我多找时间过来看你们吧。别说,这三个丫头长得真是可人爱。"说着,养妈的眼睛红了。柳真如知道她又想起了李子露。

这一天,苏北放收到一个从湖南寄来的包裹。他觉得奇怪,谁会给他寄包裹?印象中没有在湖南的亲戚和朋友。包裹线已经被人拆开了,潦草地裹在一起,面上的字迹漫漶不清。

苏北放坐在四处透风的屋子里,将包裹打开来,里面是一顶旧军帽和一封信。

军帽的颜色泛了白,信的封口呈犬齿状。苏北放从信封里抽出两张薄薄的纸,一张上面写着:

致战友北放:

毛主席教导我们:生的伟大,死的光荣。

北放保重,我先走了!

粗拙的几行字,没有落款,没有时间。在看到旧军帽的那一刻,眼泪就奔出了苏北放的眼眶,是一排长。当他逐字逐句读信时,双眼成了汹涌的泉眼。

另一张纸上是打印的一行文字:

胡义平同志在抗洪抢险中救起多名受困群众，不幸被洪流卷走。

规整的一行字体，没有落款，没有时间。苏北放木然半晌。他不知道在两张纸页中间，间隔了多少日子，一排长又是在何时写下了给他的这封简短的信，在哪一天被洪流带走的。

苏北放将旧军帽端正地摆放在枕头边，像当年在部队时一样。他冲着军帽庄重地敬了一个礼。此后有很长一段日子，苏北放一闭上眼睛，就会梦见一排长。他在河里泅游，用力地伸展着身体，划动双臂，蹬动着一条腿，水波抱拥而上，将他紧紧地含在透明清亮的水光中。仿佛一块流动的琥珀。

苏北放离开五七干校后，才打听清楚包裹是一排长收养的养子寄来的。信，一排长早就写好了。在将信交给养子时，一排长也将那顶旧军帽郑重地交托了养子，他感慨地说，外调的人走访了很多他当年的战友、亲人，苏北放是唯一始终相信他的人，不肯作一句谎证，没有说一句不真的话，对此，他深深感谢。没有其他可以回馈的，只有这顶从战场带回来的军帽，代替了他的千言万语，相信苏北放能懂。

电话这头的苏北放喉头蠕动，半天说不出话来。搁下电话，他跑到江边，对着滔滔不息的江水放声痛哭。他的梦里有一个与事实不符之处，一排长因为不肯认罪，遭到接二连三的毒打，剃阴阳头、坐飞机、灌辣椒水、挨砖块……他的左臂在一次批斗中被人打折，他始终没吭一声，咬牙挺过了一次又一次批斗，左臂发炎肿胀得像个紫茄子,最终废掉了。后来,那条被截短的胳臂僵硬地虬曲在身体一侧,一排长跳进洪水去救人时,划动着他的唯一一条胳臂,蹬动着他的唯一一条腿。

一排长的遭遇,彻底瓦解了苏北放对自己所经历这一场革命的认识。那顶旧军帽一直被苏北放珍藏着,如同心里的一件珍宝,陪他度过了最艰难的岁月。他在干校挑土拉粪吃馒头咽咸菜,他每天躲在被子里打着手电筒看物理专业方面的书。旧军帽和全家福,他都一直带着。只要心里不空,身外的苦再苦也不算什么。

1976年,两位伟人相继去世,苏三三和姐妹们正在读小学一年级。那天,正上着课的她们突然被老师集中到操场上,在简单的列队口令后,她们排着队走向学校大门。铁门被锁上了,大家按班级顺序在大门前站好,个子颇高的苏三三排在队伍的第二个。等了好一会儿,门外大街上传来一阵喧闹声,一股人流伴随着汹涌的乐声和人声涌来,填满了整条街道。苏三三稍微踮一下脚,就能看见一个个表情奇怪的人熙熙攘攘从门前走过。老师命令大家低头默哀,苏三三不明白是怎么回事,周围的孩子都顺从地低下了头,她也只好忍住好奇低下头来。

几年后,已回到县中学任教的苏北放利用暑假时间,专程去了一趟一排长的老家。一排长被安葬在田间,一个略微隆起的土包,杂草葳蕤,像极了一排长杂乱蓬勃的络腮胡子。苏北放将杂草整饬干净,种上了几枝迎春花。他听村人说,因为家中无人力争,加上当年一排长最初是被村里几个游手好闲者揪出来批斗的,后来组织更替混乱,包括外调在内的一应资料、档案都已散佚不见,一排长至今没有得到平反。

苏北放不忍九泉之下的战友背负"伪军官"的不实之名,连夜赶写了一份说明材料,让一排长的养子投递到当地的信访办。后来几经波折,养子数次到省里、北京上访,十年后终于拿到了一纸盖有鲜红印章的平反文件。

相比之下,苏北放幸运得多,在柳真如顶替李子露进入朝阳棉纺厂后没多久,他也回到了学校,重返教学岗位。正赶上重知识、重人才的黄金时代,他带出的第一届高三毕业生,就在县里夺得了物理考试第一名、第二名的好成绩,他的名字随之传扬开来。

在校长的平反仪式上,苏北放见到了校长的儿子,当年那个浑身战栗着往父亲头上淋盐水的孩子,已经长成了高大的少年。他在感言中,带着未脱的孩子气控诉了那些曾经伤害过他父亲,害得他们一家离散的人,他说,至今没有一个人主动向他和他母亲说过"对不起",他不知道这些人每天会不会受到良心的折磨,会不会听到天上那个永不肯认罪的人的谴责。他说,他代表他的父亲,永不会原谅那些人!

这番带着孩子气的表述,像一根棘刺扎进苏北放的心里。他相信,这根刺同样会让很多人辗转反侧,难以安眠。当年曾揭发过、参与批斗过校长的很多人,都没出现在会场上。可他,却更希望,仁慈的时光能洗去这少年心中的怨与恨,为他拔去插在他心上的那些棘刺,归还他身心安宁的幸福。

这,应该也是他在天堂的父亲的心愿。

第五章

喊口号

三姐妹小时候经常看见父亲拿回各种各样的奖状，还有印着鲜红"奖"字和"劳动模范"字样的搪瓷杯、水瓶、脸盆、书包。她们总是按照从小到大的顺序来分享这些"礼物"。苏北放破了洞虚了边的白汗衫上，也印着象征荣誉的鲜红色的印刷体字。这些东西被使用多年，历经多次搬家，直到物质不再匮乏的年代，才次第消失了踪影。

柳真如顶李子露的名进棉纺厂后，将三个女儿转到了沙石的学校，在软脚坡一带租住了一间十来平米的小屋，与养父养母家相隔不远。苏北放还在县中学教书，每个周末他坐轮渡过江，一家人团聚在一起。十来平米的屋子里，靠里墙摆放着一张带三面围栏的老式木床。竹床、橱柜之类被苏北放巧妙地吊挂在墙上，高于头顶的半空中。门外，一条长而幽暗的走廊连通着两处天井，两边是紧邻的住家。院子里住了七八户人家，走廊上堆搁着各家各户的零碎杂物,煤炉、黑炭球、竹椅、废弃却不肯撒手扔掉的家具。有些蒙着年深月久的烟尘,颜色黑黄斑驳。

那间住过的最狭小的屋子,却在三姐妹的记忆中发散着经久不萎的温馨气息。门外的青石板路是三姐妹的最爱,她们在那里跳皮筋,扔沙包,踢毽子,滚铁圈,跳房子。下雨的日子,她们喜欢在青石板路上踩雨。青石板被雨水冲洗得泛了天光,踏上去,"啪嗒"一声,光从木屐下惶急地四散逃离,溅得四下里都是光影。"啪嗒——啪嗒——",三双小脚一路踩踏过去,一条街都飞满了脆响。

正值百废待兴时节,整个国家像一部开足马力的巨型机器。柳真如和苏北放都忙得像陀螺。三姐妹轮流值班,放学回来谁轮值谁就拿脚踢开煤炉炉门,摇井水淘米,三平杯,搁水到一小节手指的深度,饭锅墩在炉子上,立刻飞跑出门去与巷子里的姐妹和其他玩伴汇合。常常,三个丫头满身灰汗地跑回家,米饭已经被邻居从炉子上拎了下来。若赶上邻居都不在,那极有可能扑鼻而来的是一股不幸的焦糊味。

忽然间,到处都是"打到四人帮"几个字,还有不同模样、但无一例外在惊慌逃窜的一女三男的漫画形象。一般大的孩子也玩起了"打倒四人帮"的游戏。三姐妹总是拒绝扮演"四人帮"中的那个女人,其他女孩也学着她们的样子不肯。众人一致推选一个孱弱的男孩来男扮女装。孩子们嘻嘻哈哈笑着,在男孩的头上披挂起齐耳长的草叶,让他穿上谁家妈妈的鞋,两个威风凛凛的"警察"押着他一扭三摆地走出来,接受"人民"的审判……游戏伴随着一浪高过一浪的笑声,最终在"打倒四人帮"的口号声中结束。

柳真如经常加班,三姐妹看天色已黑透,估计妈妈不会回来吃晚饭了,就找出菜篮里的菜,一起理干净了,划"黑白槌"选出一个人来主炒,另外两人打下手。输的多是苏一一,其实二二和三三早商量好了,两人掌心或手背总是出得一模一式。

放了暑假,有时三姐妹回乡下老家住上一阵子,陪陪外公。外公挺过了那段最难的日子,反倒越活越硬朗了。他在屋后清出不大的一片地,种些时蔬,自己吃不了,都送到沙石来,柳真如又分给养父养母和左邻右舍。

到了7月15日,苏北放不管多忙都会放下手中的事,带上三个女儿去烈士陵园。三个孩子在墓碑前毕恭毕敬地鞠上三个躬,然后跑到树林里去玩。苏北放则在墓碑上点燃一支烟,对着袅袅升上天空的烟雾,和鲜东来说上一阵子话。好的不好的,甜的咸的,顺遂的坎坷的,都放在话里讲给他了。

人们常搁在嘴边的"造反有理,革命无罪"、"老子英雄儿好汉"、"读书无用论",被"实现四个现代化"、"尊重知识"、"尊重科学"取代了。1978年,恢复了高考。那个当年在同学忙着串联、斗人、打牌的时候读《唐诗精选》的学生,考上了大学。孙琴的爱人也考上了大学,两个相差十多岁的人成了同学。苏北放的其他学生有的进了这样那样的工厂,有的回家务农,命运有了不同分野。

"四个现代化"的前景无比美好,又遥远得近乎缥缈。呼喊着这句口号,心就像被风吹动的帆鼓胀起来。再后来,"五讲四美三热爱"的口号激励着一个又一个孩子在放学路上搀扶老奶奶过马路,捡到一分钱马上交给警察叔叔,拿着苍蝇拍在垃圾堆旁边打苍蝇,用装有石灰的瓶子装了交到学校,在农忙的时候到地里帮农民伯伯插秧……

"只生一个好"剥夺了同龄人拥有兄弟姐妹的权利,三姐妹让他们羡慕不已。她们三个打小同进同退,同甘同苦,像三根棉绳紧密地编织在一起。棉绳虽细,三股合一却不易被扯断,在外人看来那是一种让人羡慕、又让人无法轻视的力量。

金苹果

小时候,三姐妹一直留一模一样的童花头,穿着柳真如用厂里发的布,手工缝制的花裙子、衬衣、裤子,大小、花色、款式一个样。三个女孩若是一同走出去,迷了满街的眼睛。一次,有位大妈不错睛地看她们仨,走过去了还不停地扭过头来看,看着看着,"嘭"一声巨响,身子撞到了电线杆上。三姐妹不可怜人家,反"哈哈哈"疯笑着跑开了。

三姐妹在县一小上一年级时,在同一个班。惹得班上的孩子羡慕得不得了,常常把苏一一叫成苏二二,把苏二二当成苏三三。老师也分不清谁是谁,轮到提问就说:"苏家姐妹,你们谁来答?"回回站起来的都是苏一一。私下里,三个孩子早举手表决通过了,凡是老师问的问题都由大姐来回答。作为回报,苏二二和苏三三每次都将父母均分的糖果点心,额外拿出一颗来给她。

若是有谁敢欺负她们,那就轮到苏二二挺身而出了。只见她双手叉腰,嘴角往上一翘,露出两个又圆又深的酒窝来,眼神却是挑衅的,那笑就显得相当诡异。这样定格几秒后,她将双手在胸前拍两拍,用整个身体语言告诉对方:怎么,想和我们斗两下子?

那些幼稚的小对手被这气势震慑得转身就跑。也有动真格的时候,苏二二忽然间爆发出一股狠劲,不言不语埋下头朝对方胸口直冲过去,将对方撞得个仰面朝天。她居高临下地俯视对手一眼,将两手拍一拍,转身昂扬而去。这时,苏一一和苏三三一左一右紧紧追随其后,仿佛苏二二才是她们中间的大姐。

最招男孩子喜欢的是苏三三,自然麻烦事最多的也是她。小学二年级,她就收到过一封错字加拼音的疑似情书。这之后,她就没断过被人喜欢。也是奇怪,说温柔她比不上苏一一,说个性她比不上苏二二,怎么就那么招人喜欢呢?那些喜欢苏三三的异性,却很少被苏三三喜欢。于是,遇到这类麻烦事,苏三三又没动情的时候,她全交给苏二二来处理。苏二二曾假扮成苏三三,戏弄过高三一个桀骜不驯的"刺儿头",还修理过街头一个讲狠耍凶的小混混,闹出不少的经典笑话。

三姐妹在一起,无论外在形象还是内在能量,都是让人不可小觑的超级组合。在小学时,她们曾数次恶作剧让一个刚刚分配来的老师当场哭鼻子,让一个年近退休的老师气得跑到校长那里告状。恶作剧后的三姐妹,摆出清一色无辜的表情,面对指责都坚定地摇头"不是我",可是又不肯指认究竟是谁干的坏事。三姐妹掩饰得如此天衣无缝,以致老师不知道该惩罚哪一个才好,最终只好轻描淡写地大事化小,小事化了。就算是惩罚她们,三姐妹反正一起受罚,反而当成是一件好玩的事情来领受。

正是考虑到三姐妹结盟一体的巨大能量,转到沙石读书后,柳真如特地拜托学校将她们分在不同的三个班。起初,学生们不知道,后来慢慢地有人发现,这个漂亮丫头简直神出鬼没,一下子出现在一班,一下子出现在三班,一下子又出现在六班。有时候,刚在一楼这边楼梯口看到她,跑到那边的楼梯口,呵,她又在前面站着呢。

为了不引起注意,柳真如刻意将她们的衣服做了区分,今天苏一一穿蓝色的,那么苏二二就穿军色的,苏三三穿白色的。可是有一天,柳真如天没亮就赶去棉纺厂上班,三姐妹一合计,穿了一模一样的衣裳,扎了一模一样的辫子,十分招摇地同时出现在了校园里。

起初也没引起注意,课间操的时候,各班做完操,学生陆续回了教室,这三姐妹还留在操场上,手挽手地游逛了一圈。这下子,可是震动了整个校园。教学楼的窗口填满了无数个兴奋的小脑袋:"快看快看,三胞胎!""哇,长得真像啊。"

喧闹声将上课铃声都淹没了,直到校长跑出来维持秩序,冲着教室大叫大嚷:"上课啦,看什么,赶快上课!"三姐妹这才淡定从容地松开手,各自回了教室。

从那以后,苏家三姐妹成了校园名人。经常有学生跑过其中一个身边,刻意停下来问:"你是谁,大的还是小的?""不大不小,我是苏二二,哈哈。"

异性缘超旺的苏三三,有过两次真正的恋爱。第一次还不叫恋爱,纯粹是懵懵懂懂的单恋。苏三三喜欢上了教二胡的老师。那老师四十来岁,而苏三三才十三岁,她怀着隐秘的心思,面带羞涩的表情,每周六下午去老师那儿上一个半小时的课。三姐妹中独独苏三三对音乐情有独钟,一次在街头听到有人拉二胡就挪不开步了,二胡老师是柳真如原来任教的小学的同事,后来调到沙石一所小学教音乐,有点屈才,课外时间收了几个孩子学拉二胡。他不肯收苏三三的学费,柳真如就每月让苏三三提点米面或是香油去,周六中午做了好吃的也会让苏三三捎上一些。那老师长得一表人才,可不知怎的一直没结婚,据说是年轻时受过情伤,经年未愈。苏三三一次听母亲和孙阿姨闲聊时说起,她装作在看书,其实字字句句都听进了耳,听进了心,再见那老师时心里就感觉怪怪的,常常老师的一个动作、一个眼神、一句话,都让她耳热心跳好半天,脸涨得通红,因为感觉到这可耻的脸红,心里又急又恼又躁,纠结成一团,想镇定却镇定不下来,弄得脸上的红潮迟迟不肯退去。

想去又怕去,怕去又想去。回回到了星期天中午,苏三三就开始坐立不安,频频看表,催促妈妈赶快做饭,不停地去厨房打探做的什么菜。可眼看时间快到了,又磨磨蹭蹭起来,似乎很不情愿去上这二胡课,甚至害怕去上二胡课。从苏家到二胡老师家,走路二十多分钟,眼看时间不够了,柳真如催促她赶快出门,她才懒懒散散地将二胡背在身上,似乎不情不愿地走出了门。

　　一出门,那脚步就不由自主地加快了,越来越快,渐渐地,简直像要飞起来,整个身子都飘在灿金的阳光中。到了老师的门口,像突然关上了开关,苏三三又回到了先前迟迟疑疑的状态,她无助地站在木门前,不由自主地做着深呼吸,眼睛里填满热望、羞怯和恐惧。她的手在空中犹豫着,迟疑着,几乎像抚摸一样落在门上。她希望老师听不到,这样她就有理由立即转身回去。可回回,二胡老师都及时听到了,几乎在敲门声响起的一刻,门就应声打开了,苏三三带着梦游一般的表情走了进去。

　　"我真的像在做梦,那一个半小时,每一分每一秒都显得那么不真实。他在我耳边说话,他的手在我的弦上上下滑动,他触碰我的指头提醒我该怎样用弓,都像梦一样……"多年后,苏三三与关心说起这段经历,眼神在瞬间变得朦胧。这是她唯一愿意和他说起的恋爱经历,一次并非真正恋爱的恋爱。

　　苏三三的心事被苏二二看破了。她斩钉截铁地对苏三三说:"你不能这样,要么对他表达,要么终结。"苏三三惊讶地看着她,足足看了三分钟。清醒过来,她开始拼命摇头,怎么可能,她怎么可能向他表达,向她的老师,一个比她妈妈还"老"的男人! 这是多么愚蠢的念头!"那么,你只有终结它!"苏二二一字一句。苏三三的头摇得更猛烈了。怎么可能,怎么可能终结? 一想到终结这两个字,她的心就开始抽搐发疼。"那由我来帮你终结吧!"苏二二一脸坚定。苏三三被苏二二的语气和表情吓傻了,半天没有反应,等她反应过来,苏二二已经转身走开了。

　　苏二二的话让苏三三忐忑不安。星期天的下午,她按时出了门,在巷子口碰到了苏二二。苏二二拦住她,陪她一起往前走,两姐妹显得异常沉默。快到二胡老师家时,苏二二突然捂住肚子蹲在地上直嚷"好疼好疼",苏三三慌得赶紧把她送回家,那节课没能上成。又一个星期天中午,吃过饭,苏三三收拾东西准备出门,苏二二将她一把拉到房里:"三,你不用去了。"苏三三一惊,只听见苏二二噼里啪啦说起来,红彤彤的嘴巴一张一合。原来,上一个星期天中午,苏二二借口去同学家拿本书,其实跑去了二胡老师家。她敲开门,直截了当告诉他:"老师,我不能来学二胡了。妈妈听到外面风言风语,说我不能再跟着一个没有家室的男人学二胡了,这样会影响到我以后……对不起,老师!"说完,不等二胡老师反应过来,她就拿手捂着脸跑走了。那天,她装扮成了苏三三的样子,穿上了苏三三的一条裙子,她们的裙子本来就差不多。一切都被她精心设计好了。

　　苏三三傻愣愣地站在那里,她的脑子似乎被一团糨糊粘住了。苏二二急了,拿过二胡套在苏三三脖子上,拉上她就往外跑。风猛烈地吹刮着苏三三的脸。直跑到一片空旷的地方,苏二二才停下来,脸对脸看着苏三三。那一刻,苏三三才仿佛从梦中惊醒了,她杀她的心都有了啊。她瞪着苏二二,跺着脚,拿手指着她,哭得声嘶力竭,肝肠寸断:"你为什么不经过我的同意?你这个、你这个臭姐姐!讨厌鬼!大骗子!自以为是的家伙!我讨厌你!我不想再见到你!……"

　　苏二二不说话,木木地站在那里。她有点懵了,没想到苏三三反应这么激烈。她任凭苏三三的骂声连同拳头砸在她身上。苏三三的声音哑了,手也打累了,她一矮身蹲在地上,将头埋在膝盖上,哭啊哭啊,直哭得浑身没有一点力气了才停下来。抬起头,迷蒙着双眼,苏三三哑着嗓子问苏二二:"你为什么不让我有做梦的权利?"

苏二二还是没有说话。夕阳沉到了房屋后面,两人的影子已经消逝在了地面上,她才扶起苏三三。苏三三已经一点力气没有了,软软地靠在她身上,听凭她拖着她往前走。那天,柳真如去单位参加政治学习,回来时三姐妹已经躺在了被窝里,显得异常安静。半夜,苏三三突然发起了三十九度的高烧,烧得胡话连篇。一屋子人影晃动,忙乱不堪。

再一个周日,大病刚愈的苏三三按着时间,毫不犹豫地背上了二胡,一直走到二胡老师的门口,她的步子从没有那么坚定过。可她没有勇气去敲开那扇门,手凝定在半空中,就是没法触碰那扇门。她在门口转身走开,又转身回去,再转身离开,再回去……终于,她还是一咬牙调头离开了。

走到巷子口,苏二二突然从一棵树后面走了出来,苏三三停下步子恶狠狠地瞪着她,她们已经一个星期没说过一句话了。苏二二冲过来,一把抓住苏三三的手:"我带你去一个地方。"

苏三三拼命挣扎,想挣脱那只手,可是挣不脱,她被苏二二紧紧拽着,身不由己地往前跑。跑着跑着,俩人的步伐一致了,风吹拂着两姐妹的头发。苏三三渐渐昂起头来,任风吹拂着她的额头、眼睛、鼻子和嘴,竟是十分畅快的感觉。

　　"后悔过吗，或者说遗憾过吗？"关心听完这个故事后，以记者惯常的好奇心发问。苏三三摇摇头，嘴角泛起一丝苦涩："即使不是这样，又能怎样呢？终结也许是爱最好的结局，意味着解脱，从迷惘和痛苦中，从憧憬和恐惧中，对于那么小的孩子，就像忽然间，压在肩上的千斤重担卸掉了。"

　　仿佛关闭和开启了一扇门，苏三三进入了她忧郁的青春期。似乎，小小年纪的她已不能够再去爱了，也不愿意再去爱了，怯于去爱了，很久很久她再没有过耳热心跳的感觉。她将自己紧紧收缩起来，直到遇见楔，那个她肯为了他抛开一切的从小山村走来的男人。

红茶菌

　　空气里弥漫着一股蓬勃的气息。一旦有什么新事物冒出来，马上风靡开来。大大小小的单位工厂都能看到手拿书本学跳交际舞的男女，他们矜持地挺直身板，伴随着从录音机里放出的旋律旋转舞动。书店里一到星期天就人满为患，一些女工的书包里除了钱包、手帕、钥匙，还有一本《美的历程》……

　　院子里突然冒出了大大小小的玻璃瓶子。它们或站立或蹲伏在各家各户的橱柜、地板、走廊上，瓶里装着清一色的浅褐液体，之中漂浮着红色海绵状的东西，有的表面还覆盖有一层白色半透明胶质。

　　这东西最先出现在邻居张奶奶家。她颠动着半解放的一双小脚,忙前忙后地将几个半人高的玻璃瓶安置在了屋子里,没两天,几个瓶子里就装满了这种奇怪的液体。

大家好奇地问这是什么,张奶奶睁大眼皮打皱的眼睛,"红茶菌!听说可以强身健体,包治百病。咱家老头子的胃病、高血压和便秘就指望它了,听说这红茶菌还能防癌抗癌!"

很快,玻璃瓶蔓延进了各家各户。柳真如也抱回了几个瓶子,一个一个里外擦洗干净,又备下两双洗干净的新竹筷子,从张奶奶那儿抱来一瓶菌种母液。

苏一一、苏二二、苏三三环绕在她周围,三双眼睛紧盯着她的一举一动。她们已经从同学那里听说了这种神奇的红茶菌,心里充满期待。柳真如严格按照张奶奶交代的流程,用干净纱布包一点茶叶,再加一些白糖,按照一斤水放2.5克左右的茶叶、一两左右的白糖比例,注入清水烧开至白糖完全溶化。烧开的茶糖水离火降温,至40度以下,再将包茶叶、白糖的纱布袋拿出来,倒入菌种母液,按照母液和糖茶水一比一的比例混合在一起。移入玻璃瓶内后,用干净纱布盖住瓶口,再用绳子细细扎好。

"好了。"柳真如直起腰来,长舒一口气。她将几个瓶子搬到太阳光照不到的地方,沿墙角一字排开。看起来,几个瓶子颇为壮观。

"好了吗?"三姐妹问。"还没有,里面的菌种还要培养几天。""要多久啊?""五六天吧,到时候你们就可以喝红茶菌水了。"

三姐妹每天一回到家,第一件事不再是淘米做饭,她们奔到几个玻璃瓶子前,细细地观察。这个叫"有了有了,你看,这里面有那种白白的东西了"，那个叫"这个最多，颜色也最深"。

茶液颜色越来越深，五天后，一只玻璃瓶里的液体率先被一层半透明的胶质完全覆盖了。柳真如将瓶口的纱布解开来，凑近瓶口，闻到一股酸甜的味道，她翕动鼻翼，辨别出没有什么腥气了，向三姐妹宣告："好了，咱们家的第一瓶红茶菌制作成功！"

三姐妹一阵欢呼，赶紧找来三个杯子洗干净，举到柳真如面前。柳真如将褐红色的菌液倒进三个杯子里，苏二二率先喝了一大口，皱起眉头咂咂嘴："咦，有点像酸梅汤。"苏三三抿了一口："有点甜，也有点酸，好喝！"苏一一将液面上漂浮的菌体吹开，喝下一小口，点点头。

从那以后，三姐妹每天各自用玻璃瓶装上一瓶红茶菌，带到学校去喝。课间的时候，大家都拿出自家做的红茶菌，叽叽喳喳的，比谁的颜色更深。苏北放周末过江来，一看家里这些瓶瓶罐罐："亏你还是当过老师的人，怎么也相信这个？前些年打什么鸡血，也是说包治百病，反倒弄病了不少人，不过一场闹剧。我看这红茶菌也一样。"

"我喝好几天了，她们三个也爱喝。这个不像打鸡血，这是菌类，据说是从俄罗斯、日本传过来的，俄罗斯有个长寿村的人天天喝这个，身体都好得不得了。反正喝了没什么坏处，能治病的话就更好了。"柳真如不以为然，给苏北放装了一瓶母液，又给她爸爸装了一瓶，让苏北放抽空送过去。

茶液饮完后，留下的菌母可以继续加上白糖茶水培养出新的饮液，如此循环往复，又便宜又简单。当老的菌膜变黄后，就捞出来丢掉。可是喝了一个来月,几个瓶子里的菌团上冒出了些红红绿绿的东西,柳真如赶紧叫张奶奶来看,现在张奶奶是院子里红茶菌方面的权威。张奶奶仔细研究了半天,作出判断:"这个不能喝了,受了感染,赶紧倒掉吧。"

大家喝了一阵子,没感觉出身体有多大的变化,直到有一天张奶奶的老伴住进了医院,一查是胃癌。消息传开,红茶菌那暗红的液体在众人眼里就变得十分可疑了。三姐妹对这种酸酸甜甜的东西在"感冒"几天之后,早失去了兴趣。

忽然的一天,苏二二的身体伴随着隐隐的疼痛,流出了一股暗红色液体。那液体的颜色非常像红茶菌,只是比红茶菌更浓更稠。是不是喝那个东西喝坏了身体?她吓坏了,提上裤子飞奔回家,两腿夹得紧紧的坐在床沿,心里挣扎着:讲还是不讲。苏一一叫她做作业她也不应声,苏三三唤她摘菜她也似乎没听见。苏一一感觉不对劲,走过来摸摸她的额头,体温正常。问她怎么啦,她摇摇头,咬紧嘴唇不说话。柳真如踏进院子,自行车还没停稳,苏二二就一头扎进她怀里,柳真如笑着将车交给苏一一:"哟,这丫头今天是怎么啦?""二二有心事。"苏三三抢着回答。

"哦,什么心事?咱家二二有什么心事啊?"柳真如蹲下身子,与苏二二脸对脸。苏二二眼圈红了,泪水在眼眶里打转却不肯掉下来:"妈妈,我、我要死了。"柳真如又惊又疑:"这是什么话,我家二二这不好好的……""我、我,"苏二二一咬牙,指指身下,"我这里流了好多奇怪的东西。"柳真如一愣,"扑嗤"一下笑出了声:"看我忙糊涂了,怪妈妈,怪妈妈。"

柳真如进屋打开抽屉,从里面取出三个布包,递给苏一一一个,苏三三一个,另一个拿在手里打开来,一根细长形的布条上,两端连着四根绳子。"妈妈,这是什么?"苏三三睁大眼睛问。三个丫头围拢在柳真如身边。"这个呀,叫月经带。一一,去关上门。"苏一一飞奔过去关上了门。

柳真如边演示边将卫生纸叠好,放在袋子中间,用带子上的皮筋固定住,给苏二二在身上系好。苏一一、苏二二一边一个脑袋,盯着看,看得苏二二不好意思起来。柳真如拍拍她的头:"没什么不好意思的。恭喜你,成大姑娘了。"

苏三三撅起嘴来:"妈妈,我和姐姐怎么没有来,你不是说我们三个是一起出生的吗?"柳真如一笑:"这个呀,妈妈也说不好,不过,你们也快了,快成大姑娘了。"三个丫头抱在一起,咧开嘴,不出声地笑了。

柳真如的爸爸新成了家,娶的是柳旺的妈妈。柳旺的妈妈在公社卫生院做赤脚医生,柳真如的爸爸患慢性气管炎,一直找她看病,在工地上的时候看病不方便,柳旺妈妈听说后走了几里路给他送药去,一来二去,两人有了感情。对这门亲事,柳真如举双手赞成。有了柳旺妈的照顾,她爸爸显见得精神了许多。她曾接两老到沙石同住,可她爸爸恋那个住了多年的江村老屋,住了没多久又搬了回去。现在他身边有了照顾他的人,柳真如安心多了。

就在酸酸甜甜的红茶菌风靡的时候,柳旺的妈妈到沙石进修,和柳真如说了件事,关于苏北放。这件事是柳旺妈听来诊所的一个病人说的。那人不知道柳旺妈和苏北放的关系,和人扯闲话时,刚好被她听见了。"我侄女有心仪的对象了,就是县中学那个非常有名的物理老师,高高帅帅的,听说他带的几届学生在县里都是数一数二……"

柳旺妈一惊。"是哪个啊,我也有个亲戚在那个学校呢?""那正好, 让你的亲戚帮忙从中说合说合, 那个老师姓苏……""姓苏? 教物理的? 他不是早成家了? "

"没有吧。我侄女也刚分到那里教书,两人带同一年级,关系挺好的, 只是她一个大姑娘家, 不好意思主动开口。你那亲戚……"

柳旺妈变了脸。"苏老师已经成了家,他叫苏北放不是?""好像是叫这个名。他可是一个人住在学校里, 也没见谁来看过他。我侄女经常在家里做了菜拿给他,女人啊,就是这样,痴心的命……"

柳旺妈留了心,找学校的老师打听了一下,确实有个刚分来的年轻女老师总往苏北放办公室跑,偶尔也去他宿舍借书,送东西。学校年纪大的老师都知道苏北放有老婆,还有三个漂亮的三胞胎女儿, 加上苏北放平时挺端正的一个人, 根本没人往那方面想。

柳真如听了没慌,一拍柳旺妈的手:"妈,没事,北放的心在哪,我清楚。""不怕一万,就怕万一。男人可经不得女人主动缠磨,苏北放可能没往心里去,可人家姑娘上了心,这一来二去的,难免……"柳旺妈没把这事和柳真如爸爸说,自个儿闷在肚子里想了些日子,觉得还是得给柳真如敲敲边鼓,提个醒。

柳真如那晚没睡着,往事历历,她不相信苏北放会变心。周五,刚好三姐妹学校开运动会,下午放假,柳真如换了班带上三个女儿坐渡轮过江。

三姐妹坐轮渡不多,感觉新鲜,在甲板上窜来窜去,一会跑到这边看太阳,一会跑到那边看大楼。三姐妹一模一样的花裙子被风吹得鼓鼓的,吸引了一船的目光。

柳真如事先没和苏北放说,到学校时他还在上课。几个人也没惊动他,到宿舍取了窗台花盆下的钥匙,进了屋。三姐妹在屋门前的泥地上追蝴蝶、挖蚯蚓,玩得不亦乐乎,柳真如挽起衣袖来做饭。带着三个孩子的缘故,她很少到这边来,总是苏北放带了换洗的被单回去,再带了干净的被单过来。苏北放到底是在部队待过的人,绗被子的功夫不错,屋子也收拾得很干净。

柳真如淘米回来,看见有个年轻姑娘站在门口,正探头往屋里看。不待她开口,苏二二抢先跑过去,发了话:"这位阿姨,你找谁?"

姑娘回头一笑:"我找苏老师,他的屋门开着,你们看见他出去了吗?""哪个苏老师?"苏二二问得严肃认真,苏一一和苏二二也站到了她身边。三个孩子不错眼地盯着那个姑娘。

"哈,你们是三胞胎吧,好可爱!我找住在这里的苏老师。你们是谁,怎么没在学校里见过你们?"苏二二调头看看一一和二二:"她找爸爸。"又望向那个姑娘,"我爸爸还在上课。"

"爸爸?哦,你们是苏北放的女儿吗?"姑娘俯身望着三姐妹。

三姐妹同时点一点头。"阿姨你有什么事,等爸爸下课了,我们可以告诉他。"苏一一开了口。"哦,我想找他借本书,我再找时间来吧。真可爱。"姑娘摸一摸苏一一的脸,和三姐妹招一招手,走了。

苏北放回来,远远看见屋前的三姐妹,跑过来一把将三个丫头揽在怀里:"一一、二二、三三,你们怎么来了。"三姐妹雀跃着往他怀里扑:"爸爸,妈妈带我们来的。"

饭桌上,柳真如没提姑娘来的事,三姐妹也玩忘记了。苏北放想让母女们住在宿舍,柳真如摇头:"这里哪睡得下? 再说,她们明天要上学,我还要上班。反正明天你上完课就过去沙石了。"

苏北放送她们到江边坐最后一班轮渡回去。三个孩子手牵手在前面跑着, 像三朵绽放的百合花。柳真如挽着苏北放的胳臂,苏北放轻轻摩挲她的手。

"北放,一个人在这边寂寞吧。""还好。不过每天都盼着周日,想早点见到你们。"柳真如看一看苏北放的侧影,鬓角已经有了白丝:"想办法调到沙石吧,我不想再过牛郎织女的生活了,很想天天有你在身边。""嗯,我知道,这么些年带三个孩子,辛苦你了。我来找机会吧。""如果你决定的话,我可以和孙琴说说。"苏北放沉默了。

夕阳在江面铺出一带晃眼的波光。

三姐妹冲着波光叽叽喳喳,嘻嘻闹闹。柳真如站在一旁,望着岸上那个越离越远的身影, 不知这样两岸奔波的日子还有多长时间可以结束,鼻子一酸,眼泪渗出了眼眶。

她的衣袖被一只小手拽住了,是苏二二:"妈妈、妈妈,三三说这水里有美人鱼，真的有吗？"柳真如掩饰地拂一拂头发，收住泪，俯下头，笑了："你觉得有吗？你觉得有的话，就有。"

栀子花

李双和苏三三第一次见面，是在初一(3)班开学前一天。那天新生到学校报到，老师简单地讲了几句话，每个人坐的位子都是临时性的，偏巧李双坐在了苏三三的前面。

那时，苏一一和苏二二因为柳真如的特意拜托，被分别安置在了其他班级。苏三三不得不寻找新的伙伴，可她不善于主动与人打交道，一直安静地坐在自己的位子上。发书的时候，李双忽然扭过身来，扑闪着一双大眼睛："你叫什么名字？我叫李双。我喜欢你的鼻子，长得真漂亮。"

"苏三三。"苏三三轻声说，带了些羞怯。她注意到李双的鼻子上有一道不太明显的疤痕。李双似乎猜到了她的心思，大方地一笑，摸摸自己的鼻子："小时候调皮，窗户玻璃撞下来，刚好落在这儿。我妈说幸好幸好，要是再左一点，或者右一点，一只眼睛就完了。"李双笑的时候露出两粒虎牙，苏三三一下子喜欢上了她。

李双的父亲喜欢养花，她经常用手帕包了夜间新开的花到学校，分一两朵给苏三三。苏三三最喜欢的是栀子花，她让李双把花插进她头上的皮箍筋里，一扭头一甩辫子，就闻到一股清香。

为了方便三姐妹上学，苏三三一家搬离了软脚坡，住进了一套两室一厅的房子。夏天，余晖还没散尽，门卫就早早地将院子操场的地面洒上了水，消暑气。晚饭后，各家各户陆续将竹床搬出来，在操场上一字排开，也有的人家吃得晚，将饭菜端到竹床上，一家人围坐在一起。苏三三家的竹床总是三姐妹齐心协力抬出来，邻居们看见了就会搭一把手。三姐妹一头两个一头一个交错躺在竹床上，浑身散发着湿润的皂香。柳真如则搬把躺椅坐在边上，摇动着一把大蒲扇。

院子里比她们大的女孩子，在夜色中个个显得雪肤红唇，在月光下莹莹闪亮。三姐妹也学着她们的样子，洗澡后在细瘦的脖颈和宽的额头上，细致地擦上痱子粉，并不时地伸出舌头舔湿双唇。夜色渐浓，那些乳房在衣服下隐约跳动的妇女们，摇着蒲扇，低声拉着家常，总有些属于女人的私密话顺风飘进了她们的耳朵里。风从楼隙间穿过，吹拂着生长太快、渴慕太多而显出诸多罅隙的青春期。成人的世界，在一个又一个这样的夏日傍晚，以一种混沌而锐利的诱惑力，直切三姐妹的心扉。

就这样不知不觉地，三姐妹进入了敏感的水仙花季。最爱照镜子的是苏三三，每天早上三个人急慌慌地起床梳洗，分配给每个人在镜子前的时间只有三分钟，可苏三三经常最先跑到镜子前，左端详右端详，将一一和二二的时间霸占了去，非得两人在身后猛催才离开。可走出家门的三姐妹，都是清一色朴素端正、中规中矩的身影。

从小，红色的衣裳没进过苏家的门，花花绿绿的颜色柳真如也不喜欢,她说女孩子衣着干净整洁大方就好,倒不必多么奢华妖艳。她的观念规束了三姐妹的衣着风格。

一应的票证陆续消失了身影,仿佛为生活松绑。大街上开始流行霹雳舞,身体疯狂扭动出不可思议的曲线,擦玻璃,爬楼,翻跟斗,抖胯……似是而非,夸张变形,奇妙震撼。抱着吉他哼唱软绵绵的流行歌谣,《外婆的澎湖湾》《童年》《明天会更好》。喇叭裤裤管粗硕,横扫路面。超短裙飘逸透亮,掀动燥热凝滞的空气。波浪形烫发在人潮中汹涌起伏。眼前的时代越来越张扬、率性、明朗、坚硬。

上学放学的路上,三姐妹经常看见有人穿着牛仔裤,提着大三洋,戴着蛤蟆镜,大摇大摆地招摇而过。可校园里的规定依然严厉,不留情面。苏三三班上一个男孩留着齐肩长发,被校长勒令回去剪短了头发再来上学,还有他夸张的裤腿,像一柄扫帚随着他的步幅在校园里招摇,也被勒令剪短改细。几年后,等到三姐妹升入高中,世界更加五彩缤纷了,蓝、灰、军色不再统领天下。李双身材高挑,脚蹬两寸高的高跟鞋,穿着超短裙在校园中娉婷走过,背后意味深长的目光还是有,但没有老师再举着校园规章第几条来明加管束了。

灯芯绒、的确良、蕾丝花边、涤纶、超长超短的连衣裙、反喇叭裤而行的"靠板裤"、男生的长头发、女生的大波浪、迪斯科、台湾校园歌曲、朦胧诗、奥运会、早恋……新鲜事物像见风长的春草,让人眼花缭乱地繁茂起来。

上小学的时候,苏三三与同桌在课桌上用粉笔划出一道笔直的"三八线"，两人严正申明:不得越线进入彼此的地盘。还有同学用笔在桌子上，刻下一道深入木质的印痕。进入初中后，"三八线"在男女同学间渐渐消失了踪影。校园里开始风行抱着吉他唱流行歌曲，风行将身体扭动得梦幻一般的机器舞，风行写意气风发的华彩文章，写辞藻堆砌的拗口的句子，风行集体行动去看外国经典影片，女孩坐在男孩的车后座上，风行戴着手表骑着自行车去上学，将自行车骑得像风一样……苏三三就是在与同学去看电影的路上，被一个戴着墨镜、满脸青春痘的小混混给盯上了。

那人晃着两腿坐在电影院门前的台阶上，正无所事事地看太阳，百无聊赖的目光不经意地一旋，捉住了人群里一身白衣白裙的苏三三。一声尖利的口哨，立刻从嘴里飙飞而出。

他不知怎么打听到苏三三读书的学校，竟大着胆子将苏三三堵在了学校门口。站在门口等两个姐姐的苏三三，看到这么一个流里流气的家伙和她搭讪，吓得赶紧退回了学校。

这样的情况连续发生了两次，苏二二不依了。她暗中计议一番，在一天放学后，故意拖到同学都差不多离校了，让苏一一和苏三三躲在暗处，自己慢吞吞走出来，站到了学校大门口，做出左顾右盼等人的样子。

那个戴着墨镜、满脸青春痘的家伙果然凑上前来，冲苏二二吹一声口哨。苏二二斜睨他一眼，冷冷地:"今天我有事，别烦!"

对方一愣。前两次遭遇时，苏三三还没等正面交锋就吓得调头就走，愈发激起了这家伙勇敢前冲的兴致。今天这丫头是怎么了,语气这么硬。

苏二二故意看一下手表:"我爸怎么还不来？""你爸不会来了,我送你回吧。"那家伙歪头冲停在对面的自行车一撇嘴。苏二二轻蔑地看他一眼,仰头看着天空:"我爸说了,他最恨那些在街头游手好闲,戴副墨镜愣充老大的人,这种人啊可千万别让他看见,看见一个立马抓一个！"

"你爸什么人啊,这么大口气。"那家伙一歪嘴,笑得满脸青春痘直颤。苏二二不慌不忙,直视对方:"我爸倒不怎么厉害,就是在部队里待过一阵子,狙击手,就是专门点射的那种兵,现在在派出所混日子。这不正赶上严打嘛,你也知道吧,各个所都下派了指标,每个干警一个月内要抓二十个不法分子,这个月他还有一半指标没有着落,天天急得跟油锅上的耗子似的,所以我约了他今天来……"

"你什么意思啊,要把我往火坑里推是吧。我一不偷二不抢……"那家伙说着说着,腿已经迈向了对街的自行车,一步跨上车座,一股烟似的跑了。

苏三三与苏一一从暗处跑出来,冲苏一一击掌:"真有你的二二,I LOVE YOU！"

那年暑假,李双带着几本书来到苏三三家。她脸上洋溢着兴奋而又略带神秘的光泽。《窗外》、《心有千千结》、《一帘幽梦》……于是,一本又一本的琼瑶书进入了苏三三的视线。那个夏天,苏三三和李双沉迷在琼瑶用文字营造的美轮美奂的爱情世界里,为书中的主人公伤心欲绝、激动不已、忧心如焚、心醉神迷。接着,是三毛挚情率性的世界。高中时代,两个人几乎看遍了可以找到的所有琼瑶与三毛的书。可在同样的营养滋养下,一个成了爱情至上主义者,一个却成了爱情虚无主义者。

苏三三总说,琼瑶是李双端给她的一杯毒药,以甜蜜、梦幻、完美、极致泡制的汁液,盛放在精致的透明玻璃杯里,色泽瑰丽迷人,口感甜美舒爽。对于当年十六七岁的女孩,有着不可抵挡的诱惑力,沾口上瘾。等到了不得不戒口的程度,才发现已经中毒至深。

苏二二对琼瑶的书不屑一顾,倒是看过三毛的几本书,《撒哈拉的故事》、《哭泣的骆驼》、《稻草人手记》、《梦里花落知多少》。对于她,那就像一毛钱一瓶的汽水,冒几个泡催生几个嗝就没了踪影。苏一一两者都看过,却一点不着迷,仿佛喝到嘴里的只是寡淡没滋味的白开水。

这让李双有了反驳苏三三的理由:"罂粟本无罪,有罪的是自甘上瘾的人。"

细胞变

一股热风将"特异功能"一词吹进了古城,成了人们热议的话题:谁谁可以隔墙看物,谁谁可以用额头猜字……一时间闹得沸沸扬扬,神乎其神。谁也没想到,李双成了这场风潮中引人注目的人物——她可以用耳朵认字,不只是耳朵,头发可以,牙齿可以,手指可以。人们一方面怀着对科学的高度热情,一方面揣着对神秘事物本能的好奇，在两者间徘徊不定，一忽儿相信这个，一忽儿确信那个。李双知名度暴涨，她被请到许多地方进行现场表演，和她一起的还有外校一个女孩。那个女孩的特点是速度快，但她只能用额头认字，不像李双那么多方位。

作为李双的好友，苏三三也成了很多人打听的对象。其实，她哪里说得清楚这种神神秘秘的东西。她只不过和同校的很多学生一起，坐在学校大礼堂里，怀着对神秘现象既恐惧、又艳羡、嫉妒、渴望的复杂心情，远远观摩过李双和另一个女孩的表演。外校来的那个女孩将折叠起来的纸条用手指按在额头正中，闭上眼睛，半分钟后她睁开眼睛，取下纸条，轻声告诉旁边的老师："科学。"这时，李双还微仰着脸，双眉紧蹙在一起，上下齿间噙着纸条，那表情仿佛她正在一条艰难的路上跋涉。满礼堂的人屏息望着她。大约过了五分钟，她终于睁开眼睛，表情恢复正常，将纸条取出，告诉老师："文明。"

老师慢条斯理地将两张纸条打开，高高举起，同时大声宣布："两个人都猜对了，科学，文明！"惊叹声波浪一样从前排漫至后排，苏三三激动得手心潮热，两颊绯红，含着高热的目光锁定李双的身影。她猜解时的表情，是那么符合苏三三对于神秘事物的幻想，而另一个女孩，她太轻易了。

关于这些特异现象的解释接踵而至。其中一种观点认为，这些人是拥有"天眼"的人，他们可以"看"到普通人看不到的东西。苏三三不在乎这些解释，只认定李双不是普通人，无条件地崇拜她。

她邀请李双到家里吃饭，饭后半是撒娇半是恳求地对李双说："给我爸妈表演一个吧。我那个老爹，自认为是学理工的，说他根本不信这一套。"苏三三以为李双会拒绝，可她眨眨眼睛爽快地答应了。

苏北放似乎不屑于此，独自进了里屋。其他人兴致没受影响，凑在一起商量了半天，才将一张折叠得方方正正的纸条交给李双。李双将纸条捏在手里，环视大家一圈："哪儿？"苏三三赶紧说："耳朵。"

李双将纸条捏细，放进一侧的耳朵里，闭上眼睛。她的眉毛很淡，因扭曲颜色陡然加深不少，眼睛紧闭成两条黑线，眼角漫射出伞状细纹，嘴唇紧抿，一根青筋蜿蜒在右边额角上，还在清晰律动。大约过了三分钟，她睁开眼睛，从耳朵里取出纸条递给苏三三："天空。"

柳真如赶紧冲来一杯牛奶，三姐妹围着李双问她是怎么猜出来的。李双显得有些疲惫，用手比画，好像眼前有一个屏幕在缓慢移动，盯着看一会儿，就有字慢慢从一边移出来，放电影一样清晰……从那以后，苏三三和她无话不谈。既然李双有特异功能，她就是想瞒她也无济于事，任何秘密都会在李双那双神奇的"天眼"面前褪去神秘外衣。

特异功能风靡一段时间，突然自上而下刮起批判风，说这是迷信，是欺诈，是反科学。李双显得十分平静，仿佛一个多月前发生的一切都是幻影，与她无关。学习越来越紧张，特异功能一词渐渐淡出了生活……关于此事，关心后来追问过李双。李双说她也不知道是什么时候,自己突然就失去了那种特异功能,是环境使然,还是年岁增长所致,她也弄不明白说不清楚。反正,今天的她也无法理解多年前的那一幕了,但是她有时候会预见到一些事情的发生,所谓神奇的第六感。

许多热潮在中国像一阵风一样迅速覆盖,风靡,又迅速淡去,消隐。像喝尿液、养红茶菌、甩手疗法、练香功……更早更奇特的是打鸡血,那是六十年代末风靡中国城镇的一大奇观。城市的街道诊所、县乡医院、公社卫生院外面排着长长的队伍,每人抱着一只公鸡。当时,江村不少上了年纪的人,身体不怎么好的,太过瘦弱和营养不良的,都家养一只大公鸡,不为卖钱或吃肉,只为给自己打鸡血强身健体。

柳旺的母亲是公社卫生院的赤脚医生,那里的医生本来就少,兴起打鸡血风后更是忙得晕头转向。她只好叫柳旺去帮忙搓棉签,洗注射器,顺便也帮着把鸡翅膀扎住,方便用针管抽血。鸡血必须现抽现注射,用针管从公鸡翅膀根下的静脉处采血,每次十毫升至数十毫升,然后肌肉注射进人体,每周一次。公鸡成了最紧俏的商品,涨价,缺货,而母鸡却待字闺中失了宠。那些要供多人采血的公鸡遭了大殃,一只只蔫头耷脑无精打采的,长期被抽血的公鸡瘦成了皮包骨头,烹饪后吃到嘴里都没啥香味。

一些人打了鸡血后浑身躁热,脸颊潮红,赛过了鸡冠的颜色,以为得到了进补。他们不知道,鸡血分十三型,与四型分的人血哪一种都不能相合。没过多久,就有人在注射鸡血后出现发烧、局部硬结,严重的导致过敏性休克,甚至出现了死亡病例。而那些没有过激反应的人,打了一段时间鸡血,该生的病照样生,甚至比以前更频繁,更严重。这股风潮不到一年的时间就自行泯灭了。

苏一一到图书馆工作后,从一本杂志上看到:打鸡血的风潮缘起于一个国民党中将军医。解放初,他被公安机关抓起来判处了死刑,行刑前他为了自保献出这个"秘方",称其疗效可以强身健体,延年益寿,治愈百病,在台湾的蒋介石就是靠打鸡血活着。当地的官员听后深信不疑,一帮下属也纷纷效仿。"文革"中,这位官员被揪出来批斗,在红卫兵的催逼追问下坦白了打鸡血的事情。官员本人被扣上"延年益寿,抢班夺权,复辟资本主义"的罪行,深揭狠批。他的罪行也被印在了广为流传的传单上,造成了打鸡血的大流行。而一位学者将类似的风潮归因为"集体无意识",其根源就在于大众缺乏独立精神、科学知识,才容易被从众心理俘虏。

可那时大家都不觉得荒诞,一波未息一波又起。三姐妹读中学的时候,每天早上一到十点钟,全校师生就在操场上排好了队列,广播里放送出熟悉的广播体操的音乐,大家整齐划一地抬胳臂踢腿。不只学校,行政机关、工厂、商店的职工都在这一时间放下手中的工作,排好队形一起做广播体操。广播体操的意义被刻意夸大,如同后来一度受人热捧的香功、甩手疗法、气功。但神话总是会破灭,越像神话的越容易破灭。

就在特异功能的风潮越吹越烈时,养妈忽然病倒了。她本有多年哮喘,忽然间发作了,开始没太在意,可高烧一直不退,咳嗽,胸闷,气喘,一天天加重,一日清晨竟咳出血来,到医院一检查,已是小细胞肺癌广泛期。

苏三三曾悄悄地让李双帮忙预测她的病有没可能好转,李双闭目半天,末了睁开一双无辜的大眼睛:"对不起,脑子里啥也没出现。"她沉吟一下:"可能,我不是她的至亲吧。"

癌是变异的细胞。它们隐伏在人体中,悄然地生长,蓄积力量,等到有一日被人发现时,可能已经到了无法挽救的地步。医生说如果不做化疗,养妈只有三个月的生命期,做的话可能是两年。做还是不做,由你们家属拿主意。

别无选择。可是养妈拒绝做化疗,她不想失去头发,不想变得模样难看,不想承受化疗带来的种种痛苦,她甚至连一天都不想待在医院里。"不如让我早点走的好,到了那边,就可以和子露在一起了。"她神情忧伤地躺在床上。

"你说的什么傻话,丢下我一个人,你就忍心吗?"很少落泪的养爸六神无主,打电话将情况告诉了柳真如和苏北放。柳真如将三个孩子托付给孙琴,赶到江南,和苏北放一起去看养妈。

"做!养妈,一定要做!"柳真如紧紧拽着养妈的手,这双手一路帮扶过她多少次,现在它干枯憔悴冰冷,她用手暖也暖不过来。"等三个孩子长大了,妈还要给她们带娃娃呢!"

来前,柳真如询问了很多医生,此类肿瘤细胞生长快,对放化疗比较敏感,治疗应以全身化疗为主,这是目前治疗小细胞肺癌的最有效手段。养妈说她也四下打听过了,化疗对身体的伤害太大,她爱美了一辈子,不想秃着头灰着脸模样乱糟糟地离开人世,有个熟人的妈妈也得的这病,都水肿了,结果靠沙石一个老中医开的中草药,什么治疗都没做,维持了四五年。

柳真如怀着一丝侥幸,按养妈说的地址,在沙石郊外的一间土坯房里找到了那位老中医。老中医的眼已经瞎了,有个助手专门按他的口述方子抓药。他听柳真如将病历念了一遍,又问了问养妈的情况,嘴里絮絮叨叨地念出了一长串中药名。

柳真如提回二十副中药,像提着沉甸甸的希望。她将养妈养爸接到了沙石,两老住回他们一直空着的房子,柳真如每天早中晚过去做饭,熬药,自己家里忙不过来,就请孙琴帮忙照顾三个女儿。中药服下去,养妈一度出现心率加速、心动过缓的现象,只得停药,第二天症状稍有缓解,养妈便坚持接着服。中药让她看到了一线希望,这一线希望像一星火苗,点燃了她求生的意志。每天,她虔诚地将药汁一滴不漏地喝下去,连糖也不含,怕影响药效。

养妈变得比任何时候都更依赖养爸了,只要他一不在眼前,就会着慌地问柳真如:"你爸呢?"养爸戴上高帽子那些年,养妈担惊受怕一路走过来,不知承受了多少压力,还有李子露的死,白发人送黑发人,让她伤心欲绝萎靡不振,可人的生命力、自愈力是多么顽强。那么多的艰难都挺了过来,还有什么不可以承受的。养妈慢慢接受了患癌的事实,也接受了生日无多的可能性,这反而激发出了她抗争的决心。她忽然间显得比养爸更坚强,更乐观了,吃完药躺上一个小时,就会下床在屋子里走动一会儿,给花盆里的花花草草浇浇水,嘴里念叨着海棠又开了几朵花,结了几个苞。

而养爸，仿佛承受不住这样的打击，腰背不自觉地弯驼下去，脸上时常浮现出怔忡失神的表情，有时竟显得比养妈还憔悴。也是这一场突如其来的病，让柳真如不无伤感地发现，养父养母真的老了。

二十副中药，养妈一滴汤汁没剩地喝下了肚，她的状态时好时坏，并不让人乐观。二十天，养妈的体重又轻了五斤，柳真如不知道是肿瘤缩小了，还是养妈自己瘦了。她怀着一丝侥幸，带养妈去医院复查，结果很残酷：二十天的时间肿块由原来的5公分迅速长大到了7公分，且肺部有了少量的积水。

柳真如后悔不已，拿着检查单恨不能大哭一场，她打电话给苏北放，苏北放果断地说："一定要做化疗，我们要尽一切努力，你赶紧说通妈！"

这次，养妈没有犹豫就答应了。连日来身体的变化，心理上的煎熬，让她最终选择了尽一切可能阻止病情的发展。艰苦的化疗开始了。养妈的反应非常大。第一天化疗，养妈吐了两次，人瘫软在床上，一点力气都没有了。昏昏沉沉睡了一夜，养妈恢复了一点精神，柳真如扶她躺上推车时，她冲柳真如笑了笑："柳伢儿，没事，妈挺得住！"

柳真如眼睛一热，赶紧埋下头，生生将眼泪闷回了眼眶。第二天化疗做下来，养妈没有再吐了，可心率加快，排尿不畅，人感觉十分疲惫，连上厕所都显得很累，需得柳真如搀扶着。

"柳伢儿，妈觉得自己这辈子还是有福气的，虽然大恸也经历了，小伤也受过了，可到老了，还有女儿在身边这么尽心，我也知足了。""妈，日子好过了，我和北放还要让您多享些福呢。您安心快点养好病……"柳真如再说不下去，拿手轻轻摩挲养妈的手。现在养妈的手瘦得皮包着骨头，看得清皮肤下的道道青筋。

第三天，养妈一整天气喘、咳嗽、睡不着觉，一直恶心想吐，却又吐不出来。柳真如也一夜没睡，她让养爸在旁边的躺椅上睡，自己靠在养妈的脚头。养妈一有动静，她马上跳起身来给她捶背、抚胸、翻身、擦虚汗。第二天一早，刚用吸管吸了两口稀饭，养妈突然咳嗽得回不过气来，脸憋得紫红，差点休克过去。医生赶来，增加了吸入药物，养妈才渐渐缓过来。到中午，养妈似乎又恢复了精神，说感觉身体清爽了许多，喝了一小碗汤，吃了点面条，沉沉睡去了。

第五天，开始放胸水。柳真如陪在一旁，看得心惊。没想到，养妈小小的胸腔里竟然装着这么多可怕的液体，它们压迫着脆弱的肺、心和胸膈，让养妈无法像正常人一样呼吸。这可恶的肿瘤！

化疗之后，接着是连续多日的输液，养妈咳嗽得没那么厉害了，精神好了不少，胃口也好了很多。这让柳真如和养爸欢喜不已，跑进跑出的脚步都轻快了许多。虽然他们知道这很可能是治疗全过程中的一段平稳期，离最后的胜利还远得很，可还是在心里产生了病情正在逐渐好转的幻觉。在绵长的病程中，能带来幸福感和欣慰感的幻觉，哪怕短暂，也是值得去细细品味的。

休息了几天，第二轮化疗开始。先是查血象、心率、白细胞，都基本正常,医生说养妈现在的身体状况足以扛过第二次化疗。柳真如心疼养妈,怕她太辛苦,药物在杀死癌细胞的同时,也在毫不留情地杀死正常细胞, 可再辛苦也得继续承受, 这是生的希望。

隔壁有个八十多岁的老人,胃癌,刚手术切除了三分之二的胃。老人乐观,整天乐呵呵的,常常听得见他的笑声。他称自己还不是"无味(胃)人士",是"少味(胃)人士"。他也在接受化疗,和养妈的强烈反应不同,他没事人一样,白天黑夜都能呼呼大睡,输完液针一拔就回家去了。这让养妈羡慕不已。人体看起来构造差不多,都是那么些零件组合而成,可实际千差万别。身体其实就是一个人的疆域,他走得再远,也走不出这具有限的躯壳。

一天半夜,走廊里突然传来哭声和杂乱的脚步声,柳真如赶紧跑出去看,是隔壁的那位老人不行了,他突然呼吸困难,医生在进行抢救。病人家属已在走廊里压低声音打电话联系后事。

柳真如在病房门口站了一会儿,透过人头,看得见被医生护士遮挡住的那张病床上,病人松耷耷的手、苍白失血的脚。她能明显感觉到, 生的气息正从那个曾洋溢着爽朗笑声的身体上消逝。对于亲人来说,一个刚刚还温热的朝夕相伴的生命,蓦然间就要撒手而去了,这样的死别情何以堪! 望着这一幕,柳真如忽然悲从中来,她挤出人群,穿过灯光幽暗的走廊,躲在黑乎乎的厕所里,用手紧紧捂住自己的脸,发出了压抑的悲吟。奶奶走的那天,轰响在她耳边的倾盆大雨,穿越时空而来,再一次淋漓而下,粗壮如柱……

在生死线上苦苦挣扎,与死亡较力的过程,大概是这世上最无奈而又悲伤的过程。死亡通常会在无数次的预演后,才正式降临。疾病席卷过脆弱的身体,导演一幕接一幕与死亡亲吻的黑色幽默剧,身体历尽百般疼痛的折磨,囚禁在病床上听任宰割,精神徘徊在恐惧与绝望的边缘,颤抖着蜷缩成一团,将内心的愿望缩小再缩小……几欲速死时,死神却又放你回到活泼泼的生界。可结局没有例外。在经历了四次化疗后,承受了种种身体疼痛和心理煎熬的养妈,还是撒手离开了人世。

临终前,她叹出一口长气:"这下好了,我可以见到子露了。"她的手紧紧抓握一下养爸的手,就倏地松开了。望着这一幕,一直在养父养母面前表现得十分坚强的柳真如,再忍不住,抱住养爸泣不成声。

养爸在灵堂里木然端坐几日,从那以后,他再没能恢复到原来敏捷灵活的声气。他的精气神仿佛被养妈带走了。他觉得自己被养妈遗弃在了这个世界上。尽管柳真如和苏北放每天都会去他那里坐一坐,陪陪他,还是无法让他的心回暖。独自撑过了那年秋天,养爸在一个睡梦中无疾无病地平静去了。他的脸上竟然停留着一抹欣慰的笑意,仿佛在他撒手离开的那一刻,他真的看见了前来迎候他的养妈和李子露。他们一家人终于在天堂团聚了!

好在这不是柳真如第一次面对死亡了。每一次亲人的死亡,反会让她瘦弱的身体增加一点力量,让她更努力地去活。经历了真正的死亡,才会让人感受到疼痛是生命的常态,人长长的一生其实都怀揣着必将丧失手中一切的隐在恐惧，目睹一场接一场现实的死亡在身边上演。那些亲密的、不太亲密的生命，都会在我们的眼皮底下化作一捧灰一捧土。眼泪密集地掉落下来，也挽回不了什么。在与死神有过深刻的交道后，人只有更加地顾惜生命，哪怕生之大地上遍布泥泞与琐碎的痛苦。

有一段时间，柳真如频频产生幻觉，似乎养妈还待在她的身边，以她一贯慈霭的目光注视着她。她总觉得，冥冥之中，那些在身边消失了形体的人，会继续以匿形的方式与现世的人们生活在一起。他们存在于透明的空气中，用超然、平和的目光关注大地上的生活，只是无力干预。他们生命的钟摆虽已停止，但在情感上依然与现世的人们隐秘牵系。地久天长。

下　部

第一章

分与合

关心与苏三三认识那一年，沙石发生了一件必定会写进地方史的大事。对于苏三三，那也是刻骨铭心的一年，源于这一年的震荡将贯穿在她往后的岁月中。

地方上的大事儿是地市合并。濒临长江、眉目清爽、生活紧跟时尚潮流的小城沙石，与曾在两千多年前孕育过堪与古希腊文化媲美的楚文化的古城，被强行嫁接在一起。双方各取一字，衍生出一个没有来历没有历史底蕴没有情调的新的城市名。无论是古城人，还是沙石人，一时间在口头和心理上都无法接受这个新名，加上机构与人事上同样被强行嫁接的混乱，大家像忽然被架在了半空中，不知该怎么抬步落脚了。悬浮的慌乱，像春草在这个重新被命名的城市四下蔓延。

那天，苏三三与李双中午在酒吧里借酒浇愁了一阵子。没想到，本想大醉而归的苏三三还清醒着，李双已经把自己先行灌迷糊了。处于微醺状态的苏三三大着胆子驾车把李双送回家,看着瘫软在沙发上的李双两腮酡红,嘴里呢喃有声,苏三三坐不是站不是,内心郁结未解,还硬生生梗在那儿。一念冲动之下,苏三三抓起茶几上的钥匙冲出了门。她麻着胆子将李双的车开上了通往凤凰山的路。本意是去郊外散散心,找个没人的地方痛痛快快哭一场,没想到,计划赶不上变化,半道上出了事故。

车,不早不晚在马路中央熄了火。好在不是繁华的北京路或江津路,而是一条人流车流不那么密集的郊外公路,等苏三三闷头鼓捣一刻,后面已排起了汽车长龙。苏三三满头大汗,脑子急剧升温,情急之下误将油门当成了刹车,汽车如脱缰野马飞跃上人行道,将好端端走路的关心带了个趔趄。在被动旋转360度后,关心仆倒在地,来了个标准的嘴啃泥。那天关心是去凤凰山采访一个山林承包户,坐单位的车过来的,同事还要忙别的事,将他放在路边就开走了。幸好,吓傻的苏三三误打误撞踩住了刹车。车头离路边的一棵大树只有不到十公分。车一停住,她就飞跳下来冲到关心面前,将他半搂在了怀里。

那一刻,苏三三面色煞白,但用词准确地向关心表述了自己的尴尬处境:无证驾驶,喝了点酒,操作失误,意外伤人,并承诺一定将治疗费、营养费、精神损失费一包到底。忽然,似有股细小的风平地而起,回旋在关心和苏三三之间,将她的眼神吹得有几分迷离,脸边散碎的头发拂到关心的脸上,他感到一阵眼晕,下意识地眨了眨眼睛。

苏三三视之为答复,她不知哪来的一股力,一挺身将高出她半个头的关心半驼在了背上，在还没有一个目击者到来的情况下，利利索索地将关心塞进了她的车后座。苏三三没有食言，直奔全市最好的医院，在第一时间为关心办好了住院手续。

关心在医院病床上躺了四个多星期，尽管只是皮外伤和轻微脑震荡。苏三三一直态度诚恳，天天来病床前报到（后来关心才知道，有三分之一时间他见到的是苏一一或苏二二，刚好那一阵三姐妹的头发长短差异不大）。关心悄悄往主治医生的口袋里塞了个红包，让他将住院期尽量延长。主治医生以为关心像其他受害者一样，只不过想多要点营养费和精神补偿费，谁知关心倒帮着苏三三和护士讨价还价起来，大声指责医院收费不透明，荒唐得离谱。那场面就好像苏三三是他的家属。气愤的主治医生在沉默一刻后，忍无可忍地当着苏三三的面戳穿了关心之前的把戏，关心刚刚还激动得满面涨红，瞬间转为灰白，他心虚地瞥一眼苏三三，满以为苏三三会当即发炸，掉头就走，可她只是平静地从护士手上扯过账单，一声不发地将所有钱都结清了。关心的心一凉到底，心想完了，出了这医院的大门，恐怕她再也不肯见他了。谁知一离开医生护士的视线，苏三三没头没脑地对关心说了一句："你写写我爸吧。"

后来，每当关心重提旧事，苏三三总是反怪关心阻挡了她的自我疗伤之路，她的眼泪没能及时倾洒出去，淤在心里导致情伤久久难愈，对此关心负有无可推卸的责任。而负责的方式，就是——从此以后随叫随到，不能有任何托词。

那时，由两座城市拼合在一起的这座新城，到处呈现出异体排斥的不良反应。单是政府各级机关进行重组，就带来了各种利益集团之间的明争暗斗，复杂而敏感的职位排序，有限名额分配的难以平衡，本就臃肿的机构因人员翻倍更难合理安排，等等。人们集体生活在混乱中，不免纷纷怀念过去的秩序。古城人希望延续古城的旧有秩序，小城人希望延续小城的旧有秩序，不是假以时日的缓慢渗透融合，而是一方凌驾于另一方，大家都觉得自己所习惯的那一套才是最好的。于是，新城成了传统与新潮、古板与灵活、农本主义与商本主义、古城官员与小城官员角力的舞台。

许多单位赶在地市合并前一刻，以各种名目将多年积聚的资金一分而空，反正无所谓前景与发展了，这钱也不能让旁人白白地占了去。关心刚考进小城日报社没多久，眼巴巴地看着报社的"老人"三天两头乐不可支地到财务科领钱，信封装着的厚厚一大摞。真有点像世界末日的狂欢啊！

可是，生活还在继续。很快，两地的报社合并一体，关心的工资被古城报社的同仁扯到了同一地平线上，比他原来的工资低了两坎不说，他也被人从周末部挤了出来，成了一个像无头苍蝇一样四处寻谋线索的跑线记者。苏三三当时并不清楚关心的情况，她从报纸周末版上看到过关心采写的大篇幅通讯、特写，关心这名字颇引人注意。她以为关心有权力将她爸爸的故事也以同样方式刊登出来，了却她爸爸的心事。关心没有纠正苏三三的错误印象，反而在她面前装出一副不成问题的样子。就这样，关心如愿走进了苏家。听完苏北放的故事，关心的心才落下一半，凭着新闻直觉,这是一条记者可遇而不可求的"大鱼"。

苏三三带关心去见爸妈,心里着实还有一番思量。她希望他们以为她新找了个男友,彻底走出了旧情的阴影,不必再为她整天悬着一颗心了。她不知道经风历雨那么些年的父母,哪是那么容易瞒骗过的。从见到关心的第一眼,柳真如就看出了他俩的关系离朋友还差着一截子距离。只是她不言声罢了,由着苏三三笨拙地表演。

在父母面前,苏三三对关心摆出一副大方得体却又透着点儿亲昵的样子。可一走出苏家门,她的脸上就不由自主地换上了忧戚的表情,关心不经意的一句话就会让她立马拉下脸来,掉头而去。似乎笑容在她走出家门的那一刻就丢失了。这忧戚无形地牵引着关心的情绪,关心不得不小心翼翼地说话,不停地观察她的表情,竭力想从她的眉眼间捕捉到点什么。这可真是个难办的女人,喜怒如云影般变幻莫测,时而乖顺得像兔子,时而冷酷得像白眼狼。而在关心面前,白眼狼出现的频率远远高于前者。可是,关心喜欢看苏三三的笑脸,当她笑起来的时候,向上的唇角挑着两粒小而圆的酒窝,关心觉得,但凡是男人见到的话就不会忘。

当人们刚刚适应了眼下的混乱,初步建立起新的秩序,新城名又被取消了。在专家学者的强烈呼吁下,古城的旧名得以恢复使用。有人专门作了考证,说这名字在《三国演义》里出现过五十多次,与关羽这位华夏第一义士紧紧联系在一起,是海内外众多关羽迷的倾慕之地。除了楚文化,这里还有风云跌宕的三国纷争所孕育的三国文化。两种文化叠加，让这一地名本身就蕴含有可持续开发的价值。

一个名字的去、来之间，古城的范围扩大了一倍，它将一个曾经有过自主呼吸系统的小城沙石，轻而易举地吞没在了自己体内。小城像无数生命一样，被从时光的漫长册页上一笔勾销，慢慢淡出世人的记忆。只是两个城市之间的抗衡还要持续相当一段时间，就像一对原本没有什么共同点的男女，在走进婚姻后需要面对种种艰难而痛苦的磨合。更糟糕的是，他们还没法分手。

关心不知道苏三三是怎么和男友说出分手那两个字的。她从不对他说私人的事儿，关心所知道的都是李双说的，多数还是在李双喝高了的情况下。李双告诉关心，无论从家庭背景还是个人条件来说，楔都不配苏三三，可身后不乏大群追求者的苏三三，偏偏义无反顾地爱上了他，且爱得昏天黑地。李双一桩桩一件件数过来：苏三三为了他曾经不吃不喝三天，为了他大雪天独自坐七八个小时的车，在盘缠的山路上差点把胆水吐空，为了他将每月的生活费省下一半身上一直穿着姐姐给她的衣服，为了他学织毛衣学做菜学吃大蒜生姜和辣得嗓子灼烫的食物，为了他哭了一场又一场……一番话说得关心理不清自己的心绪了，似乎胸口那儿有点酸有点疼有点闷有点想爆炸的感觉。终于，关心忍不住了："为什么，他们为什么分手，既然那么爱？"

李双将手一挥，一双抹了烟灰色眼影的大眼睛瞪着他："有多爱？这世上有他妈长久的爱吗？"

　　每当苏三三心情不好的时候，关心常常猛然间生出拥她入怀的冲动，想拍抚着她的肩告诉她，这些都没有什么，时间是最好的疗伤药，再深的伤口迟早也会愈合。可是这情景始终只出现在关心的想象中，他被禁锢在自己的身体里。时常在面对苏三三的时候，关心的面肌会不受控制地变得笨拙僵硬，一股来自内心深处的震颤汹涌而至，将他兜头淹没。

　　苏北放曾和关心说过一句话，人这一辈子要经历很多次的分离，曾经他觉得五十多年前的那一次是最恸的，过了很多年发觉不是，当第二次分离来时，他又以为那是最恸的，也是要等到很多年以后发现那也不是。上天是仁慈的，只给每个人他可以承受的痛苦，然后会像海水抹平沙滩一样，让时间将这痛苦抹淡，抹走……淡蓝的烟雾和苏北放低缓的声音，交汇在空气中，相互缠绕在一起。

　　当时苏三三也坐在一旁，关心不知道苏北放这话是说给他听的，还是说给他的女儿。苏三三听完这句话后起身进了厨房，良久，她拎出一瓶水来，续进茶杯里，滚烫的开水徐徐灌注，沉在杯底的茶叶回旋而起，涨满了整个杯体。

爱哭鬼

　　三姐妹虽然读的是同一所学校，可苏一一一直是年级的尖子，在前十名徘徊。苏三三也不算差，就是不太稳定，好的时候兴许冒过苏一一，差的时候可能掉到年级一百名之后。独苏二二成绩不突出，总在年级一百到二百之间画着曲线。初中毕业后，她干脆报考了技校，那时技校正炙手可热，各个工厂都需要技术工人，学生还没毕业就被各个厂抢先招了去。在苏一一、苏三三埋头应付高考的时候，苏二二已经提前到朝阳棉纺厂上班了。

那时候，苏三三不知有多羡慕苏二二，将自己恨得牙齿咬紧，当年怎么就没这个眼力呢？若是读技校，现在都可以自食其力拿工资了。苏二二第一个月的工资有五十二块钱，捧在手里就直奔了商场，她早看好了，给爸妈买了一床鸳鸯牌床单，给苏一一和苏三三各买了一双布鞋，最后犹豫来犹豫去，又买了双一模一样的布鞋给自己。她本来想买皮鞋的，价格太贵了。

苏北放对苏二二选择上技校很不满意，可生米已经做成了熟饭，现在这米饭还飘出了香气。那晚柳真如做了几个拿手菜，一家人热热乎乎吃了一顿饭。饭桌上，苏三三看苏北放兴致不错，拿出杯子讨了点酒，又帮苏一一讨了一点，两人敬过爸妈敬苏二二："还是二姐厉害，都拿工资了，我们还不知前途在哪呢！"
"就是。"苏一一附和。

"我呀，一直自卑呢，也不知妈怎么生的，都是一船装来的，怎么姐姐那么聪明，妹妹也那么聪明，偏我这个中不溜秋的就那么不争气呢！"苏二二嘴里这么说，脸上却笑得灿烂。三姐妹连连碰杯，喝得一发不可收拾，直喝到个个满面酡色。

两个月后，苏一一顺利考上了大学。她似乎总是无惊无险，不像苏二二将脚下的路走得像独木桥那么决绝，也不像苏三三将脚下的路走成了九曲十八弯的曲径。她脚下的路笔直、清晰，不蔓不枝。进了大学,她年年拿奖学金,是老师眼里无可挑剔的优等生。

追求她的男生也有,她都看不上眼,似乎她很清楚自己喜欢什么样的男生,可躺在被窝里,苏三三缠着问她的时候,她又说不出个清晰的轮廓。四年的大好时光,她几乎都在教室、图书馆度过的,她用柳真如送给她的"英雄"牌钢笔抄录了厚厚的十大本文摘,还有三大本读书笔记。偶尔在初秋的夜晚独自一人走过校园密植的桂花树下,一阵阵浓郁的香气包裹上来,她心里升腾起优柔的感伤。如果这时身边有个人陪伴,该有多好啊!

进入大四,身边的女孩基本上都名花有主了,寝室空寂下来。苏一一也不跑图书馆了,借了书窝在被子里看。同系的男孩也消失了踪影,偶尔在路上碰见,身边也不寂寞。曾经对她动过心的那几个不是转移了目标,就是对她泯灭了那份心思。苏一一这时才感到了一些遗憾,一晃大学时光就划指而逝,想抓也抓不住。她将目光倾注在书页间,高考时不曾近视的眼睛突然变得模糊不清了。

拖着行李回到沙石的苏一一,让苏二二吃了一惊。她赶紧拉着苏一一去商场买了几件衣裳,换下了身上那件没有腰身、长到小腿肚的深褐色裙子,逼着她将大方形黑框眼镜换成了金丝细框。

那时候,苏三三经过两年的复读,已经奔往北方一所艺术院校去享受迟到的大学时光。她不知道仅仅晚了两年,等她大学毕业时,苏一一曾遇到的就业黄金期就转入了秋日黄花时节,已是满目萧瑟了。

苏一一顺利地分到了市图书馆,与她最喜爱的书朝夕相伴。这时,孙琴的儿子刘敏君已经是市群艺馆的一个副科了。孙琴是柳真如最要好的朋友,两家人经常走动,一晃苏一一有四年没见到刘敏君,有一天孙阿姨突然带着他出现在她家时,她吓了一跳。

印象中白面书生般弱不禁风的半大孩子,现在发长到肩,神色间竟有灰扑扑的沧桑之感,尤其让苏一一惊诧的是,他竟然是个络腮胡子,只是胡子都隐在了皮肤下,只看得见布满两腮的一片青茬。

后来,刘敏君告诉她,临去她家前,他妈硬拉着他将两腮半寸长的胡子刮了个干净。两个母亲的眼神充满了隐而不言的意味,躲到一边去说自己的悄悄话了。苏北放散步去了,苏二二还没下中班,苏一一自然不能冷落这位客人,只好有一搭没一搭地找话说。好在,刘敏君也是读书之人,一聊之下不至于驴唇不对马嘴。

苏一一因为自小见面的缘故,倒是对刘敏君没有陌生感,可也不觉得热切,客气而已。心里只盼着赶快将客人打发走,好看自己看了半截的《荆棘鸟》。偏偏,孙阿姨和柳真如一聊一个下午,晚上还留下来吃晚饭。好不容易等他们出了门,苏一一刚翻开书,柳真如进了她的房间,一脸关切:"怎么样?"

苏一一的双眼在眼镜片后面瞪得大大的:"什么怎么样?"柳真如犹豫了一下:"就是,那个,苏阿姨的儿子,你觉得怎么样?"

苏一一明白了,脸不受控制地腾一下红了,随后一股气恼漫上心头。她垂下眼睛不看柳真如,也不说话。柳真如端详半天,摸不清楚她的意思,看这样子似是不情愿,可又没有太多的反感表示。这一次就这么无果而过了。

让苏一一没想到的是,从那以后,刘敏君开始频繁地与她无意中遇见了。有时是在图书馆的走廊上,刘敏君说来借本书,正想着她在这里上班呢,没想到就碰见了。刘敏君请她一起吃午饭,苏一一表情淡然:"不好意思,单位里还要整理一些存书,得加班。"有时苏一一拿着书在公园的凉亭下读得津津有味,刘敏君不知从哪里冒出来,在她面前一歪头:"哟,这不是柳阿姨家的一一吗?"不等苏一一搭话,一屁股坐下来。苏一一心想,完了,这个下午又废了。

更巧的是,两人在下班路上也能狭路相逢。苏一一奇怪:"群艺馆到你家,不往城里走嘛,你怎么绕到这儿了?"刘敏君大大咧咧地一扬脖子:"出来办个事,真是赶巧了。来,上车!"刘敏君骑一辆威风凛凛的大摩托车,戴一副蛤蟆镜,胡茬也糊了满脸。苏一一忙摇手,刘敏君一把抓住她的胳臂,就往车后座上送。苏一一挣扎两下,怕同事熟人看见这一幕,只好欠着身子侧坐在后座上。"你想摔死吗?快,跨腿坐!"刘敏君的语气不容苏一一再迟疑,她只好不情不愿地抬起腿,跨坐在他身后。

苏一一从没和异性挨这么近距离地接触过,一双手不知往哪搁才好。"坐好啦!"刘敏君一声招呼,摩托车"呼"一下飙了出去,苏一一没防备,身体一个后仰又一个前窜,头扎在刘敏君的头发里，毛茸茸热乎乎的一片，赶紧直起身子，将糊了满脸的头发抹开来。视线还没恢复清晰，另一只手已经被刘敏君捉住，环抱在了他的腰上。

车飙得飞快，苏一一不敢撒开手，又不敢抱紧来，虚虚地落在刘敏君的肚子上。刘敏君的头发像旗帜一样"唰唰"地往后飘，苏一一将头微侧过去，还是闻到了一股浓烈的汗味、烟味混合的气息。这气息让她有点头晕，不适应。车飙飞的速度也让她不适应。正尴尬着，车一个猛刹，苏一一的手不由地扣紧了，车绕过一辆突然在路中间熄火的小轿车，又向前飘去。

这样的巧合，接连发生了几次。苏一一觉得自己不能不说话了，再不说话就被人当傻子了。

"老实说吧，你不会天天翘班出来办事，又回回办事都走这条路吧，时间还卡得这么好……"苏一一的大眼睛透过镜片较真地盯住刘敏君。刘敏君一点没有不好意思的表情，反而咧嘴一笑："你真敏感啊，这么快被你看出来了。"苏一一觉得刘敏君的表情和语气，仿佛都在戏谑地对她说：笨丫头，这么久才反应过来。她感觉一股潮热从脖子直漫上脸颊，最后连额头、耳朵都红透了。

她败下阵来，将目光调转开，正好望见悬挂在湖边长廊檐角的一朵鲜艳欲滴的夕阳。刘敏君也不说话，只望着她的侧影。这侧影被余晖映上了一层淡金色的光影，曲线愈发柔和动人。

这一天，苏一一怎么也不肯再坐刘敏君的摩托车，既然话已经挑明，就没法不明不白地再上人家的车。刘敏君也不强求，推着摩托车走陪她往前走。苏一一催他几次，让他骑上摩托车先走，他也不肯。

没有与摩托车合为一体的刘敏君，不只在高度上有所降低，气势上也忽然间内敛了许多。一路上，多是刘敏君在说，说的是小时候去她们家的趣事，三个丫头怎么齐心对付他，捉弄他，往他头上浇水，打球时故意往他头上砸，在脚下埋设机关冷不丁地绊他一下，强行给他扎辫子，动起来最疯的是苏二二，鬼点子最多的是苏三三，回回带着心疼的表情收拾残局的，总是苏一一。那时候，他就感觉苏一一的心肠很软，像小时候在嘴里含了半晌的大白兔奶糖。

苏一一不怎么接话，也没什么表情。她还记得，这个虽然比他们大五岁，可一到他们家就受尽欺负的小男孩，特别爱哭。那段时间，三姐妹没有什么伙伴，一度邻居的孩子都不来找他们玩，为了避嫌，只有孙阿姨常常带着儿子来看柳真如和她们仨。三姐妹按捺不住内心的兴奋，想着法子逗弄这个难得的家中来客，或者说是"活玩具"，非要将他弄出点眼泪方才罢休。背地里，她们都叫他"爱哭鬼"。为了哄住他的哭，不惊动两个说着体己话的妈妈，苏一一不得不使出浑身解数。说实话，她已经很难将印象中那个娇气文弱的小男孩和眼前这个高出她一个头的男人联系在一起了。

也因为那份记忆，她对这个男人又有着天然的一份亲切感。过去这么多年后，回过头，她才知道那时到他们家来，孙阿姨冒着多大的风险，之中又包含着多重的情谊。

可是,她不能弄清楚自己内心的感觉。没有谈过恋爱的她,不知道爱是什么,是像书里写的脸红心跳,或者茶饭不思,或者肝肠寸断,或者辗转反侧,她似乎都没有,脸红是惯常的,不看见刘敏君她也会经常脸红,而这段时间她的心脏一直跳得不激不烈,饮食正常,也没忧郁难眠。她该怎么办? 苏三三在那么远,她只能和苏二二说说。

"姐,你不觉得这方式有点老土。""什么方式?""就是介绍嘛,还是两边的妈妈给扯一块的。我呀,谈恋爱的话一定要是自由式的。"苏二二剪了个短发,短到耳朵都没遮住,苏北放一看见她的头发就发了顿脾气,说你干脆剪个"二流子头"好了。苏二二不服气,说要是理发屋里有个发型叫"二流子头",她一准剪了。柳真如拦在两人中间,一边冲苏二二使眼色,让她住嘴,一边劝苏北放:"她也是怕头发卡到机器里去,图个安全,短是短了点,没几天就长长了。"

"我也知道。按你的个性,肯定不能接受这个了。不过,长辈经验足,他们看中的,会比较牢靠吧。再说,我不同。""有什么不同?我们不都一个爹妈生出来的,一个时辰落地的。"苏二二一副恨铁不成钢的表情:"姐,不是我说你,不要打扮得那么老气,你看你要模样有模样,要身材有身材,要学历有学历,你和我才不同呢。"

"说远了,说远了。我是觉得吧,刘敏君这人也还不错,不说百里挑一吧,至少在我遇见的人里面,还真算是不错的。再说,孙阿姨和咱们家这么好……"

"姐,这找对象可是一辈子的大事,你不要管妈和孙阿姨怎样,你喜欢刘敏君不,喜欢就喜欢,不喜欢就不喜欢。""我也弄不清楚,有那么一刻吧觉得这人还真不错,有一刻吧又觉得对这人没什么特别的感觉。哎呀,有谁能告诉我就好了,爱一个人到底是什么感觉啊!"苏一一拿被子蒙住自己的脸。

"哎,可惜我也没正经谈过恋爱,你不是看过那么多书,难道就没一本书教人谈恋爱的。"

苏一一不知该怎么回答。几乎本本书里都会谈到点爱情,可一到现实生活中,似乎就没法做参照了。从小到大,她经历了那么多次考试,解过那么多的难题,现在这道恋爱的难题还真把她给难住了。她本想从苏二二这里问到答案,没想到越问越糊涂。

真与假

地市合并那一年,苏二二正式下岗了。下岗不是个新鲜词了,但还不像后来那么普泛化,真的临到自己头上,平素大大咧咧的苏二二还是情绪波动了一阵子。那段日子,她像个祥林嫂逢人便说:"一万二就了结了。"与祥林嫂不同的是,她脸上带了激愤、不屑。等到别人准备拿话安慰她,她却半昂起头来,丢下一句"天无绝人之路。瞧好吧!"走了。

这世上有不少事情,很难说清楚真与假。关于同一个事情,可以有好几个版本。比如,朝阳棉纺厂的前世今生。

朝阳棉纺厂的前身是朝阳纱厂,而朝阳纱厂的前身,据说是

个非常不起眼的小作坊,织布,也染布。随着沙石成为长江沿岸
对外开放的五个港口城市之一,这里的水运日渐兴旺。更早的时
候,从汉江顺流而来的船只,沿江汉平原密集的水网行驶到沙石
的汴河口,就会有一段陆上行程。纤夫们喊着号子,分散在船体
两侧,将船从陆地上拖拽到长江边,再继续水上行程。便河与长
江之间的地段,因而得名"拖船埠"。沙石码头也成了江汉平原上
的一个重要货物集散地。

小作坊的布就是通过沙石的码头,销往了长江沿岸,一部分
还进入了上海大都市。作坊的生意越做越大,机器换了新,加上
江汉平原本就是肥沃的鱼米之乡,盛产白花花的棉,小作坊脱胎
换骨,渐渐有了纱厂的雏形。只是因为多年兵荒马乱,这厂子始
终没能做大。等到解放后,接管古城的临时机构军管组派出一个
工作组进驻纱厂,没多久沙石的手工业工筹会也成立起来,一度
停工的纱厂重新恢复了生产秩序,改名朝阳纱厂。

纱厂第一次招工时,招的一大半人员是从软脚坡走出去的
女人。软脚坡是什么地方?旧时沙石最香艳的地方。那里是一大
片层层叠叠的砖木结构老屋,深的院落,低眉的阁楼,脆亮亮的
青石板路。

苏三三说,她小时候从那片巷弄里走过,常无端地猜想扇扇
门扉后面都藏着一个悠远神秘的故事。她始终摸不透这些巷弄
的方向,转着转着,犹如转进了迷宫,不靠问路便走不出来。她家
在这一带住了很多年,还是这样。青石板路走起来,有着隔膜的
亲切,仿佛敲击着散发檀木气息的时光,一下一下,清晰可闻。巷

弄里有百来米长的一段上坡路,俗称软脚坡,后来也暗含了男人行到此处不免腿软挪不动步之意。解放前,这条路夜夜笙歌,流脂溢彩,是悲欢离合上演最频繁之地。

解放后,巷子里暧昧的灯影寂灭了,穿红戴绿散发香息的女子四散而去,异香扑鼻的软脚坡迅速沉寂下来,一径向着时光深处坠落下去。其中一部分女子,穿起了家常的衣裳,走进纱厂成了日日与"咔嚓——咔嚓——"声相伴的女工。

沙石在解放前是小手工业兴旺之地,解放后渐渐发展成轻工业城市,不大的地方,陆续建起了几个棉纺织厂。一度,这座小小的城市拥有的碇数,比大上海还多。

养妈曾是朝阳纱厂的一名女工。柳真如出生时,算命先生说这孩子与母亲犯冲,出生后三日内不能见她母亲,于是,她刚被剪断脐带就抱进了邻家,认那家人做了养父母。李子露后来接替母亲成了这厂里的一名女工,在一次武斗中不幸中流弹身亡。厂里将之列为"烈士",应诺可以有一位亲人接替进厂,柳真如便成了朝阳棉纺厂的一名挡车工。

朝阳棉纺厂的规模不断扩大,兴旺得让很多人眼羡,产品畅销到上海、广州,还出口到东南亚。像柳真如一样的女工们,戴着白色的工作帽,围着白色的布围裙,奔走在轰隆作响的一排排机床间,两手如蝶上下翻飞。中午或傍晚,厂门一打开,女工们像潮水一样涌出大门,有的披散着刚洗过的头发,有的衣服上还罩着白色围裙,她们散落到城市的大街小巷,成为沙石的一道特殊风景。

世间的事物是否都会盛极而衰？等到苏二二进入朝阳棉纺厂，却是见证了它一路下滑的轨迹，直到下岗。

关于朝阳棉纺厂的没落，民间有很多种版本。仅记者关心知道的，就有苏二二版本、同事老黄版本，和一个在民间流传的版本。究竟哪一个版本更切近真相，关心也无法辨识清楚。

二二版

朝阳棉纺厂就是让那些无眼光、无气魄、无德行的"三无"领导给糟蹋的。多红火的一个厂啊，生生给他们弄得要死不活，快没气了。我在厂里那几年，就没见厂里的机器换过新。在那里做了快二十年的黄姐，也说没见换过新。那些已经累得气喘吁吁的机器，时不时地就卡壳、掉针、断线，那机器倒腾出来的东西还不得次品率跟那高血压似的，直往上窜？这种老掉牙的东西，怎么竞争得过人家进口设备、先进工艺生产出来的东西？一批货被打回来，又一批货被打回来，领导这才急了，说大家要提高责任心，要有主人翁的精神，要把手里的活儿当活儿来做。他倒是也来一线体验体验啊。三天两头看他们忙接待，忙参观，忙考察，忙汇报，啥子新鲜经验也没见他们学回来，报告会上一说还是那些"老皇历"、"老辉煌"，我坐在下面都替他们害臊啊。说效益不好吧，厂里这几年倒是修了好几栋宿舍，住进去的都是科级以上的干部。他们住的房是越来越大，越来越敞亮了，工人的口袋却在缩水。听说光书记一个人，一年报销的差旅费接待费这费那费就是十一万。我怎么知道的？厂里人都讲吼啦！一个个看着人模狗样的，做的那些个事啊……咱群众的眼睛可是雪亮的。你没见那大门口挂起的大横幅，白布上面血红血红的字啊：还我们血汗钱！不是刚一挂出来，马上有人给撤掉吗，晚上又有人给弄出一条新的来，那是工人心里有气啊！要不，谁愿意淘神费劲地整那种东西啊。厂里钱没少赚的，都被那帮人吃掉玩掉花掉了，他们潇洒了，工人的工资是见天少一截，后来干脆只做事不给发钱了，还真当了大家都是"活雷锋"啊。现在好了，都蔫了吧，资不抵债，多好的一个厂啊，落到"资不抵债"，只有让我们这些工人下岗啰，大手一挥：你们去自谋生路吧！那几个老爷可还坐在位子上，一分不少地按月拿着他们的工资呢。你说，他们心里难道连一点点惭愧都没有吗？

老黄版

我跑了这么多年财经，这朝阳棉纺厂啊，还真是个典型的个案。什么原因？我看啊不外有三：目光短浅，自以为在行业内根子深、口碑好，就以为一直能长盛不衰。要知道，事物都是发展变化的。市场竞争是什么？那可不是龟兔赛跑，别指望兔子一次又一次失误，乌龟就可以赢得先机。市场竞争也不是比的坚贞不移，一个企业几十年如一日，没有新技术新工艺新理念，那就是把自个儿导向了死路。第二个就是，管理不善。这管理可是门大学问，千把人的厂要盘活，要让个个环节都协调高效地运转，可不是靠

"一不怕苦二不怕死"的口号就可以的，也不是几条简单的"上班不能迟到、一个班内上厕所的时间不能超过三次"规定就可以保证的。现代企业，制度和人才同样重要，甚至更为重要。你如果深入了解了朝阳厂的情况，就知道他们的管理层面有多糟，真不知怎么还能拖上那么些年，才彻底崩倒。还有分配制度，这么大一个厂当然有自身寻求平衡点的难处，但市场竞争时代，多劳不能实现多得，少劳不见得少得，谁还有积极性。加上整个一"死水微澜"，谁又能在里面扑腾得带劲？第三个就是，机遇不好。这话其实不准确，事物都是相对的，危机有时就等同于机遇。要说大环境使然，国外市场对中国棉纺产品需求的整体性压缩，新工艺的推陈出新、革新换代，国内市场竞争的加剧，这些对于任何一个棉纺企业都是一样的，为什么有的企业能从中由弱而强，有的却由盛而衰？这一细分析起来，又不是一句两句话可以说清楚的了。总之，在一匹看似高大的骆驼彻底倒下以前，它一定已经百病缠身、内里衰朽不堪了，你说是吧？

某君版

我觉得自己很冤枉。我知道现在有很多流言满天飞，相当多是指责我们这些做领导的，说我们思想保守啦、作风腐败啦、目光短浅啦，其中还有不少我曾经非常信任、也给过他们很大帮助的同志，他们以为这些话不会传到我的耳朵里，可还是被我知道了。做人，是要凭良心的！我这人没什么大的优点，心胸是有的，想把厂子办好的这颗心是滚烫的，朝阳厂也是在我手上一步步走向辉煌的，我怎么会希望把它弄垮？就是现在，我也觉得只是暂时的困难而已，当前的大环境对于中国的整个棉纺业都是一个巨大的挑战，但转机总会出现的！我们所要做的是蓄势待发，不躁不馁。职工下岗，是厂里的一个阶段性举措，并不是说朝阳棉纺厂就真的垮掉了，只要这块牌子还在，还没有倒，就是一笔比这些厂房机器更可观的无形资产，"朝阳不死"的神话就还将继续……

末一个版本，据说来自朝阳棉纺厂的某位领导。这三个版本与关于青树坪的不同版本一样，说不清哪个更真哪个偏假，又或者哪个的某一细节更切近真实。尽管三个版本的原创者，都觉得自己的最真实。

被下岗

苏二二和厂里的工人去市政府门前静坐了两天，大家想不通，原以为手里捧的是个金饭碗，没过几年变成了铁的，现在干脆变成了泥的，"咔吧——"一下就被捏得粉碎了。在厂里干了三四十年的老工人越发想不通，说你让我去自谋生路，我怎么去谋，大半辈子就是个纺织工，为这厂子奉献了整个青春，现在年纪大了忽然被赶出门，难道要我们去大街上和孩子辈的年轻人抢饭碗吗？来静坐的多是四十岁往上走的，苏二二年龄最轻，她是出于义愤——一个好端端的厂，被一伙无能者给弄垮了，难道政府就没个说法吗？

大伙儿打出了两条横幅，一个白底黑字：还我生存权惩治腐败者；一个白底红字：相信政府倾听民声还我公道。百来号人在市府门前坐成黑压压的一片，中间还有不少工人家属，也有家里孙子外孙子没人照顾，一同带来的。孩子坐不住，嘻嘻哈哈地在人丛里奔跑穿梭，弄得现场气氛不那么肃穆了。

奇怪地，没有一家报社、电视台前来采访。市府的工作人员说领导在外地调研，不让进院子，不过态度挺好，还搬了一台饮水机放在大门岗亭处，让大家随便取饮。一桶水喝完了，马上换另一桶水。气温太高，大家静坐到中午下班时，就散了，约好第二天早上再去。身体是"革命"的本钱啊！

第三天一早，苏二二正要出门，被苏北放叫住了。"一大早干什么去啊？""厂里有点事。"

"什么事，不是说手续都办了吗？"看苏北放那个表情，苏二二心里有点发虚，"还有点、有点东西没拿。"

"居委会的蔡主任昨天来过了，说你们家是教师之家，军人之家，让你们家老二别跟着厂里那般闹事的瞎掺和……"

苏二二提着的一口气，放下来了："不是瞎掺和，我们没乱来，只是静坐，不吵不闹的，您到现场看看就知道了。我们不过是要政府主持公道。"说着说着，苏二二心里一股劲儿上来了，她干脆坐下来，摆出要和苏北放认真摆摆理的架势。

"静坐？那市政府门口是静坐的地方吗？人来人往的，影响有多恶劣你们知道吗！""事情出来了，不能窝着盖着，您不总是说，凡事要摆到台面上来寻求解决方案。我们这样做，可能改变不了什么，但至少可以让政府关注，让那帮无能者坐不安睡不稳，给他们敲响警钟。您不是最看不得不平事吗？"

"你以为政府不关注吗，那么大一个厂，弄得工资发不出来，人员下岗回家，你以为政府是'睁眼瞎'吗。我看你现在，赶紧找份工作才是正事，不要整天不务正业瞎折腾。"苏北放语气加重了，满脸严肃。

"我不是瞎折腾，我看政府就是盲视或者无视，要不然怎么由着一个好端端的厂被那帮人弄垮掉了！"苏二二不甘示弱，声音又高又尖。柳真如赶紧跑过来，拦在父女俩中间："你爸爸说得对，赶紧找一份工作吧，别参与那些事了，那个不是你可以解决的。"

"每次都是你爸说得对，你爸说得对，妈，你这辈子就没有你自己！"苏二二气得一跺脚，语气更拧了，似乎偏要气气苏北放。从小她就喜欢和他对着来，这家里也只有她敢和他对着来。她看一眼坐在沙发上的苏北放，苏北放并不看她。苏二二一挺身子："我不会去找工作的，我看啊什么工作都不是铁饭碗，只能靠自己去打拼……"

"你一个女孩子，怎么去打拼？"柳真如急了，扯住她的袖子。"还是找份稳妥的工作，我拜托了孙阿姨在帮你打听。"

"我不！我早想好了，放心，我会自己养活自己，不会成为你们的包袱的！"苏二二不等两老言声，一拧身出了家门。

　　出了门，内里的一股气忽然懈了，懈得莫名其妙。苏二二走了几步，在一个路边花坛的水泥沿上坐下来。心里空空落落的，泛起一丝后悔来。看到妈那么焦急的样子，她本不想说那些话的，可那些话自己就冲出了口。其实，还没想好到底做什么，想自己去创业，可手里这点钱能做些什么呢？她心里一点底都没有。

　　苏二二抬起头，冲着明晃晃的阳光眯起眼睛。阳光真刺眼啊！她固执地仰着头，不肯将眼睛调转开来，不一会儿，眼睛就感到火辣辣的疼痛，辣出了眼泪。她这才将眼睛闭上，眼前出现了两片暖红。她保持这姿势很久，能听到来来往往的那些脚步声，路人在看这个有些古怪的女人。管他呢，看就看呗！这世上每天稀奇古怪的事多了去了。

　　不知坐了多久，感觉内里终于安静下来，苏二二站起身，将包斜挎到肩上，迈开大步，在人行道上雄纠纠气昂昂地走起来。她想，老爸当年行军打战的时候，是不是就是这样，被革命的激情鼓胀着。小时候，她和大姐小妹常常排着队，三姐妹穿着妈妈做的清一色绿色小军衣，甩开手臂"一二一"、"一二一"在屋子里转圈，每逢走到装有镜子的衣柜前，她总会臭美地冲着镜子一昂头，嘴里发出的声音更响亮了。

　　不大的屋子，被三姐妹闹翻了天。那时候，她们不知道父母正在度过一生中最艰难的时期，她们很久很久见不到父亲，母亲也不再是让她们骄傲的老师了，周围的小朋友忽然都疏远了她们，冲着她们喊"臭老九"、"叛徒"。那时，苏二二总是冲在前面，冲着那些孩子伸出自己的小拳头摇晃几下："你才是叛徒呢！你敢再叫,我们就对你不客气了!"大姐、小妹一左一右站在她身后,她心里没有屈辱,只有一股硬邦邦的傲气,似乎她小小的身体充满了力量,可以保护身边的大姐小妹,保护妈妈。从来没有什么可以真正难倒她。这么想着,苏二二走得更快,更英武了。

她一直走到市政府门口,但是没有走向静坐的人群,而是站在街对面。她看了看大太阳下静坐的人群,几个孩子依然在人群里奔跑穿梭。静静地看了一刻,苏二二继续迈开大步往前走去。

几年间,苏二二经历了几次创业几次失败,跌倒再爬起,爬起再跌倒。起初她炒过股,将参加工作后攒的一万来块钱和买断的钱,一股脑投入进去。不知怎的,一同在股市里沉浮的股友大多赚得盆满钵满,偏偏她亏得一塌糊涂。她不甘心,买了几本研究股市的书埋头啃读,对于别人的建议一概左耳进右耳出,她只相信自己的判断,哪怕撞上南墙也不回头。对此结果,苏北放只有简短的四个字——"不务正业"。

苏二二根本不把这评语放在心上,她雄心依旧在,在柳真如耳边缠磨了几日,终于借得了一万五千块钱,柳真如没敢告诉苏北放实情,苏二二赌咒发誓一定在半年后连本带利还清。这之后她神出鬼没,经常三天两头不着家,回来一身嬉皮气息的衣服,烟也偷偷抽上了。苏北放一见她回来,指头间晃着一支烟,气就不打一处来。那段日子,苏二二也不爱落家,说一进家就憋屈得慌,躲在厕所里抽支烟吧,抽烟不过五分钟,却要拿扇子使劲扇上十分钟,要不被苏北放闻见,那就等于点燃了一个炸药包。

雄心勃勃的开始,换来的却是无可挽回的钱全部打了水漂,她从山西贩卖的大枣、从新疆弄来的哈密瓜根本在古城卖不动，这里的人还没那么多闲钱来享受这些玩意儿。她没敢和柳真如吱声，悄悄找苏一一、苏三三挪钱用，那两姐妹翅膀还没硬呢，钱都是平时从牙缝里节省下来的，加上苏三三恋爱了，还得补贴那个穷山沟里出来的男朋友，能拿得出来的根本是车水杯薪。苏二二一度困窘得一天只吃两包方便面，可她再不好意思向爸妈要钱了，回家的话先打个电话，若是苏北放不在就匆匆奔回家，拿点东西，更主要的是饱餐一顿。柳真如看着她狼吞虎咽的样子，又心疼又无奈。她一在苏北放面前提二二的事，苏北放就一摆手："别和我说她的事。她把家当成什么啦？旅馆吗？一个大姑娘家整天在外面晃荡，没个正经样子，像什么话！"

这话柳真如自然不会对苏二二说，可不说苏二二也知道，她心里硬着一股气，偏要晃荡出个样子来给苏北放看看。大热天，苏二二顶着烈日头到深圳进了一批棉布T恤，没舍得托运，自个下苦力跟车运回来。她没办营业执照，每天夜幕降临就在红旗大楼门前的人行道上摆个推车，衣服满满地堆在上面，她站在一张小凳上，手拿喇叭："深圳出口转内销的T恤衫啦，透气凉爽时尚，四十元一套，四十元一套，跳水价啊，路过不要错过，绝对物超所值……"这些衣裳买时是论斤称的，现在一件衣裳配一条短裤卖四十元，比进价翻了近五倍。

站得高看得远。一旦发现有市场管理员出没，苏二二立马拿着喇叭招呼一声："撤啊，姐妹们！"来这儿摆摊的多是下岗工人，还有些腿脚不利索的老姨妈，卖些针头线脑、零碎手工，苏二二麻利地跳下凳子，顺手将旁边一个老姨妈的地摊连摊布带东西用手一搂巴，丢到车上，撇腿跨上车，在人群里几扭几扭就窜进了旁边的巷子。等老姨妈抹着一头的汗赶来，她已经悠闲地点燃一支烟，歪坐在车上喷吐出一团团烟雾了。

这批衣裳帮苏二二赚得了第一桶金，虽然这桶小得可怜，但给了她信心。她又接连几次南下进货，货都销得特别快。就在她准备昂首挺胸走进家门的时候，又栽在了一批旧衣服上。那年，不知怎地忽然时兴起旧衣服，据说那些衣裳都是香港富人不要或死了人的人家处理的，有的衣裳稍微整一整，完全跟新的一样，而且样子特别时髦，不少还透着贵气。这些旧衣服便宜得不得了，利润空间大得很。运回来，正好满足了那些家境不富裕、但巴望着赶赶时髦的古城人。早有人贩卖这样的衣服大发了，苏二二起初觉得这些衣服不干净，可禁不住火爆市场的诱惑，也进了一批，不想，正赶上卫生防疫部门整顿市场，凡是旧衣服一律收缴烧毁。苏二二的一批货刚摆出来，就被防疫人员一收而空。望着绝尘而去的汽车，那一刻，苏二二杀人的心都有了，她跺着脚，破口大骂：“土匪！强盗！你们这些穿制服的狼！……”

好在，手里还有资金，苏二二萎靡几日，伤心几日后，又振作起来，重新开始南下北上了。终于，她在古城人气最旺的步行街上盘下了一家店面，拥有了一家属于自己的店铺。店子取名“武装”，卖的不是那些满大街流行的时髦服装，而是迷彩服、猎装之类威武气十足的衣裳。这个店还卖驴友常备的那些户外用品，久之，成了步行街上一家特色店。

店老板苏二二常常一身武装打扮，英气逼人，头发也剪成了干脆利落的短发，将自己与相貌酷肖的大姐、小妹截然区分开来。从那以后，关心再难把她和苏三三弄混了。

红布鞋

有人一辈子对一种颜色情有独钟，有人一辈子对一种颜色百看百厌，有没有人对一种颜色既钟情又畏惧，既爱得热烈又恨得强烈？

苏北放喜欢红色，从小就喜欢，老家窗户上贴的剪纸，热腾腾馒头上的一点暖红，队伍最前头迎风飘举的旗帜，还有领章、帽徽和军功章，红是记录他一生光荣和骄傲的颜色。可是从1949年7月15日那一天开始，红成了他心头的禁忌。因为红也是鲜血的颜色。当它以无法阻挡的形态汩汩从战友身体里流出时，当年十六岁的苏北放克制不住身体的战栗，两道热泪奔洒而下，洗刷了他对红天然的热爱。从那以后，他总是在看到鲜红颜色的一刻，下意识地迅速调转目光。

苏北放对关心述说这些时，仿佛重新回到了解放沙石那一天，回到了由青青绿草和红的、白的花朵铺满的堤坡。这是他第一次与人那么真切而详细地回忆那段往事。多年来，他将一切尘封在记忆里，妻子和三个女儿只知道他参过军打过战立过功，家里有八个大大小小的军功章。女儿们都知道它们是爸爸的宝贝，同时也是不可对外人告的秘密，那是年幼时妈妈对她们千叮万嘱过的。这些军功章被柳真如用布一层又一层地包裹起来,放在一个不起眼的装满了破旧鞋子的纸箱深处,而纸箱被塞在床下那个最深的角落里。当有一天它被重新翻找出来时,上面积满灰尘,刚被撕裂的蛛网在暗黄的箱纸上无声地飘浮。

那天听完这段故事,苏三三和关心走出家门,忽然悲从中来:"我妈妈从来不穿鲜红色的衣服,以前以为是她古板、保守,现在我才知道,是我爸爸不喜欢她穿那种颜色。我六岁那年,妈妈的一位朋友孙阿姨送给我们姐妹一人一双红布鞋,二二抢先喜滋滋地穿上脚,爸爸看见了突然大发脾气,命令她脱下来,她哪里肯,爸爸冲过来直接拎起二二,将两只鞋从她脚上剥下来,扔出了窗口。二二气得猛跺脚,把妈妈吓坏了,可妈妈没有责备爸爸一句。后来,二二自己闹累了,伏在床沿上哭着哭着睡着了。那以后,妈妈再没提过红布鞋,三双红布鞋都不见了踪影。第二天我还偷偷去窗外找过那双红布鞋,哪里还找得到。那时候,真恨爸爸啊。特别是二二,从那以后就和爸爸干上了,爸爸说什么她都一副不听、不合作的样子……"

"现在还恨吗?"苏三三轻轻摇头,吁出一口气:"还恨什么,哪里还会恨。从小到大,我们三姐妹几乎没穿过红色的衣服。你相信吗?"

"可是我看见苏二二穿过一件,假皮质的,像猎装。""那个啊,"苏三三忽然笑起来,"那是我二姐叛逆期时买的,故意买的,为了气我爸。"

关心和苏三三坐在酒吧里。这酒吧在人流熙攘的公园路上,因为门前人行道上有七棵杉树而取名"七株杉"。每到春天，杉树集体披上了酒红色的针叶，树冠像一颗颗倒悬的泪滴。站在树下望上去，仿佛通向一个毛茸茸的梦境深处。苏三三喜欢这里，所以关心也成了这里的常客。在找不到理由见苏三三的日子，他就会独自跑来这里，找一个临窗的座位，窝进沙发深处，点一壶红茶慢慢喝，幻想着某一刻那个女人从窗外走过，接着响起"叮铃——"一声门响，几秒钟后她出现在他面前，露出两个小而圆的酒窝。

偶尔，苏三三真实地坐在关心面前，关心却有种不真实感，仿佛这是随时会消隐的梦境。窗外的七棵杉树在路灯幽暗的光线中，举着眼泪般的树冠，仿佛刚刚从夜空坠落下来。这时候，两人会点上一瓶红酒，慢慢喝。关心总是在不知不觉间就喝醉了，醉意朦胧中与苏三三在"七株杉"的门前挥手告别。她不像别的女人，从来不要关心送她回家，回回分手时干脆利落，不会回头。

看着苏三三的背影，关心傻傻地站在那里，心想：她与刻骨铭心爱过的那个男人分手时，想必也是这样吧，转过身去就不会再回头。这是苏三三的风格，而那个男人竟然也没有挽留她，不管出于何种原因，李双说他再没有出现过，这加重了苏三三内心的痛苦。那段时间，她比以往任何时候都更依赖"七株杉"。

苏三三告诉关心，那件鲜红色的假皮大衣，是苏二二一次去广州进货时挑选的。起初的本意是自己一见之下很喜欢，准备放在店里出售，可在发生一件事后，苏二二就挑衅般地将鲜红色假皮衣穿回了家，大着胆子在苏北放眼前晃了几个来回。苏北放没有像多年前对待红布鞋那样,粗暴地将衣服剥下来扔出窗外,而是在愣怔一刻后将目光重新沉埋在了报纸上。等苏二二在他面前转到第三个来回时,苏北放取下老花镜,咳嗽一声站起身,将报纸重重地拍在桌子上。

声音之大,让苏二二的身子明显颤抖一下,她在原地顿了一顿,重新迈开步子时,神情已没有了先前的那股自信。苏北放没有看她,走进了卧室。自始至终,两个人的眼睛都没有直视过对方。

"发生了什么事?"关心的好奇心被勾起来。苏三三举起红酒在眼前优雅地晃一晃,小抿一口,莞尔一笑:"苏二二恋爱了。"

"那不是很正常,这世间的男女总要恋爱的。苏二二也不小啦,有的父母还巴不得子女早点恋爱生子,早点抱孙子外孙呢。"

"关键是,苏二二找的这人不一般。""哦,"关心坐直身子,夸张了表情,"洋人?你爸妈不会接受不了涉外婚姻吧。"苏三三摇摇头:"我爸妈没那么保守,而且苏二二也不喜欢洋鬼子,手臂上毛茸茸的一大片,一根根毛有那么长,异咤死人了。"

"劳改犯?杀了人的,犯了强奸罪的,贩卖毒品的,或者贪污公款的?"苏三三"扑哧"一下笑开了,"有病啊你,采访警察太多了吧。"

"那能怎样,未必是个老头,已经满头白发老眼昏花背立不起腰挺不直,偏偏喜欢老牛吃嫩草的那种?""歇歇吧你,乱想。不过是离过婚的,带着一个孩子,而且,而且还是个暴发户。"

这回轮到关心忍不住发笑了:"暴发户?现在还有谁用这名

啊,用我们的行话说那是商界成功人士。有钱多好啊,姑娘家都抢呢。不过,就是离过婚的,这个倒是委屈了二姐。"

"我说的那是什么年代啊,那时候暴发户一词才冒出来呢。我爸说了,什么人不好找,老师、医生、政府职员、国企工人、设计师、警察、军人,都可以啊,为什么找那个暴发户,书只读到初中毕业,投机倒把发了点财,我看除了钱就没别的什么了。苏二二说,他心肠热,懂得疼人,有志气。我爸又说了,心肠热的男人多了,懂得疼人的男人也多了,有志气的男人更多了,俗话说无商不奸,这种投机倒把发了财的,没准哪一天就输得倾家荡产了。苏二二在家里那个痛哭,说他是倒卖钢材赚的钱,可人家现在做的是正经生意,买了山林种果树,开了店子卖服装,怎么就不行了? 革命还不问出身呢,人家也不嫌我是个下岗的啊。我妈倒不在乎什么钱不钱的,就觉着一个黄花大闺女,要样有样的,凭什么给人去当二婚,一去还直接就成了个妈。苏二二梗着脖子说,我乐意! "

"真够惨的,苏二二怎么偏爱上这么个人。""怎么个人,我看人家蛮不错的,那孩子四岁,也很乖。"

"你愿意自己的姐姐往火坑里跳?""怎么说话呢你,人家老婆得病死的,他倾尽所有为老婆治病,欠下一屁股债,这才狠心下了海,你说靠他原来每月几百块的工资,还债不得还到猴年马月啊。久病床前无孝子,看他对待原来老婆那个劲儿,真是不容易。再说了,他爱二姐,不是一般的爱。二姐也爱他,也不是一般的爱。"

　　"有那么爱？"关心拖长语调，故意打趣。苏三三忽然将脸一沉："算了算了，不和你说了，连恋爱都没谈过，和你说什么爱不爱的不等于对牛弹琴。"

　　看苏三三生了气，关心不言声了。爱是上天赋予每个人的本能，难道只有恋爱过的人才有资格谈爱吗。这说法也太武断了吧。可他了解苏三三的脾气，不再说话，闷头将杯中的酒喝干净了。果然，没过三分钟苏三三就缓和了表情，往关心面前的杯子里主动加了点酒，然后拿自己的杯子一碰，不等关心回应，就将杯中酒一口喝了下去。关心很想将苏二二恋爱的话题再继续下去："后来那件鲜红衣服呢，好像二姐很久没穿了？"

　　苏三三半天没言声，脸隐没在一片暗影深处："卖掉了。穿了一个礼拜后，她自己不忍心了，回回她一进家，我爸就进了卧室，连饭桌都不肯上，血压几天内连续窜高，加上她那位一劝，她就将那衣服卖了，本来吊牌也没拆。"

　　有时候，关心怀疑自己只是苏三三眼中的另一个闺蜜，而非异性，且是比李双更温顺更安全更耐心也更没有攻击性的倾听者。李双常常会打断苏三三的话，发表个人的观点，甚至激烈地否定她，反驳她，质问她，关心不会。他乐于扮演这样的角色，至少这样可以自然而然地接近苏三三。

夜行车

　　苏二二是在一次到广州进货回来的火车上，认识刘沙河的。

两人同一包厢,苏二二上铺,刘沙河下铺。见苏二二拎着两个胀鼓鼓的行李包出现在包厢门口, 刘沙河主动说可以和她调换铺位。"不用。"苏二二大大咧咧地拒绝了。

这时,其他三个乘客都已将行李放好了,行李柜只剩下窄小的一点空间,刘沙河瞧一眼苏二二身后的两个行李包,一声不响将自己的行李箱从上面拎下来, 塞到了床铺下面。苏二二没言谢,也没请他帮把手,自己掀起卧具一角,踩上铺,一弯腰将行李提起来直接抢进了行李柜。刘沙河暗暗诧异这女人的力气和气魄。苏二二弯腰拎起第二个行李包,想再一次抢进去,包却被弹了回来,剩下的空间比那行李包的宽度小。

刘沙河以为苏二二这时会请求援手了, 可她还是一声不吭地将行李包卡在缝隙处, 自己一拧腰爬上了上铺,闷头鼓捣半天,在行李柜里调整出了足够的空间,将两个包稳稳当当地塞了进去。从那以后,苏二二一直待在上面,没多久就发出了轻微的鼻息声。

去厕所的功夫,刘沙河悄悄看了一眼睡在上铺的这个女人,似乎睡得很沉很香,斜背包还挎在肩上,从盖了一半的被子下无遮无挡地露出来,连上面的搭扣都没拧好。这女人不是太辛苦,就是太马虎了。刘沙河暗暗感叹。

刘沙河在火车上睡觉,不喜欢将头放在靠窗的那边,而是靠近门边,这样有什么动静容易惊醒。半夜,刘沙河醒来,睁开眼睛,吓得心脏差一点停跳。那个女人居然坐在他脚头,窗户边上。衬着窗外迷离晃动的光影,他似乎看见女人没有看窗外,也没有看前方,而是微侧过头来看着她。在他睁开眼的一刻,女人迅速而又让人不易察觉地挪开了目光。

这时,刘沙河可以看见她清晰而完整的侧影轮廓,很美的一个女人,饱满的额头,大而微微凹下去的眼睛,线条优美的鼻和唇形。他装作还没醒来,偷偷地欣赏了半天。

女人一动不动,不知在想些什么。这女人身上有种特别的味道,似乎不同于刘沙河见过的任何一个女人。究竟是什么,他又说不清楚。是不是有股杀人越货的匪气?这么一想,刘沙河顿时沁出一身冷汗,他下意识地摸摸口袋,钱包还在,手机还在。

"有没有吃的,我胃疼。"女人声音不大,冷不丁地从黑暗中幽幽地传来,刘沙河吓了一跳,但是听清了。他赶紧一翻身坐起来:"有有有。"说着忙不迭地伸手从床下拖出行李包,"巧克力。"

"胃疼不能吃巧克力。"女人摇摇头,推开了。

"花生。"

"胃疼不能吃花生。"

"牛肉干,哦,胃疼不能吃牛肉干。"刘沙河发了愁,无助地看着黑暗中的女人,忽然想起来,"哦,我还有盒方便面,可以不?"

女人点点头。刘沙河赶紧起身,拿出方便面,打开封口将作料一包包倒出来,又跑出去打了开水,递给女人。女人无声地接了,没多久,响起细细的吃面声。

女人吃得很慢。"好些没?"刘沙河关切地问。女人点点头,喝干净最后一口汤,将盒子递给刘沙河,刘沙河拿出去扔进了垃圾箱。回到包厢时,女人已经爬上铺躺下了。自始至终,女人没说一个谢字。

刘沙河睡不着,他想不通,这女人未免太自以为是了吧,无亲无故地半夜找我要吃的,喝光了汤的盒子大可自己丢进垃圾筒,偏递给我让我帮她倒,完了连句谢谢都没有,这女人把我当什么人了啊!

他故意把床折腾出声响,可上铺再没了动静。有一刻,刘沙河甚至想到,这会不会是个阴谋,调虎离山之计?再想想又不可能,对铺还睡着两个人呢,况且自己钱包手机行李一样东西都没少。可能是这女人太累了吧,人家毕竟是一个弱女子,他自我安慰着终于又睡了过去。

第二天天蒙蒙亮,上铺有了动静,女人爬下床,拿着洗漱用品出去了。刘沙河赶紧趁这工夫起来。女人回来,仰着挺清爽的一张脸,看不出来一点点昨晚"胃疼"的迹象,刘沙河本来想问身体好些了吗,看看女人冷冰冰的表情,一句话给生生地憋回了肚子里。

女人坐在门边上,将头靠在包厢壁上,闭着眼睛,一直没有说话,一副拒人于千里之外的表情。刘沙河也不好搭讪。

快下车了,刘沙河等着女人开口,可她还是像上车时那样,闷声不响地爬上上铺,一拧腰将行李包拎出来,"扑通"一声扔在地上。再拎出一个,"扑通"扔在地上。车还没进站,她就拎着两个包出了包厢。

出站时,刘沙河远远地看见女人走在前面,还是一副不冷不热的模样,心里"嗤"一声,这女人大概有公主病吧,太自以为是了。

一天，刘沙河逛步行街给孩子买衣服，被"武装"桀骜不驯的店面设计吸引住了。黑底招牌上，两个飞扬的军色大字——武装，两个字从上面冲出了黑底，悬了半截在空中，而招牌下半部分除了右下角有一行电话号码，就是单纯的黑色。它嵌在一长溜花枝招展的店铺招牌中间，仿佛一个不肯与人合作的横眉冷目者。

走进去，只见一人埋头坐在柜台后面，刘沙河在店里转了半天，也不见有人上前来搭话。他指着一条迷彩军裤问："这个几折？"苏二二从柜台后面探出小半个头来："不打折。"

刘沙河愣了，怎么像火车上那个女人？

他故意绕到柜台那儿，可不是，就是那个大喇喇的女人！她正埋头翻一本带图片的书，看起来像是西藏风光。刘沙河清清嗓子："你们组织徒步穿越吗？"

"当然。"女人头也不抬。"我，我想带儿子一起参加徒步穿越，不过最好是在附近，不能太辛苦。""儿子多大？""四岁。"女人嘴角翘起来，一边挂了一个圆圆的酒窝，脸上带了戏谑的表情，抬眼一瞟他，女人愣住了："哦，是你。"

刘沙河乐了，看样子女人是认出他来了。那天在火车上，他还以为女人连正眼都没瞅过他呢。

去西藏

这世界上的每一个地方，也像人一样有自己特殊的气质，会对契合它那一风格气质的人产生致命的吸引。苏二二一直梦想去西藏，从上初中时就开始了。她曾经躺在被窝里与苏一一和苏三三分享过她对西藏的强烈憧憬。后者没听上几分钟就呼呼睡着了。而前者瞪大眼睛，像鱼一样嘴里吐出一个又一个问题："怎么去啊，走着去吗？还是坐马车？那地方很远吗？有多远？比那个大上海还远吗？那里是离天空最近的地方？真的可以摸到太阳吗？那里太阳像金子一样晃眼？那不是会把我们晒得很黑很黑，像隔壁的'蜂窝煤'一样？……"

苏二二并不能回答，顾左右而言他，但苏一一会执著地绕回来。最后，苏二二被苏一一连珠炮似的提问彻底打败了，也呼呼地睡过去。苏一一见半天没有回音，才闭上嘴和眼睛。可是她半天睡不着，那些不能被苏二二顺利解答的问题，盘旋在她的脑子里，吵得她睡不着。

苏二二一直在做着去西藏的准备，她只要看到关于西藏的资料就会收集起来，久之积了厚厚的两大本。在朝阳棉纺厂上班时，她没有足够长的假期。后来自己创业了，大把大把的时间按理说属于自己了，可她总像被什么催促着，不停脚地往前赶啊赶。她也曾向很多驴友发出过同赴西藏的邀请，也有人热烈回应，但计划总是赶不上变化。

最终，还是刘沙河和她一起实现了去西藏的梦想。

刘沙河走进"武装"看见苏二二那天，向她要了BB机号。从那以后，两人就通过BB机热线联系了。似乎通过这样的方式，苏二二不再那么冷，反而透着股幽默劲儿。为了刘沙河的拜托，苏二二特地组织了一次去邻市郊外白马峡谷的徒步穿越。

驱车两小时,徒步四小时。苏二二打电话提前知会刘沙河:"徒步穿越照理是少儿不宜的,你执意带上儿子?"刘沙河不以为然:"就是要让小家伙锻炼锻炼,吃吃苦,这娃被爷爷奶奶娇坏了。"

"孩子本来就是要娇的。""我希望他像你这样。"苏二二诧异:"像我这样?我咋样啊?"刘沙河简洁地答:"有神降神,有鬼捉鬼。"苏二二扑哧一下笑了:"那是钟馗!"

刘沙河还是低估了徒步穿越的艰巨性。他原以为自己有初中时打篮球的好底子,这四小时的路不仅可以轻易走下来,还能拽一半路抱一半路将儿子鸾鸾也顺利带下来。真上了路,他才知道带着个孩子徒步穿越真不是好玩的。

开始,路在山崖下蜿蜒,虽然山路窄小,杂草丛生,但还不是很难走。鸾鸾牵着刘沙河的手,昂扬地唱着"我是一个兵来自老百姓"走在队伍最前面,不时拿手往天上一指:"爸爸,蝴蝶,蝴蝶!我要抓住那只黑蝴蝶!"到了中间一段,人已经走得满身是汗,疲惫不堪了,路开始伴河而行,往右踏出一步就可能失足掉落下去,没有缓冲的岸坡,缭乱的杂草之下就是深幽的河水。鸾鸾朝下望一眼就吓得直叫唤,小身子一个劲地往刘沙河身后缩。眨眼工夫,两人落在了队伍最后面。

苏二二让队伍放慢速度前进,自己折转身往回。刘沙河正狼狈不堪地半搂着鸾鸾,因为看不见脚下的路,两人走得很慢。"背吧。"苏二二一把接过刘沙河的背包,背在自己身上,往鸾鸾胳肢窝下一操手,将他提到了刘沙河的背上。她让刘沙河走前面,她拿一只手托住鸾鸾的屁股,帮刘沙河减轻重量。

走了没几步路,刘沙河就开始喘气。鸾鸾因为害怕,两手将他的脖子箍得紧紧的。大汗淋漓而下,挂在眉毛上,弄得视线也模糊不清了。他抬起手来擦汗,不想脚下一滑,草丛里竟是虚的,身子一歪,只觉得一片杂草往眼前扑来,杂草的缝隙间是墨绿的江水,心失重般骤然停跳。脸未及触到灌木,身子被什么拽住了,略扭过头,是苏二二,拽着他的背包,鸾鸾幸亏将他的脖子抓得紧,没有摔下来,却也是大半个身子悬在了半空中,吓得"哇哇"大哭起来。刘沙河腾出一只手,抓住了一根树枝,另一只手紧紧护住鸾鸾,这时前面的队友也赶了过来,众人一起将他俩拉了上来。刘沙河一下子瘫坐在地上,一身冷汗。

苏二二拍拍他的肩:"还好吧?"冲众人大声说,"原地休息一会儿。"鸾鸾好不容易止住了哭,但一直紧紧地抱着苏二二的腿,不肯松开,一副怯怯的表情。苏二二拿出水递给刘沙河,他感激地冲她点点头。

"鸾鸾,阿姨给你变个红苹果吧。"苏二二蹲下来,将鸾鸾抱坐在自己的膝盖上。鸾鸾摇摇头,又点点头,脸上不见一丁点兴奋之色。

苏二二将手在空中晃两下,往脖子后面一摸,再伸到鸾鸾面前,手上一个红通通的苹果。鸾鸾接过去,细细地吃起来。"小男子汉,苹果要大口大口地吃,像阿姨这样——"

眼看太阳已经落到了山脊后面,苏二二看时间不能再拖,让队伍重新出发。没等刘沙河站起身来，苏二二利索地背起鸢鸢，走在了队伍最前面。"鸢鸢，和阿姨一起当冠军好不好？""好！"鸢鸢的声音恢复了点生气。

"那你一定要配合阿姨，来，先将你的两只手放松，分别搁在阿姨的肩膀上，屁股再往上耸一耸，很好，鸢鸢非常棒。我们要将你爸爸远远地甩在后面，好不好？"

"好！——"鸢鸢发出了欢快的笑声。

那天不是苏二二出手相救，刘沙河真不知道怎么把鸢鸢带出山谷。从那次遇险后，鸢鸢就一直黏着苏二二，晚上也非要睡在她的帐篷里。白天累坏了，鸢鸢躺进睡袋里没一会就睡着了。刘沙河拿着啤酒过来，看鸢鸢睡熟了，邀苏二二到沙滩上喝两盅。苏二二爽快答应了。

百来米宽的江滩上，十来顶帐篷一字排开。有些里面还亮着手电光，传出窃窃私语声。江滩上显得十分幽静，只有哗哗的水声一波一波涌来，伴着清爽的风。

"今天，真是谢谢你了。"刘沙河冲苏二二一碰啤酒罐。苏二二仰脖喝下一大口："我是团长，有责任把每一个队友安全带出带回。"刘沙河笑一下："没想到徒步穿越这么难。你走过的最难的地方是哪儿？"苏二二拿手抓起沙子，看它们顺着指缝往下滑落："嗯，四姑娘山？其实，最难穿越的是自己。"

"呵呵，这话有哲理。"刘沙河"砰"地碰一下啤酒罐，喝下一大口，"鸢鸢长大能像你这样，就好了。"

"我有什么好？"苏二二拿手指划拉沙砾，"她妈妈呢？怎么你说是爷爷奶奶带着他?""她妈妈得病走的,有三年了。""哦,对不起。看鸾鸾很乖的,要好好疼他。"

刘沙河扭过头看着苏二二的侧影。月光给苏二二的脸涂上了一层柔和的光晕,她不再是火车上那个冷冰冰的女人,也不再是徒步路上那个英气失足的领队了。就是在这一刻,刘沙河真正对苏二二动了心。

从白马峡谷回来,刘沙河展开了追求攻势。每周一早上9点半,准时有一束花送到"武装"。"万一哪天我来迟了呢?"苏二二脸上不见丝毫惊喜之色,甚至比在火车上时还显得冷淡。

"你不会,我注意了每周一你都是九点到店里开门,你是个自我有约束的人。""你错了!"苏二二挑衅地望着他。接下来的周一,苏二二故意迟到了半个小时,远远地,她就看见刘沙河捧着一束郁金香站在"武装"店门前。她顾自开门,不理睬他。

刘沙河跟进去,将柜台上的花换下来,清到门外。"干什么?我才是店主吧,你怎么随便处置我店里的东西!"苏二二满脸不悦,将花从门外捡回来,重新摆上,又将新花塞进刘沙河怀里,"拿走!"

刘沙河有点尴尬:"那花蔫了。""蔫了我也喜欢!"苏二二抹着柜台,整理衣服,不再理他。

刘沙河将花放在柜台上,不声不响走了。从那以后,他通过BB机发信息给苏二二,苏二二再不理他。刘沙河兀自摇头:"这女人,不一般!"

到了下一周,苏二二准点来上班,看见门口端端正正摆着一束花,还是郁金香。刘沙河就这样送了二十多束郁金香,苏二二还是不睬他。按理,别的男人就该知难而退了,刘沙河不。他申请了一个新的BB机号,装成客户去叩苏二二的门,重新和苏二二建立了联系。巧的是,苏二二从未主动问过他的情况,只当他是个普通客户。这是她的脾性。他订购的所有服装,都是让苏二二寄到一个地点,收者是他的一个铁哥们。

一次, 他装作不经意地在电话里问:"你有没有最想去的地方。"苏二二反问:"我有,你呢?"

"西藏。""呀,我也是!"刘沙河感觉出了电话那头苏二二的激动。

两人开始热聊关于西藏的一切。这一点,刘沙河其实没有骗苏三三,他一直想去西藏,也在有意无意地做着准备。

西藏之行,顺理成章地达成了。两人商定了行程,分头开始准备。刘沙河先订了两张到成都的船票,出发前一天,他给苏二二去了电话:"船票订好,明晚七点码头见。你不会爽约吧?"苏二二回得飞快:"不会! 一定! 不见不散! "

"我是个男性,你与我一起去西藏没有顾虑吧?""没事,我中性,你也中性好啦。"

刘沙河沉默一刻:"如果我是你认识的人,你会介意吗?"这次苏二二回得有些慢:"你会是我认识的人吗?"

刘沙河的心提到了嗓子眼:"如果是, 你会放弃这次旅行吗?"苏二二沉吟一下:"我好像还没有特别讨厌的人。"

"你的意思是'不会爽约'啰!""我现在开始有点讨厌你了,

发现你很啰唆,再问的话,我就真的爽约了!"

"那好,明天我会穿一身红色运动装,在码头那棵大梧桐树下等你。""放心!"

刘沙河按约定时间提早了半个小时,他故意坐在从堤坡上远远地一眼就可看到的地方。苏二二掐着时间出现在他面前,没有多话,冲他一撇头:"走吧!"

那是一趟比徒步穿越白马峡谷艰难百倍的行程,两人相依相扶走过来。在空气稀薄的西藏,平时康健的身体似乎变得格外脆弱,连拥抱都须得十分小心,可苏二二还是第一次主动和刘沙河拥抱在了一起。

拥抱过后,苏二二显出少有的羞涩表情:"哎呀,在这里我怎么感觉自己变得格外弱小。你说,是不是正因为这样的环境条件,生活在这里的人不得不节制自己的自大和欲望,所以变得虔诚,变得谦卑。"刘沙河没有正面回答苏二二的问题,而是看着她的眼睛,简洁地说:"我喜欢。"

月亮城

苏二二从西藏回来几个月后,苏北放和柳真如才知道她有了男朋友,且是一个家有四岁孩子、无正常职业做生意的男人。起初,苏北放没发表意见,柳真如一听就叨咕起来:"这怎么行,这哪般配? 你一个黄花大闺女,他结过婚,还有个四岁的孩子,我不同意。"

见苏二二面无表情,捧着杯咖啡喝得"吱吱"响,柳真如转向苏北放求助:"老苏,你说两句吧。"苏北放语气不激烈,说得慢条斯理,一条条理由列出来。苏二二也慢条斯理,来一条驳一条,两人你来我往,渐渐地气氛就火爆起来。到最后,苏北放拍了桌子,苏二二出了狠话。柳真如两边拦,哪拦得住。苏二二匆匆收拾几件衣服,摔门而去。这丫头离家出走了!

苏二二没去刘沙河那儿,家里的事和他吱都没吱一声,天天晚上在"武装"铺了睡袋睡觉。一个星期后,刘沙河才发现。"你怎么不告诉我?""告诉你干嘛,你准备去和我爸吵一架吗?"苏二二梗着脖子。"总可以帮你想想办法,再说了,这小店里怎么睡?""没事,我睡得很舒服。"

"这样和你爸硬扛不是办法。""那能怎么样,你不知道我爸,那就是颗地雷,平时看着圆乎乎的,没啥声响,一旦炸起来,那就是天崩地裂的效果。"苏二二上下瞟瞟刘沙河:"我看啊,你不是他对手。"

"那,咱能不能掐掉火,不让这地雷爆炸?""说得容易,你愿意我们分手吗?"

刘沙河摇头:"不愿意。""那就听我的,先耗着吧。我猜老头子也不比当年了,扛不了那么久吧。毕竟,我是他女儿呢。"

可是一直不见苏一一、苏二二出面来找她,柳真如也没个电话,苏二二心里开始有点虚了,暗暗思忖:都什么年代了,我自己找个对象怎么啦,难道这事还需要党组织批准? 这么一想,脑子里又哽住了,横下心不与家里联系。

转眼一个月过去,到底耐不住了,苏二二先给苏三三打了个电话:"三三,最近还好吧?""二姐啊,挺好的。"苏三三情绪似乎不错,忽然压低声音,"二姐,我恋爱啦。"

敢情,这位妹妹忙着自己的事呢!苏二二没心情细听,挂了电话,转过身给苏一一打电话:"大姐,最近还好吧?""好什么呀,单位里忙得一塌糊涂,一个事情接一个事情。你生意还好吧?"

苏二二恹恹地答:"还好。""那就好,同事叫我呢,再联系啊。"苏一一匆匆挂了电话。

苏二二这厢纳闷呢,她那么些日子没回家,这当姐姐、妹妹的居然都不关心一下,好像根本不知道这回事。这很不正常啊!

其实,在苏二二离家出走的当天晚上,苏北放就让柳真如给苏一一和苏三三打了电话,让她们早点回家参加家庭会议。两姐妹到家,发现苏二二不在,两老面色凝重,问柳真如,柳真如冲苏北放一翘嘴:"听你爸说。"两姐妹对视一眼,心知肯定是苏二二出了事,都闷声不响坐下来。

"你们知不知道苏二二谈男朋友的事?"苏北放拿炯炯有神的那只眼睛瞪视着苏一一和苏三三。苏一一摇摇头,苏三三迟疑一下,点点头。

"那怎么不早一点和你妈说?还有她去什么西藏,也是和那个人一起去的是不是?"苏三三赶紧摇头:"这个我倒不知道。二姐说是和驴友一起去的。她谈恋爱的事我是知道,可没见过那人。二姐总说不急,还没到火候。"

"还没到火候?都跟着人家跑去西藏了,孤男寡女的,像什么话？况且，还是那么个情况。"苏一一和苏三三对视一眼，都不敢搭话。"从今天起，二二不自己踏进这个家门，你们谁也不要拉她回来，电话都不许打。包括你妈。她自个儿走出去的，就得自个儿走回来！"

苏北放进了房间，苏一一和苏三三赶紧拉着柳真如问情况。柳真如详说了一遍，末了说："你爸血压又窜高了。这二二啊真是不让人省心，什么人不好找，找个这样的。"

苏三三心里有点虚，自己的事还瞒着家里，她知道爸的脾气："妈，我们都不是孩子了，感情这事得看自己的感觉，兴许对方人很好呢，和二姐合拍着呢。二姐可不是轻易动心的人，动了心的话怕是……"

"我就怕这个。当初，你不也是死活非得跟着……"柳真如话没说完，看苏三三变了脸色，转了话头，"唉，二二虽然性格比你们俩都泼辣，可也是第一次谈恋爱，我怕她看人不准，到时吃亏啊。"

"要不要我们先帮着看看？""别！"柳真如摇头，"你爸这次是真见气了，晚饭都没吃几口，说了谁也不许掺和。你们就当不知道这事吧。"

见苏一一、苏三三都不作声，柳真如叹口气："你们三姐妹啊，就一一还算听话。都是一胎所生，脾性怎那么不一样呢！"

这一个月，苏北放再不提这话茬，照旧每天早起，出去溜一圈，回来看看报纸喝喝茶，坐阳台上吹吹风，吃完中饭睡上个把小时，起来写写毛笔字，晚饭后看完电视再出去走上一圈。可食量明显没以前好了，回回听见有人按门铃，柳真如若是在忙没听见，他就赶紧走过去告诉她开门，自己进屋躲起来。柳真如知道，他也在等苏二二回来。父女俩都犟，苏二二那边一点音讯都没有，电话也没来一个。她心里惦着苏二二，又担心老头子的身体，这一段晚上总是睡不好，眼泡肿肿的。

接到苏二二的电话，苏三三马上给苏一一打电话，对方占线，她估计是和苏二二在通话。过一阵再打过去，果然是。两姐妹一商议，过去一个月了，怕是爸那里气也沉下去了，苏二二显见得也是坐立不安了，是她俩出面调和调和的时候了。"姐，再等两天。等苏二二心里多忐忑两天，到时我们说话她就听得进去了。"

两姐妹没想到，柳真如先行动了。她一个人坐车去了凤凰山，苏二二说那个叫刘沙河的男人在这里承包了两个山头种果树。这里漫山遍野都是桔树，正是挂果时节，翠绿间填满金黄的桔子，可柳真如不知道哪个山头是那个姓刘的男人承包的，问了路边的几户人家，人家没闹懂怎么回事，冲着她直摇头。弄得她心里越发没了底："这傻丫头，该不是别人随口骗人的，她当了真吧。"

坐车回市区，想想不甘心，又去了"月亮城·男装精品衣橱"。一进店，穿着职业装的女孩迎了上来："阿姨，您是给老伴看还是给儿子看？"柳真如点头不是摇头也不是，张着两眼边看边往店里走。店子足有朝阳棉纺厂一个车间那么大，服装琳琅满目，柳真如很少到这样的地方，觉得眼晕，头也有点晕。

地面的大理石瓷砖光可鉴人，柳真如一步没走稳，差一点滑倒。女孩赶紧将她馋住。柳真如试探地问："你们的老板是……"
"您说的是刘经理吗？他正在后面的经理室,您有事找他吗？"女
孩热情地将柳真如往后面引。柳真如忙说"不用不用",转身出了
店门。

　　出来了,心还蹦得跟鼓点似的。柳真如自己都觉得好笑,这
算怎么回事啊,女儿谈恋爱,弄得当妈的跟做贼似的。

　　那晚,柳真如进了苏三三的屋："三儿,让关心过来陪你爸下
下棋,你爸这一阵心情不好,血压老是不稳定。""没问题,我这就
给他打电话。他呀,随叫随到。"

　　"不用那么急……"柳真如坐下,欲言又止。苏三三看出来
了："妈,你是不是为苏二二的事烦心？"

　　柳真如这才把自己摸去"月亮城"的事说了。苏三三笑得扑
倒在被子上："妈呀,真有你的,你可是丈母娘,哪有这样去考察
女婿的呀！说出去,真要笑死人了。"

　　"什么女不女婿的,还八竿子打不着呢。你二姐啊,一个多月
了连个电话都没有,哪怕打个电话都好啊,你看你爸……唉,也
不知道她住在哪里,不会干脆住到那个男人家里去了吧,真是那
样你爸气都要被气死的。"

　　"妈,二姐给我打了电话,也给大姐打了电话。"苏三三一把
搂住柳真如,摸摸她的肩。

　　"她怎么说？ 天天住哪呀,饭怎么吃的？ "

　　"这个倒不清楚,她说过得挺好的。我和大姐商量过了,准备
去看看她,如果您允许,我们也想见见那个把二姐心给降服住的

人。"

"没良心的丫头。"柳真如眼圈红了,"真准备为了一个男人不要家了啊。"

"哪会呢,二姐的脾气您又不是不知道,她和爸是针尖对麦芒,爸不让做的事她偏要做。放心,有我和姐出面,肯定很快搞定。"

"你们要好好劝劝二二。快三十的人了,还那么任性,做事不管不顾的。"

大哥大

这居然是苏二二第一次谈恋爱,用她的话说"这是我唯一不够潮的地方"。确定恋爱关系后,刘沙河送给了苏二二一部大哥大。这时,大哥大已不像最初问世时那么昂贵,且不需要超过其价格数倍的入网费了,可手拿一部大哥大行走在街头,还是件挺耀眼的事。

"我怎么觉得自己像港匪片里的'大姐大'?"苏二二手拿大哥大,摆了个酷酷的姿势。刘沙河将自己的墨镜架到她的鼻梁上,咧开大嘴:"别说,BB机对你来说太小气了,你还就合适这大哥大。"

苏一一和苏三三在一天夜里突然出现在"武装"店门前,店子的卷帘门已经关上了,门缝里透出些光亮。两人叩响了门。

苏二二表现得很镇定,将苏一一和苏三三让进店。两人看见地上铺的睡袋不禁对视一下。坐下来，苏三三注意到靠门边的一小块墙壁上，贴了不少照片，好像都是在西藏拍的，她敏感地发现其中一张是苏二二和一个男人的合影。男人穿着深蓝色的羽绒服，苏二二穿着亮黄色的羽绒服，两人双手搭在对方的肩膀上，另一只手做着"V"，都咧开嘴笑得酣畅。

苏三三很少看见苏二二笑得这么开心，她一直是三姐妹中最冷最酷的一个。趁苏二二倒茶的工夫，苏三三用眼神暗示苏一一看那张照片。照片上的男人长得还蛮威武，看起来和苏二二很般配。

"二姐到底是二姐啊！"苏三三感叹一句。苏二二一瞪眼睛："干嘛，你别这么吓唬我，我怎么啦？""整出这么大动静了，都不给我们姐妹透露一声。"苏三三冲照片一翘下巴。

"哪有什么动静啊？挺普通个事，有人偏要闹出大动静来。"苏二二一脸的轻描淡写。她知道姐妹俩这时候找来，肯定不是因为无聊。

"二姐，不是我说你，换了我是妈，听了也会心里打鼓，更别提爸了。"说完，苏三三换了语气，"那男的真值得你这样？"苏二二拿鞋尖碾压地面，不说话。

"二二，爸这些日子血压又高了，虽然嘴上不说，心里可是惦着你回去呢，妈都看在眼里了。毕竟是小辈，你就先低个头吧。"苏一一缓声缓气。

"我低什么头！是他要我滚的，说我没出息……""那不都是气头上的话嘛。妈说了，那天你也冲得狠，不是你一句一句话赶话,爸何至于那样?"

"你还指望爸跑来拉你回去啊!"苏三三在一旁敲边鼓,和苏一一一个唱白脸一个唱红脸。"妈和我们一说起这事就抹眼泪,担心你没地方住,担心你三餐马虎对付,拖坏身体,还说你自己经营这店子蛮辛苦的,隔三岔五地去广州进货。她这做妈的怎么不心疼?"

"妈还说了,难不成,你真为了个男人,就不要我们这个家了啊!"

苏二二想争辩,苏三三站起身来,将睡袋卷巴卷巴扔到了墙角,一把拖起苏二二:"走,和我们回家去。"

苏一一也抱住了苏二二的另一只胳臂。苏二二将手臂挣脱出来:"总得让我关灯锁门吧。"

三人到家,苏北放和柳真如还在客厅里看电视。苏一一先进去,叫一声"爸、妈",往左让开一点。苏三三走进去,叫一声"爸、妈",往右让开一点。过了几秒,苏二二出现在门口,蚊子嗡嗡一样叫了声"爸、妈"。

柳真如赶紧迎上来:"吃饭了没有,饭还热在锅里。"苏北放眼睛搁在电视上,没作声。姐妹仁直接进厨房,拿了饭菜,围着餐桌热热闹闹吃起来。柳真如小心地探头看看客厅,苏北放还坐在那儿看电视,这才松了一口气。

苏二二进是进了家门,可和苏北放之间还属于冷战状态。她主动搭话,苏北放都是一副仿佛没听见的样子。几天下来,苏二二那口气又上来了,她故意穿着那件鲜红色的假皮衣回了家,若无其事地在苏北放眼前晃来晃去。这次苏北放没发炸,血压却见天往上蹿。

刘沙河每天都打探苏家的情况,听苏二二一说这情形,劝她别和自己的爸较劲了:"老人也是一片为子女的心情。"他这么一句话,胜过了柳真如、苏一一、苏三三劝她的十句话。苏二二听进了耳。苏二二将那件红色假皮衣收了起来,她不想再刺激老头子。

苏北放心头的气不松,柳真如那里就没法放轻松。她让苏一一和苏三三先见见刘沙河,看看这男人到底咋样,咋就把苏二二迷成这样。苏二二将见面安排在"七株杉",事先没告诉刘沙河见谁,也没告诉过刘沙河自己是三胞胎。

三姐妹心息相通,先谋划了一番。苏二二故意晚到,让刘沙河等在酒吧里。首先出场的是苏三三,她披散着如瀑的卷发,穿着时尚的连衣裙,一声不响地坐到刘沙河对面。

刘沙河一时间惊呆了,他从未见过苏二二如此打扮,正想问她咋弄成这样,搞这么隆重到底要见谁。苏三三一言不发离席去了酒吧的卫生间。

刘沙河正纳闷呢,苏一一出现了。她将头发在脑后绾起来,盘成蓬松的髻,配合这发型穿了一套颇为古典的纯棉布衣,同样一声不响地在刘沙河对面落座。

刘沙河的嘴不由自主地半张开来:这变的是什么戏法啊!还没等他反应过来,苏一一再次一言不发离席进了卫生间。两姐妹躲在里面简直笑疯了。

这时的刘沙河已经开始坐卧不安了,频频打量卫生间的门。冷不丁地,苏二二一声不响地坐在了他的对面。他猛一回头看到苏二二,情不自禁地原地一蹦跶。苏二二强忍住笑,装作一无所知的样子:"怎么,客人还没来?"

刘沙河正要开口,苏一一出现了,一声不响地坐到了苏二二身边。刘沙河的嘴张成"O"形。接着,苏三三出现了,一声不响地坐到苏一一身边。三姐妹同时冲着刘沙河展开了迷人的微笑。

那一刻,刘沙河觉得自己简直要疯掉了!

谜底揭开,刘沙河憨笑不已,足足笑了十分钟。苏二二坐到他那边,正式为他做了介绍。

"三胞胎?你们家真神奇啊!"刘沙河承认自己被彻底打败了。

正是因为刘沙河真实无饰的反应,让三姐妹颇有成就感,那晚表现得特别"嗨",连一贯矜持的苏一一也放开了。四个人喝了三瓶红酒,走出"七株杉"时,相互勾着肩搭着背,摇摇晃晃地唱着"只要你过得比我好,过得比我好……"。他们簇拥在一起的影子从"七株杉"门前的杉树间趔趄而过。

因为这次见面,苏家三姐妹和刘沙河迅速达成了统一阵线。苏一一和苏三三向柳真如宣布:"经考察,对方可取之点很多,建议留用继续观察。"

再一个端午节,在柳真如的默许下,刘沙河提着一对健身球,一台按摩器,进了苏家的门。苏北放毕竟是有涵养的人,当过狙击手的人,那是何等的眼光,一眼就看出来大家表面上是第一次见面,实际早串通好了。他不失礼节地接待了刘沙河,直到将他送出苏家的门,才换上了严峻的神色。

柳真如早有防备,将苏一一和苏三三都留在家里。三个女人装作没事地挤在厨房里洗碗,将苏北放一个人搁在客厅里,其实三个人的耳朵都在关注客厅里的动静。苏北放握着遥控器,将台捣来捣去,平时他只看中央台。三个人不时地对一下眼神。碗终于洗完了,柳真如搓着两手走进客厅,苏三三和苏一一跟在后面。"今天这碗洗的时间够长的啊。"苏北放不温不火。

"今天不有客人嘛,碗多。"柳真如笑笑,在他旁边坐下,示意姐妹俩也坐下。

"今天这个客是谁请的呀?""人家不自己上门来的。"

"这家里没人发话,人家敢自己闯上门来?"苏北放还是不温不火。柳真如没话了。三个人都知道这时候千万不能说话,一说话就等于火引子,会点爆这个看似镇定的地雷。

苏二二回家时,客厅里已经熄了灯。她轻手轻脚走进卧室,摇醒苏三三:"妹,爸什么反应。"苏三三迷糊着两眼,打个呵欠:"他的反应是没什么反应。"

苏二二一蹦而起,头撞在上铺的床栏上,"轰"的一声。

门外响起一声:"还不累吗,半夜疯什么!"是苏北放。

第二章

蜡梅香

章华寺是古城一座香火很旺的寺庙，据说因两千多年前楚王所建的章华台而得名。寺内的大雄宝殿门前有一棵蜡梅树，枝叶展开来有七八米的宽度，每年冬天满树挂蕊，馨香扑鼻。这里一直香火兴旺，不只普通百姓来此祈福，官员商人也常悄悄来此烧几炷香、磕几个头。

五十多年前，这里曾是战地医院，殿堂屋宇下到处安置着受伤的战士。离寺往北五十来米处，是后来建成的烈士陵园，解放古城之战牺牲的部分战士埋葬在那里，其中就有鲜东来。按照苏北放的描述，关心轻易找到了鲜东来的墓碑。正值深冬，墓前放着一束插瓶蜡梅，枝上有苞也有绽开的花朵，透明的罐头瓶里注了半瓶清水。他猜放花人是苏北放。

关心对这个东北汉子跨山越水来到沙石，在这个与他老家风格截然的地方扎下根来，又与柳真如再续前缘，充满了好奇。

命运的安排这么巧合,两人没有错失一地一秒,结下一生一世的姻缘。他怀疑苏北放在解放沙石那天就埋下了"伏笔",才有数年后他的重返。

苏北放听了"呵呵"一乐:"小关啊,我们那时候心思都在打敌人上,哪顾得上那些儿女情长。一渡过长江,我们就马不停蹄地往南,解放了常德、长沙,又转到四川剿匪。那时候虽然看到胜利的曙光了,但不知哪一天自己就倒在一个地方再也起不来。不过,东来留在了这里,也就将我的牵挂留在了这里……"

"那有没有一些时候,您会想起那个短发女孩?""没有,还真没有。说实话,当时太悲恸了,连她长什么样子都没看清楚。"

"那柳妈妈呢?那时对苏伯伯有没有一些些好感?"关心大声冲着阳台问,柳真如在阳台上给花浇水。每次采访苏北放的时候,总看见柳真如在忙来忙去。苏三三将柳真如硬拉过来,将她按坐在沙发上,苏北放的身边。苏北放不看柳真如,只是将身子往旁挪了挪。他的脸上一直带着微笑,不浓,却是从心里头透出来的。

"好感吗,怎么说呢,就觉得这孩子吧,挺重感情的。""孩子?""可不是孩子,他那时才16岁,还没冲个子呢,看他瞧着战友哭得那个伤心样儿,手冰凉冰凉的,怪让人心疼的。"

"这就是爱情萌芽的基础吧?""关记者,你还别说,心里头连一点那个想法都没有。当时部队一波接一波地来,在这里待不到一天就渡江走了,但是有很多伤员需要治疗换药,还有很多病员,北方兵到了南方水土不服,我们每天像陀螺一样转个不停,忙得腰酸腿疼。而且,他们这一走就是天南地北,连个名姓都不知,你说谁会往感情的事上想啊。那时候,我们一心想着照顾好伤员,对得起他们流的血、流的汗。"

"您真的每年都送腊梅花到鲜东来墓前?""送,怎么能不送?"柳真如说着,眼睛余光瞟一瞟苏北放,显出不好意思的样子,"答应他了嘛。"

苏北放说从重逢到恋爱,再到结婚,他俩从头到尾都没说过一个"爱"字。似乎一切都是顺其自然,根本不需要慎重其事地说出这个字,对方就明了在心了。反而是在后来的动乱年代,他被迫与柳真如分开在两处,被苦痛煎熬的他用本来应该写交代材料的纸,给她写了很多封信,信里说到爱,说到情,可这些信没有一封留下来,被柳真如读到。很多夜晚,他写完那些信,就悄悄地撕成了细小的粉末,或是塞到墙缝里,或是从窗户破陋处塞到窗外。等到终于解除隔离,两人又在一处了,还是没有相互说过"爱"字,糊里糊涂地,大半辈子就过去了。

"可我觉得,你们的爱情是真正的爱情,这种爱情现在找不到了,没有了。现在的人天天把爱挂在嘴边,那爱却是变质的、腐烂的。"苏三三神情黯然,父母的故事触痛了她某根敏感的神经。

"任何年代都有真正的爱情,只是看你能不能遇到,又能不能珍惜。"一直没有插话的柳真如开了言。"珍惜从来是双方的事。"苏三三倔强地别过头去,声音有些哽咽。再回过头来,她已经面带满不在乎的微笑:"不过,多可惜啊,要是爸爸那些信留下来,是多珍贵的资料啊,那关记者的报道肯定有血有肉多了。"

　　"你们互送过什么礼物吗？"关心启发两老，试图挖掘出他们记忆中关于情感的更多亮点。"没有，还真是没有，她倒是给我做过手帕，织过毛衣，钩过围巾，买的衣服也不能算吧？我们没过过什么纪念日，更没过过什么情人节。"苏北放说到这儿"呵呵"笑起来，"小关，你这一问啦，让我这老头子很惭愧啊！"

　　"爸，你那些奖状，不就是给妈的礼物嘛。"苏三三帮着打圆场，"我爸不只有军功章，还有好多奖状，什么优秀教师啦、劳模啦。歌里不是唱军功章有你一半嘛，奖状也是另一种意义上的军功章。""对了，我想起来，在我被隔离在学校仓库写交代材料的时候，她妈妈真给我送过一份特殊的礼物。"

　　柳真如一脸迷糊："什么礼物啊，我怎么不记得啦？""一枝腊梅花，从仓库一个两米来高的窗户外头丢进来的。我一看见啊，就知道是你。那一天是我们结婚纪念日。我一直奇怪，你是怎么把花从那么高的窗户外头丢进来的。"

　　"哦，那个啊，刚好旁边有一堆砖，我白天就看好了，晚上趁三个孩子睡了，急慌慌跑出来摘的花，天黑也来不及细选，匆忙摘了一枝跑到砖堆上丢进窗口，又不敢出声叫你，真像做贼一样。"柳真如用手捂住嘴笑起来，"还怕你想不到是我呢，后来也忘了问你。"

　　"我知道是你，呵呵。"苏北放一根翘得长长的白眉毛，一颤一颤的，"怕工宣队那些人发现，我先把树枝塞在床下，后来想想又拿出来，将上面的花一朵一朵摘下来，用手帕包好，放进枕头套里面。蜡梅那个香啊，那一晚我睡得特别踏实。蜡梅香陪我度过了后来那些个孤独的夜晚,功不可没啊。"

"我倒是一宿一宿睡不好。他关进去了就一直没有消息,蜡梅丢进去也不知道他收到没有,天天担心他有没有在里面受苦……"柳真如眼圈红了。苏北放伸过手,轻轻拍抚她的手背:"我那时怕连累你们啊,虽然担心你和三个孩子,可是不敢有任何举动,怕给你们带来麻烦。好了,这些都过去了……"

关心将苏北放半生的故事写成一篇两千多字的特写,发表在晚报上。可报纸是被风吹动的纸,一页一页"唰"一下就给翻了过去,这篇文章像报上的许多条新闻一样,引起了一阵短时的关注,但经不得时间的风持续吹拂,很快就淡出了读者的视线。每天,社会上都有层出不穷的新鲜事吸引人们的眼球。不过因为这篇文章,关心成了苏家的常客,成了苏北放的忘年交。

隔夜茶

报社发了两瓶酒,是厂家抵广告的。关心直接从单位提到了苏家,他已经有半个月没见到苏三三了。赶巧三姐妹都不在,关心陪苏北放下了会儿象棋。苏北放兴致似乎不高,接连两盘都输了。第三盘,关心故意疏忽一步,让苏北放占了先机。下完这一盘,苏北放就将棋盘推开了。

柳真如留关心吃晚饭,关心惦着想见一见苏三三,就留了下来。相处久了,柳真如言语间已当他是苏家的"编外儿子"。苏北放也叫他常到家里来坐,他说苏家阴太盛阳不足,他这个"党代表"很不舒坦。那些渴望当"党代表"的男人,主要是没在他们这样的家庭呆过。

饭间,为了一杯隔夜茶,两老争执起来。苏北放吃饭时有个习惯,喜欢边吃边喝水。那天他刚拿起茶杯,杯子就被柳真如抢了过去。他一个"别"字还没落音,柳真如已经将杯里的茶水连同半盏茶叶泼进了洗菜池。

苏北放的脸沉了下来,几根长长的白眉毛一抖一抖的,大眼睛眯缝起来,这是暴风雨即将来临前的征兆。关心的心一下提到了嗓子眼,再看柳真如却是一副若无其事的样子,从茶叶缸里抓了一撮茶叶搁进茶杯,拿起热水瓶正要蓄水。苏北放开了炸:"搞什么名堂你?"

他的声音比平时高出了两个八度。柳真如似乎料到了这个,沉着地将水倒进茶杯里,才抬起头来看着苏北放:"不是告诉你了吗,不能喝隔夜茶,对身体不好。"

"有什么不好? 我看你、你是忘了本。"苏北放激动地拿手指指洗菜池,再指指茶杯,"这茶叶还好端端的,怎么就不能喝了? 你知道爱惜粮食,难道这茶叶就不是茶农辛苦种出来的? ""老苏,你不要上纲上线了。报纸上写了,隔夜茶里面含有致癌物质。我不是一句一句念给你听了嘛? "

"报上说什么你就信什么? 那报上还说1999年是世界末日,你信吗……""老苏,你要相信科学,这和什么世界末日是两码事。"柳真如依然轻言细语,关心不禁暗暗佩服她的好修养。

"我看你是忘了本! 想当年买不起茶叶的时候,别人送给我们一盒龙井，回回都是续水续到茶叶发了白，才舍得倒掉，现在倒好，这茶叶才冲了几次水，茶水还浓浓酽酽的，你就说不能喝了。我看不是茶叶不能喝了，是你的思想变质了！小关，你来评评这个理。"苏北放似乎这才发现，还有个客人坐在饭桌上。

关心不知怎么回答才好。"你不要难为人家小关了，今天就算是我错了，不应该自作主张，应该先征求你的意见，可以了吧？"柳真如自始至终面不改色，不急不躁。苏北放一通脾气发过，听见这话，白眉毛还在一抖一抖的，可表情缓和了下来。饭桌上恢复了安静，只是两老都不再相互说话。

"你看你看，这老婆子趁我不注意就给倒掉了，可惜啊，那么好的茶叶。"关心经常听见苏北放这样唠叨。也许是防不胜防，习惯每次搁半盏茶叶的苏北放只好改变习惯，回回将茶叶减少一半，以减少损失，这又正好应合了柳真如让他少喝浓茶的劝说。从长远的角度看，"隔夜茶"战役最终还是柳真如取得了胜利。

那天吃完饭，苏北放拿上茶壶："小关啊，阳台上去吹吹风。"关心忙应着搬了一把椅子到阳台上。柳真如虽然不乐意苏北放在阳台上久坐，可给他备了躺椅，椅面上垫了松软的棉垫。苏北放刚坐下，她就拿了一床薄被来给他盖在腿上："他这腿啊，一变天就疼，都是那个弹片落下的。要他平时少吹风，他不听，犟了一辈子。"柳真如将薄被的边缝一一掖紧，又给苏北放戴上了帽子："要是冻到了，我可不得替你疼。"

苏北放嘴上抗议："和人家小关唠叨这些干嘛。这大下午的，太阳暖暖和和，吹吹风有什么不可以。"却顺从地由着柳真如将自己从上到下"武装"起来。苏北放特别喜欢坐在面江的阳台上吹风,更年轻的时候,他喜欢坐在江边的大树下吹风。他和关心说,风太辽阔了,比任何空间辽阔,比任何时间辽阔,它可以自由地穿越过去和未来。相比之下,人的生命是那么短暂、拘束、狭隘和脆弱。在风里,他可以望见不断远去的那些岁月,看见鲜东来、一排长和很多很多战友,看见县中学校长、养妈、李子露和很多很多提前走失的亲人。每当他一个人坐在阳台上吹风的时候,他常常会不自觉地喃喃自语,仿佛和消逝在风里的无数战友亲人,还有过去的自己在说话。

风在阳光中回旋,苏北放的两根长长的白眉毛在帽檐下一抖一抖的。"小关啊,你也不小了,怎么还不结婚,没中意的对象吗?"关心愣了,难道苏北放看出了他的心思?苏北放没等他回答,又顾自说开了:"我和三三妈谈了快十年的恋爱,有五六年时间连手都没碰一下,在你们这些年轻人看来不可思议是吧?我弄不懂现在的年轻人,随随便便交一个朋友,又随随便便地就分了手。你们觉得我们这辈人不懂爱情,可像你们这样就是懂得爱情吗?我有时候真是越看越糊涂。"

关心放松下来:"现在的年轻人更自我,更注重内心的感受,觉得不合适了,干脆趁早分开,不耽误彼此。"

苏北放拿那只瞪圆的眼睛看着关心:"不合适的话,为什么要开始?自己都没弄明白自己的感情,就不负责任地开始了?我看啦,现在的年轻人关键是缺乏责任感。我有时候想啊,如果真的再来一场战争,像抗美援朝那样,还有年轻人肯上前线吗?他们把自己看得太重太重啦。"

关心不知如何反驳苏北放，似乎有很多话可以说，话到嘴边又不知该说什么了。在苏北放那一代人的观念里，"集体"永远大于"个人"，但也因为这样，无数人被淹没在"集体"的概念中，失去了自己。可从另一方面，当后辈怀疑他们的爱情是否真实的时候，他们同样以怀疑的目光在看待后辈的爱情。这是个难以争辩清楚的问题。

金苹果

苏三三去了卫生间，李双突然问："你该不会喜欢上苏三三了吧？""不是喜欢，是爱。"关心拼命将这句话封在嘴里，他在一瞬间换了戏谑的表情，"那不是自取灭亡吗？"

"那，我喜欢你。"李双微微旋转着杯中的红酒，并不看关心。关心脸上的肌肉瞬间变得僵硬，要知道这是第一次有女人这么直接地对他说喜欢他，而且她是苏三三最要好的朋友。冷汗簌地钻出了毛孔，满布在关心的额头上。

"看把你吓的。我和你开玩笑啦。我和苏三三讨论过，你还是不是个处男，看你现在的样子，肯定是。"李双仰头大笑起来，将身体靠回到沙发上。关心尴尬地垂下头，不知该怎么回答。苏三三走了过来："笑什么？乐成这样。"

"我和关心说，我们讨论过他还是不是处男的问题。""要死啊！"苏三三扑过去，装作要掐李双的脖子。两个女人笑滚在一起。她们的笑声，化解了关心的尴尬。

苏三三接了个电话，对着镜子补一下妆，匆匆走了。李双告诉关心，苏三三在古城交友网站认识了一个名华的男人。现在这种网站多如牛毛，似乎中国的角角落落到处是急于将自己推销出去的孤男寡女，他们借助网络这个畅达的平台，相互示好、调情、约会，完全颠覆了传统的相亲方式和苏北放那一辈人的恋爱方式。这是个随时可以谈"爱"的时代，人人都不惮于说出这个字，因为说得太轻易，让它不再拥有钻石般珍罕的光泽。关心有时会感到十分悲观，在他心里，那还是一颗"钻石"，他不会轻易将它捧出来。

看着苏三三的身影消失在窗外，关心将头仰靠在沙发上，半天无语。忽然想起什么，他直起身来问李双，苏三三和桦分手的理由。这已经不是他第一次追问这个问题了。这一次，李双倒是认真想了想，最终耸一耸肩："为什么一定要有理由？可以爱的时候好好在一起，不能爱的时候就放开手。""为什么爱得那么深的两个人，最终还会分手？"

李双一撇嘴角："你听说过那个老掉牙的爱情保鲜理论吗，有很多版本，其中最短的是三个月，最长的也不过三年吧。爱情这个东西，很不牢靠的。""可是我相信天长地久的爱情，执子之手与子偕老那种。"关心不以为然地反驳。李双咧嘴一笑，唇色殷红："那是因为你还没经历过真正的爱情。爱情是一种火，很炙热，让人有燃烧的冲动，但是人非钢非铁，会被烧痛，烧毁，你知不知道？"过了一刻，她懒洋洋地抬起眼睛，"我知道你喜欢三三。

不过,我劝告你,不要爱她,她的爱不会为你停留。"

这话像一把冰冷的刀刺进关心的心脏。那晚他再没有开口。

苏家的女人似乎都不喜欢金或银,不喜欢那种亮晃晃的饰物。苏北放和柳真如的定情信物,是一枚这世上独一无二的铜戒指。它是苏北放请人用几颗弹壳融化提纯后打造的。关心第一次看到时,喜欢得不得了。铜戒指呈暗金色泽,朴拙而内敛,有些地方被时光摩挲得颜色略显鲜亮,呈淡金色。苏一一结婚时,夫家给她买了全套的耳环、项链和戒指,黄金的。她只在结婚那天戴了戴,就收进了抽屉。苏二二还没结婚时就喜欢戴戒指,不过戴在除左手无名指和中指之外的其他手指上。有时候,她的手指上眼花缭乱的,一气戴了五六个不同款型和材质的戒指,铁的、木的、玛瑙的……最大的一枚,可以套在大拇指上,弄不清什么材质,说是在西藏八角街一家店铺里淘来的,形状有点像古代皇帝戴的那种扳指。可最有异性缘的苏三三,却还没有一枚戒指。不对,她说她曾经有过一枚,草编的,在和别人分手后,被她和很多的信件一起,丢进火里烧了。关心知道她说的是楔,却没有点破。"草的就是草的,真是不经烧啊。"苏三三表情黯然。

"那你想要个什么样的?"关心一阵心疼,面肌忽然不受控制地变得僵硬,一股来自内心深处的震颤汹涌而至,将他兜头淹没。面对苏三三的时候,他常常生出拥她入怀的冲动,想拍抚着她的肩告诉她,那些伤啊痛啊都没什么,时间是最好的疗伤药,再深的伤口迟早也会愈合。她的身边还有他。可是这情景始终只出现在关心的想象中,他被禁锢在自己的身体里。

"起码得是个钻石的吧，要这么大，3克拉，"苏三三的眼睛亮盈盈的，仿佛一枚硕大的钻石正在里面闪光，表情带了顽皮和一丝讥讽，可是很快，那眼神黯淡下来，"戒指有那么重要吗？也许，我根本就不要戒指呢。说起来，戒指不就是个符号嘛。"那语气，那表情，仿佛关心碰触了她的伤口，挑衅了她的尊严。

关心慌忙转换了话题："你妈的涵养真好。""那当然。"苏三三得意地一仰脖子，将刚烫的大波浪往后一捋。关心将那天两老为隔夜茶争执的事学说了一遍，末了，故意叹口气："可惜啊，没有很好地遗传下来。"

"什么？"苏三三瞪大眼睛，故意做出电视剧里女人撒泼的样子，冲他虚虚地挥了两下巴掌，"去你的吧。"她忽然凑近关心，大眼睛眨巴眨巴："你说，我和我大姐、二姐，谁像爸，谁像妈？""长相来看嘛，你们都取了父母的优点，这点很了不起。"关心故意答非所问。

"这个我知道，我说的是性格。""你大姐嘛，是你妈的遗传占80%。你二姐嘛，是你爸的遗传占80%。至于你嘛，比较中庸一点，各占50%吧。"关心随即摇了摇头。"不过，也不一定，你这人比较像水银。"

"水银？什么意思？你不要坏笑！我不听了，你不要说了。"关心慢条斯理往下说："水银嘛，就是你有时偏向你妈的遗传多一些，有时又偏向你爸的遗传多一些，变动不居，滚过来滚过去的……""你才滚来滚去呢！"苏三三听出了话里的调侃意味，"扑哧"一下笑出了两个深深的酒窝。"你的意思就是说我不稳定啰。"

关心一拧响指:"宾果,加十分!""我挺稳定的呀,有人说我是淑女呢。"

"那是表象。"关心心里腾起一股醋意,他知道她说的那人是谁。仅仅三个月过去,苏三三又开始了新的恋爱,那个叫华的男人已经成为了过去时。这次,是她的一个同学介绍的,男人是一个外科大夫,据说外表干净,修养不错,收入不菲,典型的钻石王老五。苏三三刚去美容院烫了头发,回来就对着小镜子照呀照的,问关心她这脸是不是该上美容院做下SPA什么的,烫发的时候那个女理发师不停地鼓动她。她重新变得笑意盈盈。关心的笑容却像被醋浸泡过的牙齿,酸软不堪,他酸溜溜地说了一句:"你呀,迟早会露出真面目的。"

"咒我是吧?你这人啊,什么都好,就是心态不好。快点恋爱吧,这是治疗不良心态的良药。"苏三三故作一脸凶样。关心悻悻然地:"我这人别的都不好,还就是一个心态好。你这一批,不是让我变得一无是处了吗。恋爱?你不是说现在没有真正的爱情了吗?哼,这么快又坠入了爱河?"

"这世上没有绝对的事情,所以永远不要做绝对的判断。如果说这世界上还有那种纯粹的爱情,没准一不小心就被我苏三三碰到了呢。"

"注意到吗,你刚刚就做了个绝对的判断。"看着苏三三容光焕发的样子,关心猛灌下一大口酒,"你就做梦去当那个摘到金苹果的公主吧。"

影子人

　　大学新生报到那天,苏三三引起了许多老生的注意。每年九月清冽的阳光洒满校园,热情的老生便活跃在迎接新生的现场,他们带领新生办理手续,寻找寝室,熟悉校园,传授经验,私心里不免带有捕捉自己心仪学妹的成分。趁学妹们刚踏进校门未脱稚气与天真时,一举将她们搞定,似乎比日后再来苦苦追求轻易得多。

　　苏三三和柳真如一出现在校门口,马上围拢来几个男生,争相问她是哪个系。苏三三站在树下,水一样透亮的阳光穿过树叶投下斑斓的光影。她在光影中绽露开镶嵌着两粒圆圆酒窝的笑容,丝毫没有新生的羞怯。

　　听说是艺术专业的, 一个留马尾辫的男生马上抢过两人手中的行李,其他人眼里流露出失望与艳羡交杂的神情。

　　马尾辫将母女俩领到报名处,这里一连几间教室,都挤满了人,墙上贴着一些指示牌和红色箭头,到处闹哄哄的。那些箭头看得人眼晕,那些声音也吵得人头晕。马尾辫将行李放在一棵树下,让母女俩坐在花台边上等,他拿过证件挤进了人群。

　　蝉声此起彼伏, 苏三三百无聊赖地望着几间人进人出的教室,柳真如心疼地看着她。"妈,你别这么盯着我,好像我还是个小孩子。""在妈眼里,你永远都是孩子。""您送姐的时候也是左一个不放心,右一个不放心,看我姐不在大学里过得挺好的? 放心好啦,我也没问题的!"

"你姐不一样……""妈,你又来了,有什么不一样,姐只比我大几分钟呢!"苏三三带了撒娇的语气,将头靠在柳真如的肩膀上。

马尾辫终于从人丛中露出头来,头发湿粘在额头和脖颈上。他将宿舍钥匙、饭卡、学生证一样一样递给苏三三,一埋头又将大包小包挎在了自己身上。柳真如过意不去,想接过一两件来。马尾辫不肯,带着她俩往宿舍去。

一路上,苏三三和柳真如吸引了不少目光。柳真如显年轻,渺茫一看仿佛苏三三的姐妹。两人手挽手走得轻松,加上肩背手提的马尾辫在旁一映衬,构成了一道醒目的风景。

马尾辫一步没歇,一口气爬上了五楼,大包小包卸下来。苏三三没来得及说声谢谢,他就掉头走了。"这北方小伙子少言少语的,做事就是扎实。"柳真如赞一句,苏三三没搭话,忙着环顾寝室。屋子有七八平米大,沿两边墙摆了四张高低铺,有两张下铺已经放了东西,靠门的上铺堆了一些行李。苏三三挑了个靠窗的上铺,从窗口望出去,可以看见半个操场和图书馆一角。

柳真如脱了鞋要上去铺床,被苏三三一把拦住了:"我来!"她将起袖子,敏捷地爬上去,埋头倒腾了半天,先是将床单弄横了,好不容易正过来,不是这边铺歪了,就是那边抹不平角,直弄出一身汗来。最后,还是柳真如爬上去换她下来,三下两下就铺平整了。

柳真如要给苏三三买个蚊帐撑上,苏三三不肯,说没见谁撑蚊帐,实在需要的话她自己买来挂。柳真如拗不过,给她买了一应生活用品,一切安置妥当,临走还是忍不住掉了眼泪。苏三三巴不得将妈妈赶紧送走,两天里柳真如与她形影不离,让她感觉自己像个没断奶的孩子,在人前抬不起头来。好多从农村考来的孩子,都是自己来报名,自己料理一切。

送走柳真如,苏三三摊开在自己的床上,摆出个"大"字,心里直欢呼:这下终于自由啦! 美好的大学时代开始了!

大概有半个学期,苏三三连椤是谁都不知道。她沉浸在大学生活带来的新奇感和一天比一天强烈的思乡情绪中。前者让她度过了一段短暂的亢奋期,接下来就被后者取代了。与亢奋期相比,后者像蚕吐丝一般,绵长无尽,她开始在心里切盼学期快结束,能早日坐上南下的火车,一亲家乡丰沛的水泽。北方太干燥了,空气中的水分仿佛被蒸发干净,苏三三感觉自己在北方干涩的空气中一点点地枯萎干瘪。

这大半个学期,她身边一直有男生在转悠,可她提不起一点兴致,疑心是自己在持续枯萎的缘故。

那个马尾辫在开学第三天就出现在了她们寝室,理由是来看看学妹有没什么需要帮忙的。不知为何,没有了新生入学那一天闹哄哄的背景,马尾辫看起来灰暗平淡了许多,日光灯的光影毕竟和阳光有着本质的区别。苏三三补上了那天没来得及说的"谢谢",但是表情冷淡近乎漠然。马尾辫坐了一会儿就知趣地告辞了。

苏三三的漠然没能阻止男生的脚步,他们伸出一根手指来轻轻地试探，或是抛出一封信来试图打动，或是大大咧咧地逼近吸引她的注意……殊不知，苏三三沉浸在自己的问题里，她想家，想得难以克制，常常躺在床上望着窗外的月光发呆，或是将头埋在被子里哭泣。

每个星期，柳真如会打电话来，传达室的人在楼下大叫："515的苏三三，电话！"苏三三的耳朵支棱着，一听"515"就推门往下跑，有时气喘吁吁跑到传达室，却是别人的电话。

每次在电话里，柳真如问得十分琐细，苏三三早没有了最初接电话的不耐烦，乖乖地答着，不知怎地说着说着话眼睛就酸了，眼泪开始在眼眶里打转转。她将话筒紧紧贴住耳朵，生怕漏听了一个字。柳真如每次都会说："还有，你爸让你好好学习，不要一门心思地玩。"苏三三知道，这是电话接近尾声了。

往楼上爬的时候，苏三三慢得像蜗牛，但表情是恬静的，心里还在回味刚才那通电话。只是这通电话一般只能安慰一到两天，在下一通电话来之前，她又被想家的情绪折磨得吃不香睡不稳了。

宿舍的女孩们渐渐熟悉起来，开始在熄灯后躺在被子里，叽叽喳喳谈论班上系里的异性了。苏三三很少插话。似乎对于楔，除了她谁都注意到了，谈论时带了诧异而不屑的语气。楔好像几个星期没洗过的、被风撩拨得无比蓬乱的头发，他那身说不上破旧也说不上时髦但穿在他身上不无怪异之感的衣服，他目中无人的表情和神态，都成了大家议论的话题。有人说，他来自一个极偏远贫困的小山村，因为画画的天赋被招生的老师一眼相中，在考分离分数线还有不小距离的情况下，被破格招入学校。这传闻让楱带上了神秘色彩，但这不足以成为一个人孤傲不群、从来不搭理人的理由吧。也有人觉得他是装腔作势，故作深沉，其实是想掩饰骨子里深深的自卑感，故意做出这么一副姿态罢了。

苏三三听了很多遍这个名字，但还是没有将它与本人对上号，她也没有兴趣去探究这个叫楱的人是真傲气，还是假傲气。直到元旦晚会上。

那天晚上，苏三三原本怀着慵懒的心情准备在寝室里看书，为此她特地从图书馆借了三毛的《撒哈拉沙漠》。因为离家远，她还要熬一个月才能回家。寝室里的好几个同学都回去了，剩下她和张倩两个。张倩在寝室里转圈，直嚷嚷无聊，听见学校食堂方向传来音乐声，再坐不住，非拉着她一起去凑热闹。

苏三三和张倩到会场的时候，人群已经挤满了大半个食堂，不过大家站得稀松，张倩拽着她的手往前面钻。苏三三几次想叫张倩停下来，她都没听见。很快，两人站到了人群的最前面，舞台一览无余了。

节目是各个系选送的，外语系来了一段火辣奔放的西班牙舞蹈《斗牛士》，七彩长裙满场漫卷飞扬，木质舞台被踩踏得"咚咚"脆响，尘灰被热烈的乐曲唤醒，在裙摆和钉子鞋间袅绕飞舞。全场响起有节律的击掌声，间杂着尖利的唿哨声。一曲终了，有人大叫"再来一个"，外语系的女生挽着男伴谢了几次幕，方才退场。

她们的七彩裙裾刚消失在边幕后面，舞台上的灯光忽然全部寂灭。不一会儿,台中央亮起一道光束,从上洒下一束迷离的光晕。光晕中,坐着一个怀抱吉他的男生,他侧身坐着,微垂着头,面目不清。仿佛一个幻影。

观众席隐隐骚动,喧声正待漫起,一串玎琤的乐声从光束中波漾而出,声音由小渐大,由远渐近。全场重新静寂下来。

乐声悠渺,仿佛跨山越水而来——

> 不要问我从哪里来,我的故乡在远方
>
> 为什么流浪,流浪远方,流浪
>
> 为了天空飞翔的小鸟
>
> 为了山间轻流的小溪
>
> 为了宽阔的草原
>
> 流浪远方,流浪
>
> 还有还有,为了梦中的橄榄树,橄榄树
>
> 不要问我从哪里来,我的故乡在远方
>
> 为什么流浪,流浪远方
>
> 为了我梦中的橄榄树……

泉流从苏三三的心底破石层而出,冒出一串晶莹剔透的水花,漫洒开来,缓慢地浸遍了她的全身。

在苏三三看来,楔像是个影子。他抬着头目无旁顾地行走在校园里,眼神缥缈,仿佛神思停留在极渺远处。她没见楔与谁主动说过话。每个人都是有气场的,楔的气场仿佛带了无数暗刺,于是，别人也自觉地不去靠近。

声音劫

苏二二将苏三三与楔的恋情定义为"声音劫"，一场由声音带来的浩劫——如果不是那天被楔的歌声吸引，也许苏三三和楔，这两个差异巨大的人不会有如此深刻的生命交集。苏三三说不是，是气息。人与人之间的吸引，其实是气息的吸引。远远地望着彼此，就能感觉到是同类。这么说的时候，苏三三的眼神在瞬间变得迷蒙。

那段时间，苏二二迷上了架子鼓。她手握鼓槌，狂野地击打环绕自己的一圈大大小小的鼓，将日常生活的单调乏味用激越的鼓声驱逐出自己的疆域。她说，那些鼓是一样的，可不同的人敲击出的声音却截然不同。与之同理，虽然人的喉管、嘴、鼻子的构造与发声原理一致，发出来的声音却不相同，甚至有的人说话与唱歌的音色也有很大差别。她固执地认为这场恋爱是声音引致的"劫数"，对苏三三仅仅因为听到一首歌就爱上一个人表示充分理解。

元旦晚会上，那个男子将手按住弦，乐声收煞，他潦草地点一下头，径直往幕后而去。张倩连声尖叫，一把抓住苏三三的衣袖，"楔，是楔！"

苏三三眼神迷离，半天才回过神来，明白了她说的是谁。接下来，是中文系的音乐小品《广告大串联》，苏三三见张倩看得乐呵呵的,没惊扰她,自个儿挤出人群,顺墙绕到后台,她想见见那个唱《橄榄树》的桦。说不清为什么,就是想见见他。

后台乱糟糟的,她找了一圈,也没见到桦的人影。说实话,她心里只有一个被光晕笼罩的轮廓,满眼的人没有一个符合她心内的那个幻影。苏三三奇怪,怎么上了大半学期的课,传说在专业上那么有天赋的桦却一直没进入她的视线?

留意之后,苏三三才知道原来桦基本不来上课的,他天天睡到日头爬上天顶了才从床上爬起来,背上个大画夹晃出校门,常常路上亮灯时分才晃回来。

一天傍晚,苏三三出校门去夜市摊买水果,迎面晃荡来一个瘦高的黑影子,风衣在晚风中摇摇摆摆,橘黄色的灯光将路面切割得明暗交错。苏三三的心莫名其妙地狂跳起来,仿佛要蹦出胸口。

她强作镇定,目不斜视地往前走,直到那个黑影子飘飘洒洒地与她擦身而过,一口气才沉下来。走出几步,苏三三转过身,呆呆地望着那个背影,眼前光影迷离,那个身影时隐时现,显得那么不真实。这恐怕就是桦了。和上次一样,她依然没看清他的相貌。

苏三三在专业上不太自信。她正儿八经学画画,说起来才一年多,那是在第一次高考失利后,她在家萎靡了半个月,天天赖在床上不肯起来,时不时地嘴里就冒出一声叹息。躺在床上的她,脑子里转了千百个念头,最后拿定主意,考美术生!以她的成绩,那是十拿九稳的,而画画,她打小还是有些功底的,三姐妹曾跟着孙阿姨的爱人刘老师混过些日子。刘老师教美术，有几年因为这样那样的运动，没法上课闲在家里，三姐妹隔三岔五叽叽喳喳跑去他家，每人一个素描本一支笔，屁股下面一张小板凳，对着一个罐子或几个瓶子描描画画一个下午的时间。刘老师泡杯茶坐在旁边的藤椅上，半眯着眼，时不时给她们指点一下，这里抹掉几笔那里添加几笔，有时坐着坐着发出了绵软的鼾声。

长她们几岁的刘敏君坐不住，天天跑到外面看红卫兵、红小兵破四旧、批孔老二。他因为家庭成分不好，只能在旁边看热闹。孙阿姨进了五七干校，刘老师也不怎么管他，只是交代，"只许看，不许动手！"

小时候的熏陶毕竟不是正规的学习，为了高考，苏三三又突击学了一年，但着力点在应考上。考入这所艺术院校时，苏三三的文化成绩出类拔萃，专业成绩却不怎么出色。想家的苏三三无意于那些男生的追求，将很多时间消磨在了画室里。她喜欢坐在空无一人的画室，面对一尊静穆的石膏像，阳光在墙面和地板上擦出一道道明亮的光影，耳朵里只听得见铅笔擦过纸面的"唦唦"声和风掀动布帘的轻响。一旦画起来，心与笔就连成了一体，再无旁骛。

那天，苏三三一踏进画室就感觉到了异样。在一堆散乱的石膏像、画板、桌椅之间，多了个黑色的背影。她的心忽然像一只惊慌的小鹿，撒腿奔跑在嶙峋的山石间。犹豫一下，腿不受控制地迈步向前，身体却成了板结的岩石。她在自己坐惯的画架前坐了下来，眼睛的余光可以望见那个黑影子。微微扭过头去，只见他坐在窗前,窗帘敞开在两边,阳光没有阻碍地直扑进来,将他团团抱紧了。

苏三三静坐一刻,耳朵里灌满铅笔急速擦过纸面的"唰唰"声。那人眼睛都没往这边瞟一下。她将画纸夹到画架上,又取下来,再夹上去。不知过了多久,苏三三的纸面上才出现石膏像的一个粗糙轮廓。简直糟透了,画笔根本不听使唤。

那人站起身,退后两步看了看画面,拿手指摩挲两下,取下画纸。就在他准备离开时,一个声音从苏三三嘴里冲口而出:"同学,请等一等。"那人转过头来。苏三三看见了一双目光清澈的眼睛,那目光仿佛越过她望向她身后极远处。

"请你帮我看看,这个有什么不对?"苏三三怯生生地说。那人明显地犹豫了一下。苏三三仿佛被灼热的灯光炙烤着,不由自主地闭了下眼睛,待她睁开来,那人已站在了她身边。他无言地看了一会儿,拿起笔在画面上涂抹了几下,立刻,明暗的层次感出来了,纸上的石膏像不再是软沓沓、混沌沌的一团。

苏三三还没来得及说谢谢,那人已经走出了画室。那个下午接下来的时光,苏三三一直望着从窗口涌入的大团大团阳光发呆。刚才真像是做梦。

寒假如期来临,苏三三收拾行李的心情没有想象中那么热烈。整整一个假期,槟影子般的形象一直在她的脑海里晃动,混沌不清的质感有如正在水中显影的底片。她陷落在一种狂热而忧伤的情绪中。终于如愿回到了家乡,可她依然食不甘睡不香,反而开始强烈地想念学校,和当初想家一般强烈。那鸽子笼一般的寝室,那空旷而宁静的画室,那三餐规律的生活,还有那个有着黑白分明眼睛和清澈邈远眼神的男子……

她的身体变得软绵绵的,整日里表情慵懒,两眼无神,将自己裹在肥大的军大衣里抵御南方湿冷的冬天。那大衣还是苏北放从部队转业时带回来的。柳真如怕她是在学校里营养不足拖坏了身体,又怕她是染上了什么病,带她到医院一查,血象显示一切正常。又带她去找中医,中医云里雾里说了一大通,开了几包中药回来,煎了喝下去,状态并不见好转。

正月十五不到,苏三三就打包要回学校,理由是有作业没完成,开学就要交。柳真如要送她,她也不肯。独自坐着火车北上,一路将头靠在车窗玻璃上,忧郁地望向窗外。

学生大多还没返校,校园里空荡荡的,苏三三的心反而安静下来。她翻出放假前借的几本书慢慢看,白天背了画夹去学校附近的田野四处写生。似乎,她的皮肤和身体适应了北方干燥的气候,反而比在家乡时更显润泽。

苏三三不知道,椋整个寒假都没回家。他背着画夹整日在枯瘦的田野里游荡。从小在外面野惯了的他,一间门窗紧闭的屋子根本盛不下他的心。一直陪伴他的爷爷,在他入学前三天带着心满意足的笑容撒手而去。椋靠乡亲的帮助给爷爷置了一口薄棺,将他葬在了正对家门的山坡上。他甚至没有通知在外打工的父母,他们一个在深圳,一个在上海,即使通知了他们,他们也不一定会辗转千余里路赶回来。他离开后,那座屋子真地空了。即使是想想,他也不愿意回去,那里再没有爷爷褶皱丛生的眼睛为他守望。

从爷爷撒手那天开始，奶奶成了他在这世间的唯一亲人。几个月来，他一直没能缓过神，仿佛胸口出现了一个风洞，不明来处的风呼啸而至，持续撕裂着那个洞口。整个秋天，他都穿着黑色的衣裳，将自己放逐在田野。他已经感觉不到寒冷和疼痛，如同眼睛里再也流不出泪水。他甚至也不冀望这世间还有所谓的温暖。人世，不过就是一趟寒凉透骨的旅程，唯有与自己的影子取暖。

一个有着薄薄冬阳的午后，苏三三和游荡在田野的楔相遇了。那是两人的目光第一次真正交汇在一起。苏三三冲楔招招手，露出两个圆圆的酒窝："嗨！同学。"她的身后是辽阔而萧瑟的北方冬天的田野，远远近近不见一个人影。

不知为何，楔在迟疑片刻后，也冲她展开了一个浅淡的微笑。被这微笑鼓舞，苏三三搁下画笔，站起身来："来帮我看看，有什么不好的？"楔的目光再一次落在她脸上，这句话似曾相识。他走过去，蹲下身来，手指落在纸上："这里，可以删繁去简。这里，加重。这里，让线条飘起来……"

苏三三没有看画纸，而是一直看着楔。楔隐约感觉到了，却不去看她。只是他的耳朵慢慢红起来，一直红遍了脖颈脸颊。

苏三三看着这个仿佛目中无人的男子，耳朵慢慢红至脖颈的全过程，心里涌动着一股无法克制的热望。她真想抱抱他，像个母亲去抱住她亲爱的孩子。

离得那么近，她的心却没有像前两次那样跳得慌乱，它沉着有力地在身体里跳动，让她可以平静地感受自己内心浮泛的情绪。"我见过你！"苏三三看着桴的侧影，"在画室。"桴似乎想起来，"哦"一声，目光还落定在画纸上。

"我叫苏三三，你的同学。"苏三三伸出手，歪着头微笑地看着桴。桴没有伸出手来，他轻笑两声，站起身背上画夹，走出两步，才举起一只手来在空中晃了晃，像是告别。桴没有回头，也没有停下脚步。

苏三三歪头看着这一幕，那只在空中摇晃的手，"扑哧"一下笑出了声。

诗记忆

有一天，关心突然和苏三三说起诗。他已经为她写了厚厚的一本诗，却始终在犹豫，要不要拿给她看。

关心试探地说，诗是最简洁、最纯粹，也是最美好的文学样式，有直抵心扉的魔力。奇怪地，苏三三陷入了沉默中，久久没有说话。冷不丁地，她站起身来，从抽屉里翻出一个塑料皮面的本子，八十年代这样的笔记本十分流行。

苏三三翻开来，看也不看关心，低沉着声音，缓慢地念起来……关心看见那个本子上抄满了长长短短的句子。在每一首诗的结尾，还有一个数字，苏三三也忠实地将它们念了出来。

一瞬间，关心的身体颤抖起来。他明白了这些诗句是谁写的，写给谁。

透过这些诗句，关心忽然理解了苏三三那段已被时光掩埋的恋情。在她动情的声音里，关心不断地向下沉溺，沉溺……怀着对诗歌的无限敬畏，一直沉溺到底。

沦　陷

一个人
一座孤独的城池

青苔湿滑空气冷硬
从何时开始，沦陷

在青草漫漫处，遇见
你忧郁眼神，或许

露珠盈润风息风涌
有婉转水流，隐约

在我眼眸，奔流
向你，从何时开始

木石风化城砖松动
任柔软藤蔓，深入

坚硬脏腑，渐渐
催生暖意，从何时开始

你我，沦陷在
对方的城池里，那一种
宿命无力抗拒

（8月22日）

慢　慢

一棵藤爬上墙头
结一枚浑圆月
从根到尖以一只蜗牛的耐心攀爬
那是我可以爱你的方式，慢慢

一趟地铁飞驰向右
划开时间的潮汐
从始至终双手交缠如贝
那是我可以爱你的方位，深深

一阵风吹拂旷野
掀动一棵青草的灵魂

从无到有俯首间万物叹息

那是我可以爱你的姿态,低低

(9月14日)

清晨,去往你身边

几个夹子

吊住一床悬垂的棉被

恍如秩序的生活

固定住日常的重量

一片叶子

落在夹子与棉被的夹角

像轻盈的偶然

惊动脆弱的平衡

棉被微晃叶轻颤

风从海边来

一如我内心的潮汐

汹涌向远方

这个清晨

正以怎样的模样

进入你的视线

路边

哪一棵梧桐落下叶子

嵌在生活的夹角

不早,不晚

被我遇见

(1月7日)

印 痕

我的每一个脚印

扬起微尘

也许你不曾看见

它们在那个长满枫树的城市

静静地

落下印痕

两瓣月牙形印痕

取自那晚朦胧的月光,你激跳的心脏

它们在镜中在时光淘洗的水流

深处,与我对望

恍如梦境,微光泛起

车上

一个人握着电话絮语

仿佛另一个我停在梦境边缘

一个人坐在窗前

额头抵住坚硬的回忆

以静默的姿态

任野地绵绿的植物,漫卷而至

还有一个人

他的眼神,比梦境更加迷离

我闭上眼睛

在你,未看见的地方

看见这一切

(2月11日)

微　粒

像一些微粒

聚合成

你停留的光线

进入我的呼吸,磨砺出

每一丝滚烫的疼痛,都是甜蜜

面对自己

我屏住呼吸

不敢,说出

越过你

眺望到漫天星光

它们浮游在,时间之河上

我伸出手

笨拙地,捕捉

小心翼翼

面对神

我屏住呼吸

不敢,开口叹息

一些微粒

缠绕在我指尖

宛如一种气息

兀自生长

长进空气的涡旋,长进

不眠的,记忆

面对着你

我屏住呼吸

甘愿,迅疾老去

(7月8日)

第三章

九八年

　　1998年,古城人收获了一个闷热难熬的夏天。失常的江水漫过了卵石滩、缠绵的灯船石阶,漫过了堤脚下错落的临江人家。每天,熙熙攘攘的人流去江边看水,望着素来巍巍的荆堤、浊黄莽撞的江水,暗中猜测两者较量的结局。整整一个夏天,关心奔忙在抗洪一线。仿佛经历了一次人生的洗礼,在水与火的考验中不只皮肤晒得黝黑,蜕去一层皮,精神也经受了一次锤炼。

　　进入8月,百年一遇的特大洪水,导致荆江段沙市水位高出1954年洪水水位0.55米,达到45.22米的高度。荆江大堤承受着从未有过的考验。在没有大堤护卫的乡村,江水啃噬柔软的泥岸,浪浪含血。刚刚还温热的家,转眼沦为汪洋,只剩零落的树梢在水面寂寂飘摇。

　　苏北放知道关心在抗洪一线采访,每天都给他打电话,询问江南的情况。为缓解长江主干道的抗洪压力,确保武汉三镇和江汉平原的安全,8月3日江南分洪区内人叫马鸣,车声隆隆。36万江南人舍弃家园,丢下即将收割的稻子、棉花,开着拖拉机,推着板车,赶着牲口开始了大转移。关心在人流中穿梭,拍下了一组组珍贵的镜头。

部队派来了一个地爆连。工兵和五百名精干民兵用3个小时时间在拦淤堤内埋下了22吨TNT炸药,布好了雷管,连上了上闸刀。

那个夜晚,北闸灯火通明,气氛肃穆。众人各就各位,只等中央最后一声令下。埋炸药的地方距离北闸只有一公里远,采取延时爆破,用时十秒钟就能全部爆完。一旦引爆,整个管理区的玻璃将全部被冲击波击碎。

三部手机如果同时接听,就可能引爆炸药!部队派出一个步兵团把守第一道核心警戒线。往外,由几个连的武警、公安人员、民兵组成了三道防线。江面,水上公安组织了快艇,在长江水面逡巡警卫。古城各医院都抽调了外科医生,在警戒线外待命。

这22吨TNT炸药最终没有引爆,北闸没有开启。因为填埋时时间紧急,没有设计排爆取炸药的预案,8月19日,由十名专家组成的排爆组开始进入江南排爆,他们花费了五天时间才将这些炸药安全取出。

虽然北闸没有再一次开启,可江南人却完成了又一次大转移,以舍弃小家的方式成全大局。江南灾民有亲戚的投奔亲戚家,其他的由政府安置到临近县市乡镇的临时安居点。柳真如的爸爸和柳旺一家都住进了苏家。苏家的几间屋子里塞满了东西,地板上铺上凉席，大家挨着身子席地而眠。夜里，渐凉的江风从江面浩荡而来，抚过人们燥热的身体和心灵。

一位亲眼目睹过1954年北闸开闸泄洪现场的老人告诉关心，当年第一次启闸行洪时缺乏经验，右岸最边上第一道闸门最先开启，结果洪流奔泻而出，声响若雷，瞬间在闸门下游冲成一道河流。指挥部发现问题后，立即关闭首道闸门，再从正中间依次向两侧缓缓启闸，减少水流对下游的破坏。五十六年过去了，这条"河道"依旧深不可测，"河道"里的水几十年都没有干涸过。

时光留下的印痕，无处不在。宛如石铸的纪念碑，是凝固的记忆，让人避免走向遗忘。

各行各业发起了捐助救灾的行动。在苏二二的倡议下，刘沙河以公司的名义捐出三万元，并购买了大量的救灾物资，两人自驾车到江南灾民的临时居住点分发。苏北放也以家庭的名义捐出一万元，他和柳真如一起送到民政局。

那年夏天，苏北放常常坐在阳台上望江，暴涨的江水以他从未见过的铺排阵势，由西而东。江心激流湍进，暗涡回旋。不知不觉，他在这条大江边生活了有四十来年。而柳真如自小在长江边长大，长江水一路浩浩荡荡覆盖了她的童年、少年，未尽情绽放过的青春，和迅疾而来的中年、老年……她的一生，与这条古老的大江融汇在一起。

生活在长江之畔的每一个人都是这样，微渺的生命与古老的大江最终都会汇流在一起。

雾霭笼蔽的江面，只江心几尾航标船浮着朦胧微红。远处是几座已见轮廓的桥墩,等待着一座新桥安落。很快,坐着"突突突"的渡船奔波两岸的日子就要结束。生活就是这么一点一点,耐心地、富有层次地改变着。几十年后蓦然回首,轮廓还在,细一看,早已人非物不是。一艘白色客轮从容驶过江心,江水哗哗哗拍一阵岸,终于静了。属于一艘江轮的涛声,只有这么一程。因每一程都短暂,生活才常新着绵延不绝。

1998年的冬天,宝塔河畔,离荆江分洪工程纪念碑不远的地方,立起了一方新碑——荆江抗洪纪念碑。碑文记录着一长串名字。他们,那些抗洪英雄,消逝于那个似乎无比漫长的夏天。

新闻纸

关心找了很多资料,发现苏北放是目前还在沙石生活的唯一一个当年曾参加过解放沙石战斗的解放军战士。当年担负解放沙石重任的十三兵团从东北老家一路南下,后来战士分散到了祖国各地,再难和沙石结缘,顶多是来去匆匆,重回故地看望埋葬在这里的战友。一场"文革",将苏北放与战友间的联系掐断了,他只能通过报刊书籍去寻找战友的线索,这宛如大海捞针。

网络普及后,关心建议苏三三给苏北放买了台电脑,装上宽带,教会他上网查资料。凡是关心能找到的资料,都会打印出来拿给苏北放。可苏北放不习惯用电脑,他写稿还是一笔一笔认认真真地写在纸上,字体遒劲有力,仿佛钢板刻印出来的。他笑称,这是"文革"时在校工宣队练出来的功夫。

　　建国五十周年前夕，报社定下了专题报道的任务，关心将苏北放的故事、半生经历和生活现状写成了整整两版的长篇通讯，日常闲聊中获知的许多细节，让这篇报道异常丰满生动。文章一见报，古城的其他媒体便蜂拥而至，苏北放成了社会关注的焦点。

　　起初，苏北放面对摄像机显得十分拘谨，但他到底教书多年，又曾评上过市里、省里的劳模，见过些大场面，不一会儿就镇定下来，面对镜头开始娓娓而谈。他花白的头发，映衬着挂在墙上的、胸前佩有七八枚军功章的那套旧军衣，构成了一幅让人信服、又让人心生敬意的画面。这套旧军装是媒体记者特地要他挂出来的，军功章也是他们要求挂上去的，苏北放一一配合，为了他心里的那个心愿。

　　关心站在摄影记者身后，看见镜头忽而定格在苏北放的脸上、眉眼间，忽而定格在一枚枚军功章上。讲述到战友鲜东来牺牲的情景，苏北放不禁潸然泪下，白眉毛不受控制地颤抖起来。站在镜头外的柳真如悄悄矮下身子，递给他一块手帕。这块蓝手帕是当年柳真如亲手做了送给苏北放的定情信物，有些地方已经虚了边，可苏北放一直在用，他用不惯餐巾纸。

　　很多媒体要采访柳真如，她都拒绝了。温和的表情之下是执拗的坚持。在建国五十周年的庆祝大会上，市委书记亲手将印有"建国功臣"的绶带披挂在苏北放的身上，并将一座水晶杯颁发给他，上面几个鎏金字——"杰出市民"。关心知道，苏北放之所以愿意接受媒体的采访，又在采访中频频提到战友鲜东来，是为了完成多年前他站在鲜东来的墓前许下的那个心愿——"放心，我会带你回家的。"

为了兑现这个承诺，他一直在寻找机会。他知道仅凭他一个退休物理老师的力量，难以办到。多年来，他专门打听过拾骨迁墓的相关环节，找过烈士陵园管理处，工作人员说因为是革命烈士，且苏北放不属于烈士的直系亲属，他们无权做主，需要先向民政部门提出申请，获得了批准才行。

苏北放转而找到民政局，接待他的是一个三十出头的主任，他说解放前的工作人员退的退，死的死，加上"文革"几年的混乱，他们已经找不到鲜东来的资料。加上苏北放也不是鲜东来的直系亲属，又非在本地范围内迁墓，而是要迁到几千里外的东北去，他们无法做主批准这样的申请。

苏北放将自己的证明材料、四处收集的解放沙石的资料，厚厚的一摞，陈列在他们面前，对方只随意地翻了翻，还是一口咬定这事没法办理。苏北放气得拍了桌子，一个水杯惊跳着砸到地上，摔出一地的水渍和玻璃碴。他伸出手指，在空中颤抖地点了点，那只大眼睛睁得溜圆，里面布满了血丝："你们对这些革命先烈太缺乏感情，太没有责任感了！"

从那以后，苏北放再去民政局，门卫总是将他拦在门外，说他找的人不在。苏北放复印了几套材料，寄给市委信访办，寄给市政府办公室，寄到省民政厅，寄到省委省政府，都如石沉大海，不见回音。

出于不得已，他才拜托苏三三找媒体朋友采访他，就是想证明他与鲜东来的战友关系。应景报道多是一过性的，在主流的视线中有太多需要关注的内容。又一波喧腾之后，苏北放的生活再次回复到日常的状态，迁墓之事依然没有进展。可关心知道，苏北放还在奔走努力。有人劝他说，何必如此拘泥，象征性地在鲜东来老家修个衣冠墓或是空墓不就得了，免去了这里开墓取骨灰，又要送到千里之外的诸多程序，你省了心，也算了却了这个心愿。苏北放不这么认为，他说落土归根不是走形式的事，他既然对战友承诺了，就一定要不掺水分地做到。

五十周年的那篇报道出来后，苏北放拿着报纸再去找民政局那位主任。主任看了看报纸，表情平淡："如果你能让市政府分管这一块的副市长做个批示，我们一定给您迁。您要体谅我们的难处。"苏北放上哪去找副市长啊。这事还是搁浅了。

报道也带来了一些稀奇古怪的人和事。对此，苏北放从不愿说起。还是柳真如告诉关心的，家里经常接到陌生人的电话，也不知道他们是怎么打听到苏家电话的，开头总是说他们对苏北放的英雄经历、高尚情操十分敬佩，心怀仰慕之情，云云。接着话题一转，开始诉说起家庭遇到的困难，有的说孩子没钱上学，有的说父母双双病重，原因不一，但归根结底都是请苏北放伸出无私的援助之手。起初苏北放接到电话，马上跑去邮局汇钱，后来被苏二二知道了："爸，这都是些骗子，天天在媒体上找线索，能骗一桩是一桩，你不要相信他们！"

苏北放不以为然，照样寄。"你还真把自己当'活雷锋'了啊！"柳真如看在眼里，急在心里。这样的电话三天两头接到一个。有一回被苏北放听出来,是同一个人前后打来的两次电话,说的原因不同:一次是老母亲病入膏肓,一次是小女儿遇了车祸。苏北放这才信了苏二二的话,不再当活雷锋了。

"世道怎么变成这样了!"苏北放向柳真如感叹。柳真如嗔他一眼:"你还当是五十年前啊。你没听电视里唱的,这世界变化快……连一一、二二、三三都说,她们都被弄得眼花缭乱的,更别说我们了。我说你也要省省心,服服老,想想你那心脏,还有那高血压,少在外面东奔西跑的,每天按时去公园散散步,打打太极拳,多好?"

柳真如加入了练剑队,都是些退了休的老人,跟着一个武术教练学剑。每天一早,她穿上飘飘洒洒的棉绸衣裤,拎着剑袋去公园。练上一个多小时,转出公园顺路买菜回家。

一一在自家吃,二二难着家,只有三三偶尔回来,不回的话家里就只有两老。偏偏苏北放闲不住,家里就常常只剩她一个人,大把大把的时间用来看电视里一出接一出的电视剧。三个女儿也会隔三岔五地买碟回来给她看。电视里的生活,她越看越不明白,那些稀奇古怪的事,那些曲里拐弯的恩怨情仇,那些明里暗里的钩心斗角,那些越露越多的女明星,那些动不动就脱衣上床的男女,那些仿佛一会说话就像了大人的孩子……像吃饭时被沙子磕到牙,柳真如边看心里边犯嘀咕:敢情自己是真的落伍于时代了啊!

到了晚上,电视就不属于她了。苏北放通常只看三个台,中央台一套、军事频道和体育频道。三个台轮流转,新闻联播、军事节目、体育比赛……她总是陪他一起看，从不和他抢频道。从家里最初9英寸的黑白电视机，到21吋的彩色电视机，再到37吋的液晶电视机，大半辈子了，一直是这样。

最近不常落家的苏三三，这次爱上的是一个生活在北京的男人。关心很久没见到苏三三，只好打电话给李双。李双告诉他，苏三三和那个男人是通过朋友的朋友介绍认识的，在网上交流了三个多月，对方首先发来照片，又过了一个多月，三三才将自己的照片发给他。之后两人又视频聊了三个月。不过，对方要求见面，她一直没答应。

三三感叹说，从没遇到这么与自己契合的人，从没有过。李双反问她："那么楝呢？"话一出口，她就后悔了，楝是苏三三永远的禁区。苏三三似没听见她的问话，顾自沿着自己的话题走下去，她的神情仿佛徜徉在茂密的花阴里，与自己的王子手牵着手走向命定的幸福未来。

苏三三将男人的视频截图和他们的聊天记录给李双看，对方在北京798有一间画室，在QQ上贴出了不少画作。李双疑心是距离让苏三三产生了幻觉，她知道三三现在多么渴望爱情，可身边的人没有一个足以取代楝在她心里留下的影迹，虚幻的网络达成了一种突围的可能，于是苏三三赶紧伸出手抓住了。

"虚幻的网络，并不代表感情的虚幻。我每天面对的是一个活生生的真实的人，而非坚硬的机器或虚拟的电脑幻象。"苏三三面对李双的质疑，回答得振振有词。

工业券

　　苏一一是三姐妹中第一个结婚的，柳真如给她准备了四铺四盖、缝纫机、洗衣机、电视机和自行车。被面是上好的绣花锦缎，床单是沙石流行的鸳鸯牌，电视机是熊猫24吋彩色电视机，自行车是市场上的俏手货——凤凰牌。孙阿姨也花了大力气，将房子重新整修了一番，屋里该置办的都给置办了，且都是按当时的最高标准。婚宴办在沙石最好的宾馆，亲戚、同事加朋友请了三十来桌，婚宴后是热热闹闹的接亲。一切操持得隆重而体面。

　　苏北放说，相比之下，他和柳真如虽然有过两次婚礼，可排场加起来不及苏一一和刘敏君婚礼的四分之一。

　　苏三三对关心说，她记得小的时候家里过得并不宽裕，那时候爸爸在接受审查，妈妈一个人要教书，还要照顾她们三姐妹，一家人靠苏北放被扣减得只剩三分之一的工资度日。后来，她们听妈妈说起那段日子，真不知这十来块钱是怎么应付下来一家人的花销的。印象中，她们三姐妹却从没感觉到生活的拮据，哪怕很久才能吃到一颗糖，三姐妹也会均分开来吃，一人一小块，吮得欢天喜地。虽然新衣裳只在新年时才有得穿，可也是一人一件，漂漂亮亮，心里那个欢喜。

　　三姐妹一直不知道，柳真如为了改善家里的生活，月月向单位的储金会借钱，次月还掉一点，月月如此滚下来。为了早点结束借钱度日的状况，柳真如卖过血。当长大后的三姐妹听柳真如说起细碎的往事,不胜感慨唏嘘,她们记得柳真如经常对她们说的两句话:"没有吃不了的苦,只有享不了的福","喉咙深似海,填不满的"。

柳真如还常向苏二二、苏三三感慨,说给她们准备的嫁妆眼看又要过时了,两姐妹还没有要出嫁的动静。每到这时,苏二二会一翘嘴巴:"我不要什么嫁妆,给钱我吧!我和您未来的女婿去周游世界,每到一个地方,就给你和爸爸,还有姐姐、妹妹各寄一张明信片回来,你们就知道我们到哪了。"苏三三则撒娇地抱住她的胳臂:"我呀,找个让您省心的婆家,她什么都不用您操心,因为我是'无价宝'啊,谁娶到我绝对是他的福分!"

可是柳真如没想到,还没等来苏二二、苏三三的喜讯,外孙子也没抱到手,苏一一哭着跑回来说要和刘敏君离婚。

苏一一小两口日子过得算是宽裕,两人有稳定的工作,婆家的经济状况也不错。孙阿姨的老公刘老师在恢复高考第一年考上大学,从后备领导干部成为真正的领导,一步步升至分管文化科技卫生的副市长,临近退休时转到人大任了闲职,可当年提拔过的下属还在各行各业担任着要职,说话办事都顺风顺水,有人肯买账。结婚没多久,苏一一就在图书馆升成了科级。刘敏君也混得不错,他生性好结交朋友,人家也喜欢和他攀关系,因而朋友圈子特别广,三天两头有人请吃饭,或拉了去唱歌跳舞打牌。刘敏君又是讲面子的人,来者不拒,逢请必去。上了酒桌就得喝酒,而他的酒量是一两上脸,二两就倒,三两人事不知的那种,喝多了朋友就按惯例帮他开个房,让他睡上一觉散去酒劲。若是晚上吃的饭,这一觉常常睡到天亮。

刚结婚时,刘敏君只要还没醉到连手机都拨打不了的地步,一准会给苏一一打个电话知会一声,后来次数多了,心也疏懒了,倒在床上一觉睡过去。苏一一拨打电话,左一个无人接听,右一个无人接听,常常半夜一个人恼得摔掉电话。哪个女人受得了一而再、再而三地夜不归宿?苏一一一气之下,撂下一句"离婚",跑回了娘家。

柳真如问:"他平时对你好不好?"苏一一抹一把眼泪,点点头。"他的心还在不在你身上?"苏一一点点头,又摇摇头:"我不知道。如果心里有我,就不至于这样!"

"他去应酬有没叫过你?"苏一一点头。"那你怎么不一起去?""妈,你知道我这人,怕闹,不想去。"

"那,这一半原因出在你身上。你去的话,朋友就得看你的面子悠着点,即使他醉了,你也可以照顾他,陪他一起回家。"

"可是……""妈告诉你,人不可能没有毛病,关键看这毛病你能容不能。夫妻间一辈子,要经历多少事,不说别的,就是牙齿和舌头亲密吧,它们也会经常碰到,伤到。如果都像你这样,动不动就要离婚,这世间怕是没几对夫妻能白头到老。"

苏一一不说话了,只一个劲地淌眼泪,一双眼睛哭得红红肿肿。柳真如心里哪有不疼的,拿手绢帮她擦眼泪,俯身问:"你真觉得过不下去了?"

苏一一咬着嘴唇不说话。"你真要觉得过不下去了,离也没什么,不管什么时候这里都是你的家。但是妈要多说一句,婚姻是人生大事,不是吃一顿饭、看一本书那么简单,不想吃了可以撂筷子,不想看了可以丢开书,你要想清楚喽。"

柳真如将苏一一的事和苏北放说了。苏北放将茶杯一顿:"没本事!这点事就哭哭啼啼,还闹着要离婚。夫妻夫妻,有什么事不好商量?他们这还没经历什么大风大雨呢!都是你把她们娇惯的。"

"你小点声,一一刚睡。我看她那样子,心里确实难受着呢。这刘敏君也是不该,在我们面前承诺得好好的。哎,睡吧,没多大个事,我看啊,一一也是闹闹性子。"

孙琴和老伴上门来替儿子赔礼道歉,安慰了苏北放两老,又劝了劝儿媳,半真心半场面地将刘敏君爱交朋友的臭德行批评了一通。刘敏君也上门来向苏一一做了保证,聆听了苏二二、苏三三不同风格但归旨一致的数落,陪苏北放喝了两小盅酒,苏一一这才跟着他回了家。

人的本性难移,这话真是没错。刘敏君谨慎了一段时间,老毛病又复发了。苏一一不好再回娘家,一个人闷着哭,脸色眼看着越来越灰暗,人一下子显得比苏二二、苏三三老去一截,人前或是回娘家的时候还得强装笑脸。

知女莫若母,柳真如一看苏一一那脸色、那表情,就知道她日子过得不舒畅,有心想接她回来住一段,又怕在亲家间弄出不必要的误会,只好自己劝自己,"儿女的路总得由他们自己走,好歹也由他们吧"。只是在苏一一回来的时候,柳真如意味深长地交代一句:"一一,记住妈的话:不管什么时候,这里都是你的家。"再无多话，她知道苏一一懂。

吉普车

俗话说女大不随娘，可苏家的三个女儿都三十岁了，还环绕在柳真如身边，这让她不喜反忧。人都说，你家标标致致的三个女儿，不愁嫁的。可标标致致的三个女儿，两个尚待字闺中，情路让人担忧，好不容易嫁出去的一个，没过上几年就哭着跑回来说要离婚。柳真如常对苏北放感叹："生活怎么这么不让人省心啊。"

"这就是生活嘛。酸甜苦辣麻，啥都让你尝够了，你才能没有遗憾地两眼一闭，只求眼净心净去嘛。"苏北放不像柳真如发起愁来吃不香睡不稳，该睡时睡，该吃时吃，他说这是接受审查时训练出来的好心态。

苏二二将"武装"盘出去，正式加盟刘沙河的公司，做了"月亮城"的总经理。她将改了一个字——"服装精品衣橱"，添加了女装区，又专门辟出一块"户外休闲区"。她不用亲自进货了，主要是店的管理。刘沙河给她买了辆北京吉普，车身做了个性化修饰，左边是几颗由大渐小的红五角星，两杆红缨枪直插车顶，下面一行字"闪闪红星向太阳"。右边是几个穿军装手拿毛主席语录的男青年女青年，上面一行字"人民公社好"。车身前盖上蹲着两只猫，一只黑，一只白，下面一行字："两手抓两手都要硬"。车尾是两只攥得紧紧的拳头，下面一行字："赶超美帝国主义"。

一次苏二二将车开回家，苏北放看见了，沉着脸说："你这车上弄的什么花名堂？"苏二二呵呵笑："这不是乘着北京吉普飞速跨越各个时代的意思嘛！"

"我看是瞎闹。"苏北放嘟囔一句，不再说话。苏二二驾驶着这辆北京吉普穿行在沙石和古城的大街小巷，每天傍晚开到学校去接刘沙河的儿子。孩子和她已经混得很熟了，阿姨长阿姨短地叫得很顺口。刘沙河应酬多，有时苏二二就住在他们家，顺便照顾鸾鸾。开始还会打个电话和柳真如说有事晚点回，柳真如那晚就肯定睡不踏实，楼道里有点响动就赶紧爬起来看，以为是苏二二回了。

苏三三心疼妈，让苏二二干脆实话实说。柳真如又不能放心了："这还没拿证的事，怎么能住到他家？别人知道了会说闲话的……"苏三三拦住话头："妈，都什么年代了，你还那么老古板。姐和刘哥感情好就可以了，拿证也不过是走形式。你也知道姐那个人，最讨厌走形式的东西了。"

"不能总这样吧，毕竟是个女人，唾沫星子会淹死人的。你们还小，有些事你们不懂……""我们还小？妈，我们都三十了！再说了，搬到这里，楼上楼下有谁认识咱们家，对面住的是谁我都没见过……"

房子是刘沙河的公司开发的。开盘的时候，三姐妹一拍即合，举双手赞成买下一套，各自拿出些钱。柳真如也拿出了多年的积蓄，合力买下这套房。这房子建在江边，比租住的两套处房子、苏北放学校分的房子宽敞很多，光线也足，三室两厅还带间小书房,客厅也不小。苏北放没意见主要是因为有个阳台,正好对着长江,没事了他坐在阳台上就可以吹吹江风,延续了他的老习惯。

日子一天天过得琐碎,柳真如这头还在为苏二二操心,苏一一那头又出了事。她再一次搬回了娘家,这一次咬定了非离婚不可。

原来刘敏君朋友多,其中一个炒股发了大财,说是有个在证券公司工作的铁哥们,有什么内部消息马上第一时间告诉他,一连几次都没落空,投进去的钱眨眨眼的工夫就翻了倍。那哥们撺掇他也跳进股市试试水,开始刘敏君还谨慎,拿了点私房钱试了一下,果真赚了。这世上居然有这么轻易的事!刘敏君脑子一热,擅自做主将家里的存款都投了进去。

刘敏君怕苏一一担心,想等赚了钱再和她说,没想到钱刚一投进去,就被套住了。朋友说没事,过两个月就好了,股市跌跌涨涨寻常事。可半年过去,还没有解套的迹象。赶上苏家要买房,三姐妹商量一人拿出两万来,苏一一一翻抽屉,发现存折没了。

两人为这事闹了一阵,后来是刘敏君开口向自己的父母借了两万,解了急。那时两人已经搬出刘家另过,群艺馆给刘敏君分了一套房。苏一一也没将这事向柳真如和苏北放声张。又是大半年过去,搁进股市里的钱持续缩水,苏一一不懂股市,心里干着急,几次让刘敏君"割肉"将钱拿出来。刘敏君咨询了朋友,朋友说耐心等等,一旦翻盘就好了。刘敏君心里实在不舍得"割肉",硬挺着。两人为这事隔段日子吵一次,吵得心浮气躁,晚上上了床都是背对背。

最近的这一次，两人话赶话，越说越不冷静，越说越伤人，最后苏一一摔出了"离婚"两个字。刘敏君没等她话音落定，气哼哼地："离就离，早离早好！"苏一一愣一下，冲进房间收拾了几件衣服就摔门而去。刘敏君也没追，且一个星期不闻不问，连个电话也没有。

苏一一将经过哭诉给柳真如。柳真如不懂股市是什么，只感叹："这世上哪有那么容易赚钱的事，人又不是印钞机，就算是有印钞机，国家也不让你随便印钱啊。"柳真如又转说给苏北放。苏北放知道股市，报纸上专门辟了两个版天天分析股市，可他毕竟也是站在门外，说不上有多懂。他显得比柳真如冷静，透过现象看到的是本质，淡淡地说一句："你和一一说，钱是身外物，值得为它伤和气吗？"

这话并不能安慰苏一一。刘沙河和苏二二懂股市，安慰她没事，不等钱用的话就搁在里面，相当于做长线，没准哪天熊市就变牛市了。这话也安慰不了苏一一，她生气的焦点已经不是刘敏君将钱自作主张投进了股市，而是他对她的态度，硬邦邦摔出来的那句话还梗在心口那儿，况且不见他有一点点反悔的意思，连电话都没一通。

苏二二又说了："你知道成了家的男人最不愿意听的两个字是什么吗？离婚。你犯了婚姻的大忌，而且是两次了。作为一个男人，听到这话，他当然伤心了。你想，两个人愿意结婚将下半辈子牵系在一起，都是想着能白头到老的，至于能不能真的白头到老,就看两人的造化了,彼此的性格能不能磨合得相得益彰,彼此的缺点能不能相互包容,彼此遇到困难能不能相互体谅……我倒是能理解姐夫,他炒股不也是想改善家里的生活,为你们的孩子多存点钱,只要他没二心就好了。不过啊,总这么闹,男人迟早会有外心的。姐,我劝你宽宽心。"

这几句话倒真是讲到苏一一的心坎上了,可她自己抬脚走出家门的,现在不可能像没事人一样自个儿走回去吧。想着,恼着,心里不免又对刘敏君恨恨的,连个台阶也不肯铺垫一下,真是没情没义。

苏一一这边下不来台,刘敏君那边在借酒浇愁。他心里愁闷啊,天天盯着股市那几根跌宕起伏的线条,盼着有奇迹出现。他不好意思去苏家,毕竟瞒着苏一一把钱抛进股市的是他,一直没能解套也是不争的事实,而且他也气苏一一,一而再再而三地和他为这事吵,耳朵都起了茧。他也后悔不该将钱一股脑全投进股市,可股市走低非他的意愿,更不是他可以左右的。人说喜欢为钱吵架的夫妻,不是太有钱,就是太没钱。可他们算什么,既谈不上太没钱,也说不上太有钱,却也为钱吵个不休。

他和朋友在酒吧里喝酒,强作欢颜一杯杯往肚子里灌,喝着喝着就高了,摇摇晃晃地回家,趴在马桶上吐得昏天黑地,叫着"一一、一一"沉沉睡去。

苏一一一天早上吃完柳真如煮的盐茶鸡蛋,坐车去单位的路上,忽然感到一阵恶心,刚好车靠站,她一下车就扶住路边树"哇哇"吐了起来。中午,她在单位附近吃的牛肉粉,平时吃得挺香,可今天一闻到那股辣呛呛的牛肉味,又是一阵恶心,勉强吃了几口,不一会又吐了个干净。接连几天都是这样,柳真如起了疑:"你不会是有了吧?"

苏一一掐指一算,好事过了有不少日子了,这几天闹心也没去在意,又过了几天,到医院一查,真是怀上了。

之前柳真如要给刘敏君打电话,苏一一不让。这次,柳真如手搁在电话机上:"这不是小事,总得给敏君说一声吧。"苏一一不作声了。柳真如等了一刻,不见她回话,手指利索地按下了号码:"喂,敏君啊,一一身体有些不舒服,去医院看了,医生说怀上了……是,怀上孩子了……好,晚上等你来吃饭。"

刘敏君没耐心等到晚上,放下电话就骑着摩托车过来了,一进门,叫声"妈"。柳真如拿手往书房里一指,刘敏君会意,轻手轻脚走进去,关上了门。柳真如坐在客厅里,将电视的声音调小,屋里一直没有动静,她心安了,晚饭特意多做了几样菜,还专门熬了红枣莲子粥。叫吃饭的时候,刘敏君牵着苏一一的手出来了。

一家人没事一样,乐乐呵呵地坐在一起。刘敏君陪苏北放喝了两盅。苏北放拿筷头点着碗沿:"敏君啊,女人是娶来疼的,爱的,不是娶来骂的。"

刘敏君连连点头:"是我不对,是我不对。""女人啊,是比较麻烦一点,做男人的就要多包容,多忍让……"苏北放几杯下去,话就多了。

柳真如笑着瞟他一眼:"实际上啊,我看是女人包容得更多。男人啊,看起来高高大大,强强壮壮的,有时比女人脆弱多了,是吧，——？"苏——不说话，闷头笑。

隐患房

苏北放每天都要出去沿江边散一会步。他在江堤上迎面遇见了"单歪"。一晃，苏北放有好些年没见过"单歪"了。他还在县中学教书的时候，"单歪"就请了常年病假，从学校消失了身影，"单歪"不好意思再见昔日那些老同事。听说有好长一段时间，他窝在家里足不出户，一只酒瓶不离左右手，整个人萎塌得不成样子。他妻子一个人忙里忙外，顾老顾小，三天两头哭成个泪人，没几年就得病走掉了。落下个才十来岁的孩子，"单歪"这才走出了家门，可他没有回到学校，而是在批发市场卖起了水果。

柳真如有一次去批发市场，不小心撞在一个人身上，回头一看，却是"单歪"和一个腰身粗蛮的女人在搬水果。"单歪"抬头瞭她一眼，那眼神让人分不清是不是看见了柳真如，只见他快速地将头埋下去，整个人几乎匍匐在硕大的麻袋上，和女人很快消失在了人丛中。柳真如回来和苏北放说起，说刘老师的头发全白了，说起来他与苏北放差不多年纪。苏北放从鼻子里哼出一声，他这辈子记恨的人屈指可数，"单歪"算是一个。

"单歪"一头白发，不过看起来气色不错，似乎腰板也挺直了，不知是否夕阳如金的缘故，整个人也不显得灰暗萎缩了。苏北放本来昂头擦身而过，当作没看见对方，不想"单歪"叫住了他。苏北放回过身去。"单歪"看人的眼神还是那样，可是混浊了，毕竟是奔六的人了。苏北放心头晃过一丝柔软的情愫。

两人寒暄了两句，苏北放才知道"单歪"的儿子一家也住在江岸小区里，他一年有大半年的时间待在儿子家，帮他带孩子。"单歪"的儿子是大学老师，数学系的。苏北放仰头一笑："没想到你这个数学老师，还真教出了一个好学生。""单歪"也哈哈一笑，满头华发都被夕阳染成了灿金色："哪里啊，儿子可不是我教出来的，我这辈子啊，还真是惭愧，从小的梦想是当个好老师，却没当过一天好老师……"他的表情陡然黯淡下来，似望着渺远处的一只眼睛里，浮动着一层迷离的光芒。他好久没有说话，喉头急速地滑动两下，吐出几个字来："老苏啊，当年对不起了，那些……"

苏北放用力一拍他的肩膀："算了，别提那些陈谷子烂芝麻了，谁这辈子没走错路的时候……"两人沿着堤坡往西走，夕阳渐渐淡下去，风吹卷过来，将"单歪"的满头白发吹成了一捧稀稀落落的苇草。

"哎，那些年我一宿一宿地睡不着，眼前一个劲地晃着那些人影子，还有铺天盖地的大字报，一个一个簸箕大的字，铺得满天满地，高得人抬起脖子都望不到尽头。大字报不断地往上升，我就站在下面不停地写呀写，心里满是恐惧，生怕下一刻那些硕大的字就会砸下来。"苏北放想打断他的话头，如今再说这些干嘛，只会勾起痛苦的记忆，可"单歪"举起一只手，打断了他："我想的最多的是老校长，他就站在我面前，耷拉着头，偶然抬起来时，满脸是血，我真是不敢看他那双眼睛啊！"

那晚两人一直走到很晚很晚。苏北放不知道该怎么安慰身边这个老人。人这辈子的所作所为，到了都得自个儿来承受，谁也帮不了你。曾经他怨过这个人，恨过这个人，觉得看到他的脸，尤其是那双眼睛，听到他的声音，都感到恶心，难以忍受，可现在，他如此平静地走在他身边，内心怀着对他的深深悲悯。任何人都没有权利惩罚别人，自有老天去惩罚。不知不觉，时光就让他从憎恨走到了悲悯，一切是那么地自然而然。是不是人这一辈子走来，越近末端，就会和一样又一样事物达成和解，直到最后与死亡和解。曾经，在生命之初，我们最为憎恨和惧怕的恰恰是死亡。

走到楼下，柳真如在一棵树下等他，看见他递过来一件外套："怎么弄到这么晚，天凉了，江边风大，可不是年轻小伙子了……"苏北放没像往常那样回嘴，而是披上衣服，伸过手臂搂住了柳真如。柳真如吓一跳："干嘛呢你。"想挣开来，苏北放嗔一句："老婆子，扶一下老头子不行吗。"手上用了力，柳真如这才放松下来。两人搀扶着往回走。

这次见面后，苏北放就和"单歪"经常见了。两人总是沿堤坡走上一段，有时只是默默地走着，谁也不说话，有时絮絮地说些旧人新事，有时忍不住为某事争论起来。路灯将两人的影子拉长在大堤上。

一天散步回来，苏北放脸色阴沉。柳真如担心他高血压又犯了，拿测压器一测，还算正常。问他是不是和"单歪"吵架了，他摇摇头说不是。

苏北放闷了一夜,弄得柳真如也没睡好。次日一早,苏北放突然问:"这一带的房子,都是二二的那个男朋友参与开发的？""好像是,听二二说是三个人合伙贷款买的地建的房,具体的我不清楚。"柳真如不知道苏北放怎么突然关心起这个来。对于苏二二的感情问题,苏北放闹过一阵脾气后自己想通了:"儿孙自有儿孙福,我们难道管得了他们一辈子,由她们吧。"

苏北放没再往下问,柳真如也没当回事。本来准备等苏二二回家时问问的,也给忘了。苏北放突然忙起来,每天早出晚归,还经常在一个本子上抄抄写写的。柳真如悄悄看过,像是些物理公式,她也看不懂。

苏北放退休几年了,很多地方请他去上课,也有人找上门来想出钱请他辅导孩子,他都拒绝了。柳真如也怕他高血压、心脏病身体累不得,不主张他再带学生。没想到,他突然又有了研究物理的兴趣。

一天中午,苏二二急匆匆开车回来,柳真如正在厨房里洗碗,还没来得及问她吃饭了没有,就听见她进了书房问苏北放。"爸,旁边工地上有人说,一个高高瘦瘦的老头这些天天天往那跑,和他们讲什么力学、基点、承受力,还说自己是个物理老师,我一听就觉得是你？是你吧,爸？"

苏北放抬起眉,从老花眼镜上看着苏二二,点一点头。苏二二坐下来:"爸,怎么回事,你怎么对这些房子感兴趣了？你说的那些,工人哪懂,还以为是个神经有毛病的疯老头呢,到处当笑话讲。刘沙河让我回来问问是不是您。"

"那个疯老头是我。我正想让你转告刘沙河：这些房子建不得！"苏北放走到窗口，"我们住的这栋房子，还算幸运，在一块地基比较结实的土丘上，但是左前方和右前方，就是正在建的那两栋，地基是常年泥沙淤积而成的江滩，承重力和结实程度都不足以在上面建六层楼的房子，我已经仔细测算过了，这样即使建起来，房子迟早会因地基不稳发生倾斜，甚至可能倒塌。"

苏二二不当回事："这房子可是建筑设计院的人设计规划过的。爸，绝对没问题。不是专家发话，沙河他们可不敢开建啊。"

"绝对有问题。我这几天仔仔细细算过了，还找了关于江滩这一带的地质资料，这里是靠江水冲积而成的。你赶紧告诉刘沙河，停工，必须停工。或改建为两层楼的房子。"苏北放表情严肃，说得一板一眼。苏二二知道没法说通老头子，潦草地点个头，走了。

房子并没有停工，还抢着晴好天气日里夜里在赶工。眼看着楼房从二层攀上了三层，又从三层攀上了三层半，苏北放没去工地，天天站在阳台上向两头眺望，坐立不安，脸色阴沉，额头上的青筋直跳。"人家有分寸的。你以为建一栋房子那么简单啦。二二不是说了，专家都给测了的。"

苏北放心里头本来就烦，听了这番话，不禁一声吼起："你知道什么！房子里住的是人。那些豆腐渣工程动不动就垮了，压死几个人在里面，就是这样一些不合乎规律的东西在背后作怪。"

柳真如抚一抚胸口，胸腔里像挥动着一柄小锤子。她嗔怪苏北放一眼，不再说话。她知道这时如果接话，那就等于点燃了地雷的引线。

苏北放给苏二二打了个电话，在电话里慎重其事地将自己的观点重复了一遍，让她马上、立刻转告给刘沙河。看老头子这么顶真，苏二二也不敢马虎了，一个电话打给刘沙河。刘沙河正在和人谈合同，潦草地"嗯"两声，没往心里去。

楼还在攀升。苏北放生了气，半眯着的那只眼睛急速地眨动，鬓角上的一根筋也鼓突出来。柳真如着了慌，悄悄打电话给苏二二："二二啊，那事你和刘沙河说了吗？"

"啥事啊？""就是那两栋正在建的房子的事儿。你爸现在整天盯着那房子，气鼓鼓的，我担心……""哦，妈，我和沙河说了，他说会处理的，你让爸别操心了。"

苏北放将关心叫到家里，要关心将此事在报上报道出来。他还向关心展示了很多复印的材料，以及他推算的好几页算式。关心为了难。且不说这事和苏三三的准姐夫有关，关于两栋在建的房子究竟是否存在建筑风险，也不是凭一个老头的话就可以作出判断的，虽然这老头当过兵、上过朝鲜战场，还是个中学特级物理老师。

关心将这消息通过苏三三反馈给苏二二，苏二二又反馈给刘沙河，他才认了真。刘沙河将这事告诉了两个合伙人。对方不以为然，专家都测算过的，求人家批一个东西难得很，哪有拿到批准证现在自个来推翻的。再说了，改建两层楼的别墅，不只浪费多少钱的事，还牵扯到好多环节，复杂得很。

刘沙河也觉得是这么个理儿，可现在一方是自己的准岳父，对自己还没有一百个放心，偏让他盯上了这么个事，让他怎么办？

他主动和苏二二一起上门来聆听苏北放的推论。他觉得老人把这事这么当回事，就是想得到应有的尊重。那他就给老人足够的尊重吧。见面聊过之后，他才知道苏北放不仅仅是要尊重那么简单，他要的是将房子推倒重来。苏北放的测算过程，在刘沙河听来如坠云里雾里，可苏北放的固执与较真劲儿，他是真切体会到了。

"孩子，我不希望你们修出祸害人的房子！"苏北放满脸庄重之色。刘沙河与苏二二对视一眼，赶紧点点头。两人从家里出来，苏二二看刘沙河满面愁容，一拍他的肩："没事，由我来搞定。我先找建筑设计院的专家，看我爸的测算到底合不合理，如果不合理，我爸也就没话说了。"

苏二二自掏腰包，请专家会诊，不是一个，是三个。同时，她要求刘沙河一定要让工地先停工。为此，刘沙河差点和两个合伙人翻脸。专家会诊结果出来，苏北放竟然是对的。专家也曾考虑过江滩形成的因素：土质的特点，但遗漏了高于地面的江水长期对堤内地基施加的压力。显然苏北放考虑得更为周全。为以防万一，专家认为还是改建低层别墅比较好。

面对结果，刘沙河傻了眼。本以为只是耽误几天工期，没想到还真的要推翻重来。"没事，这一堆资料我熟悉，这次还是我出面来和你的合伙人谈。"苏二二将事情一揽子接过来。

合伙人可没有专家那么理性，就事论事，他们咬定只是有发生倒塌的可能性,并非一定会发生。而且,按苏北放的推断,倒塌既非房子一建成就会发生,也非三五年就会发生,哪里需要考虑到那么长远,现在什么都在飞速变化,谁知道这房子建成后十年内有没可能被重新抹成一片平地呢。如果是这样,房子在它的有效生命时间段里根本不会发生危险。他们一致认为,没必要改建。

苏二二说得嗓子冒烟,也不能改变两人的观点。楼房又重新开工了,而且为了挽回浪费的时间,工人加快了速度。苏二二认真考虑了两天,做出了一个决定,她找到关心,将手中的厚厚一摞资料交给关心,让他将此事报道出来。

关心在仔细研读资料的基础上,又找到建筑设计院的专家进行了采访,还跑到工地去做了一番调查,最后写了一篇特稿刊发在晚报上。报纸一出来,新闻热线就被打爆了,绝大多数市民是感佩那位物理老师。应苏二二的要求,关心在报道中将苏北放称为"一位已经退休的中学物理老师"。市民呼吁尽快将这样的隐患建筑扼杀在摇篮中。

刘沙河的两个合伙人迫于舆论的压力不得不改弦更张。即使这两栋楼顺利建成,恐怕也没有人肯购买入住了,他们不得不改为建三层楼的别墅。他们使了点计谋,将刘沙河这个合资人踢出了局。刘沙河心情抑郁,本来预期回报很高的一个项目,经营了好几年,就这么打了水漂。

一连好些日子,他不再主动与苏二二联络,苏二二也不再联系他。她住回了自己家,"月亮城"的工作也不做了,她和柳真如说打算用手里存的钱再开一家店。柳真如知道这变故的原因,啥也没问,只简单地说:"钱不够的话,妈这里还有些。"

苏二二扑进她怀里,半天没抬起头来,再抬起头时,已经恢复了一脸明丽。第二天,她就忙开了开店的事。

苏二二做好了分手的准备,可一天夜里,她接到了刘沙河的电话。刘沙河声音沙哑:"二二,我想你,我不能没有你。"苏二二噙住嘴唇,眼泪漫漶而下。深吸一口气,她一抬手利落地擦掉两腮上的眼泪。

"刘沙河,你听好了,你爱我就得接受我有这样一个父亲。现在人人都为利忙,为利可以一再退守自己的底线,我父亲没有,我很骄傲自己有这样的父亲!"

电灯泡

坐在苏三三和老Q中间,关心感觉自己像个电灯泡。苏三三曾对关心说,她觉得自己从很久以前已经开始风化。外在的皮囊可以不染尘纹,心却不行。她的心早已被风化得支离破碎,不堪俯拾。可现在她又一次陷入了爱情,这让关心不能不感叹生命顽强的自愈能力。

可关心弄不明白苏三三的心思。明明是她说的那个让她心仪、从未遇到过的与她精神契合的男人,第一次见面,她为什么要拉扯上他。她和那个男人聊画画,聊行为艺术,聊旅游,聊音乐,聊摄影,聊得热火朝天。关心在一旁如坐针毡,内里作呕。几次打算起身离开,可苏三三仿佛看透了他的心思,从桌布底下一把拉住他。关心只好去卫生间打个转又回到桌边。这场尴尬的约会,让他看起来像个可疑的前列腺患者。

那个男人,很遗憾,关心没有认真记住他的名姓,只是按照李双之前提到他时用的老Q先生来定义他。怎么说呢? 在关心看来,老Q太过完美了。他说出的每一句都是那么恰如其分,做的每一举动都是那么体贴得体, 像没有破绽的天衣无缝的一块石头。关心不知道从哪里可以进入老Q的内心。说实话,他很想进去看一看。

苏三三在老Q面前,表现出从有过的优雅淑女,甚至带了点装腔作势的劲头。这个过三的女人看来是急于将自己推销出去啊! 关心故意拿带刺的目光看着她,她居然没一点点反应。老Q看起来是个非常聪明的男人,他一定察觉到了关心的尴尬和不自然,可他表现得十分自然,甚至连关心和苏三三的关系都没过问。这是一场看起来有些古怪的约会。

作为一个男人,关心相信老Q内心一定是非常失望的,他从北京坐飞机过来,怀着热望来与在网上相识了两年多、情投意合的女朋友见面,内心期待不言而喻。其实,他早就提出了见面,苏三三一直没有答应,老Q将之理解为女性的羞涩和本能的谨慎。现在一扇迟迟不肯开启的窗终于打开来, 他不可能像表现出来的那么冷静吧。而且关心相信,在老Q眼里,苏三三本人一定比在视频和照片上更加动人。

他冷眼看着老Q的表演,同时暗暗发笑于苏三三的表演。一些瞬间,关心内心百般纠结,为什么苏三三没有叫李双,而是选择了他来插足他们之间?对于他,这个问题的答案比高中几何数学题还难。

从"七株杉"出来,老Q走在中间,左边是关心,右边是苏三三,三个人的影子在地上貌似亲密地向前滑行。关心故意与老Q拉开一点距离,这样地上的两个影子就真的像一对情侣了。说实话,从外形看,老Q和苏三三还真是很般配。老Q的年龄看起来也不轻了,但打扮得时尚而不乏活力。一个念头突然从关心心底里冒出来,他脱口而出:"我还要赶回报社有点事,先失陪了。"

关心看见苏三三愣了一下,心里升起一丝幸灾乐祸的快意。可苏三三随即若无其事地一摆头:"你去吧,谢谢了!"她的语气一下子变得极其冷漠,话一说完就掉头继续往前走去,而老Q面带欣喜地和关心握了下手,转身跟上了她。关心傻呆呆地目视着两个人的背影,心里一时间千回百转,连肠子都悔青了。他不过是气气苏三三罢了,真的让她和老Q独自相处,这念头本身就像一阵飓风,吹打得他的心像了破陋不堪的篱笆墙。

咬咬牙,调头走了没几步,关心停下来,没有迟疑地回过身去追赶苏三三和老Q。他很想冲上去,重新阻隔在他们中间。可幸存的一点理智让他遏制住了这股冲动,只是在后面悄悄地跟随。一旦被两人发现,他这个男人的脸面无疑将一扫而光。苏三三和老Q沿江津湖走了没多远,就见老Q停了下来,走到马路边拦下一辆的士。关心赶紧缩身在一棵树后。待两人上车后,他拦下一辆摩的紧跟其后。

那一刻，风吹刮着关心的脸，也吹刮着他的心。流离的灯光逆他的身体而行，忽明忽暗。的士停在市内最豪华的酒店门前，两人一起下车，走进了金碧辉煌的大堂。关心在对街的一棵树下徘徊，风像一把锋利的小刀削刮着他的脸。他将手插在裤兜里，缩着腰身，不停地来回踱步，目光频频射向酒店大门。那里，不时有人进进出出。不知过了多久，他终于吐出了那句堵在胸口的："他妈的，你个傻瓜！"

十分钟过后，或许有一个世纪那么漫长，关心终于看见了那个熟悉的身影。她快速走出了酒店，在路边拦下一辆的士。关心站在路边，望着猩红的车灯一闪一闪，消失在视线尽头。透过风声，关心清晰地听见了从自己身体里漫溢而出的一声叹息和激烈的心跳声。

老Q在古城待了两天，苏三三陪他看了古城墙，看了博物馆，看了江南的泄洪闸，每次她都叫上关心。那晚过后，关心变得无比乖顺，一直像个傻乎乎的光芒比太阳还强劲的大灯泡支棱在他们身边。他注意到，老Q已经没有了最初的温文尔雅，看他的眼神仿佛从霰弹枪口中发射出来的。最终，关心陪着苏三三将老Q一直送到汽车站，看他登上了开往省城的大巴。

可想而知，一场原本预期轰轰烈烈的爱情故事，就这么无疾而终。苏三三没有像上次失恋时那么情绪低落，她显得很正常，这正常在关心看来又是那么的不正常。他甚至忽发奇想，难道苏三三爱上了我？

"做梦吧你！我太了解苏三三了，你和她没戏。"李双毫不留情面地一盆冷水泼过来。尽管心怀好奇，但李双并不怪罪苏三三在这场约会中撇开了她。"这世界上有的男人和女人相处了一辈子都没戏，有的见面三秒钟就入了戏。我只能说，老Q与苏三三只有缘没有份。苏三三的真命天子还没出现。"

谁是谁的真命天子，老天会给予明示吗？这个问题让关心辗转反侧，他睡不着，索性一个电话打给李双，他还要问她那个追问过多次的问题。

"好吧，我就告诉你吧，不过你千万别和苏三三说。"李双告诉关心，从大学的美术专业毕业后，苏三三找过很多工作，也曾试图去北京、上海、深圳，但最终还是回到了古城，成了一所中学的美术老师。她心里有多少的委屈和不甘，李双是清楚的。而椤还没毕业就去了深圳，几经周折落脚在一家文化艺术公司，每天面对硕大的画布，将手中印刷品上的画面放大数十倍，移植到画布上。

苏三三去深圳看过他，很心痛，为他那么好的天赋和画艺白白浪费在这种周日复始的复制过程中。可椤坚持，他说他要改善奶奶的生活，她为他吃了太多苦，受过太多累，他必须以这样的方式尽可能快速地回报她。奶奶已经等不及了，白内障封住了她的两只眼睛，在大山里生活落下的风湿也在一寸寸侵蚀她的生命，他必须和时间赛跑。提速的深圳可以帮他实现这个愿望。

"没有人可以跑赢时间。"苏三三对李双重复这句话时，已经显得十分平静了。在对椤的爱情中，她迅速地成长，神色间渐渐有了妇人难以掩饰的沧桑。她将能拿出来的所有的钱都寄给了楱,自己在学校里吃最简单的饭菜,穿二二给她的衣服。

从深圳回来后,她开始在一张画布上画楱,那是楱行走时的侧影,飘飞的长发和长风衣。这幅画画得时断时续,苏三三不停地投递简历,希望找到一份自己喜欢的可以充分释放才能的工作,可不是适合的工作看不上她,就是她看不上找上门来的工作,后来还是柳真如找孙阿姨的爱人,帮她联系了一所省重点中学,教美术。

去了学校之后,苏三三才知道初中的美术课处于尴尬的地位,既非在小学所负有的寓教于乐的艺术启蒙意义,也不像高中那样被彻底摒弃在课程之外。学校的美术老师奇少,她带两个年级的八个班,如此重的教学任务,也改变不了美术这门小学科的边缘地位和她的尴尬处境。在那段苦闷彷徨的日子,她忽然理解了楱,不想再和他负气。她甚至想过丢开一切,去深圳追随楱,和他一样整天在画布上机械地复制那些仿制品也好,只要两人在一起。

"有些时光再回不去了。"楱说得十分冷静。他已经离开了那家文化艺术公司,住进了一套三居室的房子,并将奶奶接了过来。只是老人住了三个月,忍受不了深圳常年高温的气候,也适应不了城市明亮的光线、刺耳的喧嚣,执意回去了深山老家。楱很失落,但他在郊外还有一套四十来平米的画室,可以尽情地作画。很快,创作的激情平复了内心的那道深壑,他希望尽快成名,卖出更多的画作,给奶奶在深山里建一栋别墅。

苏三三在那套三居室的房子里坐立不安,后来她才知道,原来在这一切改变背后存在一个女人。那个女人始终没在她面前出现过，但她透过女性的直觉，能感觉到她的存在。她横亘在楙与苏三三相互的爱抚中，甚至在亲吻的瞬间，苏三三也仿佛感受到了她的气息。苏三三曾想过隐忍，可掺有沙砾的爱情磨砺的不是脚、不是手、不是唇，而是心。

她对楙说："没有人可以跑赢时间。"楙没有挽留她，也没有来古城找过她，仿佛他们之间四年的恋情只是一场虚空。回到古城的苏三三用一柄锋利的刮刀，将那块始终没有完成的画从中一分为二。刀痕清晰地贯穿画布，也影印在她的心上。

缓慢流逝的时间，仿佛淋漓而下的盐水不断浸进新鲜的伤口，苏三三一度疼痛得几近窒息。"很不幸，你正是在那时认识了苏三三，这注定了你与她最痛苦的一段时光嵌合在一起，所以我说，你们没戏。"

挂断电话，关心瘫软在床上。他应该像李双说的那样，将心收回自己的胸腔吗？可是，不行，只要一想到苏三三，他的心就不肯安静老实地待在胸腔里，它"砰砰"跳动着渴望被苏三三听见。这是否就是所谓的宿命。一个人成为另一个人的缘或者劫。世界不就是由无数交错纠缠在一起的这两种关系构成的？

刘苏子

"女人遇到真命天子时，一切预定的标准都会土崩瓦解。"这是李双的最新爱情理论。她的爱情理论，总是基于她的现实遭遇,不停地变来变去。在她不断推陈出新的关于爱情与婚姻的理论中,总是存在很多前后不一致的悖论。可她根本不在乎,固执地坚持自己的理论,并身体力行。如今这个超过三十岁的女人,还保持着对西梅对大红肚兜对黄头发对绣甲的坦荡热爱。

关心还记得,李双曾经边张开五根指头给指甲添上指甲油,边数落自己的新一轮择偶标准:三高——高身材高学历高收入;三有——有钱有房有车。这话还在余音绕梁,她已经再次坠入了爱河,而且以闪电般的速度和对方拿了结婚证。她的所谓择偶标准在那个意外出现在她面前的大吊车司机身上,土崩瓦解。

那位吊车司机身份普通,收入一般,有一套六十来平米的老房子,身高仅仅高出她八厘米,若是李双穿上高跟鞋,还冒出对方一点,更重要的,卡车司机拥有的只是一辆可以吊起几吨重物的大吊车。

李双有过一段短暂的婚姻。十八岁那年,情窦初开的李双一厢情愿地崇拜上了班主任请来的昔日高考状元陈健。陈健的一番经验之谈浮于表面,像打水漂。可他围了条该死的白围巾,在一片灰调中,雪一样耀眼。十八岁的李双不可自拔地迷失了。她写信、打电话、上门请教,直到陈健摊开两手,满脸无奈地说:李双师妹,我没什么经验了。李双低下头,一下一下挽着辫梢说:那好,如果我考上了,你一定答应让我请客。说这话时,一向大方的李双耳根都红了。

功课并不出色的李双真地考上了华中师范大学,请客的理由自然有了。之后一年,两人鸿雁传书。来年暑假,李双再出现在陈健面前,陈健觉着耳目一新。这次讷讷无语脸红到耳朵根的,换了陈健。李双脸上笑靥如花,心中一击掌:你眼里终于有我了。

再一年开学,一封封来信扇动着焦虑的翅膀,栖落在李双案头。她按兵不动。直到陈健突然出现,眼神异样地望着她长久不发一言。李双心内一阵狂跳,投入了陈健的怀抱。李双闻到一股让人心安的烟草味,那是她从十八岁就在梦中渴盼的味道,幸福地闭上了眼睛。

苏三三旁观了李双为爱而战的整个历程。看着这个白纸一般的姑娘寝食难安,无师自通,勇往直前,机谋巧布,四两拨千斤地收缚了一个男人的心。可通往婚姻的路途并不顺利。李双的母亲发誓不让女儿嫁给一个大她七岁且来自一个小县城的男人。最后输的,自然是李双母亲。女人一旦恋爱,便获得了无坚不摧的力量。而一个上升为母亲的女人,已经丧失了这种力量。

苏三三发自内心地羡慕李双。美丽、勇气、幸运集于一身,女人所渴望的幸福,上天都一样一样放到了她的手里。可让她没想到的是,李双又迅速地离了婚。离婚后的李双沉寂了一段时间,谈过几次男友,但没有一个进入实质性的婚姻。李双说有过一次失败的经历,已经让她对婚姻失去了信任。这世上有很多事情可以一个人搞定,包括爱情,因为不管对方回不回应,你都可以去爱,但婚姻是个例外,需要两个人的用心经营,需要两个人的相互成全。在她对自己的心都没有十足把握的时候,她也无法去信任另一颗心。

可现在,忽然之间,她又有了信任,又开始相信爱情这种曾让她无比悲观的东西。她以自己的经历激励苏三三：面包会有的，爱情会有的。苏三三一笑置之，表情莫测。

苏一一长胖了，肚子将孕妇裙撑得像个水母那样一飘一摇的。

这大概是女人婚后最黄金的一段日子。刘敏君对苏一一宠爱备至，想吃什么买什么，立刻，马上。什么都要她吃新鲜的，说这是关系到孩子一辈子的大事。他的应酬锐减，朋友的饭局能推就推。两人没自己开伙了，今天婆家吃一天，明天娘家吃一天。苏一一笑得一脸娇憨："妈，再吃下去我都长成个大圆球了，这身材还能不能恢复啊？"

"女儿踏妈的代，肯定能，你看我，到现在不还这样。""妈，有几个像你啊，我现在都发愁死了……""会瘦的，会瘦的，现在最重要的是肚子里的孩子，其他的不要多想。"

苏北放也担负起了每天到菜场买菜的任务，他总说柳真如买的菜都是用过这药那药的，对孩子不好，比如买白菜就要买那有虫眼的，买西红柿就要买那不周正的，买猪肉就要买那皮薄肉紧的，他每天在菜场里细细挑，细细选，柳真如倒省了不少心。

终于，孩子在两家老人的殷切期盼中呱呱坠地，是个女孩，取名刘苏。苏家不觉得什么，反正只生一个，男孩女孩都一样，只要母女健康就好。刘家有点失望，刘敏君嘴里不说，眉眼间却是没那么喜色。苏一一从医院出来，先在婆家坐完月子，又回娘家住了一阵子，两边的妈两头跑得勤，就差晚上住到一块去了。

苏北放第一次抱外孙，喜得合不拢嘴，忙前忙后的，血压也争气地没往上蹿。苏二二和苏三三升级做了姨妈，给孩子买了好多玩具,卧室里挂得琳琅满目。

那么多人围着孩子转,给了刘敏君自由,他的应酬又渐渐多起来。有时喝多了,苏一一怕熏着孩子,让他在客房里睡。刘敏君睡得沉,有时半夜孩子哭,苏一一叫上几声也不见他起来,只好自己起身冲奶粉,给孩子把尿。次数多了,柳真如心疼女儿,又放心不下外孙女,让苏一一还是搬回娘家住,方便照顾。

刘敏君有时住这边,有时太晚了就直接回去那边。家里添了一个孩子,就好像添了成倍的事情。苏一一、苏二二、苏三三不禁感叹,真不知她们小时候,柳真如一个人是怎么带过来她们三个的。

柳真如耐着性子,一样一样教三个女儿,怎么给孩子喂奶,怎么把尿,怎么洗澡,怎么帮孩子打嗝,怎么涂痱子粉,怎么垫尿布,怎么加辅食……苏二二、苏三三听得头都大了,在一旁直摇头咧嘴。

"做了妈的人,才能真的懂做妈的难处。你们两个啊,什么时候才真正长大啊。"柳真如抱着孩子在房间里来回踱步,一手托着孩子的头,帮她打出嗝来。苏二二和苏三三相视一笑,一吐舌头。苏二二嘀咕一句:"养孩子太麻烦了,我还不打算养孩子呢。"

"什么话? 不养孩子,就算不得女人完整的一生。老了,你会后悔的。"柳真如不知道该不该把苏二二的话当真。苏三三调皮地一笑:"反正姐已经生下了一个,您也抱上了外孙子,我和二姐就没压力了,您就随我们吧。"

"尽说些疯话,别给你们的爸听见,你们看他几时这么忙乎过,高兴得整天嘴都关不住。抚孩子辛苦,但也有好多乐趣。你爸到现在还遗憾,你们小时候没机会多陪陪你们。现在日子好了,趁我们还有精力,你们两个也赶紧吧,啊?"

　　苏三三与老Q见面后没多久,突然失踪了。她和柳真如说出门几天,可一个星期过去,连电话都没有一个。柳真如实在熬不住了,打过去电话是关机状态。她立刻变成了热锅上的蚂蚁,给苏二二打电话。苏二二说不知道,正在外地谈一笔业务。问苏一一,苏一一也说不知到道。柳真如转而打电话给关心,她怕苏北放听了这事生气、着急,特地嘱咐关心先别和苏北放说。关心也不知道苏三三去哪了,自从那次被迫当了一回电灯泡,听了李双那番话,他一直心里郁郁的,见苏三三不主动联系,也掐断了主动联系的念头。她去哪了呢? 难道去北京追随老Q了? 关心打电话到苏三三的单位,单位说她请了病假。病假? 电话这头的关心像站在狂风大作的田野里,被风吹得东摇西摆的一树稻草人。这丫头不会像那些韩剧里演的吧……

　　这念头一冒出来,冷汗立刻浸遍了关心的全身。

第四章

冠名权

苏北放一遇见什么不平事,看见什么不合理的现象,就打电话给关心,告诉他哪里的工地扰民,哪里的建筑违章了,哪里的环境需要改进,哪里的公司又在骗人,哪里的商贩短斤少两……他说自己一把老骨头了,还有什么不敢说的,迟早也是三尺黄土埋身。现在太多稀奇古怪的事,他不说心里就憋得难受。

柳真如总说:"你少操点闲心,好像越老越心怀天下似的,自己又不能解决问题,空累了身心。"苏北放白眉毛一抖一抖的:"都不站出来说,这些事情就会继续泛滥下去,害的不是我们,是下一代,下下一代。我们都是半截入土的人了,怕什么,还有什么好怕的! 那么多的风霜都受了……"那只原本就睁得很大的眼睛瞪得简直像铜铃。

"人家是性子越磨越圆, 他倒好, 到老了脾气反而越来越硬。""苏伯伯这是人老心不老呢。"关心赶紧调侃一句。柳真如瞟苏北放一眼,轻轻嘀咕。"别把自己的心操碎了就好。"

一个从上到下都圆乎乎的男人找来了苏家。他一进门就亲热地抓住了苏北放的手:"叔,可找到你了。俺爷爷说,好些日子不见你们回村里去看看了,怪想你们的。"苏北放和柳真如都愣在当地,倒是柳真如先反应过来:"你是,村长家的……""婶,我不是二宝吗,当年被你家二丫头给咬的。"说着,来人一亮圆乎乎的手背,上面两个半月牙儿疤痕。

"哦,你看我这记性,真是二宝不是,快坐快坐。"柳真如忙着倒茶。苏北放在抽屉里翻出一包烟,还是以前刘沙河给送的,递给二宝一支。二宝乐呵呵地接了,在沙发上坐下来。

一番寒暄之后,二宝亮明了来意。原来,他现在是一家国际文化创意策划公司的总经理,总部设在省城。他是偶然回江南办事时,从晚报上看到了关心写苏北放的那篇报道,先问他爷爷,再问到县中学,再问到沙石来了。

二宝一说一笑,嘴角边两个又深又大的酒窝,衬得一双眼睛越发显得小了。他说报道中有个细节让他十分感动。北放叔是个重情重义的人,这么多年都在为牺牲的战友奔走,想把战友迁回老家。而他作为本家侄子,看到报道后觉得这也是自己义不容辞的责任。

二宝说得特别真诚:"我回去后左想右想,总觉得我们公司能在这件事情上出点力。"苏北放一直听得平静,他对二宝已经没什么印象,眼前这个突然出现的圆乎乎的男人还没能激发出他内心的乡情。二宝此言一出,苏北放不禁一震,额上的青筋激烈地跳动起来。他睁大那只本就圆睁的眼睛看定二宝,这时候他依稀想起了二宝小时候的样子,那时候他猴筋猴筋的,整天在村里窜上窜下,经常发出鬼哭狼嚎般的声音,他妈妈就会马上飞奔过去。这晚,村里就有一户人家提着点心烟酒上了村长家的门,为自家孩子欺负了二宝赔不是。不知不觉,当年那个张大嘴巴哇哇叫、鼻涕流出半寸长的二宝,就长成了这么一副笑模样。

二宝不疾不徐,两个大酒窝闪闪烁烁:"我想民政部门之所以不同意迁墓,您的非亲属身份是一个原因,但这个原因不成其为主要障碍。""你的意思是?"苏北放身子前倾。

"既然报纸上已经登出了报道,这就可以间接证明您和鲜东来烈士的战友关系。再说了,若非战友,若非情谊,谁会花费精力来做这种事情,您又不可能从中得到什么好处是吧?有头脑的人都能想得明白。"苏北放觉得这话听着在理,又有些别扭。二宝顾自说下去:"类似这样的问题,现在都已经不成其问题,我们完全可以帮您搞定。关键的一点是,民政部门不肯批准这事,是他们怕麻烦,而麻烦之中最根本的一点又是——钱。为什么这么说?迁墓需要动用人力物力吧,这需要钱。您将鲜东来的骨灰迁到东北,那更是需要钱。对于这样一个烈士,民政部门不可能说把骨灰取出后,放任您去随意处置,总得跟随您一起送到东北吧,对整个过程有个影像或文字记录吧,这才说得过去啊。种种花费谁来出?"

苏北放沉默了,他确实没想这么深,二宝的分析似乎有些道理。"那怎么办?""我帮您估算了一下,启墓包括运送大概需要五六千块钱，而在东北给鲜东来置一个新墓，那里的民政部门不一定会管这个事，那就得俺们自己来办，现在一个墓至少得八千往上走，再说了，总不能把墓置办得太差吧。这样算下来，至少得一万五千的样子。"

苏北放在心里盘算开了，前两年买房积蓄用得差不多了，柳真如拿社保，每月不到八百块钱，他的退休金还算高，可九八抗洪时捐了一万，后来又买房。不过，要凑到这一万五千块钱倒也不是太难的事，只要他开口，三个女儿都不会袖手的。

二宝咧开嘴，"叔，您放心，这一万五千块钱没必要由您自个掏腰包。咱们可以靠社会力量。""你的意思是？"苏北放觉得自己有点跟不上二宝的思路。

"身为本家侄子，既然知道了这么个事，咱就不能不上心，不能不帮您把这事做圆乎了。我的意思，咱们索性将这个事做大。不是马上到国庆了嘛，咱们就以此为契机，通过媒体先发动发动，然后由我来找两家企业或公司出面冠名赞助。主题词我都想好了，就叫'真情送烈士英雄归故里'。"

"这能成吗？"苏北放脑子里一阵发热，听二宝这口气，似乎非把这事办成不可。可冠名赞助妥当吗？会有企业愿意赞助吗？民政部门会答应吗？他心里冒出一长串疑问。

二宝似乎又看透了他的心思："叔您放心，一切包在我身上。媒体那边，民政局那边，烈士陵园那边，都由我来搞定。您老的任务呢，就是尽量配合，比如说媒体采访的时候您一定要调动感情，要让全社会感动。大家都来关注了，这事就成了一大半。再是,民政部门如果需要您的什么证件资料,您尽量提供。要签什么合同,我们拿来您给签一下,就OK了。咱们争取在两个月内将这事办成!"

"我认识一位记者……"苏北放想到关心。二宝竖起他胖乎乎的手:"我们有长线联系的记者。您放心,一切包在我身上。"

末一句,二宝诙谐地冲苏北放一黯眼睛。苏北放想笑一笑,脸上肌肉扯动一下,有些僵硬。

事情紧锣密鼓地开始了。二宝找来的人对苏北放进行了采访,还摆拍了好多张照片。报道很快见了报,登在省城的一家都市报上,报道写得很煽情。特别是写到鲜东来在行军途中照顾他的一些细节,苏北放自己看了也不禁泪湿,掏出手帕来直抹眼泪。苏北放其实很少流泪,但鲜东来仿佛是他的"泪点",一沾即落泪。

那位省报的特约通讯员又拿着报纸去采访了古城民政局的局长。局长说难得革命先辈如此一番赤诚情怀,他们一定尽力提供帮助,只要手续齐全,会尽快批准迁墓。苏北放看了这篇后续报道,十分激动,自己连看两遍,又给柳真如一字一句念了一遍,嘴里不停地唠叨:"这二宝还真是个福星啊!"

二宝开始忙拉冠名赞助的环节,他每天给苏北放一个电话,向他汇报跑赞助的情况。一家企业很快答应出五千,另一家企业有意向了,不过老公还没拍板。苏北放巴不得快点将事情办下来。"赵经理,我这里也还有些钱……"二宝在电话那头"嘎嘎"一笑,"叔,您放心,这事包在我身上,您老啊在家等好消息吧。"

二宝的电话刚挂,苏二二的电话打了进来:"爸,怎么听说你在拉什么赞助,为迁烈士墓的事?""嗯,是的,想把你鲜东来叔叔的墓迁回老家。"

"这事我知道,可怎么有人打着您的旗号在到处拉赞助啊!""哦,有这种事,对了,可能那个柳、柳……"

"爸,柳什么啊,你不要又上当了。现在可是有人打着您的旗号,说是完成解放战争英雄战士的夙愿什么的,满天下找人要钱啊。刘沙河的公司都收到信函了,他几个哥们也收到了。那上面说冠名赞助的话一万,鼎力赞助五千,友情赞助两千。你知道这事吗……"

苏北放听到这里,急了:"电话里说不清楚,你给我赶紧回来!"

苏二二拿回一封信函,落款是九头鸟国际文化创意策划公司,盖了鲜红印章,联系人是柳兴财。信函上面是节录的部分报道内容和报纸的影印照片,还有苏北放钢板似的手书字体"真情送烈士英雄归故里",下面列有赞助类别和具体金额。苏北放脑子里"嗡"的一声:"这是刘沙河收到的?"苏二二点点头。

"他的几个朋友也收到了?""收到了,有个人说答应出五千了,有个说出两千。""那二宝怎么说只拉到一家企业的五千元赞助……""爸,到底咋回事,二宝又是谁?你可真糊涂,现在这种骗子满天下都是,你连人家底细都不弄清楚,怎么就答应人家了。现在人家是打着你的旗号在外面收罗钱……"

苏北放将大小眼一瞪,他挺不喜欢苏二二这般语气,他还是不为了鲜东来，一口气起得急，搅得他的舌头半天没捋顺溜："那、那、那个二宝答应我，一定把鲜东来的墓迁回东北的。"

"爸，究竟能不能迁回去，我且不去说，但是他打着这个迁烈士墓的名目到底可以拉来多少钱，你怎么知道？人家可是冲着你这个老战士对战友的一片深情掏的钱，到头来钱都揣进了他自己的腰包……赶紧打住！爸。"

苏北放手有点抖："这怎么可能，他在我面前拍了胸脯的……二二，怎么打住？""爸，你把那谁的电话给我，我来和他说。"柳真如在一旁提醒她："二二，这二宝就是村长的孙子，当年还被你咬了手的那个。"

"哦，是他啊。现在可真本事了，骗到外面来了。"苏二二气呼呼地拨通电话，深呼一口气，调缓了语调，"喂，你是二宝吧，我是苏二二。我爸让我问你，给鲜东来迁墓的事进行得怎样了？哦，还在筹集资金吗……现在有多少了……八千？"苏二二看一眼苏北放，后者正拿一大一小两只眼睛紧紧盯着她，额上的青筋跳得激烈。"二宝啊，真是让你费心了。"苏二二语气陡地一转，"可是，我怎么在外面看到许多贵公司发出来的信函，以我爸的名义在拉赞助，冠名赞助一万……这是怎么回事啊？"苏二二回过头来，眉尾抬得老高："他挂了电话。"

苏北放将电话拿过来，自己颤抖着手指拨过去。"嘟——嘟——嘟嘟嘟嘟……"

从那以后，二宝的电话就再无人接听了，第二天干脆变成了空号。苏北放让苏二二给柳旺，让他去村长家里打听一下。柳旺回电话说,村长一听这事就骂骂咧咧开了,说这王八羔子真是胆子比天还大了,居然骗到省城,还骗到自家人头上了。他说二宝高中辍学后被他打出了家门,一直在外面晃荡,好些年没回去过了。他知道二宝的消息都是从别人那里零星听来的,不是这个被骗了钱,就是那个被忽悠着赔了钱。开始他还自己拿出积蓄,想帮这王八羔子消灾,后来次数太多了,那个王八羔子一出什么事,就打发人家来找他,自己乐得逍遥。还有一次,一个女娃大着肚子来找他,说是落下的二宝的种。这不负责任的家伙一知道她怀了孩子就玩起了失踪,现在她叫天不应叫地不灵,只能请孩子的太爷爷帮忙给做主……村长念在是柳家的根脉,让女娃在家里住下来,打算筹一笔钱给她,结果多年未现过身形的二宝突然打来一个电话,说任何找上门来说怀了他孩子的女娃都不要相信,那些女人都是渣子……村长不等他把话说完,冲着话筒破口大骂,你个死王八羔子你还知道打个电话回来,这些年你死到哪里去了……可他话还没落音,电话里已经传出了"嘟嘟嘟嘟"声。村长颓然坐在椅子上,抱着话筒半天没说话。他还是拿给女娃两千块钱,让她赶紧走人,说他没有叫二宝的孙子,柳家也没有叫二宝的这么个人。村长大病一场,好不容易痊愈后,他就再不肯帮二宝还钱了,他说再不理王八羔子的那些乱事了,就当柳家从来没养这么个人……

　　苏北放听了,颓然半日。第二天一早,让苏二二打电话到省城都市报,澄清此事。对方说,那个作者是他们的一个特约通讯员,经常给他们写稿。苏北放拿过话筒,将情况细细说了一遍,对方说拉赞助的事情报道里没有涉及,他们报社并不知道,与他们无关,他们只对报道内容是否真实会追究责任,又问苏北放关于他的那篇报道有没失实的部分。苏北放想想,说没有。对方回答:"您说的拉赞助情况属于那个通讯员的个人行为,与报社无关,不过我们会调查的。"

苏北放病倒了。他那比其他部位更为脆弱的心脏没能承受住这番打击,夜里跳得跌宕起伏。苏北放感到一阵一阵地眩晕,憋闷,气短。关心得知消息时,苏北放已经躺在医院里了。柳真如将事情经过告诉了他,问他有没什么办法。关心一思忖,对方怕是那种皮包公司,属于"流寇"性质,骗一个地方弄些钱就赶紧走人,况且又没拿到对方的什么把柄,除了成为空号的那个电话号码,这边没有掌握任何其他线索,怕是难。

出院后,苏北放坚持报了警。大家劝他,既然他本人没有什么损失,报警的话反而会让更多人知道这事,影响到他的名誉,可苏北放固执地坚持。他说:"牺牲我的名誉有什么。不能让这骗子继续逍遥行骗!"

窑变瓷

苏三三一声不响地失踪了一个月,又一声不响地回来了。

关心接到柳真如电话,立刻飞奔至苏家,一家人正在吃晚饭,苏一一、苏二二都在。饭桌上显得异常平静。大家几乎都没有交言,苏北放一直被大家瞒在鼓里。关心偷眼看苏三三,她瘦了一点,但没有病庈之气,相反脸上浮动着一层光泽。柳真如热情地招呼关心坐下一起吃,还特地将他让到苏三三身边坐下来,热情的程度非比往日。

苏三三对自己的失踪不置一词,对所有的疑问只是淡淡的一句:"没事,出去走了走。"吃完饭,她就进了卧室。柳真如将关心叫到一边:"小关啊,你还没有女朋友吧?"关心的心一阵激跳,面上灼热起来。

"说起来,你也是我们家的老朋友了,我就不说见外的话了。你觉得我家三三怎么样?"关心艰难地咽一下唾沫:"三三,自然是好……""有这个话就行了。我家三三虽然谈过几次恋爱,但人很单纯的。我们就巴望着有个踏踏实实的人能疼她一辈子……"柳真如眼圈红了,关心赶忙从身上摸出纸巾:"柳阿姨,您别说了,我都明白。只要三三愿意,我是一百个肯的,就怕……"

"三三那里,我去说。有你这句话,我这心就搁肚子里了……今天我就不留你了,找合适的时间我就来和三三说,你等我消息。"

关心焦急不安地等着消息,没想到等来了一个晴天霹雳。就在大家将心重新安放回胸腔,以为一切万事大吉时,苏三三一声不响地办理了停薪留职的手续,并在柳真如和苏北放一无所知的情况下,买好了去北京的车票。

打包行李的过程无法瞒住父母,苏三三这才表情从容地告诉柳真如:"妈,我想画画,我想追随自己的梦。"

柳真如一时间心如刀割,两鬓斑白的她无措地看着这个最小、也是最不让她放心的女儿,平白无故地跑去那么远的地方,叫她怎么安心。苏三三从容地收拾着东西,一样一样规整地放进行李箱里,柳真如根本插不上手。"你这样没着没落的,到了北京怎么办,让妈怎么放心?""妈,那边已经有朋友帮我打理好了,放心吧。你和爸耐心等两年,我一定不会让你们失望的。"

柳真如不知道该说什么了,木在一旁看苏三三收拾。苏北放反应平静,只是叮嘱苏三三。"做事要有长性,没有长性什么都做不成。"他开始写回忆录了,这是关心极力撺掇的。自己写和别人写到底不一样,写出来,就算是为自己的子孙留点珍贵的纪念也好。

李双和苏二二以为苏三三是奔着北京那个老Q去的,过了一年后才知道,三三和槊在一起。两人合作完成的一组油画《生命》,和槊的系列油画《生》即将在北京展出。

原来,那段失踪的日子,苏三三去参加了大学毕业十三周年的聚会。说来奇怪,人家都是十周年或者十五周年、二十周年聚会,他们那帮同学偏偏选定了十三周年。一种说法是,当年的班长出国留学,受到外国人观念的影响,将十三看作一个十分吉利的数字。难得回国的他,刚好在毕业的第十三个年头有机会回国探亲,这场聚会就顺理成章地定下了。

在聚会上,苏三三意外地见到了槊。槊已经在同学的视线里消失了很长一段时间。他曾经的联系方式统统无效,没有同学见过他,他也没有和任何人联系过。

初见面无波无澜。他们像两股水流从不同的方向汇合在一处,自然地融合在一起。晚饭后大家在一个小酒吧聚,苏三三和梣远离人堆坐在吧台边,每人手中一杯威士忌,话不多,慢慢喝,远远地看昔日的同窗们疯狂闹腾。

梣送走了奶奶。奶奶走得十分平静,在她生活了大半辈子的老屋里。梣如愿为她在老家建了一幢别墅,但据老乡说,别墅绝大多数时间空着,只在梣偶尔回老家的时候,奶奶才会提前住过去。梣没有向奶奶戳破这一秘密,他只想奶奶能按她的心愿生活。

在将田里的杂草细细除干净,施了一道肥后,奶奶回到家,烧了热热的一锅水,将自己洗干净,换上一套早就置好的新衣,躺在床上闭上双眼,平静地走完了自己的一生。而在前一天的电话里,奶奶对梣说想他了:"回来看看奶奶吧。"梣搁下电话就订好了第二天早上的飞机票。他走进老屋时,奶奶安详而整洁地躺在床上,比他记忆中的任何一次都整洁。他摸摸奶奶的手,忽然明白了前天奶奶电话里的含意。人真的可以感应到自己即将离开人世?这是个谜。

梣尽其所能隆重地安葬了奶奶,回到深圳后结束了在那里的一切,带上为数不多的积蓄,去了北京。他在郊外租了一间画室,开始了没有白天也没有黑夜之分的日子。在一腔情绪的驱动下,他画出了命名为《生》的系列油画。记忆中的奶奶、梦境里的奶奶、被时光的汁水摇曳不清的奶奶、牵着他的手走在村路上被风吹动的奶奶、苗壮的玉米遮挡住的奶奶、夕阳下剪影像一棵枯瘦的树的奶奶……在他笔下缓慢地显影。他在这一过程中回溯了自己还不算漫长的一生,有些东西沉淀以至消隐,有些东西从混沌中逐渐清晰。

聚会的消息发布在校友录上,好多年苏三三从没在那里现过身,直到决定启程去参加聚会的那一刻,她都没有以电话、文字、电邮、留言的方式告知过别人。桦也是。但这不影响他们在聚会上重逢。然后,苏三三随桦去了北京。

苏家临时组成了一个亲友团,苏二二、刘沙河、李双和关心。那是关心第一次见到桦:清瘦,沉默,神情中透出一股傲气和慵懒,可他的一双眼睛清亮如婴儿。苏三三长发飘飘,笑起来眼角多了几丝细细的皱纹,可让人感觉爽朗明亮了许多,浑身透出一股关心在古城从未见过的蓬勃活泼之气。关心的眼睛追随着她,而她的眼睛追随着桦。

《生命》是一组让人震撼的油画,斑斓的色彩,似真如梦的男人与女人,生命的缠绕、争斗、裂变、渗透、交融、分离、汇合、宁静……关心在每一幅画面前驻足良久。在那些斑驳的可以看清刻刀痕的画面中,他能感受到两个相爱的生命彼此的相认,激情的释放,华美的涅槃。这些画不是简单的一个美字可以形容,它们美得让人窒息。

关心说不清楚自己的心情,有淡淡的欣慰也有淡淡的忧伤,有深浓的羡慕也有深浓的嫉妒,有强烈的甜度也有强烈的酸涩。苏三三和桦的恋情,仿佛送进时间之窑中的瓷,在高温炙烤下悄然窑变出了异美的色彩。不管怎样,他必须祝福苏三三。这一刻,他终于知道,苏三三的笑容于他才是莫大的幸福。

苏二二在画展上拍了很多照片，她说柳真如和苏北放等着她回去汇报。这些照片胜过了语言。其中一张，苏三三依偎在楔的怀里，站在他们的画作前，像嵌在一朵耀眼花朵中心的两根花蕊，一个笑得散漫，一个笑得灿烂。

关心将这张照片存为了手提的桌面，每当有人问起这是谁时，他总是不作回答。

画展上，反复播放着一首歌曲，乐声很低，低柔清澈的男声，关心只听得见模糊的一些词句，却觉得是那么地刻骨铭心。后来，关心在一家音像店蓦然听到，才知道那首歌叫《一往情深的恋人》，唱者李健。

狼来了

苏一一站在窗前，看满天空急走的云。他们在整个天幕散布着压抑的铅灰色，像一群放浪形骸的画者。天空已经被涂抹得不能再低，仿佛正回到天地混沌的初始。

风显得异常疯狂，在天地间肆无忌惮地奔腾，逗弄着一切可逗弄的事物，让人无法相信，这是片刻前还那么平和的风。它强横地摇撼着，直到丛生的叶、伸展的枝纷纷在静止的房屋间，迷失了方向。它们从这一头撞向那一头，又从这一侧跌向那一侧。远远地，谁家阳台上的衣物已被牵扯得像面旗，可惜无人认领，在风中张得凄惶。谁家的窗玻璃也碎在了风中，巨大的空旷回鸣很快被风声驱散。还有一白、一红的两只塑料袋，在楼前空地上上下翻飞着。风,太过霸道,塑料袋身不由己欲停不能,被风驱赶着满世界逃窜,最后只好扭曲了自己,以投合风的意愿。在阴晦单一的背景上,白的鲜明,红的鲜明,痛苦也很鲜明。

苏一一和刘敏君正式办理了离婚手续。在喊了数次"狼来了"之后,狼真的来了。事先她没有告诉其他人,柳真如和苏北放,还有苏二二和苏三三,她也没有搬回娘家。

离婚协议上,现在的房子归她和女儿,每月刘敏君负担女儿一半的费用。真到了离婚的那一刻,苏一一反而显得坚定而又冷静,她觉得十年的婚姻生活在她的身体中安放进了很多东西。幸福不是靠外力给予的,快乐也不是。须得从一个人内心深处生长出来,这快乐和幸福才是有根须的,耐活的,蓬勃生动的。她觉得自己有能力独自将女儿带大。

睡觉前,苏一一给刘苏讲"狼来了"的故事,末了问她:"这故事告诉我们什么啊?""不要总是说'狼来了'。""那为什么不能总是说'狼来了'?"

"因为,因为开始狼没有来。""对啦,狼没有来,放羊的孩子却说'狼来了',因为他说了谎,人们就不再相信他了。刘苏想做那个放羊的孩子吗?"

"刘苏不想做放羊的孩子,刘苏不要说谎骗人。""对啦,刘苏要做一个诚实的孩子,这样别人才会相信你。"

苏一一没想到,有一天,相信,成了横亘在她和刘敏君之间的最大的问题。

刘苏一岁时,苏一一和女儿搬回了自己家。刘敏君已经当上了群艺馆的副馆长，应酬更多了，除了原来的那帮朋友经常叫他，他还得为馆里跑项目。财政拨款三年"断奶"，以后全靠自筹自支，馆长备感压力，同时又将压力分解到几个副馆长身上，给每个人定了项目任务。

每个项目的背后，实质就是一个字——钱。要让别人从口袋里掏出钱来并非易事，中国的传统是在酒桌上公关，任务压身的刘敏君不能不出去应酬。常常，他带着满身烟气酒气，脚步跟跄地回到家，苏一一已经和女儿睡下了。苏一一眼睛闭着，人却清醒，因为清醒而备尝痛苦。

很多个夜晚，苏一一将女儿好不容易哄睡了，疲惫地躺倒在床上，很想沉沉地睡去，却睡不着。她蜷缩在黑暗中，脑子里各种各样的念头像虬结成团的海藻翻卷，缠绕，疯狂滋长，将她的脑子弄得一团糟。睡不着，索性爬起来，按亮客厅的灯，电视机的遥控器拿在手里漫无目的地按动。索然无味的节目，索然无味的生活。刘敏君回到家，苏一一懒得说话，目光冷漠地望定电视机，其实什么也没看进眼，什么也没听进耳。

渐渐地，刘敏君深夜回家，远远地看见家里有灯光，不是感觉温暖，而是心中发怵。一进家门，果然苏一一抱着胳臂坐在客厅沙发上，面无表情像个冷冰冰的石膏像。这表情让沈剑厌倦又害怕。她会一直保持这样的姿态和表情，冷眼看着他走来走去，什么也不说什么也不回答，浑身散发出幽怨乖戾之气。

破了的衣裳可以缝补得天衣无缝，破了的碗可以重新焗好，失去了信任感的两个人，仿佛带着内伤的瓷器，外表看上去依然完好无损,可迟早有一天,也许只是一根手指轻轻一触碰,便碎裂开来,碎成再无法粘连的残片。

一天夜里,刘敏君夙夜未归,苏一一极力克制住按下电话按钮的冲动。时针指向三点,她再忍不住了,颤抖着手指一个一个按出那个熟悉的号码。"您拨打的用户已关机"。

苏一一站在窗前,望着夜色阑珊中的城市灯火,那么明亮,又那么憔悴。她仿佛站在极远处,看着这个彻夜难眠的女人,她披头散发地站在一扇窗前,目光里填满了幽怨,她的身后是装饰时尚的屋子,可她在她的脸上看不到丝毫感觉幸福的痕迹。

孩提时代的笑声在苏一一的耳边回响,那时她和二二、三三住在简陋的老屋里,却不缺少欢乐,也不缺少幸福的感觉。那些笑声,仿佛呼唤。有一刻,她真想纵身一跃跳入黑暗,回到童年,回到那再回不去的幸福时光。

身后孩子的一声轻响,将她重新拉回了现实。给孩子喂完奶,把了尿,她拍抚着孩子沉沉睡去,自己也倚靠在床头眯了会眼。电话铃声将她惊醒,窗外已晨曦微现,是刘敏君。刘敏君说前晚喝多了酒,醉得人事不省,朋友给他在酒店定了个房间,刚好手机没了电……苏一一没有说一个字,挂断了电话。

那天,刘敏君回来得很早,亲自下厨。在他换下的衣服上,苏一一闻到一股香水味。并不意外的情节。白天,苏一一将刘苏送去了娘家,说单位有事今天就不去接了,她做好了一切准备。

一桌的饭菜,苏一一一口未碰,她自己下面条,放进一只西红柿,两个鸡蛋。端到客厅里,慢慢吃。"是我不对。你到底要怎样？"刘敏君坐到沙发上，望着他。"离婚吧。"苏以一说得淡然。

"离婚、离婚！动不动就离婚！你以为我每天在外面吃饭喝酒，就很轻松吗？谁不愿意在家陪老婆孩子，你要体谅我的难处……"苏一一抬起头来："我不想再痛苦下去了，我每天都很痛苦，你知不知道？"她站起身来，拿手指着自己的心，手指颤动，"我每天都问自己，还能不能感觉到你的爱，还有没有对你的爱，可是，可是答案让我很痛苦。我发现，我没法再信任你了……"

苏一一因极力克制而微微颤抖的身体，还有那颤抖的语调、眼神里无法诉说的痛楚，让刘敏君感觉一阵颓然，他乏力地仰靠在沙发背上，拿手遮住了双眼。

"与其继续痛苦，不如放彼此自由吧。"苏一一的眼泪漫漶而下，她听见了刘敏君压抑的抽泣声。"老天给了我们十年的时间，我们却从相爱走到了分手，这不能怪老天，只能怪我们自己。"

过程是痛苦的，像用一柄慢刀子细细地切割彼此的心。即将分开的两人，之间有体谅的瞬间，也有决绝而疼痛异常的瞬间，等到双方都身心疲惫地在离婚协议上签下自己的名字，一种浸透了疼痛的解脱感攫住了他们。也许，从此他们可以像一对最熟悉又最陌生的朋友，平淡联系。

苏一一没有急着告诉父母。她等着该来的情绪一一到来。她做了选择，就必须承受这选择带来的后果。最先奔袭而来的是辽阔的虚空感，十年的时光被一笔勾销，之中深深浅浅的情分像失了依靠的飘絮，在旷日吹拂的风中散落，无处停靠……好在，她有刘苏，她有未来。

胎儿动

苏北放的心脏自那次闹出大动静后，就开始小毛病不断了，时不时地闹腾一下。苏三三去了北京，苏一一很少在家露面，又带着个还不会走路的孩子，医院里全靠柳真如跑上跑下。这时刘沙河的作用发挥出来了。

他做生意认识的人不少，托朋友找了市里最好的心血管专家。医院一有什么事，柳真如一给苏二二打电话，他立马跑了来。柳真如一连累了几天，血压升高，刘沙河和苏二二在医院轮流守了几夜，与苏北放虽然话不多，可到底改善了他与苏北放的关系。

柳真如和苏北放不知道苏一一离婚的事，直奇怪这准女婿跑前跑后的，正宗女婿反而不见露面。孙琴和老伴来看苏北放，柳真如也没好意思和他们说起。

家里有了病人，日子就过得没规没律了。柳真如有时在家做了饭菜端到医院，有时和苏北放就在医院炒两个菜吃。夜里一个人在家的时候，身边少了个人，这个人不知不觉就相伴近四十年了，彼此的肌肤似乎都粘连在了一起，这么想着，心里突然生出怕意，万一老天爷将他带走了怎么办，剩下自己孤单单一个人。这么想着，就感觉世界忽然间变得没边没沿了，辽阔得让人害怕。

苏二二只要有空就会转来医院。病床上的苏北放少去了很多棱角,对这个最不让他省心的女儿,几乎是百依百顺。听说大姐只在爸爸住院的第二天来过一次,苏二二觉得奇怪。她没给苏一一打电话,直接去了她家。

按开门铃,苏一一蓬头散发地出现在她面前。进了屋,屋里乱糟糟的,孩子的衣服、纸巾、玩具、书摊得到处都是,苏一一正在做饭。苏二二一看,她用不锈钢锅加水在煮现饭,加了一个西红柿一个鸡蛋。"姐,你咋过成这样了?"

苏一一想说句玩笑话来掩饰,可话怎么也吐不出口,脸腾一下憋得通红,一直红进眼眶里。她竭力咧开嘴,想冲苏二二笑一笑,可五官不听使唤。苏二二觉出了异样,拿手扶住苏一一的肩:"姐,你和姐夫没什么事吧?"

苏一一努力咧大嘴,可到底没忍住,叫一声"二二",五官皱缩到了一起。苏二二明白了,一把抱住一一:"严重到什么程度,离了吗?"苏一一泪眼婆娑地点点头。

"没事,没多大的事!你应该早一点和我说呀,我跑去把刘敏君大骂一顿,帮姐解解气。"苏一一哭得回不过气来,急忙摇一摇头:"二二,没事,两个人情愿的。"

苏二二说一不二,掏钱帮苏一一和刘苏请了个阿姨。她让苏一一从照顾孩子的繁琐事务中解脱出来,收拾好心情,准备下个月开始上班。治愈女人伤口的东西有很多,她不愿苏一一继续沉溺在伤感彷徨的情绪中。"等爸病情稳定了,我再和爸妈说,到时你就搬回去住吧,这里租出去每月还可收些租金。姐,振作一点,没什么过不去的坎。"

在电话里,苏二二将刘敏君痛骂了一顿,根本没容他说话,一口气不歇地控诉完,"啪"一声挂了电话。刘敏君也没打算争辩,将电话搁在桌上,等里面响起"嘟嘟嘟嘟"声才拿起挂断。感情的事只有两人最清楚,旁人说什么都只当吹过耳边的一阵风吧。

苏二二还帮苏一一订了美容套餐,让她每周定期去做一次全面护理,头发烫了离子烫,大波浪花在背后随风弹动,还给她报了个瑜伽班,护体养心。

苏北放的心脏终于恢复了正常状态,柳真如松一口气。回到家的第二个星期天,苏二二带着苏一一、刘苏搬回了苏家。听完苏二二的讲述,柳真如和苏北放长时间没说话。良久,苏北放说一句:"把刘苏带好,把自己照顾好。"

苏一一一直坐在一旁保持沉默,此时点一点头。柳真如的眼眶红了,克制着不让自己表露出来。苏一一的面貌已经不再是苏二二去她家时的样子,反而变得亮丽洋气了,这让柳真如看在眼里,多少安心了些。可心还是止不住地疼,母女如十指连心,苏一一离婚三个多月一直没和他们说,真不知她一个人带着孩子是怎么熬过来的。

"你孙阿姨知道吗?""我不清楚。"苏一一摇摇头。"我看他们也是蒙在鼓里,上次去医院时像是一点不知情。"柳真如叹口气,"不管你和敏君怎样,孙阿姨他们还是你的爸爸妈妈,该尊重的还得尊重,不要因为你们两人的事……""我知道,妈。"

苏一一正式恢复上班,忙碌起来。刘苏由柳真如和苏北放带。柳真如停了练剑，两人每天一早带着刘苏去公园里转一圈，然后苏北放推着童车带刘苏回家，柳真如去买菜。傍晚，三个人又一起出去散散步。刘苏喜欢在广场上玩。原本是拖船埠的那块地方修起了一个广场，一直从汴河铺展到大堤边。每天傍晚，广场上人流熙攘，很多孩子在那里奔跑嬉戏。似乎不善语言的孩子自有一套交流沟通系统，刘苏一看见他们就像他乡遇故知般，雀跃不已，玩得"咯咯"疯笑。

偶尔，有刘敏君的消息传进苏家，说他谈了个女朋友，说他又和那人分了手，说他就快结婚了，林林总总，苏家都看得淡然。倒是孙琴，知道了两人离婚的消息，惋惜得不得了，对柳真如抱了歉意，当着她的面骂刘敏君不知道珍惜，瞒着他们自作主张。柳真如倒看得开："儿女的事是他们的事，不影响我们老一辈的感情。你们想刘苏了，就来看看她。刘敏君想她了，也可以来看看，不碰到——就可以了。我们不能剥夺孩子的幸福。"

苏——的伤口慢慢平复，可它依然存在着，撕裂的肌理埋藏在服装下、身体中，如同苏北放身上的那处伤口，每到阴天就会隐隐作痛。苏二二想给她介绍新的对象，她不愿意："不急，一切随缘吧。"

苏三三大着肚子回到古城，她准备在老家生下孩子。椁没有一起回来，苏三三说他现在势头很好，正加紧创作，说要给孩子挣足奶粉钱。很多他在童年时代没得到的，他的孩子要加倍地得到。

虽然人没有回，却是每天短信不断，椁不时地询问三三孩子怎样，有没有在动，饭吃饱了没有，记得吃水果，每天要散步一个小时……苏二二打趣说："你就不怕他一旦脱离你的视线，出现什么情况。现在外面的诱惑可是太多,太强大了。"

"姐,你听说过那句话吗。如果手里有一捧沙,你攥得越紧,手中的沙子流失得就越快。与此同理,如果手里握的是一道光线,攥紧的话,只会导致它的逃逸。如果是一个生命,只会让他窒息。爱的根柢是'信',完全地无保留地去相信一个人,才是真爱。"

"三三一下子长大了,也不知楔施了什么魔法。"苏二二微笑。"姐,你呢,怎么还不肯和刘哥结婚,信不过他？"

"那个倒不是。我也不知道为什么,就觉得那一张纸很多余,难道多了它,两人的爱就更牢固一些？我倒觉得未必,也许它更像一道绳索呢。不是有句老话,婚姻是爱情的坟墓。"

"你们不打算要孩子了？我和楔本来也觉得结不结婚无所谓,可知道怀了孩子,想法就不一样了。我们要为他的将来负责,毕竟是我们将他带到这个世界上的。"苏三三露出了两粒圆溜溜的酒窝。"其实,拿结婚证的感觉挺美妙的。楔是在一天早晨醒来时,突然摸到肚子里的孩子动了一下,那是孩子的第一次胎动,他觉得这个太神奇了。我也觉得很美妙。一个小生命慢慢地在我的身体里成形,拥有了属于自己的力量,他在以胎动的方式让我们感受他的存在。楔说,我们去拿结婚证吧。我想都没想就点点头。我们马上起床,下楼打的去民政局。那天晚上,我隔不一会儿就把结婚证拿出来看看,傻呵呵地笑了一个晚上……"

怀了孩子的苏三三,稍稍丰满了些,脸上多了红润,举手投足间不自觉地流露出迷人的少妇情态。

风暴眼

受金融风暴的影响,刘沙河的公司陷入了困境。退出房地产后,刘沙河转而投资了一家五金制造厂,没想到受金融危机冲击不算太大的中国,偏偏是服装、五金用品出口受到较大影响。他的厂生产的打火机、门锁主要销往美国、欧洲,在度过了几年红火期后,突然陷入了困顿。一方面是国内锌合金、铜等原材料普遍涨价,成本大幅增加,二方面是国外大量削减五金产品的进口总量,厂里生产的产品销路不畅,又接不到大的订单。丰沛的大河变成了时断时续的涓涓细流。

五金行业是外贸依存度相当高的行业。金融风暴带来国内五金行业的大洗牌,一大批实力不强的厂家纷纷倒闭。刘沙河一度想将工厂盘出去,可在这不景气的关口谁会接这个棘手的毛栗子?他为厂子的事焦头烂耳,人一下瘦了十来斤。"挺过低谷,就会出现经济拉升。"苏二二给刘沙河打气。

刘沙河苦笑一下,满脸疲惫。"关键是怎么挺过低谷,现在厂里的产品积压,工人停工,眼看下个月的工资都成了问题,不知道怎么挺过去啊!"

苏二二找了能找到的所有关系,她和刘沙河带上样品奔波各地,寻找力量比较雄厚的中间商。一旦风暴眼过去,市场肯定会回暖,而这时正是"抄底"囤积物美价廉产品的大好时机。刘沙河将价格降低到只求保本的底线，希望能将厂内积压的产品推销出去。

在酒桌上，苏二二往往比刘沙河更善战，也更耐战。她喝酒豪爽，常常端起满满一杯来一口饮下，震得对方不敢再和她在酒上较劲。这一招十分管用，在酒桌上屡试不爽。

可这一次，苏二二遇到了一位号称"酒仙"的客户。那人喝酒如他的企业一般大气，连灌几杯下肚，如吞水一般脸不变色，手不打晃，嘴里还嚷着不过瘾，要继续和人连杯干。

这边先是刘沙河硬着头皮出战。和对方连喝三杯，刘沙河的脸顿时赛过了滚水里的虾子。苏二二知道他到量了，端着杯子站起身来："乾总，您是我遇到的酒桌上最豪气的人，没话说，我为表敬意，敬您三杯！"

"好！巾帼英雄，你喝三杯的话，我喝六杯！"苏二二从从容容，喝一杯亮一下杯底。三杯下喉，脏腑里像烧起了一盆旺火。那一餐饭，五个人喝了五瓶白酒。将客户送上车，一等车开出视线范围，苏二二再撑不住，一下子瘫软在刘沙河怀里。

是夜，两人疯疯癫癫、踉踉跄跄地行走在西湖边上，一路唱啊跳啊。唱的是三十年前的革命歌曲，跳的是忠字舞。刘沙河摇晃着身子，硬说苏二二没看过真正的忠字舞，他看过。苏二二将手划拉得像呼啦圈。刘沙河说你不信，我来跳给你看，说着摆开架势，在光影斑驳的树荫灯光下跳起了忠字舞，没跳几步，滚倒在地上。苏二二嘻嘻哈哈笑着上去扶他，与他跌在一处。两人撑了半天也爬不起来，索性坐在地上，望着对方哈哈傻笑。

第二天酒醒，刘沙河头疼如裂，看一旁苏二二睡得昏沉，脸色惨白，不禁一阵心疼，摸摸她的脸："对不起，二二，让你受苦了。"

苏二二其实早醒了，此时闭着眼睛装作还在沉睡，内里却漫漶成了河。这一战两人伤亡惨重，刘沙河头疼了两天，苏二二伤了胃，吃什么吐什么，连续一个星期都是这样，脸色蜡黄。

刚回到古城的他们接到了乾总的电话，定下了厂里几乎所有的积压产品。"冲你俩在酒桌上的那股豪气，肯定能做成大事！"乾总在电话里声音洪亮。

工人的工资有了，可接下来怎么办？这低谷不知还会持续多久。苏二二建议刘沙河改走精品路线，转而针对国内的市场研发精品产品，增加技术含量，顺应当前美观、环保、时尚、节能的潮流，以质取胜。刘沙河忙开了。

苏北放从柳真如那儿听说了刘沙河的事，特地找苏二二回家来谈话："二二，听说刘沙河遇到了困难？"苏二二点点头。"这个时候你可不能丢下他一个人，患难之中见真情，真情是最可贵的……"苏二二调皮一笑："爸，你把我当成什么人了，我可是你的女儿！"

出乎刘沙河的意料，苏二二主动向他提出了结婚。两人认识十多年了，他曾向她好几次求婚，都被她以这样那样的理由逃避了，可现在她主动向他求婚了。望着眼前这个与他手挽手去过西藏的女人，这个已经被儿子唤作"妈妈"的女人，这个和他吵过闹过却总也分不开的女人，这个大大咧咧从不对他提非分要求的女人，这个和他肩并肩共渡难关的女人，他不知道该说什么才好。他一把搂过苏二二，用力抱紧她，紧得仿佛要把她深深地嵌进自己的身体。

苏三三顺利地生下了一个儿子，取名盛开。孩子满百日，她就和楔回去了北京。家里一下添了两个孩子，生气盎然。柳真如和苏北放整天围着两个孩子转。

在苏二二的要求下，刘沙河买下了同层隔壁的一套房子。两人办了隆重的婚礼，刘沙河的儿子和刘苏充当婚礼的花童，一个像小绅士，一个像娇俏的小花仙子。盛开被抱在怀里，摇晃着脑袋津津有味地吮吸拳头，流下亮晶晶的涎水。柳真如和苏北放忙着招呼客人，喜得合不拢嘴。

刘敏君也来了，送了一个厚厚的红包。刘苏高兴地腻在他的怀里，苏一一默默地走出了酒店大堂。苏三三在洗手间找到她："姐，其实再不好的经历也是好的，会让人从中有所感悟，更懂得珍惜。"

"三三，我知道你的意思，"苏一一拿纸巾擦干净脸，对着镜子，仔细地在唇上敷一层淡色的口红，"但有些事情过去了就是过去了，没有任何时光可以回去的。"

"那，姐，抬起头来，自信地往前看吧。我支持你！"

宝石婚

刘苏问柳真如："外婆，为什么爸爸不和我们住在一起？"柳真如愣一下："哦,爸爸很忙。刘苏想爸爸了吗?"

刘苏摇摇头,又点点头。"刘苏想爸爸了,外婆给爸爸打个电话,让他带你去玩好吗?"刘苏点点头,她有一双和苏一一一模一样的大眼睛。柳真如瞒着苏一一给刘敏君打了个电话,刘敏君马上请假赶过来,带刘苏去动物园、游乐园玩了一天。在苏一一下班前,刘敏君如约将刘苏送了回来。

刘苏很兴奋,刘敏君给她买了不少玩具。她将布娃娃、小熊、塑料小锤、风车一一摆放在枕头边,苏一一见了问刘苏是谁送的,刘苏声音脆脆地答:"爸爸。"苏一一变了脸。她在刘苏面前强忍着,等孩子睡了才问柳真如。柳真如照实说了,苏一一冷着脸:"下次不要这样了,他想孩子的话自己会来接孩子的。""可是孩子说想爸爸了。"

"孩子知道什么,哄一哄就过去了。""一一,我们不能剥夺孩子的幸福,她有和她爸爸一起开心玩一天的权利。"

"妈,你怎么回事?我说了,她爸爸想她的话自己会打电话来,或是来接她,我不希望是您主动打电话。"柳真如平静地望着她:"这个,有区别吗?"

"当然有区别,妈!""那只是在你心里有区别。在刘苏看来,只是和爸爸一起开心地玩一天,给她留下了很多美好的记忆。对于我,只是让孩子和她爸爸相处一天,了却孩子的念想。区别在你那里……"

苏一一忍不住了:"妈,我要怎么说你才明白。是的,我不想主动和她爸爸联系,我也不希望您主动联系他。他现在已经建立了新的家庭,我有我的自尊。"

"一一,我一直想和你谈谈,不要将自己绷得太紧了,那个事情不是你的错,也不是刘敏君的错,只是你们在一起不合适罢了。分开了不能做朋友,但也没有必要成为敌人。孩子是无辜的,你不能因为自己的感受而委屈她……"

"妈! 我……"苏一一话没说完,眼泪夺眶而出,再说不出话来。"妈不知道是不是委屈了你,这两年多你将自己绷得太紧了,你有多久没痛快地哭一哭了? 不要以为流眼泪就代表你不够自尊,你主动打一个电话就不够自尊。自尊是有分寸地生活,尽量宽容地看待人与事,不要将怨恨埋压在心里,那样你活得很累,也让别人活得很累。既然不能在一起,就给对方祝福,这是对彼此的解放。一一,能解放自己的不是怨不是恨,是放过。"柳真如将纸巾放在苏一一手边,进了卧室。

这番话让苏一一的眼泪流得更汹涌了。她坐在客厅里,风从阳台涌入,吹拂着房间里的一切。泪渐渐干涸了,脸上的皮肤绷得紧紧的,她走进卫生间,望着镜子里的那张脸,精致的妆容被眼泪弄模糊了。她用凉水将脸一点一点洗干净,洗去了附加的一切。这是一张比同龄人显得年轻许多的脸,还看不到岁月留下的印痕,这张脸看起来是那么柔和美丽。这些年,她努力昂起头来生活,可这张脸所遮蔽的灵魂真的像柳真如说的那样,高贵地放下了怨恨吗?

苏一一在刘苏身边躺下来,睡梦中的那张小脸十分可爱。刘苏的小嘴蠕动着,似在呢喃,苏一一凑近了细听,"爸爸……",眼泪再一次呛出了她的眼眶。

有时候，柳真如抱着盛开，刘苏在一旁，眼睛里流露出嫉妒的神情。柳真如就会让她伸手抱一抱弟弟："来，刘苏，弟弟太小了，还不会走路，咱们啊要多关心他，多爱护他。"刘苏小心翼翼地伸出手去，学着柳真如的样子轻轻地拍抚盛开。盛开很喜欢她，只要她在跟前，一双眼睛就跟着她转。

苏北放和柳真如结婚四十周年的时候，刚好苏三三和楔回来看盛开，苏二二执意给两老办个红宝石结婚庆。她联系了"七株杉"，包场一晚。参加的除了家人还有几个熟识的朋友——孙阿姨和刘伯伯，李双和她的老公。"单歪"带着孙子也来了。关心也在邀请之列，他已成了苏家的亲人。

酒吧里摆放着老式唱片机、革命语录、红军帽、红缨枪、镰刀、锄头。墙上挂满古城旧时的黑白照片，老中山路、老北京路、汴河桥、宝塔湾……苏北放一见之下感觉亲切，一样一样仔细地看过去。

店堂里布置着彩带，四处闪烁的蜡烛，占据了一整面墙的苏家全家福照片，一侧沿墙悬挂着很多照片，是苏北放和柳真如不同时期的合影。

大家散坐在中间的几张桌子边，围成一团。苏二二安排了公司的一个员工负责录影。

苏二二是当仁不让的司仪。在隆重的开场白后，她首先请苏北放发表红宝石婚感言。苏北放站起身来，黑白夹杂的眉毛一抖一抖的，两只眼睛都笑眯成了一条缝："本来我和二二说，不要搞得太复杂,过日子嘛,也就是闭一闭眼睛的工夫,大把大把的日子就从这指缝里溜走了。我和真如头发白了, 身体也开始抗议了,不听使唤了。说实话,我现在最大的梦想,是回到四十年前,我们刚结婚那时候。那时候你们的妈留着一条又粗又黑的长辫子,我呢,也比现在帅多了……"大家起哄:"现在也很帅!"

苏北放笑着,伸出双手来压一压场:"这四十年,要说我和真如同志……""去掉'同志'!"关心大叫一声。苏北放笑了,一大一小的眼睛笑成了一条线。"好,就叫真如!"众人欢呼,苏北放等大家重新安静下来,继续说,"如果说我和真如有什么收获,有什么成就,就是养大了这三个女儿。真如,辛苦你了!"

柳真如没防备话题一下落到她那儿,闹了个大红脸。苏三三推着她站起来。苏二二拿出事先准备的一束百合花递给苏北放,苏北放将花递到柳真如的怀里。柳真如笑得眼泪都出来,冲着大家说:"这是他第一次给我送鲜花呢!"

"以后要经常送!"关心大叫,抓起相机拍下了一幕幕珍贵的瞬间。三个女儿将一副老花眼镜给苏北放戴上,一只玉手镯给柳真如戴在手腕上。伴随着《知心爱人》的音乐,店员推出了一个三层大蛋糕。大家非要苏北放握着柳真如的手,一起切开蛋糕。两老扭捏了半天,从了大家,酒吧里像炸开了锅。

大家吃着蛋糕,苏二二重新登场了。"下面是即兴表演节目时间,先由我妈和孙阿姨来首苏联歌曲吧。我们小时候,经常听她们哼哼,总觉得不过瘾……""好!"众人欢呼附和。

柳真如和孙琴唱起了《喀秋莎》,两人手挽着手端庄而歌,众人一起击打着节奏，轻轻和唱。一轮节目下来，苏二二提议："每个人用一句话来说说自己心目中的'爱情'吧。"

众人一听都咧嘴笑起来，有的说爱情这个东西哪里说得清楚，一千个人心里就有一千种爱情。有的说你们年轻人说吧，我们都这把年纪了还说什么爱情不爱情的。"正是因为每个人对爱情的定义不一样，我才有这个提议啊。每个人都年轻过，爱情也和年龄没有关系，所以今天每个人都要说！关心，你负责记录下来。到时候我会将今天的照片和文字记录整理出来，制作成一个纪念册！"

大家一听这个，没了异议。从苏北放开始，按座位的顺序逆时针方向依次往下说。

苏北放："相濡以沫，不离不弃。"

"好！"有人喝彩，随即响起一片掌声。

柳真如："愿意为他做任何事。"

话音刚落，大家发出一片起哄声。柳真如拿手直抿头发，不好意思地红了脸，

苏二二站起身来："哎，哎，我建议全部说完了再鼓掌。大家安静听就好，不要嘻嘻哈哈的，也不必置评。我要重申：这可是个非常严肃的话题，事关每个人的生命质量！关记者负责记录。"

她的话引来一片笑声，不过很快屋内就安静了。

苏三三："上天将原本是一体的两个人分开来，让他们离散在人世间，彼此能找到、相认、相伴，就是爱情。"

楔："流浪再远也会回到的那个地方。"苏三三伸过手去，握

住了他的手。

刘沙河："恍如青梅竹马。"

苏一一："自爱而后才能他爱。"

关心停下手中的笔："不求回报地去爱一个人。"

李双："气息的吸引。"

李双的老公："我是枕头你是被。"

"单歪"："爱是一辈子的忏悔。"

店堂里静了一刻，苏二二一击掌："继续！"

刘伯伯："爱情是一种光线。天光极亮时，它可能不太清晰，但在黑暗的时候，它是能温暖你的光亮。"

孙阿姨："不管什么时候都能依靠的那个肩膀。"

最后轮到苏二二了，她看刘沙河一眼："两个人的生命深深交集。"

刘苏跑过来偎在柳真如怀里，一直睁着大眼睛看看这个，再看看那个，这时忽然扯住柳真如的衣袖："奶奶、奶奶，我和盛开弟弟是不是爱情啊？"众人一阵哄笑，羞得刘苏躲在柳真如怀里半天不肯出来。

老人们陆续散去，年轻人留在酒吧里。那晚苏一一喝醉了，苏二二喝醉了，苏三三也喝醉了。回去的路上，三姐妹时而分开来，一个搂住一株水杉大嚷一句"那就是青藏高原"，其他两个合唱"原——"，时而一起摇摇摆摆跳起了小天鹅的舞步，时而像几株被风吹乱的柳枝缠扭在一起，时而相互搂抱着昂首阔步行走在大马路上，仿佛当年的红小兵……

关心和刘沙河有一搭没一搭地说着话,带着轻飘的醉意,看着前面无比喧嚣的三个女人。椤沉默地走在一边。

那个夜晚,被那一群男人和女人们走得像一个世纪那么长。

连土根

苏北放抱着盛开,柳真如牵着刘苏,一起去烈士陵园看鲜东来。刘苏边走边问:"奶奶,烈士是什么意思啊?""他们是英雄。"

"他们可以打败奥特曼吗?"柳真如笑了:"他们很勇敢,帮我们赶走了坏人,我们才能过上今天的幸福生活。"

"他们躺在这下面吗?""是的,他们为了我们献出了自己的生命。""他们是死了吗?""他们一直活在我们的记忆中。你看,爷爷每年都会来看他,和他说说话。"

"我也可以和他说话吗,爷爷?""可以的,刘苏。他能听见。"刘苏学着苏北放的样子在鲜东来的墓前站好:"鲜爷爷,我是刘苏,爷爷让我和你说说话。奶奶说你受了伤,流了很多血,你还疼吗?你睡在下面害不害怕?我给你摘了很多花,有红的黄的蓝的,你能闻到花香吗?鲜爷爷,我给你唱首歌吧,春天在哪里呀,春天在哪里……"盛开在一旁发出了"咿咿呀呀"的应和声。

柳真如带着两个孩子在树林里玩。苏北放照例点上一支烟,絮絮地和鲜东来说上一阵话。伊拉克战争、日本首相参拜靖国神社、沙尘暴、银行金库被盗案、克隆羊、海啸、禽流感、坠机、种族仇杀、非洲难民、煤矿爆炸、房价上涨……想说的话,真要细细地说，一天也说不完。末了，"东来，你回家的事我一直放在心上呢。你放心！再耐心等等啊。"

出烈士陵园大门的时候，守门的老头冲苏北放点点头，走上前来，递给他一支烟。苏北放接了，又回敬了一支。老人别在耳朵上："您老真是年年这一天都来，雷打不动啊。""惭愧啊，该多来看看的。"

"您知道吗，这里要搬迁了。""搬迁，迁到哪儿？""您老还不知道啊？说好些日子了，要搬到古城北门外去，这里说是要搞开发。"

"搞什么开发？好端端的一个地方。"苏北放变了脸色，白眉毛颤抖得厉害。"现在经济为大嘛。我倒觉得这对您老来说是个好消息。您想啊，这搬迁的时候，不是正好把您老那事给解决了吗？"

苏北放眨眨眼睛，明白了。"你听谁说的？""管理处的人，八成啊下个月就要动手了。"

苏北放让柳真如打的带着两个孩子先回去，他调头直奔烈士陵园管理处。半小时后，苏二二接到一个陌生电话，让她赶到烈士陵园将她父亲接走。

苏二二来不及和柳真如说，心急火燎赶到烈士陵园，却原来苏北放在这里大吵了一顿。

苏北放听了守门老头的一番话，心"砰砰砰"跳得激烈，他抱着希望奔进管理处。那里的工作人员一看见是他，就恨不能夺门而逃。苏北放将他堵在屋里，三言两语将刚才听说的消息说了。

那人不耐烦地一摆手："谁胡说八道呢？没影子的事，瞎说什么啊！再说了，就算是整体搬迁，也没你个人什么事啊，这是政府统一安排。你的事不是早跟你说了吗？你找民政局把手续办全了再来。"

苏北放又急匆匆走到门口，要拉守门的老头进去和那人对质。老头一听，慌得直摆手："怪我多嘴。我是个闲人，哪知道那些内幕。我的话不能作数的，不能作数的。算我今天多了句嘴啊！您老也别当真了，赶紧回吧。"

苏北放哪肯回，他又奔进管理处，他不相信守门老头的话是空穴来风，认定是工作人员故意刁难。他本想好好和那人沟通，可那人一副不耐烦的样子，语气硬邦邦的。苏北放一下子发了炸，一掌擂在桌子上，桌面立时陷进去一个坑。"你们搞什么名堂，这是为人民服务的态度吗？我看你们是忘了本。想当年我们出生入死，流血牺牲，难道就是为了你们这些、这些……"

苏北放一口气没上来，顿时脸色刷白，跌坐在凳子上。工作人员慌了神，掏摸了半天，在他的上衣口袋里摸出一瓶救心丸，塞了一粒到他嘴里，又掏摸出一个小红皮塑料本，打通了家人那一栏最上面的那个号码。

苏二二来不及细问，赶紧打车送苏北放到医院。好不容易等苏北放缓过来，才问清楚了情况。"爸，你也是，明知道自己身体这样，为这事急个什么。如果真是要搬迁的话，他瞒也瞒不住的。回来和我们说了，我和沙河会想办法的。"

苏二二一个电话打给刘沙河，过不一会儿，刘沙河回了电话，说确实有这么回事，去年就传出了音，后来因为一些原因搁浅了一阵子，不过现在合同已经签了，估计搬迁是不久的事了。他和朋友打了招呼，一旦有确切消息，一定在第一时间通知他。

"爸，这事您就交给我和沙河，一定给您圆圆满满地完成，到时候您只要参加仪式就可以了。""我一定要亲自把东来送回老家。""好好好，先把身体养好吧。妈可实在被您吓不轻。"

楔和苏三三在北京买了房，将盛开接了过去。两人在家画画，有工夫照顾孩子。楔说，想送孩子进私立学校，从小读《诗经》《论语》《三字经》，等他打好国学的底子，再将他送出国去濡染西方文化，让他成长为一个既有传统精神又有现代意识的"复合型"人才。苏二二打趣："别让他一出国，就不想回来了。""不会的，我们现在就是让他知道自己的根在哪里。"

苏二二故意较真："盛开的根可不在北京，在这里呢，我脚下站着的这片土地。""呵呵，姐，楔争嘴说在他那深山旮旯里，才是盛开的根呢。"姐妹俩在电话两头同时笑起来。

离开了古城，苏三三才真切地感觉到自己的根在哪里。那片水息丰沛的土地，常常出现在她的梦里。她仿佛听见哗哗的江涛声，泛黄带青的水波层层漾去，露出了青砖古城墙。她和苏一一、苏二二赤脚在上面奔跑，溅起透亮的水花。三人仿佛还是小女孩的模样，咯咯咯的疯笑声撞击着水声，一起汹涌……这梦境触动了苏三三，她开始创作一组名为《根》的油画，画古城的人与事。每一幅画面都仿佛被一层水波浸漫，人与物扭曲变形，漫漶不清。

一旦画起来，她就仿佛被一种情绪包裹住了，脚下徐徐地生长出透明的根须,扎进泥土,扎进石缝,扎进水泥塑骨的城市的底部。而她的身体,却被一团透亮的气息包裹,仿佛琥珀。

刘苏五岁生日那天,苏一一终于答应去相亲。苏二二推荐她上知音网。她不习惯那么新潮的方式,这次的相亲对象是孙琴相中的,悄悄告诉了柳真如。两人又偷偷去看过了,一个站在路口指挥交通的交警,看起来高高大大,很踏实可靠的样子。

孙阿姨说,人品她也打听过了,口碑挺不错的。"我这人啊,也是不避嫌呢,换了别人家,可没有这样身份来做媒的道理。我吧,真把一一当了自己的女儿,巴不得她早一点找个可以照顾她、疼爱她的人。"

柳真如拍着她的手:"我知道,我知道。我的心情也是一样的,还当敏君是我的半个儿子。他现在能过得幸福,我也就安心了。至于一一,每个人自有属于自己的一份命,相信老天会眷顾她的。"

送君归

迁墓的事终于敲定了。得知迁墓的确切消息后,刘沙河花了大力气,跑了一个多月,终于赶在正式迁墓之前将方方面面的手续都办妥了。

为配合他,苏北放让关心借助记者的小小权力,刊发了一篇报道,旧事重提他送战友回家的心愿。他的本意是趁热加把火,将这事顺顺利利地促成。不想,这篇文章引起了新上任主编的注意,他让关心密切跟踪此事,争取做成一个纸媒上的"新闻连续剧"。这是一种纸媒新闻的创新形式,来年争取拿回一个新闻大奖。

关心陪苏北放坐在凉台上吹风。傍晚的江面真是壮观!辽阔的远天铺满紫红色的晚霞,向四下里渐渐淡去,淡至透明的蛋青白。新修的长江大桥横跨江面,几根铁锁仿佛舒张的琴弦,而大桥就像一把奇特造型的乐器,被滔滔不息的江水和风同时弹动着。自从大桥建成后,回江南只需要二十来分钟的车程了。在江面上来来回回的轮渡,消失了踪影。一同消失的,似乎还有很多东西。它们被时间的风或粗暴或耐心地擦拭干净了。世界处在永恒的流变中,沙石现在高楼林立,街道繁华,翻涌着时尚的潮汐。可在这永恒的消逝与流变中,又有什么不变的东西,一直在着,不曾改变。比如,苏北放眺望江面的深情的目光。

多年的心愿即将达成,苏北放却没有关心想象中的那么激动,可能他将激动竭力压制在了身体里,不让这只小兽伤害他的心脏。健康的身体是他完成心愿的保证。他忽然间变得很听苏二二的话,有时候柳真如说什么,他还会反驳一两句,换了苏二二来和他说,他就一声不响地照办了。这对一直争争吵吵的父女,忽然间达成了和解。现在,苏北放每天中午睡两个小时的午觉,傍晚在广场和江边散散步,早晨在阳台上打打太极拳,他要把身体养好,亲自送鲜东来回东北老家。

对于他,这也是一趟回归之旅。这么多年,他不可能没有机会和时间回老家看看,可他一次也没有回去过,也许是因为心里怀着无法带鲜东来一起回去的愧疚,也许是他还没准备好面对阔别多年的乡土乡亲，也许是他早已把古城当作了真正意义上的故乡。

柳真如留在家里照顾刘苏。苏二二和苏一一陪苏北放同行，到了北京，苏三三再与他们汇合。三姐妹将陪着苏北放一起完成这趟回乡之旅。关心被主编特批作为随行记者一起去，任务是每天发回图文报道，让古城人及时了解事情的进展。

在烈士陵园举行了隆重肃穆的迁墓仪式，一些曾参加过解放沙石和古城战斗的老战士、老民兵、老地下党员都赶来参加了。苏北放高大的个子和一头白发，在人群里格外显眼。鲜东来的墓第一个开启，里面端正地放着一个骨灰盒。工作人员将骨灰盒取出来，送到苏北放手中。苏北放早已老泪纵横，双手颤抖着接过了骨灰盒。

当天下午，苏北放和两个女儿乘车赶到省城，坐上了开往北京的夜行火车。在火车上，苏北放一直显得沉默。

他坐在床边，望着漆黑的窗外，不时有城市的灯火从窗外滑过。苏二二轻声问他："爸，心脏还好吧。"苏北放点点头，脸隐没在暗影中，一双眼睛却炯炯有神。三姐妹坐在一起絮絮地说话。关心在手提上赶写新闻稿，整理照片。

那晚苏北放只躺了不到三个小时。关心一觉醒来，发现他已经靠坐在了窗户边，装有骨灰盒的那个黑包静静地卧在他的手边。由淡渐浓的晨曦，渐渐映亮了他刚毅的脸部轮廓。

在火车站，苏三三与众人会合，大家乘上开往东北的火车。鲜东来和苏北放的老家在长白山群山深处，静静地卧伏在一处山梁上。车到站后，几人转乘城际大巴，再转乘小依维柯。路边渐渐现出了层叠的山影，林木越来越茂密。正是盛夏时节，满目七彩调和的杂色的绿，深浅互配，软硬有别，冷暖交融，敷展成一派绚烂。

远处山坡上的松林，绿得峭拔深沉，如深色的蕾丝点缀山脊。近处草色黄绿舒蔓如花毯裹地，林木烟绿葱茏如柱栏散布。空气中流转着清冽的凉意。

刘沙河通过古城民政局已经和当地的民政部门联系好，提前打款过来订制了墓碑，选定了墓址，民政部门派出的工作人员已赶到了村子，安排在那里举行一个简单而庄重的仪式。当地电视台和报社也派了记者前来报道。

仪式在次日清晨举行。一行人沿着村后山坡上的羊肠小道，步行至半山腰。墓址就选在这里，墓基和墓碑已经制好。工作人员介绍了鲜东来烈士的生平，苏北放讲述了他与鲜东来参加解放军的大致经历，和迁墓的经过。众人环护在墓基周围，由苏北放亲手将骨灰放进墓坑。苏一一和苏二二在上面覆盖上一面鲜红的党旗。苏三三撒上早上采摘的鲜花花瓣。铁锹掀动，泥土倾洒在墓石上……仪式的最后，众人站立在墓碑前垂首静默三分钟。

村子早已不是当年苏北放离开时的模样，村中老人尚有一两位还记得从鲜家和苏家走出的这两个军人，苏北放却对他们没什么印象了。村民们拥到村主任的家里，争睹苏北放和三个女儿的风采。虽然岁月已经在苏家三姐妹的眉眼间留下了不同的印痕，可人们还是一眼就看出她们是三胞胎。不断有人送来家里的吃食,村里像过节一般热闹。

家家户户修起了楼房,有的两层,有的三层。有些人家还保留着土炕,也有一些人家像城里人一样换成了床铺,还有一些人家两者都有,一个屋子是老式的落地炕,一个屋子摆着时髦的席梦思床。苏北放说,他印象最深的,是小时候和姥姥坐在土炕上剪辣椒。姥姥用湿抹布将红辣椒一个个擦干净,他就在一旁用剪子剪。一只只红辣椒变成了细细的丝,籽则单独装在一个碗里。等姥姥烧了热锅,辣椒籽洒进热汪汪的油里,屋子里马上涨满了香喷喷、辣乎乎的香气。

村主任家还保留有土炕。听苏北放说起这一往事,他老婆马上摘了几个干辣椒,擦干净后,放在灶坑的炭火上烤。不一会儿,屋子里浮动着冲鼻的辣味。苏家三姐妹被辣得咳嗽不止,眼里流出了眼泪。烤好的辣椒,用手轻轻一捏就碎了,吃在嘴里还带着脆性,那股辣劲让人直咂舌头,可下喉后感觉口中生津,一个字——爽!

午饭后,三姐妹陪苏北放寻找当年的老屋。苏北放记得家在村西头,远远地看到一栋废弃的建筑,他问村主任那里可是以前建水坝留下来的。村主任点头称是。苏北放走过去,屋子有两层楼高,门窗高大,用厚重的石头垒砌而成,墙体上还残留着以前的标语。他站在屋子门前,向北一指:"那里,过去一百来米的地方就是我家的老屋。"

众人走过去,已找不见一点土屋的痕迹。野草茂生。苏北放和三个女儿郑重地点燃三炷高香,一起遥祭先祖。

临走,苏北放在流经村头的小河中取了一瓶清冽的河水,又在老屋旧址取了一袋土。这水和土被小心地带回了古城,洒在家中的花盆里。盆中,种上了一株盛放的杜鹃花。

未结局

那晚在老家,苏北放喝醉了。乡亲们一个个过来敬酒,因为心脏已久不端酒杯的苏北放,显得异常兴奋,他似恢复了年轻时的豪气,来者不拒,端杯就饮。苏二二不免担心,抢着帮他代饮了五六杯。

东北的乡亲太热情了,盛在红酒杯里看似清冽实则火辣的白酒,一杯接一杯被劝进了众人的肚子。那晚关心也喝醉了。从村长家出来,沿小路走向返回县城的汽车时,关心抬起醉意迷离的眼睛,一下惊呆了。

头顶上的星空实在是太琐细、清晰、庞大了!

无数明亮的大星星,衬着无数、无数、无数细如芝麻粒儿的小星星,密密麻麻布满了墨蓝色的天幕。仿佛丝绒布上闪亮的宝石。关心情不自禁地大叫:"快看快看,星星! 星星!"

众人一起停下脚步,抬头仰望星空。没有人再说话。耳边只有风掠过无数棵树和它们的叶子,那一种天籁! 关心仰头望着,望着,感觉星空似乎构成了一个闪亮的漩流,而他正变成一粒微小的星辰,要被它吸附进去。

关心不知道自己是怎么上车的,他的记忆在璀璨的星光深处迷失了。一梦醒来,天光大亮,他躺在宾馆的床上。醒来的关心,脑子里还在不断回放那一幕:浩大的天幕上密布的群星……

回程的火车向着古城方向飞驰。窗外树木腾跃,房屋奔跑,逐渐呈现出江汉平原特有的平坦辽阔。在这片丰茂的土地上,绿意虽然没有东北山林那么丰富绚烂,但葳蕤丰厚。熟悉的水息,逐渐充满了空气、鼻息和身体的每一个细胞。

苏北放端坐在窗前,侧影凝定,白发被天光映成一片幻影。在那只圆睁的眼睛里,时光如一粒淬火飞奔的子弹,倏忽间穿透了他七十年的沧桑岁月……关心用手中的相机,捕捉住了这一瞬间。后来,苏三三以之为蓝本,创作出了一幅油画,取名《奔逝》。

这幅画悬挂在古城苏家,每日被应时而至的阳光照亮一角。阳光悄然移动,光影流变。

不时有风从阳台涌入。这风自江面和比江面更远的田野蕴积、回荡、涌动,看似柔软实藏骨力。它吹拂着画布上的静止与流动、虚幻与真实、坚硬与柔软,并渗入笔触间,吹出了每一个日子的微澜与汹涌,吹出了每一段岁月的欢乐与悲辛,吹出了每一生命的微渺与辽阔……

2011-5-31初稿完

2011-8-13二稿

2012-1-12三稿

2013-1-8四稿